中国
文学佳作选

散文卷

王晓君　主编

阿成　贝加尔湖手记

红孩　沱沱河之夜

李修文　恨月亮

梁鸿鹰　书店不完全往事

沈俊峰　何以心慌

赵焰　散文小史

中国出版集团公司
华文出版社

图书在版编目（CIP）数据

中国文学佳作选．散文卷 / 王晓君主编． -- 北京：华文出版社，2021.8
ISBN 978-7-5075-5475-5

Ⅰ．①中… Ⅱ．①王… Ⅲ．①中国文学－当代文学－作品综合集②散文集－中国－当代 Ⅳ．①I217.1

中国版本图书馆CIP数据核字（2021）第127474号

中国文学佳作选·散文卷
ZHONGGUO WENXUE JIAZUOXUAN · SANWENJUAN

主　　编：	王晓君
责任编辑：	胡慧华
出版发行：	华文出版社
社　　址：	北京市西城区广外大街305号8区2号楼
邮政编码：	100055
网　　址：	http://www.hwcbs.com.cn
电　　话：	总 编 室 010-58336239　发 行 部 010-58336212
	责任编辑 010-58336197
经　　销：	新华书店
印　　刷：	三河市龙大印装有限公司
开　　本：	710×1000　1/16
印　　张：	15.25
字　　数：	184千字
版　　次：	2021年8月第1版
印　　次：	2021年8月第1次印刷
标准书号：	ISBN 978-7-5075-5475-5
定　　价：	48.00元

版权所有　侵权必究

目　录

第一辑

1	阿　成	贝加尔湖手记
30	蒋子龙	澳门性格
38	刘亮程	月亮在叫
43	胡竹峰	徽州的味道
49	杨献平	黄石岩往事
56	红　孩	沱沱河之夜
61	陈　晨	在稻田里泥步修行
67	赵燕飞	城头山的风
70	朱佩君	当秦腔遇上话剧

第二辑

75	李修文	恨月亮
85	梁鸿鹰	书店不完全往事
94	周大新	耶拿战役之后
99	王祥夫	方太阳

107	向 迅	鼠患之年
123	东 西	活着，是因为有人惦记
126	赵 瑜	中年幽微
136	周华诚	寻纸记
143	刘星元	手握苍耳
152	丘晓兰	云雾问茶

第三辑

157	马卡丹	目 送
168	朱成玉	一只鸟在写诗
171	指 尖	梦 境
180	田 鑫	院 墙
185	沈俊峰	何以心慌
189	麦 阁	往昔深远，夏日迷人
195	秦锦屏	脱了壳壳就是米
200	申瑞瑾	水蓝印
204	余 庆	外婆，阳光与您同在
207	王晓君	意外与注定
213	于小尘	十里独白
220	冯三四	太阳和月亮
223	童 云	居家避时疫 因茶而美妙
226	孟祥凤	小巷里的吆喝声
231	赵 焰	散文小史

贝加尔湖手记

阿 成

作为东北人,多年来对"受西伯利亚冷空气的影响"有极为深刻的印象。坦率地说,"西伯利亚的冷空气和寒流"是促成我这次出行的主要"动力"。众所周知,哈尔滨是一座新兴的移民城市,很年轻的,到现在才一百多岁。上个世纪初,大量来自苏俄的移民在这座新兴的城市(当时还不是城市,仅仅是一个火车的小站)里侨居、奋斗、逃亡、淘金,并悄然地对哈尔滨这座城市的经济、文化、风俗,特别是对那些土生土长的(或者闯关东的)中国人产生了潜移默化的影响。这种影响我称之为"感情培植"。有了这种别样且浪漫的感情,自然而然就会让生活在这座城市里的人们产生思念,放飞向往。生活在这个城市的人们,特别是我这一代人,在这样的影响下面,"起地根儿"(东北土话"一开始")就特别喜欢苏俄文学、电影、戏剧、音乐,包括苏俄的饮食,如啤酒、面包、香肠、伏特加、格瓦斯以及各种甜点(至今我依然喜欢)。可以说,这样的影响历经一个多世纪,还像荒原上的草一样,一代一代地传承着。

怪怪的,当我听到去西伯利亚的贝加尔湖的通知之后,那首俄罗斯歌曲《贝加尔湖上》也不由地从心弦上播放出来……

同志们,或者是命运的安排,我是一个经常外出旅行的人(原因五花八门,多种多样)。经常旅行的人大多有这样一个经验(虽然没和经常旅行的朋友沟通过,但我认为大致如此),会在自己的旅行箱里常年累月地装着洗漱用品、防止感冒和拉肚子的药、维生素 D3(促进中老年人钙吸收,增强脚力),还有大蒜(大蒜很重要,我年轻的时候开卡车跑长途就必带大蒜,目的是防止外面的食物不卫生,用大蒜来消毒。效果很好的)。当然,作为一个非专业写手,还要带一些相关的文具,等等,以便随时应付"说走就走的旅行"。

此外,我一直想坐一次俄罗斯的火车,在俄罗斯大地上旅行一次——虽然听上去很幼稚,但这的确对我是一个小小的诱惑。

我们书归正传。

出发

去贝加尔湖，须先乘坐国内的火车去满洲里，然后出关、入关，再然后，乘坐俄罗斯境内的（西伯利亚）火车去乌兰乌德。乌兰乌德市是俄罗斯联邦布里亚特共和国的首府，是东西伯利亚的第三大城市，距莫斯科5500公里，距贝加尔湖东南岸仅75公里（不到一个小时的车程）。是从我国的满洲里前往贝加尔湖的必经之城。

我从哈尔滨出发，坐了一夜的绿皮火车（作为一个老年人，我喜欢绿皮火车）。东北的天气就是这样，白天还好，暖洋洋的，有一种阳春或者暖秋的感觉，可是到了夜晚，气温骤降，行进中的火车车厢里冷风嗖嗖的。同志，是那种冬天铁管子似的冰冷，甚至能颤掉你的牙齿。两节火车厢的连接处时有冷风吹进来，它们像疯狂的蛇一样不停地袭击着你。我的铺位就靠近在这个节点上。辗转反侧和缩成一团儿都不足以形容当时我这位老年旅人的状态。就这样，在冷风中，在火车上，挨过了那个难忘的夜晚。不过话又说回来了，我年轻的时候就非常喜欢和向往这样的生活。这在今天某些年轻人看来真是不可理喻。

早晨，亢奋加疲惫的旅客列车抵达满洲里。但是，我不知道为什么这里却被称之为"呼伦贝尔市"。而且还要在这里住上一夜，第二天才能出关。同行的人利用这点空闲时间去参观国门。门票70块钱。我选择在附近的一个海关服务大厅吃面。一碗面20块钱。不仅如此，这里很多商品都很贵。

下午，我冒雨在脚下的呼伦贝尔市转了一转。雨，会让一座城市变得非常新鲜、水灵，而且空气清爽。城市里人不多，看上去比较疏朗。别看这儿的商品卖得比较贵，但房价却很便宜。面对这样一种情况，心里总有一种没底的感觉。我相信这种心里没底的感觉是所有出远门的人的共同感受。我想，这主要是旅途上的旅人缺乏安全感的缘故罢。我总结了一下对这座城市的这种特别感受，原因很简单，大约是这座城市为了招揽国内外的游客，所到之处，那种模仿俄罗斯建筑风格的建筑太多了。我认为，之所以出现这种可怜的现象，主要是缺乏城市自信心。是啊，我们应该有自己的风格，中国的风格，满洲里的风格，呼伦贝尔的风格。

当然，还是没心没肺地活着好。

我还要对吃货们补充一点，就是它这里的涮羊肉在全国范围内是一级棒。所以，到了满洲里其他的可以忽略不计，但火锅您是一定要吃的。

进入俄罗斯

一个旅人来到外国的城市,首先接触的就是公路。尽管这没有诗意,而且公路也绝少出现在文人墨客的文章里,可是你离不开它,它像影子一样伴随着你的终生。请原谅我,俄罗斯的乡村公路质量很差(至少说西伯利亚地区的公路很差),俨然中国六七十年代乡村公路的水平,看上去像一条缝了许多补丁的旧裤子。我曾经是一名司机,所以对公路的路况很关注。然而,俄罗斯的农村却是井然有序,一幢幢俄罗斯建筑风格的平房都挺好的,很漂亮,感觉像明信片里的小插图。我虽然不是老建筑保护主义者,但是,当我偶尔看到俄地的某个老建筑被扒掉的样子,心里还是有一点点惋惜。

看来人类的惋惜不仅仅限于自己的东西。

进入俄罗斯这天正好是中国的夏至,天非常的长。据说,最长的时候每天早上3点日出,晚上10点30分才日落。就是说黑夜被这个季节压缩在极短的时间内了。如此,乘坐大巴车行驶在俄罗斯大地上,你就有了更充裕的时间从容地享受西伯利亚的自然风光。同志们,这种体验本身就是一种幸福。当然,我不单单是为了一饱眼福,同时,还会因此生出对这个世界的某种认识:眼福,也包含着文化上的享受。

我在大巴车上感到最大的震撼是,这里的森林覆盖面非常之广泛。不仅仅在整个西伯利亚土地当中黑森林占有很大的面积,而且森林里的植物资源也相当丰富。单就布里亚特共和国而言,就有五分之四的面积被茂密的森林覆盖,而南部则是一半森林,一半草原。树木种类主要是红松和冷杉林,木材储备量高达20亿立方米。森林里有紫貂、松鼠、雪兔、狼獾、猞猁、熊、驼鹿、马鹿、野猪、山羊、狍子等野生动物(其中贝加尔湖上的紫貂最为闻名)。同志们,这不单是一种地理上的认识,它还会生发出一种郁闷的情怀。要知道,这里本该是我们中国的土地,但是,在1689年,中国和沙俄签订了一份《尼布楚条约》,将贝加尔湖至额尔古纳河几十万平方公里都划分给了沙俄。主啊,这原本是我们的故土,我们的孩子,我们的亲,我们的血脉,我们的资源。可现在全部属于俄罗斯了。

由于中国的大兴安岭地区已经禁止砍伐,中国的木材有71%需要从俄罗斯进口。而这些木材大部分来自于俄罗斯的远东地区。这就是历史,这就是残酷的现实。

我介绍一下西伯利亚大森林(这让我想到了俄罗斯人写的那本《穿过西伯利

亚大森林》旅行记，后来改成了电影。俄方聘请了日本著名的导演黑泽明执导，片名是《德尔苏·乌扎拉》）。尽管西伯利亚大森林里树木有几百种，但常见的只有两种，白桦树和樟子松。这里没有人工林，全部是自然生长的。只是树木并不是很粗、很高大，因为俄罗斯地表5米以下是永冻层，加上每年无霜期只有三个月，树就没有那么粗。虽说白桦树没有松树的用途那么广泛、那么结实，可以打家具，做房梁，方方面面都用得着松树，但是，白桦树可以用来造纸，做一次性筷子、雪糕棒，等等。而且，白桦树的树皮还可以用来做一些撩人的工艺品。此外，白桦树非常容易烧着，用它来烤面包做点心非常之好，会散发出一种令人沉醉的清香味儿。另外一种比较常见的就是樟子松，它一年四季都是绿颜色的，但树干却是黑颜色的。到了秋天，森林里其他树种的叶子会变成黄颜色、红颜色、紫颜色，姹紫嫣红搭配在一起连绵不断，婆婆不绝，是画家、摄影家，包括旅人在内最佳的欣赏节点。

我的一个在这里生活多年的朋友介绍说，俄罗斯木材工业园区的老板基本上都是福建人，他们在俄罗斯从事木材行业，以俄罗斯人的名义承包一片林场，砍伐下来的木头由火车运到满洲里，之后运到他们的木材加工厂加工。但是1993年之后，俄罗斯也不允许砍树了，现在都迁到了赤塔、伊尔库茨克，他们将厂子全部都迁到那里去了。

前面我说过，西伯利亚森林里面的动物资源非常丰富，像中国比较少见的狼、熊、豹这些动物在西伯利亚森林里特别多。在国内那些受到保护的濒危动物，在俄罗斯这边多得已经泛滥成灾了。于是，俄罗斯政府鼓励人们狩猎，并对有收获的猎人进行奖励。比如猎杀一只狼会获得5000卢布的奖励。对了，俄罗斯不是一个禁枪的国家，市区里都有卖枪的商店。到了一定年龄，有持枪证，就可以随意地买枪了。俄罗斯人的心态是小富即安，够吃够用就行了，不会为了那么一点儿钱特意去打猎。对于他们来说，打猎，一定是兴趣和爱好。

我的朋友说，我觉得俄罗斯很好啊，在国内玩不到的东西，只要你有钱，到了这里都能玩儿，开直升机、开坦克啊（卸了炮筒的那种坦克），可以直接往森林里边儿开，然后拿着枪去打猎，十分拉风。森林里绝大多数动物都可以打，而且这些动物都能打到还不犯法。打到狼，拿着狼尾巴去政府就可以换钱。很有意思啊。阿成，以后你想来的话，可以感受感受。咱们AA制。

我笑了。

他笑着说，但是，老虎不能打。

在火车上

　　同志，我现在终于坐上了俄罗斯的火车。俄罗斯的火车要比国内的火车宽一点儿，软卧也是四个人一间，软卧里面的设施有些地方要比我们先进一点，或者说聪明一点，但有些地方还是差强人意。比如说，过道上就没有边座。这样，你若是观赏车窗外的景色只能站着。这对老年人来说就是个体力活儿了。

　　我欣赏着窗外大片大片的草原，草长得很厚、很剽悍。有时候会看到一些零星的牛羊，只是很少，似乎俄罗斯的畜牧业不是那么发达。为什么呢？内蒙古大草原上的羊群、牛群、马群到处都是，那辽阔的画面也相当优美，极为震撼。可这里是怎么回事？发生了什么？后来，在火车行进当中我渐渐地想明白了，俄罗斯不需要这么多的羊群、牛群、马群，够吃够用了就行了，没有必要搞那么多。俄罗斯全国的人口还不到两亿。我用最愚蠢的办法做了一下计算，比如，中国14亿人口需要养14只奶牛的话，那么在俄罗斯养两只就够了。而且俄罗斯的国土面积又那么大，特别是西伯利亚的面积比中国的内蒙古还要大很多，真的用不着养那么多牛羊。我在前面说过，俄罗斯人的心态是小富即安，他们挣的钱绝对不会像中国人那样存在银行里，而是立马消费掉。

　　车窗外的这种壮观的景色让我想到了当年的黑龙江。为什么有那么多人闯关东？道理很简单，地大物博，人口稀少（不光满族人，鄂伦春人也不存钱）。我曾经跟朋友讲过一个笑话，很夸张的，说上个世纪初的黑龙江，只要你拿一杆猎枪出了柴门，随便冲森林里放一枪，就能打到一只动物，够你吃一个星期的。种什么地呀。

　　在火车行进的沿途中，我看到西伯利亚地区的火车站都很小，不过都很干净。在一个小站，我看到了一个类似中国影壁式的建筑，是一个浮雕墙（俄罗斯几乎所有的站台都有浮雕），上面的浮雕是列宁的头像，下面的浮雕是几位十二月党人的圆形头像。这样的浮雕墙会让旅客不由而然地去追溯十二月党人被流放西伯利亚的那段历史，会从内心深化出对俄罗斯成长史的肃然起敬。恕我直言，在这方面我们的火车站缺少这种意识。不要说火车站了，就是城市里也绝少这样的雕塑。以我的故乡哈尔滨为例，我们这里也有许多历史名人、革命志士，可是实际情况是，城市里除了零星几处抗日英雄的雕塑，文化名人（萧红）之外，就再也没有了。我的一位朋友曾跟我开玩笑说，一定是市长的秘书说，整那么些名人的雕塑干嘛？难道他们比日夜为我们操心的书记和市长更伟大吗？

　　笑谈而已。

我注意到，俄罗斯小站上几乎没有对旅客的服务，不像中国的火车站都有一些地方名小吃卖，名点心和各种零食水果饮料的小推车。比如说到了沟帮子就会有"沟帮子烧鸡"，比如说到了天津就会有"狗不理包子"，再比如说，到了锦州就有"锦州酱菜"，等等。在这里什么也没有，灿烂的阳光照在白晃晃的水泥站台上，让旅人有一种空梦的感觉。

在火车上就餐

俄罗斯火车上开中饭的时间从上午 10∶30 就开始了（这有点类似中国东北农民的"贴晌饭"）。俄罗斯的火车上也有餐车（这是后来知道的）。在我的记忆当中，早年的俄罗斯火车，旅客就餐都是在站台上，到了吃饭的时间，火车停在那里，车厢里的旅客轮流到站台上的餐厅去吃饭。就是现在，黑龙江仍然有这样的旧设施，比如说在齐齐哈尔的昂昂溪火车站就可以看到。

在俄罗斯火车普通的车厢里，旅客是不可以喝酒的。俄罗斯是个禁烟禁酒的国家，政府颁布了一个禁酒令，每天晚上 9 点以后，公共场合除了酒吧和饭店里，其他地方都不允许喝酒。据我所知，第二次世界大战以后，许多苏联的士兵为了抵抗寒冷，军队会配给他们白酒。也许就是这样一个原因，使得某些俄罗斯人酗酒成风（我记不得是在哪儿看到的这种说法）。没错，酒喝多了就不能干活儿了。我的朋友介绍，这里有不少俄罗斯男人，包括个别的女人，都特别喜欢喝酒，天天没事儿就喝酒，整天喝得醉醺醺、迷迷糊糊的，然后就醉躺在马路上（像法国的女作家玛格丽特那样）。由于俄罗斯的冬天特别冷，冻死了好多这样的酒鬼（怪可怜的，生活怎么变成了这种样子？）。所以俄罗斯法律规定，每天晚上九点以后，公共场合，除了酒吧和饭店以外都不允许卖酒。一旦喝酒就会被警察抓起来，带他们去醒酒所。

不过，在火车的餐车里是可以喝酒的。但是只能喝火车上专卖的那种酒精度为零的啤酒。这种啤酒对于不会喝酒的人来说非常好，甚至是妙不可言。但对于会喝酒的人来说，娘亲啊，这算是什么酒哇？我的苏联老大哥呀，一点酒味儿都没有咧。在火车上不仅禁止喝酒也禁止吸烟。俄罗斯从 2014 年 6 月 1 日公布，所有公共场所都不允许吸烟。在酒店内、火车上吸烟罚款 2000 卢布至 10000 卢布不等。

俄罗斯的火车到了用餐的时间，乘务员会给你送两次餐，第一次，先给每个旅客一份类似飞机上的茶点，有小点心和糖。第二次，会给你送来大米饭、香肠、鸡肉，还有当地的红茶。只是，俄罗斯餐车上蒸出的大米饭水溻溻的。这种大米饭如果让中国种米的农人看了，尝了，会痛哭流涕的，一定会认为是俄罗斯餐车上的厨师在糟蹋粮食，挥霍俄罗斯农民的汗水。但是，这并不是俄罗斯的厨师在戏弄旅客，在他们的眼里，中国式的大米饭百分百就是这种样子。对于这样的状况，作为一个经常旅行的人却不可以因此一筹莫展。用我的朋友说的一句可乐的笑话说，"有困难要上，没有困难创造困难也要上"。于是，我发明了一种新的吃法。这次出远门我带了一盒"葱伴侣"的酱（是准备吃我带的黄瓜的），用这种酱拌米饭吃，同志们，特别好吃。结果没想到，我这种喜形于色的样子，引来了半个车厢的中国旅客都来和我要酱。这让那位俄罗斯的女列车员非常好奇，要求尝一下。她尝过以后觉得不可思议。在她看来，中国人的舌头永远是一个谜。

乌拉乌德市

美丽的色楞格河水宽又长 / 穿越大森林，歌唱向远方 / 金色的麦田掀起千层浪 / 迷人的原野伴随在你身旁 / 美丽的色楞格河水宽又长 / 载着家乡的风采滚滚向前方 / 高楼林立旌旗飘扬 / 雄伟的景象伴随在你身旁 / 美丽的色楞格河水宽又长 / 咆哮奔腾潇洒向远方 / 歌唱家乡繁荣富强。——《色楞格河》

乌兰乌德是我们要去的第一站（当然，在途中还会有一些穿插的内容）。早年，我曾经去过西伯利亚的第一大城市，俄罗斯的第三大城市，"新西伯利亚"，乌兰乌德市则是东西伯利亚的第三大城市。在介绍乌兰乌德市之前，按照我个人的表达习惯，先简单地介绍一下布里亚特共和国。

布里亚特共和国，在整个俄罗斯都是最好的一个地方。它的行政级别相当于中国的香港。有着很高的自治权利，有着自己的法律，有本民族所选举出来的总统。这个国家的总统和普京是一个级别。而且，布里亚特共和国是俄罗斯唯一的一个共产党执政的地方。东方学家 E.E. Ukhtomskii 提出，布里亚特对俄国来说至关重要，尤其是在亚洲政策方面。他认为，"贝加尔湖地区是亚洲心脏，是黄种东方的前哨站"。

我的朋友介绍说，俄罗斯联邦布里亚特共和国是对中国人最友好的一个国家。

俯视乌兰乌德全城，有一条叫色楞格的河从蒙古国境内穿过乌兰乌德，最终流入贝加尔湖。色楞格河是贝加尔湖的长子，全程1480公里，每年十月份开始结冰，五月份才开始融化（难怪俄罗斯民歌唱到，"五月美妙，五月好。五月叫我心欢畅")。据说，一共有336条河都是流入贝加尔湖的，然后从叶尼塞河支流安加拉河流出。

蒙古共和国称色楞格河为母亲河。曾有一支特别自豪，特别自信，也特别优美的蒙古歌曲至今到处流传（我把这支歌曲贴在这一段的前面了）。

是啊，色楞格河的河水滋润着这块土地，并形成了富饶的三角洲，养育这里的人们。应当说，这里的人们生活很愉快（要知道，愉快是幸福的灵魂）。这里的所有食品都是天然的、绿色的。应该说，这是适宜人居的国家和城市。

同志们，既然我们来到了乌兰乌德市，还是首先了解一下乌兰乌德市的历史（简单的）。我查看了一些相关的资料，上面形形色色的介绍文字比较杂乱，简单地说，乌兰乌德最早的时候，这儿还仅仅是西伯利亚大草原上的一个村子（城堡）。1666年，俄罗斯的哥萨克部落移居到了乌德河的河口处，1690年这里更名为"上乌金斯克城堡"。在17世纪80年代，上乌金斯克市在行政上划归伊尔库茨克省。值得注意的是，上乌金斯克正处在由俄罗斯通往中国、蒙古的"商贸之路"的有利地理位置上。正因为这样，乌兰乌德迅速地发展成为俄罗斯东部主要商贸中心之一。另外，1899年8月15日，在上乌金斯克开通了第一列火车，这样，西伯利亚交通干线就把上乌金斯克与世界各国联系起来了。

我个人认为，只要你走进一个陌生的城市，应当深入地了解一下它的历史，这样很快就会让你认为这里是一个了不起的城市。

…………

走在乌兰乌德的市区里，发现到处都是蒙古人的面孔（从他们的眼睛、身形、高颧骨上就能分辨出来）。这或许会让你多少有点儿失望，因为你到俄罗斯来是想看到金发碧眼的俄罗斯人，但迎面走来的却是接连不断的黑眼睛、黑头发、高高胖胖的"蒙古人"。他们讲的都是俄语。尽管我的朋友介绍说这个国家对中国人特别友好，但是在我的感觉里还掐不准这些"黑眼睛、黑头发"的俄罗斯人对外国游客到底是热情还是冷漠。总觉得你在他们的眼里形同空气。

布里亚特人

同志们，是不是有必要再深入地介绍一下乌兰乌德？

前面介绍的我所看到的那些"黑眼睛、黑头发"的俄罗斯人，实际上是布里亚特人（英语：Buryats，俄语：Буряты），他们属于蒙古人的一支，是黄种人之西伯利亚类型，亦称"布里亚特蒙古人"，也称布拉特人。在俄罗斯联邦共和国，俄罗斯人占90%，蒙古人占7%（而我在乌兰乌德的感觉恰恰相反，是蒙古人占90%，而俄罗斯人占7%，3%为其他民族）。别看乌兰乌德市人口仅有40万，但是它拥有5个大学，所有乌兰乌德孩子都可受到大学教育。

  布里亚特人称自己是第四世界的人。自视为世界公民，他们信奉萨满教。东贝加尔湖地区的居民虽然名义上信仰东正教，但实际上仍保留萨满教（这跟早年的哈尔滨某些俄罗斯侨民一样，表面上他们信奉的是东正教，但骨子里依然信奉犹太教）。我记得多年前，我曾经在我的故乡哈尔滨看过一次俄罗斯艺术家表演的萨满舞。我发现这和我在黑龙江看到的萨满舞有许多相同之处，包括服饰，包括脸谱，但是也有不同。让我印象比较深的就是：一，气氛上的神秘，仿佛他们是从另一个世界而来；第二点就是，所有跳萨满舞的俄罗斯艺术家手上都装饰着长长的指甲。我觉得这一点很重要，要知道，我们清朝的贵族女士们就喜欢留长指甲的。

  布里亚特人的住屋是传统的圆锥形的毡制蒙古包，西部地区已转入定居的农民则住壁桁式的木架帐篷，穿着与蒙古人类似，男女都穿右开襟的竖领长皮袍，束宽腰带，穿翘头毡靴（这一点，在乌兰乌德市的大街上，偶尔是可以看到的）。布里亚特蒙古人也供奉成吉思汗。据说，至今他们用布里亚特语和中国的蒙古语相互沟通、交流，依然是没有任何问题。

  在中国的呼伦贝尔大草原上，就生活着布里亚特一族。

历史上的乌兰乌德市

  1891年6月20日至21日，皇太子尼古拉来到上乌金斯克（即乌兰乌德）这座城市。当地人为迎接这位皇太子专门设计了一个木拱门（triumphal arch），也被称谓为"凯旋门""沙皇之门"。这个拱门是由尼古拉·奥古斯托维奇设计的。在拱门上写着"敬亲王殿下皇太子尼古拉·亚历山德罗维奇"。拱门的另一面写着来访日期，"1891年6月20日至21日，上乌金斯克"。

  为什么会在乌兰乌德有一个尼古拉二世凯旋门呢？皆因当时皇太子到这里来视察工作，是专门为了迎接他而建造的。

  1936年这个拱门被拆除了。没错，那是一个特殊的年代。不过，到了2006年6月12日，即"城市日"那天，布里亚特共和国的这座凯旋门又得以恢复。最早的时候，是一个木制的凯旋门。现在在原址上修建了一个砖结构的凯旋门。这座"沙皇之门"位于阿尔巴克大街和列宁街的中间。

  1895年9月8日，上乌金斯克开始建设铁路。1899年8月15日，第一列火车抵达上乌金斯克火车站。这当然是一个惊天大事，因此，兴奋不已的市政府官员，"要求"所有市民"白天用旗帜装饰他们的家，晚上装上彩灯"。紧接着（1900年1月3日），沿贝加尔湖铁路开始定期通车。1900年，上乌金斯克车站建造了一个大型蒸汽火车站。该站遂成为外贝加尔西部的主要铁路枢纽。

城市的繁荣与发展，产生了乌兰乌德市的市徽（是啊，世界上许多城市都有市徽）。乌兰乌德市的市徽的三个区域的颜色，也是构成布里亚特共和国国旗的颜色。上半部分天蓝色区域里是金色的索燕伯，象征着永恒生命的标志（太阳、月亮和火焰），象征着时代、文化和民族的融合。资料上介绍说："在17—18世纪，野心勃勃的俄罗斯沙皇不断拓展疆域，长驱直入东方，横贯西伯利亚，在贝加尔湖北方遇到了浑身涌动着成吉思汗血脉的布里亚特人的殊死抵抗。在征服布里亚特人时，沙皇最初奉行'剑与火'的残暴政策，想铲平喇嘛教，并把东正教强加给民众。但是这支民风彪悍、极富血性的游牧民族最终以异乎寻常的勇敢与惨烈捍卫了种族的尊严和信仰，终于，沙皇承认了喇嘛教的合法地位。"当然这里还有一个小故事，据说，布里亚特人派了一个代表去了莫斯科，见到了沙皇，说明了情况，最后沙皇同意，布里亚特人可以继续信奉喇嘛教。

阿尔巴特大街

没错，乌兰乌德市的阿尔巴特大街和莫斯科的那条阿尔巴特大街是两回事。

乌兰乌德市的阿尔巴特大街先前叫"尼古拉大街"。是啊，乌兰乌德的阿尔巴特大街不仅仅引起外国游客的浓厚兴趣，而且也是整个乌兰乌德人最引以为自豪的大街。

在二十年代初，它被命名为"列宁大街"，现在又改为阿尔巴特大街。虽说这条街长不足一公里，但却是布里亚特共和国三百年来历史变迁的一个活着的见证者。

阿尔巴特大街是一条步行街。给我的印象，这条大街俨然哈尔滨的中央大街。街道的两边都是些商家，有各种各样的专卖店（这里我就不罗列了，你能想象到的它几乎都有，包括邮局和银行）。

所谓"路遥人渴漫思茶"。我有些渴了，但是，茶是不要想了，既然来到了异国他乡还是要入乡随俗，我想买一瓶当地生产的格瓦斯（纯正的）解解渴。当然也是想和中国内地生产的格瓦斯做一个比较。我总觉得中国生产的格瓦斯有些差强人意。只是，我到了阿尔巴特大街的时候已经是黄昏时分了，卖格瓦斯的小床子收摊了。我很遗憾，当然也很清楚，我不可能再来这里了，我像风一样从这里掠过就不会再回头了。当然，任何人也不会想到一个外国旅客的遗憾竟然是没喝到一杯普普通通的格瓦斯。所以，人的（货真价实）遗憾不一定要有多么的巨大。

说到茶，阿尔巴特大街最早是一个茶叶的集散地。那些（上个世纪）从中国的武汉码头，或者那条陆路的"茶马古道"过来的茶叶商人就集聚在这个地方。这个不大的城市有很多的建筑都是这些茶叶商建造的。前面我介绍到了皇太子尼古拉二世。这条所谓的茶马古道他不过是走了一半儿，是从武汉考察之后来到了这里的。皇太子曾经在武汉考察时说，武汉是唯一伟大的茶叶基地，是一个伟大的茶叶码头。并说俄罗斯商人也是伟大的商人。之后他乘船离开了中国的武汉，到海参崴，再到西伯利亚。

查阅一下，在俄罗斯的历史上还没有一位沙皇来到过这个地方。可以想见，作为皇太子的尼古拉二世到乌兰乌德来，对乌兰乌德的所有民众来说是何等的荣光。不仅如此，这位当时年轻的皇太子通过这样的一次考察，悄然地改变了"陆路茶马古道"的历史，开辟了一条新的"海上茶马古道"。所以，在阿尔巴特大街上茶叶商们心甘情愿地给他建的这一座"拱门"，称之为"凯旋门"。这不是空穴来风，也不是蓝眼珠的阿谀奉承，而是觉得尼古拉二世当之无愧。我们甚至可以想象一下当时的情景，当尼古拉二世风尘仆仆来到乌兰乌德的时候，那些茶叶商们和当地的老百姓欢迎皇太子的场面是何等的热烈，当皇太子走过这座专门为他建造的凯旋门的时候他又是何等的感动、自豪。

顺便再说一句，尼古拉二世是沙俄最后一位皇帝，他在位时期沙俄就已经是摇摇欲坠了。加上他实行的对内改革和休战策略都不太尽人意。我个人认为，或者就是这样的一些原因，二月革命者推翻了他的政权，十月革命结束了他的生命。

当年在俄罗斯，饮茶是贵族的象征，也是整个俄罗斯上流社会最时髦的东西，与咖啡有同等的待遇。因此来自东方的茶叶在当时是非常金贵的。这也是中国的茶叶商人不远万里，走陆路，走海路，辛辛苦苦，长途跋涉来到这里的主要动因。我的朋友介绍说，乌兰乌德的许多教堂和各种公共建筑，当然包括尼古拉二世凯旋门，都是茶叶商出资建造的。没错，只有他们才有这个实力。说句玩笑，哪怕是彼此实行的也是 AA 制。

在这条俨然"小王府井"的大街上，有一座引人注目的布里亚特蒙古族的图腾雕塑。是啊，世界上所有的雕塑都是个性、情感和意志的化身。这座布里亚特蒙古族的图腾雕塑，有一个类似华表式的柱子，雕塑的顶端是一个布里亚特包子，下面是一个巨大的牛角，缠绕着"华表"的是一条大蛇。关于这条蛇有诸多说法和各自的道理，但是，我更倾向于这样的一种说法，它象征着向上、自由和幸福。当然，这也是图腾文化的一种延续。要知道，布里亚特人崇尚大自然，图腾是他们重要的文化取向。

还是说点有趣的事吧。在乌兰乌德，即上乌金斯克时代，曾经有许多从武汉、陕西到这里来经营茶叶的中国商人，他们在这里长期地生活——这就要说到爱情了。爱情不管你是一个什么德性的人，上帝都会赐给你这份甜点。在上帝仁慈的关照下，那些来自伟大中国的茶叶商人先后娶了当地的俄罗斯姑娘或蒙古姑娘作为自己的妻子。想想看吧，这些乐不思蜀的中国茶叶商人几乎个个年富力强，又饱经风霜，真的需要有女人体贴、关怀，设若丘比特的箭射到了他们的心上，他们就像中了魔法一样在这里生活下来了。是啊，天涯何处无芳草，哪块黄土不埋人呢？毕竟口袋里的钱已经足够多了。于是就踏踏实实地在这里安居乐业，生儿育女。据说，布里亚特的一位著名女高音歌唱家就是中国茶叶商人和俄罗斯姑娘爱的结晶。所以，当你走在这条街上的时候，你很难说迎面走过来的布里亚特人当中没有武汉和湖北人的后代。

充满茶香的阿尔巴特大街

阿尔巴特大街是一条有故事的大街。不仅如此，阿尔巴特大街还是政治、经济、文化、历史、艺术的"中心"。比如，乌兰乌德市政府就在这条街上（在市政府旁边还有布里亚特共和国人民呼拉尔大厦和克格勃的一个情报中心）。虽然这条街并不长，可你每走一步几乎就是走过了一年，或者几十年、上百年的历史。在这条看上去非常现代化的大街上，曾经充满了各种各样的悲欢离合、喜怒哀乐、流离颠沛的故事。不要与《一千零一夜》相比了，就是十部《一千零一夜》也讲不完。由此我还推想到，当年在这条街，在这座城市周边的草原上，一定到处都是蒙古式的帐篷，里面住着远道而来的中国茶叶商人以及他们的团队，他们的骆驼。据说，这里在每年的秋天都要举办一次盛大的茶叶交易会，据说这个交易会人声鼎沸，盛况空前，非常的热闹，使得这条阿尔巴特大街从头到尾到处都飘散着茶香（那么，草原上的帐篷就会更多，更绚丽多姿，简直像蒙古人的那达慕大会）。想想，这是多么的令人沉醉啊。

在阿尔巴特大街上有一家私人的博物馆，里面展示的就是乌兰乌德同布里亚特蒙古人经商的历史。据说，当年尼古拉二世就下榻在这幢房子里，至今里面还保存着皇太子的一些生活用品，包括冰箱、打字机，等等。只是，到这里参观的门票太贵了，要400卢布。再加上我完全看不懂俄文，那就坐在门口的长椅上歇一歇吧。

同志们，在尼古拉大街时代，从这里走过的不但有像尼古拉二世这样的皇帝，还包括一些政治家、哲学家、历史学家、冒险家、著名商人、金融家、神父、修女、流浪汉、马车夫、厨师、教员、裁缝、医生，还有那些普普通通的从事着各种行业的阿尔巴特人、俄罗斯人和中国人，以及苏共党员、士兵和妓女，尽管他们相继离开了这个世界，但是他们的"作品"——就是这条街上所有的一切，仍然在传播着他们的感情、智慧和梦想，包括种种的遗憾。

阿尔巴特大街上的安东·帕夫洛维奇·契诃夫

阿尔巴特大街上最夺人眼球的，恐怕就是俄罗斯最伟大的作家之一契诃夫的雕塑了。

喜欢读书的人都知道契诃夫创作的《小公务员之死》《第六病室》《变色龙》《套中人》《普里希别叶夫中士》《万尼亚舅舅》《三姊妹》《樱桃园》《草原》《库页岛》等等。

以我的经验，到一个陌生的地方不光是匆匆忙忙地走马观花，还要挤时间坐下来，好好地享受一下这条街所赋予你的一切。这也是闲适者的人生态度。

阳光很好，我舒服地坐在契诃夫的塑像旁边，并且同他合影留念。后来，觉得还是要站在文学大师契诃夫的后面（这就已经有些不礼貌了）。好在我们都是写短篇的，何况阿成的短篇小说在中国读者当中也是有影响的。

相关的文字资料显示，"从1890年4月21日到12月8日，安东·帕夫洛维奇·契诃夫从莫斯科前往萨哈林岛，研究苦役生活并进行人口普查。这位作家在船舶和火车上经过了俄罗斯和乌拉尔的欧洲部分，从秋季开始，马匹之旅开始沿着西伯利亚的道路穿过托木斯克，克拉斯诺亚尔斯克，伊尔库茨克，上乌金斯克和赤塔等城市。（是）在前往萨哈林岛的途中途径上乌金斯克"的。

那是6月14日至15日这两天，契诃夫都住在列宁大街49号那家旅馆里（早年是一家储蓄银行）。这家旅馆的老板叫谢里谢夫。毫无疑问，契诃夫的到来让谢里谢夫非常的兴奋，也感到非常的荣幸。他热情地款待了契诃夫，在喝茶的时候，从契诃夫那里还了解到了莫斯科的一些情况。这所有的一切对谢里谢夫来说是那样的新鲜（几乎激动得让他全身发抖）。当然，他对一个绅士，一个作家不辞劳苦地到如此偏远的地区进行采访，多少还是有些费解，但是，客人的这种精神却让他肃然起敬。总之，这两天宝贵的时光无论是对谢里谢夫，还是契诃夫都是难忘的，甚至是宝贵的。我猜想到，谢里谢夫一定会让契诃夫尝一尝布里亚特的包子。这是唯一让上乌金斯克人感到骄傲又有些特别的地方风味美食。

　　契诃夫在上乌金斯克逗留期间参观了奥基给特里耶夫大教堂。要知道，宗教信仰对于每一个俄罗斯人来说是至高无上的，更何况这座大教堂是给旅人和商人指路，并保佑他们一路平安的圣殿。没错，每一个教堂都有它不同的功能和主题，这让我联想到哈尔滨的那座非常著名的圣·尼古拉大教堂。教堂矗立在全城的最高点上，它是个八角形的木结构建筑，同样是一座保佑旅人的主题教堂。教堂北面的下坡就是哈尔滨老火车站，那些信奉东正教的俄罗斯人下了火车第一眼就会看到它，听到从教堂的钟楼里发出悠扬的钟声。他们一准儿地会到那儿报到，祈祷上帝保佑他们一路平安。我曾经写过一部长篇的散文，名字叫《和上帝一起流浪》。在这本书里，我记述了当年那些曾经在哈尔滨侨居的俄罗斯人的生活。

　　顺便说一句，早年到过哈尔滨的人会发现，在哈尔滨所有的大小火车站都有一个铸铁的墨绿色的邮筒。这些背井离乡的俄罗斯人每到一个地方，或者离开这个地方，都会给家人和朋友发一封"报平安书"。同样，契诃夫也在上乌金斯克当地的邮局发了一封信。契诃夫在信中写道"上乌金斯克是一个漂亮的（心爱的）城镇"。至于信的其他更多的内容我们就不得而知了。然而，这句话就已经是一字值千金了。

　　那家邮局是一栋两层木结构的三角形建筑（据说它位于凯旋门附近）。可惜我没有见到这家造型别致的邮政银行。

　　我在阿尔巴特大街上的另一家银行的门口，看到了一尊比较有趣的雕塑。那是一个匆匆忙忙走着的男人背着一个箱子的造型。朋友说，这个男人背的箱子里面装的是钱。我说，是啊，总而言之，背着钱箱子出行总是不安全的，不如把钱直接存到银行里，这样就更把握些了。

　　那么，这个男人究竟是谁呢？会不会是彼得·瓦西里耶维奇·吉尔琴科先生呢？

　　后来，我的一个在大学里搞俄语研究的年轻朋友告诉我，我才知道契诃夫曾经在这里居住过——不过，似乎这里也还有一些疑点。

　　高尔基曾经说过："契诃夫是一个独特而巨大的天才，是那些在文学史上和在社会情绪中构成时代的作家中的一个。"没错，契诃夫用他卓绝的作品精确地记录了俄国那个特殊时代，以及笼罩在它之上的社会情绪。在1888年的时候，契诃夫获得了俄国非常著名的"普希金奖"。可能是"他在文学上的声誉与日俱增，这让他感到不安，也意识到自己身上的责任"，于是在1890年4月，为了更深刻地了解俄国的现实，契诃夫打好了行囊决定去萨哈林岛考察。在萨哈林岛，作家看到许多残忍不堪的事实。从萨哈林岛归来之后，契诃夫写出了震撼人心的中篇小说《第六病室》。

天不假年，1905年7月15日，在德国巴登维勒的一家疗养院里，病重的契诃夫对医生说："我快要死了。"医生施沃勒赶紧派人去取氧气瓶，但遭到契诃夫的反对，他对医生说："现在一切都无用了，甚至不等把它拿来，我就成了死尸。"于是施沃勒医生吩咐旁边的人把一瓶香槟酒送上楼。契诃夫接过酒杯，对他的妻子奥尔加说："我已经很久没有喝香槟了。"他慢慢地喝光杯子里的酒，然后将身子侧向左边躺下。没过多久，他就停止了呼吸。

阿尔巴特大街上的谢罗夫·瓦西里·马特耶维奇

在阿尔巴特大街上，我还看到了另一尊半身的人物雕像。这个人叫谢罗夫·瓦西里·马特耶维奇。只是不知道这个人究竟是干什么的。于是，我问正在旁边修路的一名工人，他耸了耸肩膀，摊开双手说，我不知道他是谁。是啊，他不知道我就更不知道。但是，我并不甘心，接着，我又截住一个年轻人，这个年轻人穿着一身黑衣服（像一个欧洲侠客），他也不知道这个人究竟是谁，是干什么的。我依然不甘心。在乌兰乌德火车站的候车室里，我旁边坐着一个老人，我把这尊雕像的照片给他看，并向他请教。他看了看说，"我什么都不知道。"这就是老人！是啊，老人应该什么都不知道。但我仍然想知道这个人究竟是谁，为什么会在这里给他塑了一个塑像？后来，还是通过大学的那位年轻的朋友才知道，这个半身雕像的人是个布尔什维克，革命者，为了布里亚特苏维埃政权建立而斗争的领导人之一，共产党员，是一个了不起的人。他叫谢罗夫·瓦西里·马特耶维奇。他1917年当选为乌兰乌德工农兵代表委员会首任主席，1918年9月在赤塔被谢苗诺夫匪军杀害。这尊塑像就矗立在他当年发表演讲的地方。他演讲的热烈场面，我甚至能够想象出来。

难怪布里亚特共和国是全俄罗斯唯一一个共产党执政的国家。

阿尔巴特大街上的艺术家们

在阿尔巴特大街上我看到一个小乐队（这几乎是世界上所有国家的热闹街道上的固定风景，法国有，英国有，德国有，中国有，包括阿尔卑斯山脚下的那些小城镇都有)。当我走近他们的时候,他们立刻开始演奏中国人喜欢、并且耳熟能详的歌曲《红莓花儿开》。我想,这不仅是一种礼貌,也是一种召唤。在如此亲切的召唤下,我停了下来,静静地、笑容可掬地听他们把这首歌曲演奏完。然后,我把兜里的俄罗斯硬币全都投到了他们放在地上的那个盒子里。他们接着演奏了《喀秋莎》。看来是走不了了,只是手里没有硬币了,我只好把手中的中国纸币投了进去:朋友们,艺术家们,留个纪念吧。

在这条街上我还看到了一个拉小提琴的中年艺人。他一个人在那静静地演奏着,旁边并没有人停下来听他的演奏。我无意中看到紧邻那栋楼的窗台上有一个小姑娘正在偷偷地看着他。不知道为什么,我认为这个小姑娘很可能是这个艺术家的孩子,悄悄地随着父亲来到这里,躲在窗台上看着。或许,她的父亲只要挣到了钱会给这个小姑娘买玩具、冰淇淋,或者其他的什么东西。是啊,在这个世界上,无论你走到哪里都有一些生活窘迫的人,他们都会有这样的小孩子啊……

阿尔巴特大街上的喷泉广场

在阿尔巴特大街的西头,是布里亚特共和国歌剧院(芭蕾舞剧院)。这是一座充满着音乐符号的米黄色建筑,楼顶上有一组战马的雕像。门口处的展牌张贴着演出预告和海报。这家芭蕾剧院是乌兰乌德城市的标志建筑,1936年开建,二战停工,后来由日本战俘完工(不知确切否)。而且,俄罗斯有名气的芭蕾舞演员大部分是从这走出去的。不仅如此,布里亚特共和国歌剧院(芭蕾舞剧院)在世界上也特别有名,曾经在巴黎那样高层次的比赛中获得过第一名。据说,这个艺术院团每年都有在世界的巡回演出的任务。他们表演的有名的剧目,是大家耳熟能详的《天鹅湖》《安家拉美人》《睡美人》《罗密欧与朱丽叶》等。它是布里亚特人的骄傲。我的家乡哈尔滨大剧院的一个艺术团,就聘请了这家艺术团的舞蹈演员,担任芭蕾舞的指导。我打算进到里面去参观一下,当然,我也知道这不可能,就不要去碰这个钉子了。没错,我的灵魂进去了,但身体还留在剧院的门口外边。

歌剧院的门前是一个音乐喷泉的小型广场。播放的音乐是一部交响乐,喷泉喷出的水柱的高低、形状的变化,都随着音乐的起伏变换,像似别样的音乐精灵。

音乐广场的对面是布里亚特大学。据说有不少中国留学生在那里就读。

在广场上,我看了有租赁玩具的地方。这当然没什么。不过,其中的一个玩具引起了我的兴趣,是一个机械的小木马,只要小朋友骑在上面,它会像马一样向前奔走。这让我想到了达西·纳姆达科夫的雕塑，一匹狂野飞奔的马。看来，不同民族的国家和地区就是儿童玩具也有着强烈的民族色彩。

在阿尔巴特大街的两侧以及两侧的纵深地带，我看到了许多蒙古式的建筑，它的穹顶就像一顶蒙古人的帽子。毫无疑问，这种建筑表达的是一种存在感，主人感和属地感。我在前面曾经说过几句，我们国家的一些与俄罗斯比邻的城市，却在大建特建一些俄罗斯风格的建筑，而不是靠我们中国式的建筑来吸引外国游客。这种做法，这种意识在俄罗斯你基本上看不到。这的确是值得我们反省的地方。

阿尔巴特大街上的列宁广场

过了凯旋门，在阿尔巴特大街东面的列宁广场上，有一尊荣获吉尼斯世界纪录的列宁头像。这尊雕像是纯铜的，重40吨（在过去，俄罗斯几乎每个城市都有列宁广场和列宁头像），但是这尊头像却是现存的世界上最大的列宁头像。足见布里亚特人是何等地崇拜列宁。

这里我不妨多说几句，在19世纪末，列宁是苏维埃的领导人，当时在前苏联不管大城市还是小城市都会有列宁广场，列宁雕像，列宁大街。但是，苏联解体之后，一些大城市的列宁雕像全部摧毁掉了。我的朋友介绍说，目前只有远东地区和西伯利亚地区仅存着几处列宁雕像。

乌兰乌德的列宁雕像是世界上保存得最完整的、最大的一个。头像高7米，是为了纪念列宁诞辰100周年的时候塑造的。在列宁头像的后面，是布里亚特共和国国家的政府，虽然这座建筑比较普通，但是可以明显地看到有一个镰刀和锤子的徽章，表示这里是共产党执政。

俄罗斯人

俄罗斯的总人口不到两亿，似乎整个国家处于一个人口不怎么增长的状态。而且俄罗斯男女比例失调，女的多男的少。我觉得这是一个事实，因为从进入俄罗斯以后就发现了这一点，我的朋友说，在俄罗斯干活儿的基本上都是女人。男人基本上不干活儿，即便是干活的也效率比较低。在这一点上我深有感触。进入俄罗斯的边检大厅，女边检员比男边检员的工作效率高出好几倍。男边检员干活特别特别慢，特别特别慢。慢到什么程度呢？女边检员那边儿已经过了七八个人，而男边检员这边才检验了一两个人，这中间，他又是要休息喝茶，又是要上厕所。在俄罗斯，男人很"幸福"。朋友说，俄罗斯几乎每个男人都有情人，而且到了一定的岁数，这个男人就突然离家出走了。谁也不知道他去了哪里。家、房子、钱都不要了，直接跟别的女人走了。所以，俄罗斯的单亲妈妈特别的多。由于人口少，俄罗斯鼓励生孩子。而且有很优厚的政策，生一个孩子，国家来给你养，每个月会给你固定的奶粉，还会给你张卡，用这个卡可以去专门的连锁店买一些孩子的生活用品。而且孩子不但是上学免费，医疗也免费。你再生第二个孩子的时候，俄罗斯政府会给你大概7万人民币的补助。当你生五个孩子，当地的政府人员就会去你家授一个勋章，叫"英雄母亲"。

一种说法是，俄罗斯人的幸福指数是很高的，要知道，医疗免费，教育免费，这两笔费用对普通的家庭来说是巨大的支出。另一种说法是，俄罗斯人的生活条件还是比较艰苦。我的朋友介绍说，主要是一些俄罗斯人懒，不愿意干活儿，地也不种，也就养养牛，而且养的非常少，奶牛产的奶够一家人喝就行了。俄罗斯大片大片的土地主要是那些来自中国的务工人员在种。但是俄罗斯人的幸福指数还是很高（我说过，幸福的灵魂是愉快）。比如说，他们就是今天挣100块钱，今天就都花了，从来不需要为后代考虑，一旦孩子16岁就已经成年了，父母就不用再管了。俄罗斯的社会保障水平还是挺高的。

这种认识是不是有点偏颇？

俄罗斯的车文化

乌兰乌德的人口看似不多，但是来往的车辆却是不少，而且各种车都有，新新旧旧，无处不在。因为俄罗斯的车辆没有报废期，街上跑的既有老式的嘎斯、乌拉尔，还有上个世纪八九十年代的拉达，也有最新款的宝马，等等。如果你在街边多站几分钟，就能看到这部流动的"欧洲汽车发展史"。

给我的感觉，俄罗斯人不是很赶时髦，什么都要最新款的。但中国人不同，中国人的这个弱点让欧美日赚了个沟满壕平。

乌兰乌德市主要的交通，除了汽车还有有轨电车（现在中国很多城市都见不到了啊，沈阳大连还有有轨电车，好像三亚也增加了有轨电车）。因为俄罗斯劳动力非常贵，打车的起步价要150卢布，合人民币66块钱。所以，一般都会选择去坐有轨电车，咣当当，咣当当，满城跑。而且车上人不多，宁静、干净、文明，票价也不贵，5卢布（相当于1元人民币）。坐着有轨电车满城跑，朋友说，这是乌兰乌德人最惬意的事。

在俄罗斯基本上每家每户都有车，因为车价非常便宜。这边儿车有的是右舵的，有的是左舵的。俄罗斯交通规则是右侧通行。为什么有右舵车呢？是当地人买的日本的二手车，日本淘汰了的不要的二手车，他要买过来开。主要是因为便宜，而且耐用。当然也有纯进口的新车。主要是一些达官贵人在开。在远东和西伯利亚地区，包括乌兰乌德，跑的车80%都是日本车，丰田、铃木、雷克萨斯。而旅游观光的大巴车基本上都是韩国产的，韩国的现代、起亚。我的朋友告诉我说，他曾经问过当地的司机，我们中国这宇通客车也不错啊，你们为啥不买呢？而且价位差不多。当地的俄罗斯司机说，中国车看上去挺好，开一两年之后，维修的费用需要很高。而韩国车维修的费用特别低，他们不用去汽配厂，自己就能修。在俄罗斯，大客车几乎全都是二手的韩国车。俄罗斯进口的车价也很便宜，比如在中国比较有名气的车雷克萨斯，中国落地价低配的得150万，高配的差不多有170万了，在俄罗斯只有60万。

在乌兰乌德开车，白天也要开日行灯，这是法律规定，一天都得开灯。乌兰乌德的油价也比较便宜，92号汽油4块钱，95号差不多是4块5左右。以前3块多的时候，国际班车（旅游大巴）空油箱过来，加满油后，回去把油再抽出去卖，天天跑啊，所以很挣钱。但现在海关查得比较严，而且油价也是涨了，班车的司机也不太敢做了。

朋友说，俄罗斯的车文化非常有趣，比如您开车行驶在郊区的马路上，对向来车了，打双闪，或者远近光交替，就是告诉你前面有交警。特别的准。比如你开车行驶在郊区马路上，前面有一个大货车或者一个大客车，你打算超车，前面的车打左转向灯，什么意思？是告诉你不要超车。前边的车打右转向灯的时候是告诉你，前面没有任何危险，你赶紧超车。

乌兰乌德的美食

乌兰乌德最出名的美食就是布里亚特包子，也是所有俄罗斯餐厅不可缺少的一种特色小吃。布里亚特包子中间有一个小孔，那是用来吸汤汁的，包子馅儿主要是羊肉，很像国内的小笼包。凡是到乌兰乌德的俄罗斯人，包括外国的游客都必定要尝一尝布里亚特包子。用羊肉、羊下水和草原上的野韭菜做馅的布里亚特包子香味扑鼻，是一道很有名气的地方风味。甚至有这样一种说法，"没吃布里亚特包子就等于没到乌兰乌德"。遗憾的是，我这次到乌兰乌德就真的没有吃上布里亚特包子。应当算是此行当中一个小小的遗憾。不过，用佛家的话说，人应当有一种求缺意识。生活经验告诉我们，凡事太圆满的时候就会让饱经风霜的人感到不安。

值得一提的还有布里亚特蒙古人的奶茶。布里亚特蒙古人的奶茶与其他地区不同。它是用壶将砖茶沏成浓浆，然后装在另一个暖瓶之中，而牛奶单放在另一个容器内。喝茶的时候，将茶浆、开水、牛奶，以每个人的习惯兑成不同成色的奶茶（很显然，这是一种家里待客的方式）。这种奶茶一般不加盐。遗憾的是，我也没喝过这种奶茶。不知道它和国内新疆、内蒙古的奶茶有什么区别。更不知道吃布里亚特的包子是否要和这种奶茶一块儿享用。

逛商店几乎是所有外国游客旅行的刚性需求。我选择了一家比较大的超市。我发现，这家超市的海产品相当丰富，也有一些五花八门的商品，跟国内的一样，这就不多说了。就我个人的经历而言，我比较喜欢吃面包。这绝对不是什么时尚或者赶潮流。因为我小的时候就曾在前苏联人办的红十字幼儿园里待了整整三年。尽管有人管饭吃，但还是忍不住买了两款面包。我就想尝尝真正的俄罗斯面包是什么味儿，是不是我小时候记忆中的那种味道？

虽然我零星地会一些俄语单词，并且身在俄地也唤醒了某些已经忘却的俄语单词，但是在语言方面还是有很大的障碍。我在这里碰见了一个长得非常帅的俄罗斯青年，高高的个子，至少有1米90以上。想不到他能说一口流利的汉语。于是这个年轻人主动地帮助我介绍各种海产品和面包，真开心。甚至让我对整个乌兰乌德和俄罗斯联邦都有了极好的印象（所以，有人提出每一个人都是你所在城市的形象代言人。这话有道理）。我在这里还买到了甜芥末酱。我喜欢像德国人那样把这种甜芥末酱抹在面包或者馒头上吃。很好吃的，同志们，有兴趣不妨可以试试，挺好的。

超市里的各种酒很多，但是，中国人耳熟能详的只有伏特加。其实伏特加是一种烈性的果味酒。它的酒精含量为40度，入口微甜，还有水果的香甜，一不留神就会因此而迷恋上这种酒。所以，这种酒有一种神秘的魔性。沃得卡是白酒的统称。顺便说一句，俄罗斯所有的白酒都是40度的，味道都差不多，不管是2000多卢布还是40卢布的，在外行的嘴里都一个味儿，而且喝在中国游客的口中总有一种酒精兑水的那种"医院"的味道。那个小伙子介绍说，俄罗斯啤酒不一样。同志，您看，那个三只熊的啤酒就比较不错，而且里边儿没有利尿素，就是喝的再多您也不想上厕所，只有撑的感觉啊，特别好喝。

布里亚特共和国的喇嘛教

天气不错,碧空万里,因此能看到那条色楞格河穿城而过的迷人景色。寺院门口有一组转经筒,鸽子们就在附近觅食。

登上乌兰乌德市制高点,可以在那里欣赏整个乌兰乌德市的全景。回头看,首先映入你们眼帘的是两个大包子雕塑,即布里亚特包子。每个包子雕塑重1吨,是由白色的花岗岩制成的。包子上面有33个褶,代表着他们所信仰的33尊佛。朋友们介绍说,你用手摸一摸这个包子,将会得到幸福美满的生活。

你看,这里才是真正吃货的圣地。看来,生活里充满了可爱的幼稚和天真。

在这个制高点上,有一座1946年建成的喇嘛庙,即伊沃尔金斯克佛学院建筑群。它是西伯利亚的藏传佛教的中心,也是俄罗斯喇嘛教的总寺院。这个喇嘛庙自然信奉的是藏传佛教。式样及佛礼和西藏差不多,都是五体投地那样拜佛(包括金发碧眼的俄罗斯姑娘也在用这种方式拜佛)。里面供奉的就是释迦牟尼的像。

这儿是整个布里亚特共和国最大的喇嘛教圣地。与国内不同的是,生活在这里的布里亚特人结婚就必须来这个地方。在这里拍摄婚纱照,和斯拉夫人拍婚纱照去教堂是一样的。我在这里就偶然遇到了一个蒙古人结婚,他们开的全部是雷克萨斯。而且新郎很自信,新娘也很漂亮。我有一个意外的、小小的发现,世界上几乎所有的成功人士大多都是这样的形象,这样的表情,这样的自信。他一下车就向我们这些中国游客挥手致意,像一个国家的元首。

乌兰乌德的东正教教堂

众所周知,俄罗斯的斯拉夫人90%以上都信东正教(天主教是基督教的分支),东正教就是东方正教,即他们的信仰诞生的方向。他们所信仰的同样是耶稣,圣母玛利亚。需要注意的是,东方正教的十字架跟天主教还有西教不太一样,冷不丁看,就像两个十字架在一起。这是一个正常的十字架。而东方正教的十字架的下面多了一撇。另外,俄罗斯人过圣诞节和西方也不一样。比如美国的圣诞节是每年的12月25号,而俄罗斯是每年的1月7号。

我们去的这个教堂照例是一处东正教的教堂。这个教堂在有"教堂之国"之称的哈尔滨人的眼里,大约算是一个中型的教堂。我觉得它并没有哈尔滨的那座已经被拆掉的圣母报喜教堂大,但建筑式样、风格,仍有很多相似之处。

教堂是个小二楼,环境非常幽静。我看到一个虔诚的信徒在教堂的大门口就开始不断地鞠躬、画十字（离开的时候也有人转过身来，不断地鞠躬，在胸前画十字）。

我上到教堂的二楼，看到神父正在和一个信徒轻声地谈着什么。一些年轻的妇女就站在耶稣的造像前，虔诚地在胸前画十字（是从右肩开始往左画）。退出的时候，他们一边后退一边不断地鞠躬。

贝加尔湖

是啊，现在就要去被称为"西伯利亚的眼睛"（亦称"西伯利亚的蓝眼睛"）的贝加尔湖了。若是从天上往下看，贝加尔湖就像月亮一样。自古以来，无论土著人、17世纪来到贝加尔湖畔的俄罗斯人，都称贝加尔湖为"圣海""圣湖""圣水"。

现在我就站在了贝加尔湖岸边。这同刚才驱车经过看到树影掩映下的贝加尔湖完全不一样。贝加尔湖我们中国人称之为西海，俄国人称"小海"。这是有道理的，因为在这个淡水湖里还生活着贝加尔海豹、凹目白鲑、奥木尔鱼、鲨鱼、海虾等。贝加尔湖是俄罗斯的重要渔场，并且对该地区气候也有较大影响，非常的富饶，非常的美丽。

在群山环峙之中的贝加尔湖，湖水是那样的清澈透明，其纯度有世界之首的美誉。没错，贝加尔湖的水可以直接饮用，不用担心里面有任何的病原体。因为湖里边儿生活了一种叫多子类型的虾类，每天它们会把水平面以下五米的水净化五到六次——造物者真是让人顶礼膜拜呀。

周边的原始森林牵连不断，不仅湖、山、林风光雄美，其气势也摄人魂魄。先前，这个地方是中国古代游牧民族放牧的地方。而今已经变成了俄罗斯的西伯利亚地区，是远东地区最大的一个旅游、疗养的圣地。

贝加尔湖总面积有31500平方公里，南北长636公里。平均宽度是48千米，平均深度是730米，但是最深的地方能达到1600多米。我的朋友说，你可以想象一下，假如说一个人掉了下去，那需要很长一段时间才能沉底儿的啊。想体验一下吗？我说，你先来吧。

有人说，人一生要来两次贝加尔湖，第一次是为了来看一看冰雪融化下的贝加尔湖。是的，贝加尔湖一年四季的景色都不一样。朋友介绍说，贝加尔湖最好看的季节应该是在每年的9月10号到9月20号之间。这十天是贝加尔湖的秋天（贝加尔湖的秋天非常的短暂）。就这十天，整个贝加尔湖的湖面姹紫嫣红、五颜六色，是最好看的季节。从9月20号以后，就开始下雪了，这茫茫的大雪哟，要一直到第二年的5月雪才能全部融化，非常的漫长。不过，这正是艺术家们拍摄贝加尔湖蓝冰的最好季节。听说，世界上有名气的摄影爱好者每年都等着寒冷的天气来贝加尔湖，在冰封的湖面上拍摄蓝色的冰柱、冰堆和冰洞。听说，从天上往下拍贝加尔湖冰裂的那情景非常壮观。已经有很多摄影家用自己拍摄的贝加尔湖景色在国际上得了大奖。

我真不知道自己能不能在这样的季节再去一趟贝加尔湖。

当然，答案是，不能。

…………

现在我来形容一下贝加尔湖吧。或者同志们已经知道了，贝加尔湖的颜色是随着气候的变化而变化的，晴天的时候它蓝得像一块硕大无朋的宝石，阴天的时候虽然它依旧像宝石一样，不过变成了墨绿色。当太阳从贝加尔湖东面的湖面上一跃而出，整个的湖面又像一只巨大的、色彩斑斓的彩凤凰。当太阳从贝加尔湖西面落下去的时候，它便将彩绸般的光铺设在贝加尔湖的湖面上，构成了一幅海天一色、令人沉醉的美景。那么在薄云遮日的天气里景色就似乎更加奇妙了，天上的太阳将落未落，铺设在湖面上夕阳的光形成了一条宽大的、闪烁着老银色光斑的路。那一刻，你真的被这样的美景完全陶醉了。是啊，这样的景色真的是很难遇见……

在湖边徜徉的时候，我看到了零零星星地有一些俄罗斯人家在那里野炊。似乎是为了方便游人，湖边还为游人提供了一些木桌、木椅和卫生间。没错，并不是所有的俄罗斯人都对中国人热情。比如我看到的那一家老少七八个人，看到我们的时候不仅脸上没有友好的表情，反而是一副警惕的样子。哦，他们是不想让外人，或者说是外国人闯入他们的野炊生活罢。

蓝眼珠、黑眼珠都可以表达自己的心中所想啊。

继续向前漫步。我看到了远远的，有一对夫妻在那里生起了篝火，那个男人还友好地向我们摆手示意。于是我们就走了过去，凭借着手中的翻译机和这位中年人聊了起来。知道他叫尼古拉。他让我们叫他果力。他的妻子叫丹尼亚，那个光着脚在地上玩的小女孩叫莎莎。这时候，果力转身去了他的小轿车，从里面拿了巧克力给我们。所以，从第一家的行为去判断第二家是错误的。

下面是我们的对话摘录：

很高兴认识你。我叫阿成。

我叫尼古拉。

你是从哪里来的？

从中国，黑龙江，哈尔滨。

我去过满洲，在海南度假。

我在海南也有家。如果你到海南去找我，我请你喝啤酒。

如果我知道，我会给你写信的。

我告诉你我的电话：137××××××××。果力，你是做什么工作的？

我为自己工作。

后来我知道，他是一个农民，主要种植大葱大蒜。我看到他旁边的烤箱上就烤着好几头大蒜。我真不知道烤大蒜会是一种什么味道。

果力问，你呢？

我的同伴向他介绍说，他是作家。

（这是我最不愿意听到的话，因为这会妨碍人与人之间的正常交流，并产生距离感。）

我说，对了，我的作品也被翻译成俄语过。前些日子我在布拉格维申斯克和你们当地的作家交流过。

果力说，你会把我们也写进你的书里吗？

我说，当然。你靠大蒜大葱来维持生活，我靠写作维持生计。

他笑得非常开心，向我抻出大拇指。

我说，你的作品是大蒜大葱，我的作品是文章。

果力问，喜欢贝卡尔么？

贝卡尔是谁？

我们祖先。他是乘独木舟来到这里的……

今天见到你们一家人我非常高兴。

你会把我的事写给乌兰乌德的俄国人吗？

我肯定是要写的。

后来我们又互相加了微信，合了影。感觉他们的家庭很幸福。

…………

我看到俄罗斯夫妻的女儿莎莎（仅有三四岁的样子），光着脚在沙地上玩儿。我想，要是中国的孩子他们的父母是绝对不会让她光脚玩的，毕竟西伯利亚地区是很冷的，进入十月份就开始下雪了，到第二年的五月才开始化冻。而且，西伯利亚地区5米以下全部是冻土层。小孩在上面光着脚走是冰凉冰凉的。但是，在彼此的交流当中，我们了解到他们的想法，就是要从小锻炼孩子的耐寒能力。我曾经看过一个纪录片，俄罗斯人将光着屁股的小女孩儿放在满是冰块的水里洗，小孩子高兴得嘎嘎大笑。但是这种事在中国是绝对不会发生的，除非孩子的父母疯掉了。

我在贝加尔湖边看到许许多多用石头垒起来的小石头塔。朋友告诉我，这是当地的布里亚特人和蒙古族人来到这里祈福许愿的。你看，有些树上还系着蓝色、黄色、红色的布条，都是祈福的意思。

我看到一位俄罗斯妇女，在用布里亚特人服装招揽照相生意。这个布里亚特人偶的帽子是一只狼，很特别。是不是这里的布里亚特人的图腾是狼啊。

坐在贝加尔湖的湖边，我想静静地待一会儿。看着远处贝加尔湖的"湖平线"画了一个巨大的弧形，很震撼。我不知道此时此刻贝加尔湖西边的游人是不是也在往东边看。想到这里不觉哑然而笑，心里说，这种毫无意义的假想与凝视，意味着什么呢？是啊，有时候无言并不是简单的"空"，相反，它很复杂、很深沉……

进入贝加尔湖的湖心

今天的天气不错，正是乘船欣赏贝加尔湖的最佳日子。

在船上，我的朋友说，如果运气好的话，我们有可能看到贝加尔湖的海豹。不过他又提醒说，但是几率不是很大。我问为什么，他说，因为现在海豹基本上都在海豹岛待着，一般不往外走。朋友说今年他一共就看到过两次，而且是小海豹。挺可爱的，毛绒绒的，白颜色的。朋友看到我略有失望的样子，他说，海鸥比较常见，你可以用手中的面包去喂它，也挺有意思的。想想看你喂过贝加尔湖的海鸥，这本身就很浪漫。我叹了口气说，我已经过了浪漫的年龄了。

大船一直往西边行驶。两岸到处都是森林。感觉周围的山峦正在呵护着蓝色的贝加尔湖。

听着大船行驶中吃力的隆隆声音，而且浮力大，浪也大，能够感觉到我们快要到湖心了。向湖的远处望去，"湖平线"（我自己发明的词，见笑了）是一个霸道的弧形。我们乘坐俄罗斯的船行驶在贝加尔湖的湖面上，那种感觉真是不错。虽然贝加尔湖被称之为海，但是，当你身临其境的时候并没有海的感觉。是不是有点过于平稳了？

哦，早晨的阳光在湖蓝色的贝加尔湖的湖面上铺了一条金光闪烁的通道。如此浩瀚的湖，如此融入大自然、大湖泊的感觉，让人心胸异常的开阔，甚至可以说是对灵魂的一种大抚慰。

我问朋友，贝加尔湖最终流向哪里？他告诉我，流入北冰洋。

哦，北冰洋那也是我向往的地方。真想随着贝加尔湖一直去北冰洋看一看。

这时候耳边似乎响起了《贝加尔湖上》，那男低音震撼心灵的歌唱：世间的美好都容易消逝，就像贝加尔湖畔美丽的风景，天上的云朵，你我之间的爱情。岁月流逝，但那些美好的瞬间会留在心底，多少年之后，也许往事重现，你我重逢，就在贝加尔湖畔……（俄罗斯《贝加尔湖畔》歌词）

布里亚特共和国的圣女修道院

从码头返回市区，去参观布里亚特共和国的斯列坚斯基女子修道院。这家圣女修道院是布里亚特共和国最大，也是唯一的一个女子修道院。我的朋友有一种瓦解的能力，他说，这个圣母修道院相当于中国的尼姑庵。然后他告诉我说，里面全部都是修女。去参观这家教堂，进入到教堂的大厅里女士必须戴头巾。教堂里都有提供，没戴头巾的女士可以拿一条头巾，然后，出来的时候把这个头巾再还回去就可以了。

我说，我不知道我戴头巾是个什么样子。

朋友说，咱们男的不用。

这里的修女每一个都很有礼貌，很有教养，温文尔雅，善气迎人，见到每一个到教堂里来的人都不断地点头、鞠躬。同样在大厅的入口处有一个卖纪念品的柜台，虽然这里的纪念品带有浓重的宗教色彩，但比起欧洲，像梵蒂冈、芬兰这样的地方，价钱要便宜得多，也公道得多。真的是出于崇敬，我买了两个彩绘的杯子。

走出女子修道院，看到许多女孩子坐在长椅上、花丛中、休息、聊天、玩耍。朋友说，今天是星期六，休息的日子，这些孩子的家长们就会带着自己的孩子到教堂里来。

是啊，信仰，对一个幼小的心灵来说是何等的重要，或将影响到她们的一生。而我国对儿童的早期教育还处在摸索阶段，这是一个巨大的空白，也是一个非常令人担忧的空白。我们更多的时候讲的是道德而不是信仰。要知道，信仰更加有约束力，更会增加一个人的自信心和幸福感。看来，信仰真的需要从儿童抓起。

后来，我和这些孩子们合了影，并为她们拍了些照片。她们都非常的有礼貌。当然，在我从二楼下来的时候，也看到一两个顽皮的男孩儿在楼上楼下地跑。我知道上帝也好，圣母也好，是不会怪罪这些天真烂漫的儿童的。

格里米亚钦斯克小镇

我们客居的那个小镇叫格里米亚钦斯克。这是一个非常幽静的小镇，街上人很少，一切都静悄悄的，像是一幅画。这让我想起了我小时候居住的地方，也是这样的房子，街道也是人很少。这难道是一种缘分吗？还是冥冥之中的一种指引？人的一生中充满了许多未解之谜，而这些未解之谜给你的感觉又是那样的不同。没错，尽管它就在现实中，但它又在现实之上，像无形的精灵一样飞着，像风一样地吹进你的灵魂里。

格里米亚钦斯克原来是干部疗养院所在地（旁边的那家便利店里面的熟肉制品惊人的丰富、实惠。还有绝对货真价实的酸奶）。朋友说，现在谁都到这里来，那里有温泉，水特别的热。不过，烫烫脚特别的舒服。

同行的人当中有一个健谈的人在讲故事，他说，以前啊，包括这个地方在内都是中国的北海。相传在汉朝，苏武遵照汉武帝的圣旨去给匈奴送礼。想不到匈奴发生了内乱，匈奴的头领要求苏武背叛汉朝，苏武没有答应，匈奴头领非常地生气，把苏武放到一个大粪坑那儿消磨他的意志。日子一天天过去了，苏武冷了就会缩到一个角落里躲避风寒，渴了就吃地上的雪。又很多年过去了，苏武仍然没有表现出一点要屈服的样子。匈奴的头领非常敬重他的气节啊，于是让苏武去贝加尔湖放羊，说，什么时候羊下崽儿了，你就可以回到汉朝去了。但是苏武很快发现，他放牧的全都是公羊。十五年过去了，苏武终于回到了汉朝……

当然，这是一个人人皆知的故事，至少在中国是这样。

温泉在林子深处，从小镇出发，走路大概15分钟。到这里泡温泉没有任何限制，所有的人都享有这种天然的使用权，这种事可能会让中国的某些商人不理解。

既然来了就泡一泡，没想到这里的水太热了，热得可以把鸡蛋煮熟，脚根本就下不去，刚放进去就立刻"嗖"的一下提出来。朋友说，这是天然火山泉，含有多种矿物质，针对肌肉骨骼、神经系统，及对皮肤病、妇科疾病、失眠等疾病有很好的疗效。

我开玩笑问，失恋呢？

朋友说，应当没问题。

我说，忘情水呗。

从温泉回来往回走的时候，要经过一片森林，货真价实的森林。这几乎是一个电影里的镜头，有人从森林里走出来，一抹一抹的阳光从林子的上空射下来，射在他们的身上。这样的感受，这样的经历，这样的画面，对某些人来说真的不多。

…………

往回走正好可以逛一逛整个镇子。

格里米亚钦斯克小镇是一个充满异域风情的俄罗斯小村庄。小镇上的房子大都是木刻楞和板加泥的。我在前面说过了，这一路上我们看到的都是苍茫的大森林。可是我国东北的大小兴安岭，经过差不多一个世纪的过度采伐，基本上已经没有原始林了，大都是人工林。人工林类似假肢，给人的感觉并不舒服（好在在黑龙江伊春的五营有一小块儿原始林）。可是，当你置身西伯利亚的时候，看到无处不在的原始林，再想想五营的那一小块原始林，真想像狼一样仰天长啸一番。我们太可怜了。

我们欣赏俄罗斯木刻楞和板加泥的房子，这无疑是大自然、大森林的馈赠，感觉在这里似乎随随便便就可以盖一幢房子，而且还可以建出一些花样来。俄罗斯的民宅特别注重门和窗，看上去俨然童话般的艺术品。小镇上的房子多以嫩绿色为主，奢侈一点儿的会在大门上、窗棂上、房檐儿上雕上一些花。在上个世纪初，哈尔滨，甚至包括整个黑龙江地区，跟如今的俄罗斯一样，到处都是大森林，再加上苏俄侨民大量地涌入和中东铁路的开发，那时候的哈尔滨也像现在的西伯利亚一样，到处是木刻楞和板加泥的房子……

说到这里我再补充一句，当年在哈尔滨的大木材商，俄罗斯商人斯基德尔斯基和格瓦里斯基，他们就获得了中东铁路沿线纵深地带的森林开发权。他们采伐下来的木材源源不断地运回俄罗斯。当然，这是一种变相的掠夺，放着自家的森林不采去开采别人的林子，这不是掠夺是什么呢？侵华的日本关东军做得更无恃无恐，他们恨不得把整个的大小兴安岭上的森林全部砍光。

有点儿走题了，那么，喜欢拍照的人就尽情地照吧。

虽然这里是俄罗斯的小镇，但也有几家中国人开的旅馆。只是中国人开的旅店提供的却是一些不中不西的食品。他们可真厉害，简简单单的大米粥居然做串烟了。我的朋友却说，知道为什么吗，原因很简单，因为只有用木材烧饭，一不留神，才能使大米饭串烟。尝尝吧，这是一种偏得哩。

也对。

餐厅不大，一进门，那个小黑板上写的菜谱引起了我的注意（旅客可以据此加餐，有熊掌、狍鼻子，还有贝加尔湖的鱼）。贝加尔湖的"鳊花鱼"非常大，在我看来至少有五十公分长，宽至少在二十五公分左右。价格非常昂贵，合人民币200元一斤。一只熊掌要2000元人民币，狍鼻子更贵。狍也叫"四不像"，身上最好吃的部分就是鼻子，软糯有弹性。蒸熊掌则是软糯香浓，肥而不腻。除此之外，还有"雪山之王"雪豹肉丸子。

朋友说，嚼劲十足。好吃。

囊中羞涩，也可以转变成一种潇洒，淡淡地惊讶一下就可以了，不必亲力亲为。

黄昏的时候,我和朋友去看贝加尔湖的落日。我们是在贝加尔湖的东边,在这个方向只能看落日。在贝加尔湖的西边人才能看到日出。

贝加尔湖的落日,景色非常壮观,当然,我的心情也非常复杂。真的,非常复杂……

原载《作家》2020年第2期

澳门性格

蒋子龙

澳门，其实无门。

一说"澳有南北两台，相对如门，故称澳门"。一说"澳南有四山离立，海水纵横贯其中，成十字，曰十字门，合称澳门"。这样的无门之门，或许就是天下最大的门，门内是航道，门外为大海，既可通达四方，又能融汇世界。

忽必烈进入十字门，便赢得了天下；大宋天子丢了十字门，便失去了江山。澳门之门，看似无形却有形，是历史之门，又是未来之门。

谁说名字只是一个符号？可知符号所传达的信息，对澳门性格的形成有着怎样的影响？

环顾当下多事的世界，纷争不断，吵嚷成常态，还有几块安静的地方？无论有几块，澳门肯定是其中最令人惬意的一方静地。君不见关闸开启前，关外挤成人山人海，关闸一开，直如大坝提闸放水，如山似海的人流，瞬间泄洪般被一辆辆免费大巴载走了……

澳门很小，小到只有其近邻香港面积的三十分之一；澳门又很大，每年容得下3200万外来游人，直追到香港的游客人数。孟子云："充实之谓美，充实而有光辉之谓大"。绚烂而又沉静的澳门，之所以让人感到大，不仅容得下世界各地的来客，也容得下各类是非纷纭，不管在外面人们如何喧闹，进入澳门就会静下来，心定神安。

过去人们一想到澳门，先想到赌，如今人们蜂拥到澳门，真正进赌场的人却极少，大都是因为它好看、耐看、看不透……澳门善意迎人，令人感到安全、舒适，不会受到伤害，钱包不会被偷。

无论是繁华的大街上，还是宏阔如野外的室内游乐胜地，春夏秋冬，天天如赶庙会，总是人头攒动，摩肩接踵，却又秩序井然。即便是在大型娱乐节目演出的前后，正处于五急中人，或防备演出中五急的人，无论男女老幼都安安静静地排队，依次而进。

所到之处都是洁净的，地面没有垃圾，人跟人之间平静而温和。目力所及似乎有不少东方面孔，却丝毫感受不到备受诟病的中国游客的恶习……

难道是澳门"店大欺客"？澳门的"店大"是实，一个比一个大，有的店可与世界顶级大店比肩。然而张狂无礼的游客常常自以为是"客大欺店"，欺的就是"大店"，才更证明自己是"大客"。可见澳门的高明不在一个"欺"字上，而以善意、尊重，把客人融进澳门的情境之中。

环境感化人，也可约束、提升人的品性。

在澳门，最清静的地方反而是赌场。

澳门是世界著名的"赌城"，谈澳门是不能回避这个"赌"字的。赌博在澳门称"博彩"，是葡萄牙政府于1961年2月颁布法令确定的。当时鉴于中国及葡萄牙本国都禁赌，为支持澳门经济的发展，特准许澳门"以'幸运博彩'作为一种特殊的娱乐"。

对澳门来说，博彩确实只是一个产业，即便成为最大的经济增长点，看上去竟跟当地人的精神生活没有多大关联，无论哪个阶层的澳门人都极少走进博彩大厅。

自古以来人们就喜欢谈论赌之害，对其严防死守，只用其利，杜绝其害，于是博彩被管得规规矩矩，干干净净，姿态谦和低调，但"博彩"却光明磊落地成了澳门的"幸运"之彩。

纵观当今世界，因经济危机、股市崩盘、企业破产而寻死觅活者屡见不鲜，以及官场腐化、世风败坏、毒品泛滥……，哪一项不数倍于赌之害？

澳门的生存智慧不受束缚，不以闲情伤定力，也不因俗生障。生活的理由，就是生活本身，无须言说，也无可言说。只有不断提高自我的生存和发展能力，把握契机，才能与命运一同前进。

有一点是肯定的，财经使澳门厚重。

澳门的城市面貌大致可分两块：旅游娱乐区和老城居民区。上面所述是作为一个旅行者的有感而发，其实我更感兴趣的是进入澳门老城区，深切感受澳门的历史血脉及社会风情。

在7月的骄阳下，我和同伴们连续穿行于澳门的老街、闹市，沿连胜街，走花王堂，看卢家大屋，奔山岗顶；细访烂鬼楼街区，漫步营地大街、赵家巷、庇山耶街……或驻足采访，或进门参观，老街区马路两旁的人行道极其狭窄，最窄处不过一尺左右,许多门口旁边还供奉着"门口土地财神"的牌位,摆着香炉,香烟袅袅。

而边道上行人又很多,且行色匆匆,大家都侧身礼让,绝对不会碰到脚边的土地神牌位和香炉,更不会走到马路中间挤占机动车道。每条老街中间那条绝对称不上宽敞的马路,急驰着一辆接一辆的轿车和各种卡车,忙碌而有序。街道两边排满店铺,装货卸货的,拿货卖货的,如此酷热天气,卖当地一种油炸豆沙糕的柜台前竟应接不暇,一派安乐富足的社会景象。

如果说澳门游乐区的节奏是繁华而优游,豪奢而不失清雅,是一种热热闹闹的闲适与从容;那么老城区则繁忙、充实,民气朴茂。将这两个区结合在一起,才是完整的澳门,既有一种满足感,又活力丰沛。

澳门安逸,却并不是没有欲望和目标。活力是由欲望而产生的,有欲望才会有满足感。

沿千年利街往下环街区,走到河边新街,便是妈阁庙。庙前有广场,中间有一株巨大的"假菩提树",枝叶繁茂,树阴下有丝丝缕缕的清风,令人通身舒爽。围着大树有一圈洁净的石凳,然而乘凉的人却并不多。我想象着,若在北方有这样一块清凉地,上面树阴笼盖,前面可望见大海,石凳上定会坐满了人……是澳门人忙,还是澳门人不怕热?

想到这儿转头观察身旁的澳门朋友,看上去他确实不太在意盛夏的暑热,或许这就是"心静自然凉"的缘故。澳门人心中自有一股静气,不然就无法解释,澳门每年有两次太阳直射,辐射强烈,蒸发旺盛,水气充足……何以澳门反而是世界少有的一块最不急不躁的地方?

妈阁广场连着海滩,四百多年前,葡萄牙人就是从这儿第一次登上澳门岛,他们不知这是哪里,询问当地人,当地人告诉他们这儿是妈阁。所以很长时间,他们都以为澳门就叫"妈阁"。

15世纪后期,世界进入"地理大发现时期",葡萄牙的航海探险发现好望角,从而成为"垄断西欧至印度洋以及南中国海之间的海上贸易霸主"。这个骄横的"霸主",却在中国处处碰壁,浙江、福建、广州……屡战屡败,数十艘舰船被毁,200多葡兵被杀。1549年春天,葡萄牙残余舰队受到明军水旱两路夹击,葡兵又伤亡200余,有30多人漏网逃到广东的浪白澳、上川岛,准备建立贸易据点。

可以说,最早把澳门当成"妈阁"的葡萄牙人,是误打误撞地发现了这块当初只有400多人的宝地。

直到1864年,清王朝因内忧外患,国势大衰,葡萄牙才真正占领澳门。说是占领，实际是清朝政府和葡萄牙政府双权管理。在此前后的300多年里，葡萄牙与澳门的关系、占领者与当地人的关系，紧张又微妙，极富戏剧性。

起初是冲突不断，且异常激烈。比如澳门第79任总督亚马喇，到任后大兴土木，强拆民房，毁坏村民祖坟，青年农民沈志亮求助无门，便约集几个伙伴，愤而将其刺死。这样一件酿成血案的重大事件，最后的结果竟让大家都能接受，还都觉得处理得不错——典型的澳门风格。

沈志亮杀了人当然要偿命，但他体现了澳门人的血性，特别是向葡萄牙当局展示了这种血性，清廷负责管理澳门的香山县衙以及澳门华民，隆重地厚葬沈志亮于前山寨北门外，立碑称其为"义士"，充分表达了澳门人对沈志亮义举的崇敬。总督被杀死又如何抚慰呢？葡方总督府选出三条马路和一个广场，以亚马喇的名字命名。

无数历史经验证明，暴政一定会引发暴力反抗，愤怒和仇杀在澳门却并没有引发杀戮，反而导致妥协，双方都得到了自己想要的体面。

参观了新教坟场以及诸多堂皇的大教堂之后，我忽然觉得与其说是葡萄牙对澳门的占领，不如说是天主教与澳门精神的融合。对澳门性格的形成，宗教或许比葡萄牙式政治管理制度影响更大一些。

"果阿至日本的东印度区耶稣会视察员"范礼安，是西方宗教在澳门的奠基人，自1578年起的近30年间，他六次到澳门，重要的是他对中国的认识与最初带着舰队来华的葡萄牙商人大不一样，他到处公开宣讲："中国是个秩序井然的高贵而伟大的王国，相信这样一个有智慧而勤劳的民族，决不会将懂得其语言和文化、并有教养的耶稣会传教士拒之门外的……"（《澳门历史二十讲》）

三年后他在澳门创立"耶稣兄弟会"，并指定利玛窦为中国传教团主管。

利玛窦抵达澳门后，操汉语，着华服，刻苦研究中国典籍，讲授西方的天文地理历算之学，将天主教汉化。他制定的传教策略是在尊重中国文化的前提下，以西洋科学知识、天文仪器作为传教的手段。他通晓六经子史，并把《四书》译成拉丁文寄回本国出版，开西方人译述中国经典的先河。他还首创用拉丁字母注汉字语音，成为中国文字拉丁化的创始人。

他刻印世界地图时，刻意将中国绘在地图的中央，可以理解这是他对中国的崇敬，也可以理解是向中国示好，满足处于封闭状态的大明朝君臣"老子天下第一"的自尊心。后来利玛窦呈献给明神宗的《坤舆万国全图》，第一次让中国人知道了世界上有五大洲，以及中国真实面积到底有多大的真相。

他还帮助徐光启督修新历，于崇祯十六年替代了回回历。利玛窦还以口授的方式由徐光启笔译了古希腊数学家欧几里德的《几何原本》……

凡此种种，利玛窦当仁不让地成为天主教在中国的奠基人，或许正是受了他的"先学习，后教导；先尊敬，后传教"的影响，澳门人的宗教信仰成了独一无二的世界奇观：你信你的，我信我的，我可以信你的，你也可以信我的，地上哥俩好，天上各路神仙一律好好好。

于是，在澳门这样一个本不算大的地方，竟有二十多座教堂，四十多座大庙，还不算遍布大街小巷、家家门旁的小小土地庙……西方有的地方教堂不少，但没有庙；东方庙多的地方没有这么多教堂。称其为"世界独一无二"，不虚。

天主教彬彬有礼地登陆，没有引起本地人的反感和抵抗，反而激发出心中的虔诚，可以信仰天主，也可以信奉佛陀、妈祖、道教、儒教，乃至关公、哪吒……无论什么庙都不是太过单纯，一定还捎带着供奉其他各路神仙，或已经被捧成神的人。康真君庙是道家的一座大庙，住持却是一位俗人卢树镜先生，他一个人管理大庙21年，香火旺盛。澳门没有广阔的地域，人人都格外敬重、珍爱土地，有很多信佛、信主的家庭，门口还要供奉土地爷。

澳门的神佛如同澳门人一样，都有一种随和与大度。

——这就是融合。宗教的融合，也是精神的融合，最终还是海洋商贸文化与本土耕读文化的融合。

大三巴牌坊成为现代澳门的标志，非常富有象征意义，它激发人们丰富的想象力，将历史的真实和神话的虚构融合在一起，又全部揉进这座牌坊。

设若圣保禄会院教堂没有在1835年被焚毁，却未必比光剩下这样一个前壁立面名气大。因为它有了一个中国式的名字"大三巴牌坊"，成了中西方文化融合的见证。

这样的见证在澳门到处都是，除去保护完好的新教坟场，在白鸽巢公园还有葡萄牙著名诗人贾梅士石洞和座像，他的代表作《卢济塔尼亚人之歌》主要是在澳门完成的，还被称作《葡国魂》。有人竟简单地理解成"葡萄牙的国魂是澳门铸就的"。

以澳门的面积，"龙环葡韵"公园绝对称不上大，竟入选中国十大湿地，恐怕跟它精致独到的"葡韵"不无关系。

与"葡韵"相对应的"华韵"，我以为是遍地开花、各式各样的社团。

目前澳门人口60万，除华人和葡萄牙人外，还有来自西班牙、意大利、英国、德国、瑞士、日本、印度、马来西亚等数十个国家以及非洲的人，这简直就是一个"联合国人口示范区"。

他们又分属于9000多个不同的社团。各行各业、各个阶层、各个民族、不同宗亲，都有自己的社团。社团这么多不是分、不是散，是名副其实的"团"，"团"就是"合"。这或许跟澳门三百年的"双权管理"有关，有些百姓的事情，名义上谁都管，实际谁都不管，清廷天高皇帝远，葡萄牙比清廷还远。

1974年4月25日，葡萄牙革命成功，又向世界宣布，澳门不是葡萄牙的殖民地，只是葡萄牙管理的中国领土。数百年来政治制度的变来变去、反反复复，必然会造成相对宽裕的体制空间，社团便应运而生，以填补这些空间。

所以澳门的社团不是虚的，是实打实地解决民间社会的各种问题。

比如医药界的社团"同善堂"，其宗旨是"同心济世"。我采访了办这个社团的同善堂学校的校长，50岁上下，温雅干练，讲一口漂亮的北京话，许多年前从北京应聘来澳门。我见到他时，脸上有掩饰不住的喜悦，今年他的高中毕业生全部考上了大学，还有两名一个进了北大，一个进了清华。

学校前厅的四面墙上摆满学生的奖杯、奖状，原来这个学校竟然是从幼儿园直到高中毕业的一条龙教育，且全部免费，学校还负责学生在校期间的用餐。我问校长，经费哪儿来？

他说由同善堂提供。

同善堂的钱是哪儿来的？

同善堂的各个企业老板捐助。

我忽然有一种生命得到启悟的感动，澳门之所以气象融融，情韵朗润，也得益于是个社团社会。这些社团同心向善，名副其实地担起社会责任。心地芝兰，真是"有情世间"。

众缘和合而生，这样的大融合，使澳门社会有了强韧的平衡点。

平衡就稳定，包容即佛心。平时蕴藉温厚，满襟和气，遇非常时期澳门就成了避风港、安全岛。

1937年日本发动卢沟桥事变，引发中日战争，随后日军大举南下，两年后攻陷广州，1941年占领香港，并迅即入侵东南亚各国，再加上西线德军的"闪电式战略"，大半个地球陷于战争的火海之中。

而澳门处于中立地位，特别是葡萄牙与南美洲巴西的关系密切，日本以不进攻澳门换取葡萄牙保证其在巴西日侨的安全。于是，大量逃避战火的人从中国内地和四面八方涌入澳门，广东的许多学校也迁到澳门继续办学，澳门人口由1938年的14万猛增至1940年的40万人。因祸得福的是，其中有大批知识分子和教师，对澳门华人普及现代教育，又起了很大的促进作用。

有文字可查的澳门历史不过五百年，这五百年间世界战乱不断，无论东方或西方，中国似乎愈加的多灾多难，否则澳门以及香港、台湾也不会分离出去。却惟有澳门，五百年来竟没有遭受过一次战争的毁坏。这固然有地理因素和许多历史的偶然，偶然是必然的结果，对待这种得天独厚的好运气，最省事也是在民间流传最广的解释："澳门是莲花宝地"。

清乾隆十年进士张甄陶，在其名著《论澳门形势状》中这样描述："前山有寨，名曰莲花，相其形势，宛然惟肖：盖前山如荷根，山路一线，直出如茎，澳地如心，此外如大小十字门、九洲洋、鸡颈头、金星山、马骝洲，星罗棋布，宛如花之瓣……"澳门形状给人以无尽的想象，就像喜欢一个人怎么看都是一脸福相一样。

澳门的福气，来自于城市的性格。这性格是经过时间和命运的磨砺逐渐显现出来的，退掉了青涩，滤去了浮躁，宽容乃恒，温厚即久。无须佻达，沉稳自适，胜过种种逞一时之忿，快一时之意。

西哲有言，凡是理性的都是真实的，凡是真实的都是理性的。澳门的性格不剑拔弩张，也无须取悦于人，不欺生，不摇曳，谨厚明达，超逸自若，收敛而从容。

性格不只是命运，还成了澳门最大的魅力。当今越来越多的人向往澳门，谈论澳门，无论知道多少都跟着人云亦云地说，澳门是福地、是宝地。

澳门有个"历史城区"，被评为世界文化遗产。

历史是澳门的根，是文化自信与独立品格的依据。承先才能启后，才有创造力，没有历史传承，就没有归属感。

澳门性格中的包容自信，来自坚实的归属感。

世界没有比知道自己是谁更重要的事了。这是一种信念，也是一种持守，脉定于内，心正于怀。有了这样的信心，无论是"双权管理"也好，"一国两治"也好，都是一种成全。将民间智慧、宗教情结、商业想象力、政治形态，全部熔为一炉，营养自己的城市与民众。

天道好还，美意延年，所以澳门有种"名利任人忙，乾坤容我静"的气度。还智慧于平和自然之中，张开怀抱接纳。

久而久之，清嘉自守的澳门，将自己修炼得金贵圆满，便有了今日的"非我寻梦梦寻我，良友如花不嫌多"的气场和人脉。

——"莲花宝地"，果然不虚。

原载 2019 年 9 月 19 日《天津日报》

月亮在叫

刘亮程

那一夜刮风,我听见三层声音,上层是乌云的,它们在漆黑的夜空翻滚,碰撞,磨蹭,挨挨挤挤,像往更黑暗的年月里迁徙搬运。中层是大风翻过山脊的声音,草、麦子、野蔷薇和树梢被风撕扯,全是揪心的离散之声。我在树梢下的屋子里,听见从半空刮走的一场大风,地上唯一的声音是黑狗月亮的吠叫,它在大杨树下叫,对着疯狂摇动的树梢叫,对着翻滚的乌云叫。紧接着,我听见它爬上屋后被风刮响的山坡,它的叫声加入到山顶的风声中,在更高的云层中也一定有它的叫声。它在那里撕心裂肺地叫。我不知道它遇见了什么。对一条狗来说,这样的夜晚注定不得安宁,从天上到地下,所有的一切都在发出响动,在丢失。它在疯狂跑动的风中奔跑狂叫,像是要把所有离散的声音叫回来。

另一夜我被它的狂吠叫起来,循声爬上山坡。我猫着腰,双手爬地,在它走过的草丛中潜行,它在自己的吠叫声里,不会听见背后有一个人爬过来,我在离它不远的草丛停住,看见它伸长脖子,对着天上的月亮汪汪吠叫,我像它一样伸长脖子,嘴大张,却没有一丝声音。

满山坡的白草,被月光照亮。树睡在自己的影子里,朝向月亮的叶子发着忘记生长的光。我扬起的额头一定也被月光照亮,连最深的皱纹里都是盈盈月光。

这时我听见远处的狗吠,先是山坡那边泉子村的,一只嗓门宽大的狗在叫,像哐哐的拍门声,每一句汪汪声都在拍开一面漆黑的大门。紧接着村子北面的几条狗也吭声,南边大板沟的狗吠也隔着山梁传过来。

此刻我们家的牧羊犬月亮,正昂首站在坡顶明亮的月光里,站在四周汪汪的狗吠中心。

我站在它身后,一声不吭。

我们不在院子的多少个黄昏和夜晚,它独自爬上山坡,用一只母狗的汪汪吠叫，唤起远近村庄的连片狗吠。然后，它循着一个声音跑去，每跑过一片坡地麦田，每爬上一座荒草山顶，都停下来，回头看身后的院子，侧耳听后面的动静，它对这个大院子的不放心，使它一夜夜地不曾跑远，那些夜晚的风声带着满院子树叶屋檐的响声，把它唤回来。它回到自己的院子里吠叫，把远近村庄的狗，叫到书院四周，它们进不了院子，不知道院墙上它独自进出的狗洞。

那样的夜晚，院子没有人，月亮的叫声悠远孤高，它不是叫给我们听，它知道自己的主人在听不见狗吠的远处，它在院子里闻不到主人的气味，从远处刮来的风中也没有主人的气息，整个院子是它的，悄然矗立的房子是它的，寂静移动的光阴是它的。

又一个夜晚，我听见它吠叫着往山坡上跑，一声紧接一声的狗吠在爬坡，待它上到坡顶，吠叫已经悬在我的头顶，我仰躺在床上，听见它的叫声在半空里，如果星星上住着人，也会被它叫醒。

接着我听见它的叫声跑下山那边的大坡，那个坡似乎深不见底，它的声音正掉下去。其实那边是泉子沟的山谷，不深，只是月亮的吠叫深了，我再听不见。

我担心地躺在床上，不知道什么声音把它喊走了，想起来去看看，又被沉沉的睡意拖住。

那样的夜晚，天上的月亮从东边出来，翻过菜籽沟，逐渐地移到后面的泉子沟。这只叫月亮的狗，跟着天上的半个月亮，翻山越岭。

它可能不知道天上悬着的那个也叫月亮。但它肯定比我更熟知月亮，它守在有月亮的夜里，彻夜不眠。在无数的月光之夜，它站在坡顶或草垛上，对着月亮汪汪汪吠叫，仿佛跟月亮诉说。那时候，我能感觉到狗吠和月光是彼此能听懂的语言，它们彻夜诉说。我能听懂月光的一只耳朵，在遥远的梦里，朝我睡着的山脚屋檐下，孤独地倾听。我的另一只耳朵，清醒地听见外面所有的动静里，没有一丝月光的声音。

它一定知道我在听。

它听见屋后山坡上的响动。有时一场大风在翻过山顶。有时一个人悄然走过，踩动草叶的脚步声被它灵敏的耳朵听见。有时它听见黑云贴地，从后山压过来。它知道我的耳朵听不见黑夜到来的声音。它先在我的门口叫，在窗户边。它要先叫醒我，让我知道夜已经变得更黑更阴冷。

有时它叫得紧了，金子会喊我出去看看。更多时候我懒得出门，打开手电从窗户照出去，光柱对着两侧教室的门窗扫一圈，对着高高的白杨树和松树扫一圈，对着孔子石像前的台阶照下去，大门和外面的马路，都被树挡住。

看见手电光它会回来，站在光柱里，扭过头看。我打开窗户，探头出去，喊一声"月亮"，我的喊声在它停息吠叫的大院子里，空空地响着。我关了手电，悄然走在有它陪伴的月光里，它对着月亮叫，我也对着月亮，嘴大张，发出的声音却仿佛是它的。

有时它的叫声在院子外面，在屋后山坡上，我的手电光掠过树梢，朝它对着吠叫的月亮照去，四周没有一点亮光，两旁黑沉沉的山梁，将远处城市的灯光挡在了另一个世界，所有的光亮都在天上，繁星、银河、月亮。这来自地上的一束光，伴随我仰望一缕目光，在遥遥的月亮上，和一只狗的仰望相汇。

有一夜它不停地叫到天快亮，我睡着又被它叫醒，金子一直醒着，她过一阵对我说一句，你出去看看吧，院子可能进来人了。

我说没事，睡吧。

说完我却睡不着，满耳朵是月亮的狂吠。它嗓子都哑了，还在叫。

我穿衣出去，手电朝它狂咬的果园照过去，走到它吠叫的教室后面，对着穿过林带的小路照，全是黑黑的树影。月亮亲热地往我身上蹭，我摸着它热乎乎的额头，它叫了一晚上，就想叫我出来看看，有东西在夜里进了院子，但我看不见它所看见的。我关了手电，蹲下身耳朵贴着它的耳朵静听了一会儿，又打开手电，天上寥寥地闪着几颗星星，光亮照不到地上。树挤成一堆一堆，感觉那些高大的树都蹲在夜里，手电照过去的一瞬，它们突然站起来。

果真有人进了院子。那是另一个夜晚，我掀开窗帘，看见一个人走进大杨树下的阴影里。我赶紧起床，开门出去，手电对着那块阴影照，什么都没有。月亮在我前面狂咬，沿着穿过白杨树阴影的小路往上走，前面是一棵挨一棵的大树，那个人不见了。

我回来睡觉。过了会儿，月亮又大叫起来，我掀开窗帘看见刚才那个人正从大杨树的阴影里走出来，这次我看清了，他肩上扛着东西，还打着一个小手电。月亮只是站在台阶上狂咬，不接近那个人。

我出门喊了一声。那人站住，手电照过去，看见他肩上的铁锨。

是书院后面的邻居，他在夜里浇地，水渠穿过我们的大院子，他沿渠巡水。

月亮见我出来胆子大了，直接扑上去咬。我喊住月亮，和那人说了几句话，仍然没认清他是谁。

这时东方已经泛白,从对面山梁上露出的曙光,还不能全部照亮书院。我喜欢这种微明,天空、树、房子和人,都半睡半醒。

头遍鸡叫了。我们家那只大公鸡先叫出第一声,接着,一山沟的鸡都开始叫。

我看看手机,早晨6点。我还有3个小时的回头觉,得把脑子睡醒,不然一天迷迷糊糊,啥事情都想不清楚。

另一夜大风进了院子,呼啦啦地摇白杨树和松树,摇苹果树和榆树。月亮在铺天盖地的风声里听见一个人的脚步声,它对着果园狂咬。我也隐隐听见了,像是多少年前我在那些刮大风的夜晚回家的脚步声,被风吹了回来。

我起身开门,顶着凉飕飕的秋风,走进月亮吠叫的果园。这时候大风已经把天上的云朵刮开,月亮星星,照亮了整个院子,我没有开手电,在清亮的月光里,看见一个人站在苹果树下,摘果子。风摇动着果树梢,树下却安安静静。那个人头伸进树枝里摸索一阵,弯腰把摸到的苹果放进袋子。那些苹果泛着月光,我想在他弯腰的一瞬看见他是谁。但是,他一弯腰,脸就埋在阴影里。我在另一棵苹果树下,静静看他摘我们家的果子,有一刻他似乎觉察出了什么,朝我站的这棵果树望,我害怕得憋住呼吸,好像我是一个贼,马上要被发现了。接着他又摘了几个果子,然后,背起满满的一袋子苹果,朝后院墙走。

月亮突然狂叫着追过去。在我静悄悄站在树下看那人时,月亮靠在我的腿边,也安静地看着那个人。它或许在等我开口说话,它等了好久,终于忍不住,猛地扑了过去。那人一慌,摔倒在地,爬起来便跑,跑到院墙根,连滚带爬,从院墙豁口翻出去。

我没有喊月亮。它追咬到豁口处停住,对着院墙外叫了一阵,又转头回来。

我带着月亮穿过秋风呼啸的果园,不时有熟透的苹果落下来,"腾"的一声。有时好多个苹果噼噼啪啪地落在身边,我慢慢地走着,弓腰躲过斜伸的树枝,我想会有一个苹果落在我头上,"腾"的一声,我猛地被砸醒,发出疼痛的"哎呀"声。

可是没有,从始至终,我没有发出一丝声音,甚至没有叫一声月亮。

待我回屋躺在床上,突然后悔起刚才自己的噤声。月亮那样声嘶力竭地叫我出去,它是想让我叫一声的,它知道那个人在偷东西,它认得贼的样子,它想让只有孤单狗吠的夜晚,有我的一声喊叫。可是,我没有出声。

在我沉睡前的模糊听觉里,它孤单的叫声又在外面响起来了,一声接一声地,把我送入凉飕飕的梦中。

在无数个刮风的夜晚，它彻夜不眠，风进院子了，树梢在动，树的影子在动，所有的东西都发出声音，连死去两年的那棵枯杏树，都呜呜地叫。

黑狗月亮的吠叫淹没在巨大的风声里，仿佛它也被风吹着叫，它的叫声也成了风声的一部分。在它过于灵敏的狗耳朵里，风吹树叶的声音一定大得惊人。那时候，我在自己寥远的睡梦里，满世界不安的响动，四周阴森森，我身不由己，被拖进一场恐怖的梦魇中，我奔跑，嘴大张，我的声音像被谁没收了。最后，我拼命喊出那一声，飘出窗户，被它听见。它猛地转身，从屋后满是月光的山坡回来，从树阴摇曳的果园回来，从只有它自己的吠声里回来，它对着我的窗户大叫，它不知道我在梦中发生了什么，但它听见我从未有过的叫声，它拿脊背搡门，像我晚起的那些清晨，它在门口守候久了，拿脊背笨拙地搡门。我在它的叫声里突然醒来。我偶尔的一两句梦呓飘出窗户，被它听见。

原载《天涯》2019 年第 5 期

徽州的味道

胡竹峰

那时候,安庆的乡下不像现在这么燥热。或者也热,只是我记不大清楚了,毕竟是三十年前的事。也或者热,但一定不燥热。

那些清凉如水的夏夜,一个小男孩,洗完澡,在凉床上躺着。凉床是古物,家传数代,席面生有厚厚的包浆,床沿包浆更厚,呈红褐色。那是曾祖父与曾祖母的气息,那是祖父与祖母的气息,触手微凉,滑嫩如夏露,又如山风,很舒服。

真有山风,不远处树影晃动,风近身了。和风一同近身的,还有黄梅戏。星光暗淡,黑黢黢里只能看到人脸庞的线条与轻轻挥舞扇子的样子。风中的戏词也暗淡,断断续续,时断时续。

那天在黄梅戏会馆看戏,吃橘子,一颗颗牛眼大小。橘皮剥开,一股幽香,酸甜的幽香与绿茶的味道混合在一起。送一瓣入嘴,有种清洌的甜,微微的酸,衬托得那甜一意孤行、意气风发。那杯茶,随着剧情起伏,到底喝得淡了。稀薄的淡里,一回味,茶香还是自唇齿间泛开来。忽然想起张充和1985年写过的那副对联:

十分冷淡存知己;一曲微茫度此生。

字是馆阁闺秀体,清疏、明净,一笔笔是修养是境界是性情。喜欢"十分冷淡",更喜欢那"一曲微茫"。

世上事纷扰熙攘,戏里有十分冷淡。到底是戏,台上的事情再热烈激荡,台下人也能以冷淡心去看,戏终了,散场,一曲微茫。其中自有道也。庄子认为道无处不在,东郭子向他请教道究竟存在于什么地方。

"在蝼蚁上。"

"怎么处在这样低下卑微的地方?"

"在稊稗中。"

"怎么越发低下了呢?"

"在砖瓦间。"

"怎么越来越低下呢？"

"在屎溺里。"

东郭子不响。

东郭子的时代，世间无茶也无戏。倘或请他听听戏喝喝茶，或者不会如此执相。戏毕，茶淡，各自归家，与庄子作别而去。六祖惠能心平气和，说："此心本净，无可取舍，各自努力，随缘好去。"言毕，徒众作礼而退。

采茶之类大抵是女子的事。女人是水做的，只有水才能泡出茶的清香与纯净。采茶有歌，采茶歌的声音，是慢慢流出来的，从唇间轻轻吐出，像春风轻轻拂过大地，溪水灿然，水缓缓流过那菖蒲、石头与沙滩。

陆羽《茶经》上说舒州潜山一带产茶。唐人的采茶歌消失在唐人的山水之间。从采茶歌到宋代民歌到元杂剧，民间戏曲渐渐发芽长大。至明代，南北一体，戏风颇盛。安庆的地方志上说，明崇祯年间，十月农闲后，是属于乡戏的时间。地方志上还说，那时候乡村常有庙。庙中虽塑有泥神，老百姓不全迷信。庙宇不独做敬神之所，因为庙门口大多宽敞，也是唱戏的戏台。一村或几村合伙出钱，请来戏班演出。然后就到了清朝，此时乡戏已经不限于农闲时了，祭祀、婚庆、生育，也请来伶人。

一代代黄梅戏艺人走村串乡、走州过县一年年。道光时，有竹枝词言道：

> 多云山上稻荪多，太白湖中鱼出波。
> 相约今年酬社主，村村齐唱采茶歌。

光绪年间，桐城有人组织了黄梅戏班子，在怀宁乡间演出。民国《宿松县志》记载"邑境西南，与黄梅接壤，梅俗好演采茶小戏，亦称黄梅戏"。

那年回乡，微雨薄凉，在镇上祠堂里玩。老人不无惆怅地告诉我，当年这里是戏台，一唱黄梅戏，嚯，那个热闹。

拾步走上戏台，能嗅到旧日的气息。是弦歌，是清音，是铜锣皮鼓，是岁月天地，是家常烟火与众生百态，也是旧梦里永不褪色的粉墨回忆。

我记得的。

有一次听黄梅戏，在老街祠堂二楼戏阁。观众不少，远远近近的村民都来了，闹哄哄挤满中堂庭院。一男一女在台上咿咿呀呀唱着，几个老太太点头轻轻相和。

那次演的什么，想不起来了，不能忘记的是看戏人一颗颗晃动的脑袋。那出戏没完没了，似断又续。我坐在母亲腿上，完全被阻挡在热闹之外，不大一会儿就睡着了。回家的时候方才醒来，有人牵牛过桥，夕阳穿过古亭尖上的画戟，照在母亲的脸上。那年她不到30岁。

老家有很多祠堂，做一宗一族供奉亡灵、存放公物、议事祭祀之用。祠堂多设有戏台，两侧延伸与中、后厅厢房二层连通，人称"走马通楼"。戏台要么在前厅阁上，要么在正厅二楼，与后堂供奉的祖先牌位相对。戏固然供今人消遣娱乐，但不能忘了逝去的先祖。记得故里城郊一宗祠戏楼楹联说的是：

演一部忠孝图后人作鉴；唱几阕清平调先祖是听。

这是民间朴素的情谊，也是戏娱人娱神娱鬼的一面，有人情也有孝心，虽然那孝心或许并无实处，其中却有昭昭天道，人心之上的天道。

有年春节回老家，猛地从路边的瓦宅里传来黄梅调。一个轻妙的女声袅绕在风雪中，朗朗的，说不出的柔顺，像轻泉流过山石，忍不住停下来听了好久。此后若是天气不佳的日子，书读厌了，也不想写字，就守着那一脉轻吟浅唱，打发着飞雪连天、阴雨绵绵的时光。

天南地北的戏剧有各式各样的生长环境，水土不一，样式迥异，真是一方水土一方人，一方男女一方戏。昆曲是精描细写的工笔闺秀，京剧是纵横捭阖的浊世公子，秦腔是粗犷飞扬的高原大汉，越剧是略施粉黛的写意仕女，黄梅戏则是布衣粗裙的农家姊妹。

静下心来听戏，大抵是走向成熟、走向中年的表现。一个人太年轻，往往不能领会戏曲的底蕴与内涵，及至长大，染世渐深，直到有了戏梦人生的沧桑时，才体会出舞台深处的咿呀滋味。

记忆中关于黄梅戏更多的是乡野的场景。

田垄里，火粪的幽香澎湃而来，天幕上彩云追日。田里的稻茬清干净了，农人扛着长凳或者小椅子簇拥在临时搭建的戏台下。那戏台以门板楼板之类搭建而成，铺有红毯。去得早的坐前排，去得晚的只能踮起脚尖在后排，更远一些的索性站在板凳上甚至爬上树。开演时，锣鼓敲起来，三打七唱，自有一番富足的热闹。几个本地和邻村的闲汉不时疏疏朗朗地打一声呼哨。

台下也热闹，各类小吃，臭干子、韭菜盒子、爆米花，那些摊点还兼卖杂货。

台下烟熏火燎，台上咿咿呀呀，各安其事。

看戏，总让我觉得在梦里，台上穿红挂绿，还有大胡子、高帽子、白鼻子、长辫子、大花脸等，嘴里喊着念着唱着，一句不懂也一句都不喜欢。然而夜气很清爽，真可谓沁人心脾，我后来再也没遇到过那么好的空气，回想起来仿佛是梦境。

有人一边看一边嗑瓜子，壳落在前排人头上。旁有熟客见他头顶有瓜子壳，拉一下衣袖，那人回过头，扫扫头发，也不恼，只嘟囔一句"你好生些"，径自扭头朝戏台看去。

戏结束了，人踩踩脚，拍拍衣服上的浮尘，扛起凳子回去了。前排的总会等到谢幕才依依不舍地离去。除了凳子，还有人扛着或者抱着小孩回去。有人像棵树，身上挂着三个小孩，左挟右抱，背上还有一个。

这种演出，带着泥土的芳香。生活本身就是一场戏，戏则是拓宽了的生活。黄梅戏里的男欢女爱，所表达的，是人心美好的愿望。爱情，是黄梅戏舞台上永不凋谢的风景，老人们说，黄梅调，就是这样开始的。

冬日农闲，偶尔会唱连本戏，每天夜里唱一场，连续好多天。北风呼啸，人披上大衣和厚重的棉袄，三五成群，有时跑十多里地。

村里后来唱了很多场戏。我记得清楚的是《珍珠塔》。

相国之孙方卿，被人陷害，家道中落，去襄阳投奔姑母，借贷不成，反受奚落，冷言嘲讽：要是你得中高官，我愿头顶香盘跪接。方卿愤愤离去。表姐陈翠娥贤淑善良，假托送点心，暗赠珍珠塔，助其读书。姑父陈培德深明大义，驱马追至九松亭，将女儿许配方卿。黄州路上，方卿遇了强盗，珍珠塔被抢。陈翠娥知道后，一病不起。陈培德情急之下，假装方卿给她写信。三年之后，方卿果中状元，官封七省巡按。他想试探一下姑母，便乔装改扮，看姑母是否依然势利。不料姑母本性难移，终于自食其果，羞惭地头顶香盘跪接方卿。方卿原谅了她，与翠娥结百年之好。

方卿羞姑，讽刺刻薄势利，入木三分，可谓大快人心，盛演不绝。

《珍珠塔》的故事，取材于陈王道嫁女。

陈王道的旧宅在苏州同里古镇，我去过。前人旧事烟消云散，站在他家后院的河道边，流水依旧，柳枝依旧。

那一回看了锡剧《珍珠塔》。方卿羞姑，陈翠娥斥责他挟嫌，并晓以大义："不容人者人不容，不尊人者人不尊。到头来得了金印失人心，众叛亲离怎立身？"方卿深受感动，在尾声中手托乌纱帽，跪地请罪。

也是在苏州。网师园，雕栏朱楼，水畔有柳，园中有花。假山后传出黄梅戏的声音，唱腔柔曼，软语醉人："我也曾赴过琼林宴，我也曾打马御街前。人人夸我潘安貌，原来纱帽罩哇罩婵娟哪。"朗朗有致，一时竟凝在那里。一阵风来，树上桃花兜头吹下，落得满身满地，有些漂在水池内。花瓣浮在水面，游游荡荡，引得几尾小鱼摇曳而至。

唱一桩往事，说一折传奇，演一线旧痕，听一段花腔，看一曲好戏。情窦初开的眉目传情，露水夫妻的男欢女爱，天宫水府的精怪神通，仙女牛郎的相依相爱。才子坎坷，佳人倾心，是生活的写照，也尽显男女的俏皮活泼。生来存在于想象中的故事真是唱不烂的老调，足以消解尘世的苦乏。在庸碌的生活间隙追逐舞台上宽服长袖的清丽背影，也算是追逐一份人间风雅，谁都有一副浪漫的骨子。

有次与一黄梅戏演员同车回城，雨水漫窗，请她清唱了一段《牛郎织女》："架上累累悬瓜果，风吹稻海荡金波，夜静犹闻人笑语，到底人间欢乐多。"只觉得苍茫陈旧，音调婉转，又得了人间正气，那朗朗乾坤里一片无邪一片烂漫。

戏文中常有绝妙好辞。《红楼梦》里薛宝钗庆生，为讨老夫人喜欢，点了一出《鲁智深醉闹五台山》。宝钗说，一套《点绛唇》，铿锵顿挫，韵律不用说是好的了，那辞藻中有一支《寄生草》，填得极妙。宝玉见说得这般好，不由得凑近央告："好姐姐，念与我听听。"宝钗便念道："漫搵英雄泪，相离处士家，谢慈悲剃度在莲台下。没缘法转眼分离乍。赤条条来去无牵挂，那里讨烟蓑雨笠卷单行？一任俺芒鞋破钵随缘化。"宝玉听了，喜得拍膝画圈，称赞不已。

戏事本是俗务，俗中透着雅，仔细一琢磨，忽然余味很长。黄梅戏里戏词之优美，常令人回味把玩。颇喜欢《龙女》中的一段唱词：

> 晚风习习秋月冷，更鼓声声乱我心。手握珊瑚对月问，可曾照见赠花人？风拂池水花弄影，疑是公主已来临。宝花呀，你能揭榜会治病，为何今夜不显灵！求你助我生双翼，展翅飞出相府门。

这一段唱词，音调舒缓，庄重肃然，最见心绪。

最喜欢无所事事的时候坐在竹椅上听黄梅戏。清晨或者傍晚，天光微亮的景致里，黄梅戏里的江南小调带来说不尽的旖旎风光，让人不知今夕何夕，甚至让人活在那戏词里，忘了此岸的肉身。

最初的黄梅调，多表现下层社会的爱情态度和对爱情的想象。很多年，黄梅调曾被当作淫词滥调，为士人所轻，然而，黄梅戏到底如野草一般滋生蔓延。人们喜爱这种民间的声调，贪恋艰难时世挣扎之余的刹那良辰。

有人说，安庆人温柔、多情，像他们所说的方言，有种温软、浪漫与俏皮。提到黄梅戏，总会想起一些声音。严凤英的声音、马兰的声音、韩再芬的声音，还有母亲的声音……这些声音像案头清供，干干净净的玻璃瓶，透明晶亮，装上净水，里面插上一枝桂花，似开未开，细碎如繁星一样的花蕾，香气淡淡，氤氲收敛而放肆。

黄梅戏是弄巷炎夏的一把凉扇，是山乡度夜的一盏油灯，是锅碗瓢勺碰撞的几声叮当。它是安庆人用岁月酿造的一盏米酒，盈盈浅浅，散发着清香。

江上的晨雾散了又聚，阳光映在湿滑光亮的石头路上，新的一天开始了。安庆人家里传出黄梅戏温婉的歌唱声，巷口的芭蕉翠绿，院子里的枇杷树也翠绿。日子不紧不慢地花开花落，来了又去，去了又来……

一天又结束了，落日的余晖渐渐淡尽，江水在暮色里呜咽。风摇起振风塔上的风铃，江涛拍岸，和着寺里隐隐的梵呗之声。水鸟在江面飞过，天晴时，偶尔遇见白暨豚，潜下水去又在很远的地方冒出头。护堤上，行人三三两两，咿咿呀呀的二胡声飘过来，风一吹，忽然断了，风过去，又轻轻接上。有人在江畔唱黄梅戏：

中状元，着红袍，帽插宫花好哇好新鲜哪。

原载《人民文学》2019 年第 4 期

黄石岩往事

杨献平

或是黄昏，落日的光辉使得山间一半明亮，一半昏暗，一个少年在其中，踩着大小不一的卵石行走，他的身子单薄，像是一块移动的长条石头；或是早晨，日光从东边的天幕催动万物，狭长、逼仄的沟壑里，一个赶着羊群的孩子，一边吆喝不听话的羊，一边面带惶恐地张望两边的大山。如此的情景，一直会出现在我的脑海，色彩时而浓烈，时而模糊。好像梦境，又像童话。

那条沟壑名不见经传，只是一座自然村的附带部分，虽然也出自太行山，可因为没有发生过载入史册的历史事件，数百年来，除了一代代的村人知道它的存在之外，对于整个人类世界，这条沟壑，只不过是万千世界之中最不起眼的人间片隅。尽管草木连天涯，可草木也很势利，只向同类和远方输送人间的各种丰功伟绩与大规模的灾难，对于普通人的生老病死、喜怒哀乐，它们也不屑于谈论，而使得其他人也感同身受。

具体说，我们出生的村庄，处在太行山区之南，沙河市与武安市之间，向东也还是村庄，然后才是冀南平原上的城市；向西，翻过一座叫做摩天岭的山，就是现在的山西左权地界，地势也次第升高，海拔凭空多了800米，连绵不断的村镇所向无际，更多的城市也横亘其中。我们的这座村庄，尽管也是人居之地，但它从来不是重要的。整个自然村，坐落在一面半阴半阳的山坳中，前敞后靠，左右封挡，也算是上好的一处民居聚集点。数十户人家用石头修筑的房子或南或北地放在一起，中间是一条石阶小路，向上，穿过村子就是旱地分布区；向下，就是临水的层叠水地。由此向北，是一条2000多米长的深沟，两边青山笔直、陡峭，令人生畏。因为右边山坡腰间部分，有一道黄色的石岩，长而明显，近处不断有清水泅出，村人不假思量，便随口称为黄石岩。左边的太阳晒到的时候多，故名阳坡；右边的见阳光少，也有些潮湿，习惯性地被叫做阴坡。

阴阳是古老的概念，大致是万事万物相持相恒，又不断互相转换、发生更多变化的意思。这一命名，可以看出传统思想，尤其道家文化在民间的深度。村子与黄石岩之间，还有一些田地，种麦子、玉米、谷子和豆子之类的，这是南太行乡村的主要农作物，也是众人糊口的来源。靠右边山根下，有一口水井，大致是先祖迁徙到这里就有了的。小时候，爷爷对我说，那水井不仅很深，还和黄石岩的一个崖洞连通。这样的地方，想想就令人害怕。爷爷和村里的老人都说，这水井里还住着一条头上长着角的蛇，很粗，经常出没于黄石岩和村子的水井。还有人说，他有好多次看到了那条蛇，全身金黄色，头上的角却是青色的。一看到人，一下子就没了影子。

很多年以前，村里一个太爷爷辈儿的人，长的是眉清目秀，俊美得即使男人见了，也要愣怔一阵子。某天中午，这位太爷爷去水井挑水。刚走到院子里，就哎呀一声，倒在了地上。他娘赶紧跑过来，却只听那位太爷爷说，俺去跟那条蛇一块儿生活了。然后，人倒地就死去了。

人和自然的每一处，大抵是有故事的。如此，也反映了人和自然，尤其是其中那些具有灵性事物的某种调和性的关系。真假已经不重要了。再者，一群人及其子嗣，长期在一块地域上生活，倘若没有一些充满趣味的故事，那也太枯燥了。我小的时候，基本上不敢一个人去那口水井边。但令人蹊跷的是，有一个秋天，我牵着四十多岁的时候眼睛盲了的爷爷，去帮奶奶刨地，路过那口水井的时候，脑袋忽然空白，好像腾云驾雾一样。再蓦然醒来，看到自己的右脚正朝向井边。口中还有一股酸水，哈喇子一样，清亮亮地，顺着嘴角，滴在了井边的石头上。

每个人的成长都是曲折的，说不定在什么时候，什么情况下，会出现一些令人诧异的问题，遭遇什么样的离奇景象。这一次之后，每次去黄石岩的时候，我都故意绕开水井。从河沟一边，踩着乱石，到那棵大约有一百年多的柿子树下，再转上通往黄石岩的村路。因为距离村子近，也有不少田地。田地旁边，不是长着粗大的核桃树，就是冠盖如山的柿子树。其中还有些杨树和洋槐树、楸子树、椿树等等。当然也少不了杂草和荆棘。在山里，这些才是最自由和庞大的群体，只要有土，再加上阳光和水，它们就会蓬勃而起，铺排向天涯。

板栗树、核桃树和柿子树逐渐增多，躯干粗大的那些，是一百年前栽的。栽种者可能是我的太爷爷，也可能是曾祖父。现在，他们都去了，树还在，虽然不断有树枝干枯，自行掉落或者被人砍了当柴烧了，可大部分仍旧充满活力。每一年都会开花结果。只是，遇到好的年景，果子多一些，倘若早春猛然冷风一吹，花朵被冻死，结的果子就少。这里也有一些小片的田地，种着零星的庄稼。有人在其中忙活，薅草或者锄地，还有的在打柴。再向前走，河沟忽然狭窄，左边阳坡上，有一块比一间房子还要大的石头，褐红色的，上面长着的绿苔大都干涸了，宛若人脸上的斑癣。

爷爷说，这块大石头也很神奇。他小的时候，常听村人说，这石头就是一扇门，打开之后，可以进入整个山的内部。言下之意，黄石岩整个庞大的山都是空的，里面还住着一些人，或者其他什么生物。传到最后，有人声称，他某天在黄石岩干活，回来晚了，走到这里的时候，听到吱呀吱呀的响声，很大，就像开门的声音。黑暗中，定睛一看，是那块大石头在转动，随即，有几个人样的黑影，瞬间消失在门内。随后，那石头又吱吱呀呀地关上了。他吓出一身冷汗，赶紧跑过去，一口气回到村里，瘫在地上。躺了好几个月，身子软得不能动，一年后才有所好转。

荒诞不经，但说得神乎其神，是民间故事和传说的一大特点。从中也可以看出，无论何时何地，怎样的年代，人都是需要故事滋养的。故事在一定程度上构成了一个民族的心灵史与流动的精神图腾。大致是因为这个传说，每次路过这块大石头，我都有些紧张，也有些好奇。记得有一天，我和同村的伙伴小敏接近过一次，爬上爬下，试图找到门或者一点像门的缝隙，但巨石深嵌，周边都是茅草，根本没有任何开启的可能。回家后，我给爷爷说了自己的经历。爷爷笑着说，要是那么容易打开，那还要神仙做啥呢？

村人们相信，天地之间，任何物体，都是奇妙的；人的力量再大，也总有不可能触及和做到的事。沿着河沟继续向后，左边的山上不时传来野鸡"咯咯"的叫声，还有一惊一乍地飞起和落下。野鸡怎么和家鸡的叫声一样呢？肯定一个是被驯化了的，另一个则还保持了原始的性情。我知道，村里有几个逮野鸡和野兔的高手，不到三五天，就会提着几只野鸡或者野兔回家饱餐一顿。他们的方法很简单，就是在野兔经常出没的草丛中广泛地布置铁丝套。逮野鸡的方法，是先搞个大一点的荆条筐子，用棍子支起一边，棍子上再拴一根绳子，撒上玉米、小米等粮食，野鸡经不起诱惑，吃着吃着，不知不觉地就到了筐子下，这时候，人猛地一拉棍子，筐子正好将野鸡扣住。

16岁以前，我是不吃肉的。有一次，在父亲的怂恿下，吃了一块羊肉。事后老觉得有一只羊在胃里蹬脚，夜里还咩咩叫。每逢年节，我和母亲吃素的饺子，父亲和弟弟吃肉饺子。一家四口人，泾渭分明。直到我出去上学，继而当兵，饭堂里都是肉，不吃要饿肚子，才慢慢地吃起肉来。但也仅限于牛羊猪和鸡鸭，兔子肉至今不吃。那时候，看到有人逮野鸡和野兔，吃得嘴唇都快甩掉了，就很不理解。心里想，肉有啥好吃的？再说，我们人的身上也都是肉，为啥要吃别的动物的肉呢？

这是黄石岩最宽的地方了，左边山根下长着一些花椒树。花椒树也是蛮横的，长着一身扁刺，不长，但很硬很尖锐。可是人更有办法，每当要摘花椒时候，就用剪子剪，这样自然避免了被扎到。靠右边的坡根，有一棵很大的柿子树，与众不同的是，这棵柿子树的主干特别直和高，一人张开双臂抱不住。攀爬是很困难的。可一到秋天，树上的柿子又红又大，引得我们直流口水。有一次，我和同村的伙伴去黄石岩打柴，渴得很，就瞄准了树上的柿子。爬不上去，就用石头丢。石头飞起来，撞击树干，红透了的柿子就在树梢上待不住了，噗噗地往下落。

与这棵柿子树相对的，靠近左边的坡根，有一片平坦的空地。其中有一片废弃的房屋的痕迹。爷爷说，这里曾经住过人。但他也忘了是谁家的先人。只是听说，有人在这里上过吊。也不知道是哪一年，一群不知道从哪里来的土匪，把这家人刚娶的媳妇抢走了。那男的打又打不过，找也找不到，憋屈得很了，就自己上吊死了。几天之后，村人到黄石岩来干活，到他家找水喝，才发现他已经悬梁自尽了。我很是惊悚。一方面觉得，那土匪实在不仁义，专找弱小的欺凌；另一方面，则觉得这个男的没骨气。再者，按照爷爷那一代人的说法，凡是自杀的人，都是冤魂。

时间之中，人的遭遇千奇百怪，谁也不知道这一生能遇到什么事情。由此看，人活着也是艰难而又危险的。在人们看来，一户人家，主人遭了横祸之后，他的家就不再是家了，而是阴森恐怖的代名词。那座房屋很快朽坏，不多年，就倒塌了。很多时候，我在想，那土匪是从哪里来的呢？为什么遭难的是这户人家？做了坏事的土匪，最后是不是被官府抓住了，还是被另一些更强悍的土匪打败、杀死了？按照村人的一贯说法，人也像山里的动物一样，一个克一个，还说，这叫"天道轮回，报应不爽"。要是我，再弱，也要寻找和寻仇，即使不可手刃盗匪，也要拼得一死。相比懦弱，我更尊重壮烈。这种想法，大致是有些"燕赵慷慨"的古风吧。只可惜，这种古风在我们的村庄早就绝迹了。

再向前，是一片不大的核桃树林子。大都有二十年的树龄，一棵棵地分布在河滩上和山坡根部。我知道，核桃树是由楸子树嫁接而成的。因此，附近的楸子树也很多。楸子树结的楸子也和核桃差不多，但比核桃细长，皮还很硬，仁儿少，多藏在深而窄的凹槽里面。要吃，还得用牙签一样的硬木棍一点点地掏出来。因为是野生的，楸子仁油脂多，吃起来比核桃要香好几倍。但核桃和楸子树的叶子味道很大，呛人口鼻，连牛羊都不吃。到了秋天，叶子上会有一种名叫策勒（方言，一种浑身长毛，毛上有毒）的黄色或绿色的虫子，人的皮肤一挨上之后，就会刺痒、疼、红肿。每年秋天摘核桃的时候，多数人会被它们毒到，但不会有大碍。

再向内几十米，即这片核桃林中，靠近右边坡根的地方，有一汪泉水，常年汩汩，四季喷涌。父亲放羊的时候，就把羊群赶在这里饮水。大致从我八岁那年开始，每年暑、寒假期间，我都要替父亲放羊。一个人赶着上百只羊，在山坡上漫游。晚上就住在这里。当然不是我一个人，父亲也在。只是，每次都是父亲把我放在这里，回家里吃晚饭，然后再带些吃的来这里。我们住的是树枝和茅草搭起来的窝棚。静谧的夜里，睁开眼睛，就可以看到深邃的天空，星星明亮得像是城市里的路灯，博大的天幕让人觉得神奇，又为自己的渺小气馁。有时候会狂风暴雨，大地湿了，羊也浑身滴水，我和父亲也被淋成了雨人。

当时我觉得这样的生活太难过了，根本就不是人过的。但父亲却过得津津有味。他没有上过一天学，但会吹口琴。也不知道他从哪里买了一支，装在衣兜里。羊群安心吃草或者卧倒反刍的时候，父亲就拿出来，吹起口琴。我记得的曲子有《东方红》《朝阳沟》《梁山伯与祝英台》《陈州放粮》等等。有几次，我听他吹。听着听着，忽然很想哭。当时根本不知道为什么，现在想起来，才蓦然醒悟，父亲的内心，也积攒了许多的悲苦和忧伤，当然是他个人的，特别男人的。人都说女人最容易受委屈，其实男人更为脆弱，更不幸的是，男人的脆弱还不可以开口说，用适当的方式发泄，大多数只能憋在心里，用以自伤。父亲就是这样，他的苦难与痛苦从不对人讲，只能通过口琴，向空谷与星野倾诉，尽管换来的还是岑寂无声。

相对于整个黄石岩，口琴的声音确实很小，特别是在巨大的沟壑之中，远远地听，只不过像是蚊子在飞行，苍蝇在舞蹈。但对于父亲，对于这空荡荡的山谷，我相信那是一种天乐，美妙得举世无匹。后来，我听爷爷说，我和父亲看护羊群的山坡上方，有一个很大的崖洞，里面黑黑的，伸手不见五指，绝对不止通到村里的那口水井，肯定更远。我给父亲说了后，父亲笑着说，这个还不算，村里的杨二宝，有一年在村边遇到一个妇女，穿着蓝布衫，右胳膊弯里挎着一个好看的荆条篮子，也不知道从哪里来，就朝着黄石岩走。

杨二宝看人家面目很生，就问她从哪里来。那妇女只笑，就是不吭声。那妇女越是不吭声，杨二宝越好奇。等那妇女转了一个弯儿，他也跟了上去。跟到了这里，却见那妇女一转身，像个猴子一样，沿着对面的山梁飞快地爬上去，到那崖洞边，就不见了。我问父亲那是啥，咱这里没听说有猴子啊。父亲说，傻小子，那肯定不是猴子，是狐狸，而且是成了精的！我吓了一跳，同时又很好奇。就问父亲，那妇女去哪呢？父亲说，估计是到小卖部买东西吧。我说，既然成了精，还用买东西吗？父亲说，精怪们也都是要吃喝拉撒啊！我嗯了一声，心里还是很疑惑。

等我长大，然后去远方，几年后回来，羊和牛都没了。没有牛羊的山坡，很快又被茅草和荆棘吞没了，以前的羊肠道不见了，就连人开石并拉运造房的石头厂也看不到任何痕迹了。我站在幼年的黄石岩，除了寂静，还是寂静。只是听村里人说，现在野猪又多了起来，还有狼，野兔野鸡更不用说，漫山遍野都是。我惊异。

也觉得自然的自我修复能力太强了,人对它的破坏,只是暂时的,只要稍微有一点时间,再大的伤口也会自我愈合。

  黄石岩的底部,迎面昂起一座山,名叫大裳山。爷爷说,他年轻时候,日本鬼子好几次来扫荡,村人就都逃到这里来。这大裳山偏上的地方,有一个很大的石洞,洞口长着一些荆棘,很多人就躲在里面。我几次去看,也没有找到那石洞的入口。翻过大裳山,是一望无际的森林,松树居多,其中还有青冈树、枫树、椿树等等,密集在沟壑和山岭之间。进入其中,只听松涛阵阵,循环往复,无有休止。鸟鸣声声,清幽得仿佛神仙洞府。只是有些叫声特别瘆人的鸟,冷不丁飞起来,吓人一跳。

  从山岭继续向西,即山西左权县的方向,有一座形似乌龟背的山。村人称之为王八盖子山。大人们一再警告我们说,不要去那山顶上,上去就下不来了。还举例说,从前有一个放羊的,上到那山顶,怎么也下不来了。实在没办法,就咬破自己的手指头,在山头正中的凹槽里,滴了几滴血,才找到下山的路。我就近看,发现那王八盖子山,就是从主峰延伸出来的一座圆形的山,因为顶部三面都是悬崖,只有一处可以供人上下,看着确实没什么特别的地方。乡间的一些传说,大抵是用来吓唬自己和别人的,或者故意为自己和其他人找一些"禁忌",用来自我限定和树立一些有形的敬畏之物。

  与此相连的,是更多的山,横在河北沙河和武安市农村之间。峰岭之上,隐约可见几座长满茅草的哨楼一样的建筑。爷爷说,那是明朝时候修建的城墙,还驻扎过军队,后来就废弃了。我从《沙河县志》上得知,这里也是明长城的一部分,属于"真定十三镇"之一,目的是为了防止蒙古土默特部俺答汗的军队由此而入中原,危及他们的统治。其中还有一座废弃了的军营,名为郭公关。爷爷说,以前,那废弃的军营里面还有一口宝剑,后来不知道被谁拿走了。

  与此相连的,还有大岭口关,在距离我们村以东的石盆村西五华里处,以及40华里之外,位于河北邢台山白岸乡与山西左权县拐儿镇上庄村之间峻岭上的货郎神关。这大致是明朝时期防范俺答汗及其蒙古大军南下的屏障之一。至此,我也才明白,偏居南太行一隅,于世界草木不惊,甚至有些自生自灭意味的村庄,也是有历史的,起码与一个王朝的历史牵上了一星半点的关系,这大致也是值得荣耀的。

  人在某地生活,而此地恰好又与某个王朝的历史发生关系,也相当于参与过人类历史的进程,尽管,这太微不足道了。要不然,我们这一座村庄,也就只能是在自然和浩浩荡荡的时代之中,自生自灭,无人问津。直到现在,也还是如此。相对于整个人类,一座村庄实在算不得什么,在过去的漫长时代当中,即使它遭受再大的困难，人群如何地自相伤害，也不会真的有人关注并予以任何层面的公正与正义。但现在不一样了，普天之下，王化之内，人类文明的发展以及价值观的越发人性和人道化，无论在哪里，人都是有约束和基本保障的。据《沙河县志》记载，我们村庄这一带，因为山高路远，几乎没有一个政府官员到这里来过，生民多数是自我生活与保障的。直到1970年代修通了道路，方才与外面的人间实现了全方位的连接与沟通。

　　沿着山岭再向西走，就又是村庄了。从行政上隶属于武安市活水乡。如果再向西，有更大的山横亘在面上，沿着清代时候山西商贾们修建的盘山石阶路，上到山顶，穿过唐朝后期泽潞节度使刘从谏及其继任者刘稹修建的峻极关，就是山西左权县拐儿镇所属的下庄和大南庄村了。由于距离近，两省民间的交往很多，通婚、生意往来等等，真是同气连枝，一衣带水。我们家的几位亲戚也在左权县境内，有老舅、老姨、姐姐、堂哥等，我小时候，还相互走动。多年之后，他们大多数人都死了。余下的孩子们，亲情逐渐地寡淡了之后，慢慢地就没了来往。

　　这其实是很悲哀的一件事，人和人呢，血缘的最牢靠与亲密，但血缘也有变淡甚至虚无的时候，这一种自然的流离、改变、丢失，令人心痛。很多年之后，我从外地回来，总是要到黄石岩去看看，那里不仅有我的少年记忆，也有父亲给我留下的心灵与肉身的美好情感。有一年秋天，我再次回到南太行故乡，在凉意充溢的风中，再次走进黄石岩。秋风摇荡不止，枯黄之中残余的绿叶被季节追剿。我给她讲我少年在这里的经历、听到的故事。她听得津津有味，可她的表情告诉我，很多事情她无法理解。走到一块巨石前，我顶着秋日的阳光站上去，环顾这弯曲而深邃的黄石岩，感慨万千，但又什么话也说不出。只看到，旧年的一切都没有改变，唯有我被时间催促到了中年。静心感受之后，也才发现，这黄石岩竟然也少了当年的那一些神秘与玄异的灵性气息，除了越发丰茂的草木、岩石和隐秘的动物之外，一切都像梦境一样的寂静、含蓄而又有些隐秘。

原载《美文》2019年9期

沱沱河之夜

红 孩

半夜时分，沱沱河兵站外下起了大雨。夜色中间或夹杂着闪电，与远在几百米外的狼群的目光交织在一起。这是高原的七月，屋里的温度宛如寒冬，身子已经压上了两床棉被，双脚还是感觉冰冷。初到高原，所有的人都不太适应，头晕得不行。开始人们还想通过聊天讲笑话抵抗一阵，可说着说着就不再吱声了。

高原的夜真是静啊。我们一行采风团是下午六点到达沱沱河兵站的。初见沱沱河，并没有想象的那么波澜壮阔。以前，当一听说这里是三江源头，便马上联想到有咆哮的洪水从雪山上一路奔泻而来，可现在，望着清澈、静谧、舒缓的河水，我的内心不免有些失望。看着我怅然若失的样子，同行的上海女作家小唐对我说，说来也怪了，中午在唐古拉山我都不行不行的了，现在怎么突然没事似的。我说，开始你是不适应，记得在唐古拉山口，你的脸色煞白，真担心你扛不住呢！小唐说，我也没想到高原反应那么严重，多亏你把氧气送给了我。

小唐是个女中尉。她本是杭州女孩，九十年代初参加高考，鬼使神差地考了军校，这和她打小要当作家的理想毫不相干。大学毕业，她被分配到东海舰队，多次随舰队出海。一个偶然的机会，她看到《解放军报》在搞一个文学作品征文，就偷偷地将一篇散文投了过去。本来，她对这篇散文是没抱太大希望的，哪想，一个月后，这篇散文竟然在副刊头条发表，一下引起部队首长的关注。

很快，小唐被调到基地政治部当起了宣传干事。一年后，她随基地首长来到了上海的一所军事学院。我和小唐相识，得益于我们有着共同的老师——解放军总后勤文学创作室的王宗仁老主任。那时，王老师在创作室还主编着文学双月刊《后勤文艺》。别看这本刊物是内刊，可在总后官兵中有着广泛的影响。我虽然不是军人，但由于与王老师的师生关系，总后的作者从来没有把我看做是地方的人。记得在一次总后的文学活动中，时任总后文化部长的卢江林在介绍我时说，红孩不是外人，他是我们总后的女婿。卢部长的话即使不当真，也足以说明我和总后的关系。

我是在《后勤文艺》先看到小唐写的散文，才注意到她的。二十多年过去了，小唐当时写的散文具体什么标题我已经记不得了，内容是写女兵与大海的。我们这个采访团走的是青藏线。几天前，我们十几人从各地云集到总后青藏兵站部。在兵站部，我第一次见到小唐，她穿着标致的军装，给人的感觉是英姿飒爽。或许是王老师经常在她面前提起我，我们很自然地就常在一起。诸如坐车、吃饭等。

在西宁我们待了三天。第二天去了久负盛名的青海湖。时逢七月，沿途我们看到大片的油菜花，那黄色的海洋与藏蓝色的天空在远方连在一起，让人心旷神怡，浮想联翩。小唐喜欢照相，脖子上始终挂着一架日本进口的专业相机。这几天，我听到的更多的还不是风景的介绍，主要是有关高原反应的各种故事。经过日月山时，海拔已经3000多米，有的人隐隐地感到有些胸闷。我问小唐有什么感受，她说没任何感觉。我知道，在高原，越是身材高大的人往往反应越明显；反之，像小唐这种纤弱的女子往往倒很适应。等到了青海湖，由于瞬间起风，我感到那风是在浸透骨头，只好趴在地上，去远眺湖中的景色。小唐虽然也觉得寒冷，可她还是和几个人去鹭鸶岛看鸟们的表演了。

第四天一早，我们登上了从西宁到格尔木的列车。青藏线全长两千多公里，格尔木是真正的起点。我很感谢总后兵站部的领导，他们给我们安排的时间、路线都是在逐步适应高原反应的条件下进行的。在格尔木我们吃到了部队温室大棚里种植的蔬菜。在十几年前，这是无法想象的。记得部队开始在温室大棚试验种植蔬菜时，由于气候特殊，黄瓜怎么也长不大。后来，经过专家多次试验，终于长出几根一尺多长的黄瓜，很多战士兴奋得像见到心仪的姑娘，他们每天都要到大棚里观看。当时，对于绿色的黄瓜，其价值要胜过黄金。一位部队首长说，在高原，黄瓜不是用来吃的，而是供战士们看的。这就是雪域高原！这就是我们最可爱的人的真实生活写照！

经过两天的休整，在基地22医院做了全面体检后，我们终于踏上了青藏线。我们是早晨出发的，路上大家说说笑笑，唱着歌，仿佛前面的路会一路顺风的。王宗仁老师提醒道，别看现在热闹，等一会儿到了昆仑山口就老实了。昆仑山？我努力在回想着这三个熟悉而又陌生的字。记得在多年前，我曾看过电影《昆仑山上一棵草》。前几年，王宗仁老师还把他的散文集《昆仑山的爱情》送给我，从书中我知道了许多昆仑山的故事。具体说，是关于青藏线官兵的生活。自那时起，我就想有朝一日一定要亲自到青藏线到昆仑山去看一看。

昆仑山口到了。这里是青海与西藏的分界线，海拔5231米。车子在界碑处停下来，人们下车在附近溜达、照相，也有的在路边稍微背人的地方撒尿。因为车上有几位女同志，大家便以大巴车为界，男女分别在两侧唱歌——也就是小便。这是高原独有的风景。等人们自由活动了十几分钟，陆续回到车上的时候，有几个人便出现了胸闷、心慌等不同程度的高原反应。我从卫生员手里接过氧气瓶，煞有介事似的吸了几分钟。我问身边的小唐，你要不要也吸几口？小唐说，她暂时不需要。

汽车一路颠簸前行。大约快到唐古拉山口，海拔已经到了5600米，这时车里除了个别人，大都感到高原反应了。我看了看小唐，只见她的脸色已然没有先前的红润，逐渐开始变灰，我问，你是不是不舒服了？小唐说，心慌。我连忙把小唐的手拉过来，用手指点压她的虎口穴。过了两三分钟，见小唐没有好转，我索性把氧气管从我的鼻下拔掉直接放到她的鼻孔里。小唐用力地呼吸着，很快脸色开始红润起来。我告诉小唐，再坚持一会儿，我们很快就会到兵站。

大约快一点钟，我们才到达兵站。尽管小唐已经好多了，我还是不顾自身的疲劳，搀扶着她到了兵站的二楼。兵站卫生员给小唐量了血压，又用听诊器在胸部听了听，说没什么大事，吸点氧，休息一会儿就会好的。我对卫生员说，要是能吃到一个黄瓜就好了。卫生员迟疑了一下，说我到食堂看看有没有。等了10分钟，卫生员拿来一根黄瓜，我一看那黄瓜不仅是蔫的，而且还冻了。便问，就这么一根？卫生员说，这还是他好不容易从炊事员那里强要来的。在兵站，不比在城市，能见到黄瓜就不错了。我把黄瓜拿给小唐，她只是用嘴巴轻轻舔了一下，便交还给我。我说，既然吃不下，一会儿让炊事员给做碗热汤面，只要吃了，很快就会恢复体力。

经过两个多小时的休息，我们的体力明显恢复许多。为了让我照顾小唐，兵站特别安排了一辆吉普车送我和小唐。吉普车在青藏高速上跑起来确实要比大巴车轻快得多。可是，由于我们的高原反应，在车子的颠簸中，我们实在无心看窗外的风景。小唐就半躺半靠在我的身上。我问司机，到沱沱河兵站需要多长时间，司机回答，差不多三个小时吧。我心想，三个小时，恐怕要把肠子颠破的。

车子开了一个多小时，或许由于道路太颠簸了，我和小唐不知不觉都睡着了。等我们醒来，瞬间觉得高原反应没了。小唐开始看窗外的风景。青藏公路虽然都是柏油路，但路上还是很危险的。沿途，我们多次看到翻到路边沟里的各种车辆，也偶尔会看到牦牛、羚羊穿过公路。就在我们向窗外无意观看时，小唐突然看到一对交配的牦牛，她不解地问我，它们在干什么呢？看着小唐认真的样子，我想笑又笑不出来，我说：它们在谈恋爱呢？对于我的回答，小唐好像还理解不了，她仍旧若有所思地看着我。我只好说，它们在交配呢！小唐听罢，脸倏地红了。她说，你咋知道呢？我说，我在农场学过两年兽医啊！

据到过青藏线的人说，到了沱沱河，生不如死。这话听着邪乎，尤其是我们傍晚到了沱沱河后并没有觉得这里有多么可怕。相反，当我和小唐在沱沱河的晚霞中散步时，竟觉得这里出奇地美。晚饭后，疲惫不堪的人们不到九点就都睡觉了。我们四个人一个房间。睡觉前，还没有停电。待到11时，兵站突然停电，四下一片漆黑。好在人们大都熟睡，几乎谁也不起来上厕所。我们的房间都在二楼，而厕所却在一楼。就是说，谁要是上厕所，必须到一楼。

身子蜷缩在被窝里，回忆着一天的见闻，不知是兴奋还是高原反应，我无法入睡。半夜时分，我突然觉得脑袋天旋地转，脑瓜仁儿到了二更天是钻心地疼。我用双手紧紧地扣住头，努力地想着大海，数着一二三四，可越是想分散注意力，脑袋越是出奇地疼。这时，我终于明白了人们所说的"到了沱沱河，生不如死"。我看了看其他三个人，他们已经酣然入睡。

正当我辗转反侧时，忽然传来几声轻微的敲门声。这么晚了，会是谁呢？我没有马上做出反应。见屋里没有动静，屋外的人便加大了敲门的力度。我刚要问是谁，睡在我对面的来自《当代》和《青年文学》的两位编辑几乎同时对我说，红孩快起，小唐来找你了。我说，你们俩别开玩笑。我正要下床，只听得小唐在门外喊道：红孩，你睡了没有？我一听，赶忙答道：我马上出来。我下意识地去摁了电源开关，没电。我借着窗外一点微弱的光亮，摸着黑走出了客房。我问小唐什么事？小唐说，她要小便。我说厕所在一楼呢。小唐说，楼道里太黑，她一人不敢去。

我拉着小唐的手，顺着楼道的墙一点点摸着前行。好不容易到了一楼，由于厕所在最里边，我们到了大门口，看到外面还比较亮，特别是有闪电划过，就觉得室外更好些。我对小唐说，咱们到外面方便吧。小唐说，外面有厕所吗？我说，离大门五六十米好像有。说着，我和小唐小心翼翼地走出大门。

室外下着小雨。我回过头来，在大门边找到一把雨伞，打开罩在小唐的头上，说，我们往前走。大约走出十几米的样子，忽然在远处传来几声狼的嚎叫。我和小唐都不禁打个激灵。我喊道，有狼！小唐听罢，身子不由得靠进我的怀里。我顺着狼的叫声望去，只见在二百多米外隐约有三四只狼在雨中冲着天空吼叫，那绿色的狼眼在夜色中愈发显得明亮。好在这几只狼并没有注意到我们。小唐怯怯地说，咱们回去吧。我说，屋里太黑。小唐说，那怎么办？我看了看远处的狼，又看了看身边的小唐，说，不行就地解决吧。小唐说，这怎么行呢？我说，都这个时候了，你还瞎讲究什么！我不由分说把伞高高地举起来，示意小唐蹲下来。小唐难为情地望着我，说，她从来没有这样过，不习惯。我不禁笑了起来，说，我也不习惯，你快点，一分钟就完事了。小唐勉强蹲了下来，她见我看着远方的狼，就说，你可不能偷看我。我说，我给你看着狼。小唐又说，你看狼可以，但你得背过身去。我说，好，你就快尿吧，我听着就可以。小唐大声嚷道，听也不可以！

小唐的叫声让我哭笑不得。这时，我真想让狼往这边跑几步，那样，就可以看到小唐狼狈不堪的样子。小唐在惊恐中结束小便，她站起来问我，你也方便一下吧。我戏谑到，我尿的声音可比你的大得多呢，说不定能把狼招来。小唐说，你就别犯坏了，如果你不尿，咱们马上回去。

我和小唐走进大门，感到从来没有过的如释重负。本来，我想对小唐说，趁着这夜色，咱们待会再走吧。但一想到第二天还要趁早赶路，我只好牵着小唐的手继续沿着楼梯摸向二楼。在小唐的寝室门口，我们松开了手，我对小唐说，到了。小唐回过身，对我只简单地说了句：谢谢你，你也赶紧休息吧。

回到寝室，想不到那两个编辑朋友还没有睡。见我回来，一个编辑问，月黑风高夜，你和小唐肯定有故事发生。我说，这黑灯瞎火的，能发生什么！另一个编辑说，我们这几天早注意到了，你和小唐整天在一起，就是块石头也该焐出温度了。我说，你们别瞎猜了，什么也没发生，赶紧睡觉吧。我的话并没能阻止他们，他们对我说了许多谈恋爱的技巧。我装作没听见，将被子蒙过头，用力地闭着眼睛。不知过了多长时间，屋里终于没有人说话了。我也在窗外的细雨声中渐渐进入了梦乡。

第二天早晨天未亮，我们就被汽车的马达声给吵醒了。当人们睡眼惺忪地上车时，我发现小唐的精神状态很好，就问，昨晚睡得好吗？小唐说，睡得不好。我说，怎么不好？小唐说，她总梦见有一群狼在追她。我悄悄俯在她耳边说，你看咱们车里，是不是个个都像狼，你这几天得当心哪！小唐一听，调皮地说，我最担心的就是你！说完，她用手在我的胳膊上狠狠地拧了一下。那一刻，我感到世界都凝固了。

汽车开出了几公里，借着黎明的光亮，当我回头再看沱沱河时，我的心不由后悔起来。我很清楚，以我的身体条件，恐怕今生再也不会到沱沱河了。如果真的是这样，我应该用瓶子打一杯沱沱河水，把它带到北京，我会永远地珍存它。

沱沱河之夜，终将是永生难忘的。我觉得。

原载《上海文学》2019年第7期

在稻田里泥步修行

陈　晨

沈希宏博士要来北京领一个奖，知道我借调在北京工作，说顺便来看看我。

我说好啊好啊，来呀来呀，请你喝酒。

这样回答，并不是我多么渴望他来，我只是出于修养和礼貌，或者说习惯了这样应对。在匆匆而过的人际交汇中，守诺或许会成为彼此的负累，有时只需要哈哈一笑。

然而，沈博士却不是开玩笑，他是真的要来了。

一

来的路上，沈博士在微信里说，我穿得很邋遢，你不要笑我。

我问，你是从山里来吗？

他说，是从田里来。

我说，没事没事，我最多笑个一两声。

心里暗笑，又不是没见过，难道会对你的颜值抱有不切实际的幻想？那日在杭州西溪，鲁院同学周华诚设宴款待正在浙江省委党校培训的国福、纳兰和我，叫了当地的朋友沈博士、许诗人和毓美女作陪。

沈博士坐在我右侧，初时觉得他黑而土，不说话时像一颗沉默的土豆，笃实沉稳，让人从心底里觉得可靠。他长得有点像我大学时的劳动委员阿丘，七分憨厚三分木讷，一脸童叟无欺的表情。大学时，每节课下课阿丘都会默默地上去擦黑板，两年擦下来，老师和同学都觉得非常过意不去，推选他入了党，早早地成了学生党员。

然而，沈博士只是披着土豆一样憨厚的伪装，三句话一说，土豆就剥了皮，暴露出活泼有趣的本性。他讲一口流利的"浙普"，聊着聊着，话语间常有智慧的火花闪烁，让人觉得机智可爱。"浙普"与"沪普"是难兄难弟，常常遭人耻笑，但我却以为，浙江人开玩笑，不似京式幽默油滑，也不似津式幽默常以略带刻薄的贬损为乐，更不似东北幽默一味走低俗路线，浙江人的幽默是被江南糯米粉包裹着的，无伤大雅的调笑里透着分寸和友好。华诚适时介绍，说他是博士，是水稻专家，我嘴里"哇哇"地表示仰慕，心里却在为他担心，中国有了"水稻之父"袁隆平院士，不知其他水稻专家是否还有用武之地。

我本是农家子弟，与土地、农事有一种天然的亲近，所以见到种水稻的沈博士，便如见到同村兄弟一般，是动不动就想摘瓜送菜的乡邻情谊，是忍不住就想"把酒话桑麻"的劳动情谊。

二

只是我空有摘瓜送菜的亲近之意，却并无瓜菜好送，倒是沈博士说要给我寄一包他种的米来。

我欲迎还拒，说米有什么好寄？哪里都有卖的。

沈博士说，我种的米比别的米好看，而且这米叫"长粳"，是长长的粳米，与你微信昵称"长今"同音。

我笑，吃了几十年米，从来都是吃饱算数，没有想过米的好看难看。

然而，沈博士的"长粳"真的很好看，一粒粒细细长长，肤色莹白，小巧伶俐，很乖巧的样子。

我把米粒小心捧起，摊放在阳光下，蹲下站起，拍了一张又一张照片，心里盘算着如何才能不辜负这把与我同名的好米。

客居之地，烹饪条件有限，只能煮粥。

轻淘米，慢和水，清水慢慢没过米粒的头顶，电炉的热情渐渐唤醒了米粒，在气泡的再三邀请之下，她们终于不再矜持，在水中跳起了清香四溢的舞蹈。顷刻间，整间小屋热汽腾腾，米香弥漫，让独在异乡的我在人间烟火里感到了幸福。

我把煮好的粥拍给沈博士看。他说，你应该把这米煮成饭，煮饭的话，每一口要比其他的米多十几粒。

噢，多十几粒啊？那我回头买个电饭煲吧。

我嘴上应付着，心里却想，每一口多十几粒很重要吗？我大口大口吃不也一样多十几粒吗？

三

沈博士一路飞驰，飞机、地铁、汽车轮番换乘，到达我的暂住地西城区木樨地时天色已暗尽。北京的冬季，白天总是艳阳高照，晴空万里，然而那太阳却是不值得信赖的，你以为它能温暖你，却动不动让你领略深入骨髓的冷。等到太阳落山，那冷，便又深了一层。

我在昆玉河的桥边接到沈博士时，他正在瑟瑟发抖，像一株秋天漏割的稻子，乍然遇冷，在不属于他的季节里不知如何应付，只好机械地靠抖动身体给自己取暖。

我看看他单薄的衣衫，说，你怎么穿这么少？

他咔咔磕着牙齿，含混不清地告诉我，他是从海南的南繁基地陵水直接飞来的，对北京的寒冷根本没有心理准备。

我优越而又同情地看着他，很想抱抱他，给他一点温暖，又顾虑着男女授受不亲的古训，何况彼此间还不是特别熟悉，只好指指手里的酒，说，走，请你喝笨酒，饮酒取暖。

四

笨酒是我一个同学参与酿造经营的东北烈酒，以"笨"为名，是想说尊重时间，顺其自然，不投机取巧，让粮食慢慢发酵。但我不胜酒力，喝了半杯就感觉头脑迟钝，真的有些愚笨了，迷离的眼神望过去，对面的沈博士叠影重重，凌乱的头发上有博士帽在隐约闪光。

沈博士倒是越喝越清醒，不时地提醒我："再给我倒点。"如此三次。

那家小店名叫"粥立方"，卖粥为主，没有什么好的佐酒菜。沈博士并不在意菜的好坏，他有丰富的知识用来佐餐，关于水稻的话题一个接着一个。

讲到稻子，沈博士的眼睛里有细碎的光芒，对他来讲，他的稻田就是他的后宫，他的水稻就是他的三千佳丽。海南的陵水县，号称中国农业的"硅谷"，驻扎着一百五十多家农业科研机构，包括袁隆平院士在内的诸多农业科学家都在陵水做过科研。每年，沈博士都要去陵水待上几个月，那里有他的三十亩水稻田，已经坚持了二十多年。

他给我看陵水的水稻田照片，说，你看，这些水稻都是我自己插的，我的水稻株型多么俊朗。

噢，俊朗吗？的确是。

我歪着头看，心里有些不以为然，种水稻就种水稻，能结稻谷就行，还要管它俊朗不俊朗。偷偷瞄一眼沈博士，只见他肤色黝黑、身材矮小、衣着随意，不像博士，倒更像是农民兄弟。我心里暗暗发笑，你那么在意稻子株型俊朗，怎么一点都不注意你自身的株型是不是俊朗呢？

沈博士说，我们是追着太阳跑的候鸟，对于农业科研工作者来讲，一年种两季水稻是不够的，必须还要在热带地区开垦水稻基地。除了浙江、海南陵水之外，印尼的爪哇岛上也有我的水稻田。

爪哇岛？这个名字怎么这么熟悉？

他笑，肯定熟悉啦，小时候大人经常吓唬我们，你再不乖，就把你放在爪哇岛上去。

噢，原来真的有爪哇岛啊？那你肯定不乖啊，所以要去爪哇岛。

沈博士笑，是啊是啊，我也纳闷，我到底哪里不乖，要被流放到爪哇岛去。小时候，妈妈总是对我说，你不好好读书，将来只能种田。于是我拼命读书，读完大学读硕士，读完硕士读博士，可是妈妈呀，我已经好好读书了呀，为什么还在种田呢？

我笑得喷酒。

五

沈博士继续带着我流放爪哇国。

他说，爪哇岛是印尼的第五大岛，那里地处赤道附近，阳光每天都非常热烈，任何时候都适合种植水稻。印尼人对稻米有一种原始的崇拜，在印尼人的心目中，稻米是有灵魂的，是从人的眼睛里长出来的。印尼人非常珍视米饭，常常做成讲究的食物，带到田间，带到工厂。他最爱的一种印尼米饭叫 soto ayam，翻译成中文就是"速度啊呀"，其实就是用鸡汤浇在米饭上，吃起来酣畅淋漓。

我朝着沈博士的眼睛看去，好像真的有稻米正从他狭长的小眼睛里长出来。我相信，若论对稻米的崇拜和热爱程度，沈博士一定超过了印尼人。在印尼种了很多年水稻，吃多了印尼的米饭，他长得越来越像印尼人，以至很多印尼人都以为他是当地人。其实，对沈博士来讲，像哪国人并不重要，自己是不是俊朗也不重要，只要他的水稻长得俊朗就行。

讲完爪哇岛，他又讲水稻午睡的事，说，你知道吗？水稻也是要午睡的。每天中午，它们都会轻轻合上眼睛，告诉你，我要午睡了。

我想象不出水稻午睡的模样，只是在酒精的作用下，我自己也想轻轻合上眼睛午睡了，尽管已是差不多晚上九点了。

菜凉了，酒没喝完，店里的其他客人都走光了，沈博士说，我得回去了。再不回去，我怕自己回不去了。

我不知道他在怕什么。朗朗乾坤，首都的治安很好，烧杀抢掠基本绝迹，身旁还有一名彪悍的女警。

天更冷了。我把他送到他来时的桥边，看着他缩着脖子，一蹦一跳走到桥的对面，像一滴墨汁滴进了更深的黑里，渐渐消失在寒风凛冽的首都街头。

他一定很冷。我想。

六

第二天，沈博士发来他领奖的照片。只见他穿着从学生那里借来的西装，胸前佩戴着大红花，笑得憨厚而腼腆，手捧奖牌的姿势，让我想起当年宣传画里手抱稻穗的农民兄弟。那稻穗颗粒饱满，抱在手里沉甸甸的。他是代表中国水稻研究所领的奖。

沈博士离开北京后，我才真正关注并了解他。从华诚的文章里，知道了他是很有建树的水稻育种专家，有精湛的杂交水稻技术。更让我佩服的是，他还写得一手好散文，并在《杭州日报》上开了一个叫"娓娓稻来"的散文专栏。在他的笔下，那些枯燥的农业科学技术竟然可以如此妙趣横生，也因此吸引了众多粉丝。

某一天，我翻开我的摘抄本，惊讶地发现，居然很久以前就摘抄过沈博士的一篇文章。呵，原来，很久以前，他就把水稻种进了我的摘抄本里。摘抄的时候，根本没有想过，有朝一日我会坐在对面傻傻地听他讲水稻如何午睡。

沈博士的那篇文章叫《花开有时》，文中写道："春分一过，江南花事已然大肆铺陈。梅花开过了，桃花开。油菜花开过了，野花开。惊艳了大地，也开遍了朋友圈。我是无缘这些鲜艳的。每年三月，我都远在海南看稻花。三月开的稻花，在去年冬天就播种了。海南地处亚热带与热带交界，四季光温充足，是植物生长的天堂，也是加快植物育种的天赐所在。每年冬天，除了来过冬的，还有一支南繁育种大军。他们通常被称为候鸟，人随育种材料走。所以呢，阳春三月，在江南叫做春暖花开，在海南叫做南繁加快……"

文章的结尾，他这样写："一花一世界。水稻的花语，叫做喂饱世界。我国常年种植 4.5 亿亩的水稻，其面积差不多等于三个浙江省。一朵稻花，一个月后就会长成一粒饱满的稻米。"

七

我后来很久没有再见到沈博士。

有一天,我打开手机里的运动健康排行榜,看到沈博士已经走了一万五千多步,而且数字还在快速攀升。

我很好奇,问他,你在干吗?散步吗?

我想象着,此刻,他正走在南国的田埂上,两旁的稻子伸出邀宠的枝叶,稻花在吐露着淡淡的芳香。

沈博士很快回了信息,发来一个流泪的表情,说,哪有那么闲适?我是在强度劳动呢。

原来,他在观测水稻的变化,记录科学数据。

一个双休日的早晨,我闲来无事,问他在干什么?

他发来一张水稻的照片,说,我在剪杂交。

剪杂交?

就是把一株水稻上的雄蕊剪去,引入新的雄蕊,这样,后代就会基因重组,发生各种变化,然后可以进行选择。

噢。

我假装懂了,心里不自禁地为自己的无聊感到内疚。原来,风趣幽默只是他与朋友相处的样子,只要跟他的水稻在一起,他立马就成了"水稻痴"、工作狂,起早摸黑,没有双休日,比农民还要辛苦。

我很严肃地告诫自己——科学家的时间宝贵,他有很多科研任务要完成,浪费他的时间简直就是蓄意破坏农业。

此后,我很少打扰他。每次吃"长粳"米饭的时候,我都忍不住想数一数这一口到底有多少粒。一边数,一边想:沈博士这会儿是在海南陵水,还是在印尼爪哇岛?是在巡视他那株型俊朗的水稻,还是在吃流着黄油的"速度啊呀"?

无意间读到余秋雨先生的《泥步修行》,惊诧"泥步修行"这个词形容沈博士和他的同事是如此贴切。在稻田里,在泥泞中,他们深一脚浅一脚,日复一日,执著修行;在稻花里,在谷穗里,他们安顿自我。

他们的使命有如稻花,也叫"喂饱世界"。

原载《美文》2019 年第 10 期

城头山的风

赵燕飞

多年前，湖南澧县的城头山还是一座不太出名的古文化遗址时，我就来过一次。走马观花式的游览并未留下太多印象。没想到现在的城头山声名显赫，不仅是我国发现时代最早、文物最丰富、保护最完整的古城遗址，更成了四时风景各不同的休闲胜地。

再次走进城头山，景区入口已有观光车等候多时，这次我要好好读一读这座山、这座城。

行车道两旁的银杏树青的青，绿的绿，一副气定神闲的样子，全然不顾风的警告。城头山的风暗藏机锋，坐在观光车上的我赶忙从背包里掏出披肩裹在身上。

若是此刻的银杏树浑身金黄，我心里的暖意或许会更多一些。将落未落的银杏叶拥有一种无法形容的华丽之美。时间对于银杏树的馈赠，无不写在那些由青转黄日渐热烈的蝴蝶翩飞般的叶片上。

银杏树的后方，有一片残荷。荷叶多已干枯卷曲，荷花更是踪迹难觅，忽见一秆倔强的长茎，奋力向上挺举，顶端的花瓣虽然耷拉着，青灰的主色调里却隐隐透出几缕深红。一阵风吹过，花茎往前微微一扑，很快又站直了。一只褐色的小麻雀从荷田里扑棱棱飞出来，摇摇晃晃没入旁边的稻田里。禾苗又高又直，看不出半点抽穗的迹象，此时稻田应该挤挤挨挨站满了弯腰驼背的稻穗才对。

下了观光车，我们走进"中国最早的城市"。到底有多早呢？七千年前，就有人类在这片岗地上日出而作、日落而息。他们尝试种稻制陶，希望过上更安定的生活，于是，他们挖出深深的壕沟，用来防御洪水、抵挡野兽的侵袭。然而随着城头山的日益富足，不时有外族部落前来侵扰和掠夺。为了建造更加坚固的防御体系，人们开挖新的壕沟，并筑土为城。经历四次大规模的筑城，这座城市已然达到繁盛的巅峰。

在城头山城墙遗址剖面展示馆，我们可以通过西南城墙的剖面，看到历时数千年的四次筑城所形成的地层，其界限清晰而分明。考古专家认为，前两次筑城是随着地形地貌往外推进，城墙和壕沟不一定封闭，形状也不规则；第四期城墙是在第三期城墙的外坡上加筑而成。第三期、第四期的城墙和护城河是封闭的，只留有通往外界的门道，城墙和护城河所围合而成的古城是圆形的，城内与城外也已经完全隔离开来。高大的城墙和又深又宽的护城河一起构成难以逾越的屏障，展现用于军事防御的新功能。

曾经固若金汤的城池，如今只是一堆堆断土残垣。从鲜花着锦到满目荒凉，不过须臾之间。什么样的力量才能强大如此？什么样的方式才能绝情如此？当盛世华年深埋地底，当今天变成历史，所有的秘密将随风而逝。

隔着那道低矮的栏杆，古城墙的剖面仿佛伸手可触。时间就是这样一层一层往上叠吗？越叠越厚，越叠越高，直到某一天，不堪重负的时间轰然垮塌，但时间会在涅槃之后得以重生。就像城头山的银杏树，从春到夏，从夏到秋，它们可着劲儿往上生长，不管多么葱郁多么茂盛，当冬天来临，它们必定掉光全身的叶子，重新积攒力量，在下一个春天绽放新的自我。

以千年为单位进行计算与比较的那一大堆黄土，曾经拥有怎样的人声鼎沸、车水马龙？博物馆里陈列的文物们沉默不语。当我走到那几颗早已炭化的稻谷前，眼睛挨到了玻璃橱窗，但还是看不清稻谷的模样。不，不是看不清，而是不敢相信。就像那一年，八十多岁的外婆拿出她珍藏箱底的旧照片给我看，我硬是不肯相信梳着乌黑长辫、眉眼弯弯的美丽女子，就是眼前满头白发、没了门牙的外婆。

一粒稻谷，从它刚刚成形起，就拥有隐约的芬芳和动人的色泽。当它吸够天地之精华，从容褪去粗糙的表皮，它就是一颗晶莹的宝石，暗夜里都能熠熠生辉。可眼前的稻谷，仿佛黎明前的天空脱落的外壳，暗哑、暗沉，有着比夜更深的黑和比秋水更脆弱的柔软。我无法猜测袁隆平与这些碳化稻谷对视时，眼神会碰出怎样的火花。当我听说袁隆平儿时就读的小学离城头山很近时，我相信冥冥之中有一股力量推着袁隆平往前走，一直走到全世界水稻研究的最前沿。

除了碳化稻谷，考古专家还在城头山发现了全世界最早、保存最完好的人工栽培水稻田遗迹以及完整的水稻栽培灌溉系统。当人们丰衣足食，当粮食有了富余时，酒肆的出现成了自然而然的事情。在城头山遗址已发现多座陶窑，斟酒器陶鬶和贮酒器陶瓮以及陶温锅的出土，说明早在五千多年前，城头山地区就已经出现酒肆，酒文化慢慢形成，并得以充分的发展。

站在已成废墟的陶窑前，我不由打了个寒战。风越来越大，我的长发和裙裾一起凌乱。我微微闭眼，任凭思绪找寻秋风所藏的五千年前的酒香……"绿蚁新醅酒，红泥小火炉"，这样的场景，哪怕只存在于想象，也能温暖某些刹那间的孤独与迷茫。

　　离开城头山返回县城的路上，当地的作家朋友指着车窗外的一大片稻田说：快看，那就是袁隆平的超级稻基地！满车的人都站了起来，望着那些沉甸甸的由青泛黄的稻穗，有人发出啧啧的赞叹声。

　　车子并未停下来，车窗也关得严严实实，可我分明听到了稻穗呼吸的声音，闻到了稻谷所特有的那种淡淡的清香。难道是城头山的风？它们一路追随，带来从古至今芬芳如故的稻香？

　　风轻轻地吹，从稻作之源的城头山，吹向四面八方，吹向无边无垠的天地之间……

原载 2019 年 12 月 17 日《中国文化报》

当秦腔遇上话剧

朱佩君

"曾经,我是一颗不起眼的酸枣,从一开始,我便用隐忍积蓄着欲望。我不自强,我不修仙,我不得道,最后我就是一棵枯树,伴着顽石,化为一抹尘埃。"这是话剧《兰若寺》里树妖姥姥的一段台词。

我曾经是个秦腔演员。自从演了话剧《兰若寺》,很多朋友问我,你什么时候又开始迷恋上话剧了?排练这个话剧,真是机缘巧合。去年夏末的一个夜晚,我的朋友红孩写的第一部散文话剧《白鹭归来》在二十一世纪大剧院首演。我邀请了几位研究话剧的朋友前去观看,其中便有我的同事——中国艺术研究院话剧研究所的赵红帆女士。因为二十一世纪剧院离我家较近,所以便约好先到我家吃晚餐,再一起去看戏,因此,我结识了她的先生、我的陕西乡党赵晓宇先生。说起家乡,我们津津乐道,后来又聊起秦腔,聊起我的散文集《秦腔缘》。

今年四月初,我正在郊区农庄挖地种菜,忽然收到晓宇先生发来的微信:"佩君,我们正在排练话剧《兰若寺》,想融入一点戏曲的元素,树妖姥姥这个角色非常出彩,你想不想尝试一下?"这简直是意外的惊喜啊!我说:"如果您认为可以,我愿意大胆一试!"就这样,我又即将登上阔别已久的舞台,开始新形式的跨界尝试。我暗暗鼓励自己:老佩,你一定行!

第一次走入北京师范大学田家炳艺术楼的三层何思敬教室,推门一看,都是大学生啊,浓浓的青春气息扑面而来。大家欢笑着、嬉闹着,那一边三五成群翩翩起舞,这一边围坐一起弹着吉他唱着歌。瞬间,我仿佛又回到了昔日的校园。我喜欢这些朝气蓬勃的孩子,与他们在一起心态会变得年轻,也能从他们身上学到很多新的东西。

剧组就是一个家,在这个家中,有许多和我女儿同龄的活泼可爱的大学生;主创人员都是活跃在舞台上以及各个领域的骨干,他们都有一个统一的身份——北京师范大学艺术与传媒学院的在职研究生。这台《兰若寺》就是作为研究生班的结业大戏来打造的。

导演赵晓宇是国家大剧院的舞台设计，其作品两次获得中宣部"五个一工程"奖，是一个大才子。在传统话剧中融入一些舞蹈元素和戏曲元素，是他排演这部剧的新构想。著名青年舞蹈家朱晗受邀出演男主角宁采臣。沈公子的扮演者李一庚是来自中国艺术研究院话剧研究所的青年编剧。

戏曲和话剧同为舞台艺术，但在舞台的表现上却大有不同。戏曲是一门综合艺术，讲究四功五法。常用虚拟的动作传情达意，表演程式既规范又不失灵活性，诸多戏曲表演艺术家用这些表演程式，塑造了大量性格鲜明、生动感人的艺术形象。而话剧则是用叙述手段，以无伴奏的对话或独白为主，表现形式更生活化一些。刚一排练，我就遇到了难题：树妖姥姥在众小妖的簇拥下，缓缓漫步于舞台中，我摆动身躯美美地亮了个相，操着韵白说："兰若寺要有人。""停！"导演说，"佩君老师，你对角色把握得挺好，就是上场时不要身子晃动，讲话生活点，不要找戏曲的感觉。"当秦腔遇上话剧，这对于我真是一次跨越啊。

树妖姥姥，在我脑海中最初的印象，像极了古代神话剧中的巫婆，一袭黑衣，十指长甲，形似乌鸦的丑陋老妇人。看了一些相似内容的影像之后，觉得她应该是一个凶恶残暴、雌雄同体的阴阳人。可是，再经过一遍遍对角色的深入推敲后，我觉得她更应该是一个历经艰辛、隐忍顽强、祈盼圆满，但同时又走火入魔的一个兰若寺的管理者。在树妖姥姥的造型设计上，我大胆提出画漂亮妖艳的妆容，一个修炼了千年的树妖姥姥，整日里靠娼鬼们贡献阳气滋补自己，是为了年轻漂亮。而表现她阴暗残暴的一面，则应该靠演员的表演来呈现。《笃定》的第一个亮相，我想用一个管理者视察的角度来展现。树妖姥姥环视一下鬼魅若干，感觉都不是很得力，唯独看好小倩，所以在台词的表达上，我将听似凶狠的话，运用了轻描淡写但又不失狠毒的语气，把树妖内在的阴狠挖掘出来。《布阵》中，我大胆运用了许多戏曲元素，借鉴了秦腔《鬼怨》出场圆场，四米的黑色长纱随风而起，如黑色的蝴蝶飘飘洒洒落于舞台之中，用舞蹈稍带点剪影的感觉，来表达树妖修炼羽翼丰满的得意和喜悦。《对峙》开场，树妖站在巨石之上，将六个小妖手中各持的黑色长纱掌控在手中，形成阵仗，借用戏曲小花脸的身架和手势来烘托对阵的气氛。在一声巨雷响起、被瞬间摧毁的那一刻，用点穴式造型、无奈但又不甘心的道白来终结她的梦想。

我喜欢剧组的这些孩子，他们很真诚而且非常敬业，大家互相借鉴、取长补短，看到表演中存在的不足，就会很真诚、很直接地提出来供你参考。在许多台词和表演的处理上，我很喜欢与他们探讨，向他们请教。燕赤侠的扮演者尹鹏就曾给予我很多帮助。树妖布阵这场戏的开场舞造型，要感谢小影的扮演者、优秀舞蹈演员倩倩,她不但没有拒绝我请她设计这场舞蹈造型的动作,还不厌其烦地一遍遍给我演示,也一遍遍给我指导。

  连续四天的演出结束了。面对花团锦簇、灯光闪烁的舞台,我万分感慨。多么熟悉的舞台,它曾经记录着我的青春和热血。今天,二十多年后的我,又以跨界的形式再次登上了这个难忘的地方,我的舞台梦又开始了。

原载2019年7月17日《中国文化报》

第二辑

恨月亮

李修文

甘肃瓜州。夜幕，大风，尘沙，赶路人，喘息，咳嗽，骆驼刺，芨芨草。我也不知道，这些大地上的机缘和命定，究竟是被哪一只造物之手安放在一处，齐聚在了后半夜的戈壁滩上。但是，因为满目的黑暗，他们互相根本看不见彼此，所以，这哪里是齐聚，反倒更像是一场奴役，尤其是那些赶路人：方寸之地内的亲密明明已经降临，但是，在大风里，在接连扑面而来的沙砾里，他们只好放弃辨认，陷入孤苦，再往前一步一步挪动，就像是，命运到来了，这命运的名字，就叫作低头、寸步难行和伸手不见五指。

此前的黄昏里，紧赶慢赶，我来到了一座小汽车站——凭借着最后一点能看清的视线，我终于找到了它，然而，它却早已被大风和尘沙贯穿，里里外外，一个人影都没见。最后一点视线消失之前，依稀可见的屋顶上，沙堆像一头时刻准备吃人的狮子，正在越积越厚，就好像，转瞬之后，它便要作魔作障。前路显然已经断绝，后路又早被掩盖，那么，我到底该何去何从？

也就是在此时，我竟然听到了一阵接连的咳嗽，仅只这阵咳嗽，就足以令我几乎喊叫起来：此处竟然不止我一人。我当然要朝咳嗽声所在的方向狂奔过去，却先行撞上了另外一个人，这下子，我便再也忍不住，张嘴就要跟对方说话。哪知道，刚一张开嘴巴，尘沙便哗啦啦浇灌而来，一时间，好像是吃了哑巴亏，我吐也不是，吞也不是。

这时候，我总算明白了过来，那一阵咳嗽其实并非简单的咳嗽，嘴巴张不开的时候，它实际上就是召集令和行军号：尽管看不见，我却分明能感受到，有好几个人影从我的近旁走出汽车站，走进了更加广大的风沙。我大致能够猜测到，如此狂暴的气象里，等来一辆汽车，无疑是痴人说梦，但留下来也是死路一条，于是，他们干脆要孤身犯险，总好过在这里不知所从。可是，我是否应该跟他们成为同路人呢？不要说他们姓甚名谁，我甚至都不知道他们各自长什么样子，假如他们不愿意跟我一起向前，我又该如何是好？

我还在迷乱着，那阵咳嗽声却离我越来越近了。近在咫尺的时候，有一只手伸向了我，又触碰了我，我大致已经明白了：这只手的主人正在要我跟他一起赶路。于是，一步也没落下，我便赶紧跟随上去，跟他一起，去遭遇更加剧烈的风沙。两个人都踉跄着，犹如即将被打翻的帆船，又好似将倒未倒的两棵柳树，倏忽之后，那只手也就跟我分散了开去。

如此，跟随着一群连长什么样子都不知道的人，我上路了，谁又知道是对是错呢？越往前，行走就越艰困：半空里飘荡的沙砾被风驱使，一颗颗地，子弹般硬生生扑打在脸上，实在疼痛难忍了，我只好驻足不前，伸出手去连连阻挡——结果，一旦伸出手去，身体便无法经受大风的推搡，仰着面，差一点便直挺挺倒了下去，只好慌忙地将双手缩回来，赶紧撑起了身体，重新走动起来，身体这才终于勉为其难，像一个无赖般迎着风又谄媚着风，一步步向前试探。

这样的境地，怎么可能不发疯地想念月亮呢？三步两步之间，我总要下意识地抬头，朝着黑暗和更深的黑暗去眺望。当然，不管我去眺望多少次，躲藏在九霄云外的月亮仍然酷似一个刚刚从犯罪现场逃走的凶犯，镇定地谛听着动静，却丝毫未肯现身。再看这浓墨般的夜幕，仿佛一口罩住了山河人间的铁桶，在铁桶里，风声愈加凄厉，就像无数把生了锈的刀正在互相磨砺，又像冤魂提前发出的讯号，说话间，它们便要来到我和同路人的中间——不自禁地，我还是想要靠近我的同路人，干脆先去妄加猜测他们的所在，再拼了命朝着他们缓慢地奔跑。可是，刚一奔跑，一蓬干枯的芨芨草便飞奔过来，准确地罩在了我的头顶上，我只好停下来，悲愤地与之缠斗，一边缠斗，一边又发疯地想念起了月亮。

实际上，发疯地想念月亮，在我的生涯里已经不止一次。和芨芨草缠斗完毕之后，我继续顶风作案，不断伸手去阻挡横空而来的沙砾，再忙不迭地用双手去撑住趔趄着倒下的身体，终于没有撑住，倒伏在了满地的、刀尖一般的戈壁石上。这时候，可能出自对我的担心，我们的头领，又发出了号令般的咳嗽声，我赶紧从地上起身，没来由地，想起了另一个伸手不见五指的夜晚。

贵州黎平。夜幕，大风，雪子，赶路人，喘息，咳嗽，结了冰的路，从山崖间伸出的冷硬的枝杈——从小镇子上出来，还没走几步，我便后悔了，不知道自己究竟何至于此。然而，在我身边或身前，那个看上去像母牛一般壮实的姑娘，每一步都走得稳当，还总是未卜先知，避开冰碴下的渍水，再避开刀剑般的枝杈，不曾有一步落在我的身后。好几次，我打开手机，试图照亮一丁点夜幕，但那不过是自取其辱：浓墨般的夜幕，就像是下定了决心去就义的战士，手机发出的微光只能在他身上留下拷打的血印子，却始终未能真正打开他的缺口。

正月十五，元宵节，我和小蓉，我们离开了镇子，要去她的村子里偷青——不是偷情，是偷青：此地的风俗是，元宵，趁着月黑风高，年轻人一定要化身为盗贼，前往相熟人家的菜地，管它白菜、萝卜还是豆苗，偷了就走，绝对不会有任何后患。不偷青的小伙子，娶不上媳妇；不偷青的姑娘，嫁不出去。唯一需要讲究的是，偷盗的对象一定要相熟，最好是没出五服的亲戚，如此，偷青和被偷青的人才不至于伤了和气。

短短几天下来，在这小镇子上，小蓉几乎已经变作了我的亲人——为了完成几个侗族民歌传承人的口述实录，大年初七，我便前来此地，来了才知道，那些传承人几乎无一不是在外打工，有的过完年早早就走了，有的则根本没有回家过年。一时之间，留也不是，走也不是，我只好硬着头皮忘掉差事，在小旅馆里写起了别的东西。因为春节还未结束，在村子里过年的旅馆老板一直没有回来，所以，这小旅馆里，前台、厨师和服务员，都只有小蓉一个，我跟她两个，简直算得上是耳鬓厮磨。

这个看上去像母牛一般壮实的姑娘，实际上，根本就不是壮实，而是浮肿：我早已知道，她有尿毒症，她之所以在这小旅馆里帮工，实在是因为，在外打工的三个弟弟给她寄来了钱，让她终年都在镇子上的小医院里住院。可她心里终究难安，所以，她觉得身体好受一些的时候，便在小旅馆里做些自己能做的事，弟弟们的钱，她是能少花一分就一定少花一分。

入夜之后没多久，大风呼啸而来，将整个镇子笼罩住，一户户人家里，零星的几家店铺里，灯火都渐渐灭尽了，就像是因为做贼心虚，所有的灯火都赶紧遁入了黑暗。稍后，天上飘起了雪子，砸在玻璃窗上，发出清脆的声响，天气因此而变得愈加寒凉，就算我早早蜷缩在被子里，凉意仍然无孔不入，令我几乎要咬紧了牙关。这时候，小蓉却来敲我的房门，迟疑了再三，她还是告诉我，她想回村子里去偷青。因为她身上有病，路又特别难走，来去肯定都要耽误时间，她担心，她赶不上明天早上给我做早饭。我赶紧告诉她，一顿早饭不吃并没有什么大不了，却还是忍不住问她，偷青于她，何以如此重要？她沉默了一小会儿，对我说，在外打工的三个弟弟，还没有一个娶上媳妇。他们好几年都没回来，自然地，好几年都没偷过青了，所以，为了他们娶上媳妇，她年年都偷青。她也不知道有没有用，但是她又想，她去偷过了，总好过没有偷。

一定要去吗？雪子越变越粗粝，夜幕越来越深不见底，我问小蓉，一定要去吗？小蓉想了想，还是对我点头。既然这样，我便对她说，我跟你一起去。小蓉还在诧异着，我却早已跳出被子，套好外套，穿上鞋，又找了一只手电筒，然后，拉扯着她便往小旅馆外面走。小蓉还在迟疑，但也禁不住我的一意孤行，只好听任我拉扯着她，走进了夜幕。

镇子外面的山野里，原本就遍布着深深浅浅的沟壑，现在，因为修公路，那些沟壑一直延伸到了镇子里唯一的那条街结束的地方，还有，连日里阴雨的关系，沟壑里全都是积水。所以，那条街刚一走到头，我们便只能借着手电筒发出的一点点光，跟随着沟壑，又绕过了沟壑，一步步小心试探，稍有不慎，满地的泥泞就有可能将我们带入到沟壑和沟壑里的积水当中。

没想到的是，尽管我们如此谨小慎微，生怕一不小心触怒了何方神圣，可是，当我跨过一道沟壑，刚刚伸手去搀小蓉过来，脚底下的一小块沙土松动，我硬生生摔倒在地。危急之时，幸亏我半跪着，拼了命，这才勉强用双手撑住了小蓉，她才没有跟我一起倒在地上。悲剧却难以避免：仓促之下，手电筒脱手而出，我惊叫了起来，可终究无济于事，手电筒在泥泞里稍微停留了一小会儿，又穿透了泥泞，转瞬间便落入了沟壑里的积水。这下子好了，满世界里只剩下了黑暗，我明明可以清晰地听见小蓉的呼吸声，她就在我的左侧，但却再也看不见她了。

如此，在接下来的道路上，有意无意，小蓉便非要走在我的前面不可，我大概明白：和人生地不熟的我相比，她是土生土长，断然没有让我为她探路的道理。不过，像是被铅和铁灌注过的夜幕可不会在乎她是不是土生土长，我其实知道，看起来，每一步她都走得稳当，事实却是，她已经再三踏入了冰碴下的渍水，为了不让我再走在前面，她才忍住了寒冷去强自镇定，任由刀剑般的枝杈不断抽打在她的脸上。

要是月亮出来就好了。只要月亮出来，再穷寒的人，山林旷野里总会为她伸展出一条道路；病得再重的人，要么是一块山石，要么是一棵树，她总能认清自己的依靠；依靠来了，她总能停歇下来，喘口气，而不至于就算踩了渍水的双脚都在钻心地冷和疼，却还是装得若无其事，又不得不每走一步都要加重了力气去踏踩，唯有如此，她才有可能感受到些微的、那根本不可能到来的暖和。就算这样，那平日里司空见惯的月亮，终究还是化作了嫌贫爱富的叛徒，一声不吭，任由穷寒的人变得更穷，病重的人变得更重。这不，不管我和小蓉多么步步为营，多么屏息静气，我们还是同时踏入了一条并不狭窄的沟渠之中。向后退显然已不可能，向前进，却不知道这沟渠到底还有多宽，只好停留在原地左顾右盼，却只看清楚，黑暗中的一切正在变得更加黑暗，更加剑拔弩张。

甘肃瓜州。也不知道走了多久，我只知道，大风还在更加狂暴，扑打在脸上的砾石也越来越粗硬，渐渐地，我的嗓子里便渴得要命。虽说身在后半夜里，全身上下却只差一把火就可以点燃，不过，我并没有被焦渴带入烦躁，相反地，冷静了下来，脑子里却在不停地做着思虑：如何才能找我的同路人要来一口水？终于，我想到了法子，倒是也简单：趴在地上，将双手交叉着放置在脑袋前，这样，双手便短暂地抵挡住了风沙，我的嘴巴，终于可以自如地叫喊了起来。

奇怪的是，我的叫喊声已经足够大，自始至终，却都不曾得到同路人的一句回应。风沙很快突破了双手搭建的堡垒，我只好悻悻然起身继续朝前走，越往前走，对月亮的怒意和怨怼就越深，入戏太深了，我竟然走在了同路人的前头。突然，一阵熟悉的咳嗽声从我的身后传来，我这才如梦初醒，掉转头去，奔向同路人，估摸着已经靠近了他们的时候，咳嗽声没了，我大致能够猜测出，我已经置身在了同路人的中间，在跟他们一起朝前走。哪里知道，走了一会儿，我重新听到了从身后传来的咳嗽声——这一次，我根本不曾入戏，怎么又如此轻松地走到了他们前面？我在原地里站着，并没有着急奔向他们，而是百思不得其解了起来。

恰在这时候，奇迹降临了——月亮虽然未肯现身，造物之主却率先垂怜了我们——在我们踏足其上的广大戈壁的深处，一小束灯光，是的，真的就是灯光，正在一点点向我们所在的方向挪动。岂止如此啊，原来，那一小束灯光只是首领，它还带领着更多的灯光，一束一束的光，就像一匹一匹的马，渐次从不由分说的风沙里涌出，又不由分说地照亮和穿透了风沙。现在，我终于明白了：我和我的同路人，其实是行走在一条铁轨的边上，铁轨之上，一辆绿皮火车正在向着我们缓慢地行驶过来。

然而，这还只是奇迹的开始，真正的奇迹是：当绿皮火车的灯光离我们越来越近，我终于看清楚了我的同路人——不不不，尘沙早已经将他们的眉眼遮掩住了，不管正在经过我们的灯光有多明亮，到头来，我也只能看见他们各自的一身尘沙，正所谓，我见他们多尘沙，料他们见我亦如是。灯光下，我还在愣怔着，同路人们却互相走近了彼此，像是一场事关重大的会盟，他们化作暂时按住了刀剑的豪客，各自打起了手势，一边打着手势，一边又伸出手来指点着旷野和我——仅凭这些指点，再想起之前的行迹，我的脑子便"嗡"的一声响了起来：如果我没有猜错，我的这些同路人，他们根本就不是想不出和我说上一两句话的法子，事实是，他们其实是一群说不出话的哑巴。

一旦想到这里，我的心脏便在骤然里发紧，不自禁地，三步两步，我急切地奔向了他们。借着即将消失的灯光，我得以看清楚，这些同路人中，无一不是衣衫褴褛，瞬时我便可以肯定下来，他们不是别人，他们其实是一群在山河大地里乞讨的哑巴。

原来如此。我不由得一阵眼热，哽咽着，忘了他们是哑巴，想要不管不顾地跟他们叫喊几句，哪知道，他们纷纷做出手势，让我闭嘴，又继续去指点着火车、旷野和我。顺着他们的指点，我一眼看见，在他们站立的地方，其实别有一条道路，通向戈壁的西南方——明白了，我全都明白了：此前，之所以我一再走在了他们的前头，绝不是我的气力使然，而是他们压根就不必要跟我继续向前。他们要走的，是那一条通向西南方的道路。之所以再三用咳嗽声提醒我回去，跟他们站到一处，是因为他们不放心我一个人继续朝前走。一如此刻，灯光里，他们正在用手势激烈地争执着，我知道，他们正在争执的是：到底该与我就此别过，还是将我送到我要去的地方？而后，灯光渐渐消隐，绿皮火车渐渐消隐，在最后一丁点光亮还残存着的时候，他们定下了主意，一个个地，分散开来，却全都走向了我。

巨大的黑暗重回了人间，但我知道，天上的月亮已经化作了人间的使徒，他们正在朝我走来。过了一会儿，见我仍然没有动静，咳嗽声再起，伴随着咳嗽，一只手伸向了我，甚至触碰了我。我不再恍惚，不再呆若木鸡，抹了一把脸上的尘沙，跟随着那只手，越走越远。

最大的艰困，发生在大概半个小时之后——如果说此前的风声好似冤魂的讼告，那么现在，我和同伴们的所在之地，简直与阴曹地府没有任何区别：如果我没有猜错，我们应该是来到了一片雅丹地貌的所在——在我们身前，土丘林立，犹如一尊尊天神挡住了去路；土丘与土丘之间，风声又何以变作了厉鬼的号哭？无边无际的厉鬼，它们又发出了无边无际的抽泣、低语和仰天长啸。要想找到一条穿过土丘的路实在是太难了，我只好大着胆子，扶住一座土丘，仓皇着迈开步子，却没想到，脚下便是深谷，我一脚踏了空，只好蜷缩着，佝偻着，就像被打入阴曹地府的罪人，硬生生滚落到了再也无法向前滚动的地方。跌落之前，我想提醒我的同伴，连声咳嗽，可是，我忘了，哑巴几乎全都是聋子，他们根本听不见我的咳嗽，所以，在我跌落下去的同时，他们也全都同我如出一辙，变成了前往阴曹地府的罪人。

但是，当我从深谷里站起身，再往四下里跌跌撞撞地试探，看看自己能不能触碰到同伴的时候，可能是退无可退，也可能是心有所恃，说不清缘由地，莫名地，我的胸腔之间，竟然鼓荡起了满怀的信心：一路试探，一路却都挺直了腰背，就像是出了五指山的孙猴子，又像是奔赴在劈山救母途中的沉香——月亮啊月亮，也许，你之不可理喻，恰好是你的慈悲；你之不近人情，恰好是莫大的指引：世间众生，无一不是要先去受苦，而后才等到月亮。

贵州黎平。对月亮的厌弃，不仅没有消退，反而还在加深：好不容易，我和小蓉才越过那条一点都不狭窄的沟渠，站在了平地上，毫无疑问，两个人都冻得哆哆嗦嗦。好在是风小了些，一度变得密集的雪子也消失了。又往前走了几步，小蓉终于支撑不下去，只好原地里坐下，脱了鞋，先往双手上哈气，再用双手去焐自己的脚，但那终究于事无补，她想忍住，可是忍不住，双脚疼得叫出了声。我也想去帮她焐一焐，她慌忙止住，说是那只会让她更疼。别无他法之后，我抬起头，再度去夜空里张望月亮的踪迹，也不知从何时起，心底里便滋生出了对月亮的恨意。

　　那恨意，与其说是对月亮，莫如说是对这大地上鳞次栉比的孤寒与无救：山冈和枝杈，结了冰的路和路上的人，还有我和小蓉，看似结了缘，可是，各自却又深陷于自己的囹圄里欲罢不能。说到底，我们是多么孤寒啊——枝杈伸出了山冈，道路被冰封住，路上的人寸步难行，我抬头眺望着夜空，小蓉兀自忍住了钻心的疼，这世上，莫非原本就没有真正的、彻底的救济与亲密？明明不是，明明只要月亮当空高悬，我们就能认清楚自己的道路，我们就能稍稍刺破自己的命数，月亮呢，你躲到哪里去了？莫不是，你也和我们一样，深陷在自己的孤寒与无救之中？假如你也如我们一般，在囹圄里无法自拔，我们，是不是唯有依靠自己，先焐热自己的脚，再踏上自己的路，到了那时，你才肯重新现身，重新见证我们的孤苦，只因为，你也是才刚刚摆脱了自己的孤苦？

　　好吧，小蓉，还是让我们焐热自己的脚，再踏上自己的路吧。恰恰这时候，小蓉穿好了鞋子，站起身，对我说，她不想再连累我，也不想再回村子里去偷青了。往前走，我们还要经过一片松林，千万不要小看这片松林，平日里都难走得很，穿过了松林，还有条叫作"一线天"的山路在等着我们，出了"一线天"，再从山坡上下去，这才来到了她的村子。她觉得，今天晚上，无论如何，她也回不到村子里去了，莫不如，我们赶紧掉头，往回走，总好过在这黑黢黢里继续受冻下去。

　　小蓉不知道的是，此刻站在她旁边的，是一个心意已决的人。听完她的话，我不仅没有呼应她，相反，却一把搂住她，二话不说便踏入了身前的松林。如她所说，松林里果然难走：动辄便会撞上松树，皲裂的树皮从我们的脸上蹭过去，三下两下便划出了口子，全都火辣辣地疼；只要松树被我们撞上，冷不防地，树上的冰磴便当空而落，击打在我们的头顶上，细碎些的还好，鸡蛋大小的落下来，简直和冰雹没有什么分别。然而，一如踏入松林之前，我们的心意，已经做了决断：就像月亮被黑云看管，我们的一生里，也该埋伏着多少天牢？松林里的这些机关，岂不正是我们的狱卒和看守？可是，在这戒备森严之地，倘若我们自己不去劫了自己的法场，难道说，我们就活该低头认罪，直至被开刀问斩？就说那消失的明月，它难道就真的已经在云层之后坐以待毙了吗？也许，它反倒正在杀出重围，又或已经奔赴显露真身的夜路上了呢？

好吧，小蓉，让我们继续向前，继续去对付身边无处不在的刺丛：那些迷魂阵一般的刺丛，像是无数支从斜刺里杀出的人马，又像是早就已经布好的暗器，欲拒还迎。我们就像是喝下了迷魂汤，只好被它勾引，踏入其间，又缠斗在其间。没过多大一会儿，我们的双手便全都被刺破了，如果我们能够看见，我们应该能看见自己满手的血，但是这又有什么要紧呢？在我的逼迫之下，小蓉甚至已经唱起了歌，那并不是多么激昂的曲子，实际上，那些用方言唱起来的曲子，我一句也听不懂。如此，我便去追问她唱的到底是些什么。一首曲子才刚问完，我们的头顶上，竟然再也没有冰碴落下；我们的身边，竟然再也没有刺丛的影踪了。

是啊，逃出生天一般，最终，我们逃出了松林。而后，我们没有半刻休歇，继续喘着粗气往前去，深深浅浅地走了一会儿，我们便来到了"一线天"前：名字果然没有叫错，它真的就是一条像是被刀劈出来的窄路——向上看，窄路两边的山石嶙峋而摇摇欲坠，全都是顷刻间便要坍塌的样子；往里看，幽谧而深长，还浮泛着雾气，像是一条早已吞下过不少人命的长蛇。可是且慢，我是怎么看清楚了这眼前周遭的？刹那间，我突然明白了什么，赶紧朝四下里环顾，再猛地抬头去眺望夜空，一时之间，心脏不由得狂跳不止：月亮仍未现身，但是，云层却在转薄转白。如此，大地上竟然有了昏暝的微光，这微光还远远算不上月光，但是，它们如果不是月光，又是什么呢？

镇定，先镇定，且去看"一线天"里，莫名发出了一声响动。一开始，我还以为是有什么野兽藏匿在其中，谛听了一阵子，终于弄清楚了，那是山石从山梁上掉落的声音，这可怎么得了？要是我们刚刚跑入其中，恰好一块山石砸下，我们岂不是要血溅当场？但是，我们已然来到了这里，村庄和菜园已然尽在"一线天"之外，除了用奔跑将它们丢弃在身后，我们还有第二条路可走吗？

所以，我径直对小蓉说，除了跑过去，我们没有别的办法了。哪里知道，小蓉却笑着回答我：实际上，只要是在雨天里，当地的人们过这"一线天"也只有一个法子，那就是跑过去，不要命地跑过去。许多年下来，也不知道是运气还是什么，竟然没有一个人被石头砸中过。好吧，那么，亲爱的小蓉，我们还等什么呢？让我们跑起来吧——于是，我们奔跑了起来。也不知道怎么了，一路上，横生的枝杈被我们轻易地推开了；挡路的石头被我们轻易地跳过了；在我们身边，似乎有两只野兔受到了惊吓，转而跟我们一起向前跑，也就是在此时，大地上的微光突然变得亮堂起来，我不仅可以清晰地看见身边的小蓉，就连那两只野兔中的一只，也被我看见了。但是，我并没有抬头，而是低着头，继续向前跑，我知道：月亮，月亮出来了，我们受苦了，它也受苦了。我们终将跑出这命定的深谷，就像它，终将高悬在整个人间的头顶。

月亮出来了。大地上的一切，全都变得亮堂了。在"一线天"之外的田埂上，我和小蓉，都没有说话，各自驻足不前，各自张大了嘴巴去喘息，看上去，却又不只是喘息：我们张大了嘴巴，简直就是想要一口吞掉目力所及的全部——山冈和丛林，沟渠和村庄，对了，还有菜地，那些被篱笆看护起来的白菜、萝卜和豆苗，全都跟我们一样，刚从天牢里挣脱出来，它们受过的苦，足以令它们安安静静。看着看着，我也变得像它们一般安静了，和小蓉一起，在田埂上坐下，接着喘息，接着眺望，就好像两只野兽终于可以舔舐自己的伤口了，又好像世间的受苦人终于来到了自己的收成身边。

一如甘肃瓜州的后半夜。虽说我的胸腔之间鼓荡着满怀的信心，可是，一时半会儿里，那些同伴们的下落，我还是遍寻未见。跟此前的戈壁不一样，现在，在我的脚底下，全都是松软的沙土，每迈一步，双脚动不动便要深重地陷落进去，非得攒足了劲，再拼出全身的气力，才能继续往前行进一小步。好在是，身在此处，风声变小了，也再没有腾空的砾石扑面而来了，和戈壁上相比，这里简直就是西天乐土，所以，我便耐心地一步步朝前走，时刻等待着夜空里传来熟悉的咳嗽声。

果然，还没走出去多远，远远地，咳嗽声传了过来。我猛地站住，瞬时之间，我便听清楚了咳嗽声来自我的正前方。也不管我的同伴们听不听得见，我兀自大喊大叫了起来，一边喊叫着，一边往前奔，而后便哽咽着站了原地：我的同伴们，他们也看见了我，和我一样，正在费尽气力从沙土里拔出脚来，再徐徐朝我走过来。但是，不知何故，就算看见了我，那咳嗽声，却还是接连响起来，我便一声接一声地应答。应答了好几遍，咳嗽声仍然不肯停下，我只好驻足，在茫然里顾盼。突然，我好像明白了什么，一旦明白过来，我的全身上下都好像是正在被电流击打，不自禁地就战栗了起来：是的，那咳嗽声，的确是在招呼我，但是，它是在招呼我抬头看——月亮出来了。真真切切地，月亮出来了。月亮总是要出来的，现在，它出来了。可我却并没有抬头去看，而是弯腰，低头，歇息了一小会儿，终于平静了，终于重新攒够了气力，这才直起腰来，去深呼吸，因为我知道，接下来，还有更加艰困的苦旅在等着我：接下来，我要在这沙土上狂奔，我要跟我的同伴们不离半步，到了那时，我还要抹去同伴们脸上的尘沙，一一认清他们。

一如贵州黎平的后半夜，在田埂上歇息了一小会儿之后，我和小蓉，对视了一眼，她笑着，我也笑着，我们站起身来，连商量都不用，面朝着村庄，面朝着白菜、萝卜和豆苗，开始了不疾不徐的奔跑——是啊，到了这个时候，我们再也用不着狂奔了，你看，村庄伸手可及，菜地伸手可及，小蓉的弟弟们，他们的婚事也伸手可及，再说了，只要月光高高在上，一切就都来得及。

原载《当代》2019年第5期

书店不完全往事

梁鸿鹰

> 我并非无书可读,我的床边有一摞没有读过的好书,更何况我的客厅里还有成架的书打算再读。恼火的是我发现我渴望的是"下"一本,但我又不知道它是什么。我不再试图去分析这种渴望:我屈服于折磨我大半生的痴书症已经很久了。
>
> ——刘易斯·布兹比《书店的灯光》

> 你看,你看见那边的麦田了吗?我不吃麦子,那对我没用,可是你有一头金发,麦子使我想起你,我甚至会爱上风吹麦浪的声音。
>
> ——安东尼·德·圣·埃克苏佩里《小王子》

在岁月的推移中,书已经让我变成了守财奴、悭吝人、囤积狂,日益加深着我的朝三暮四、左顾右盼、浅尝辄止,我像一个掰棒子的狗熊,对书,只是不停买买买,根本就顾不上读。书让我上了瘾、中了毒,为此,我曾憎恨书,憎恨自己不停买书、囤书的习惯,但又改不了,收不了手。书上的文字、图画,书的外观、散发的气味,书所承载和意味的一切,始终诱惑着我,使我沉迷。每到一个地方,我像狗寻找骨头一样,本能地、不知疲倦地寻找书。一本心仪的书如果没有得到,我会寝食难安。

而这种习惯,是在我的童年时代养成的,是小城那座书店培养起来的。在儿时出生成长的小城里,只要手里有零钱,我就要到书店去买书,而不会像别的孩子那样溜进副食门市部或在地摊上买吃的。长大后,在求学的呼和浩特、天津,在长期生活的北京,在外出开会或旅游所到之处,书店、书摊从来都是我一定要去的地方。

夏季一个炎热的中午。蝉鸣处处,挥汗成雨。

妈妈又该邮购药品了。她写完信,把给对方的钱和让对方回信的信封写好,邮票准备好，统统交给我。也是巧了，那天家里没有胶水，信封没法贴邮票，也没法粘住。临出门妈妈又一次嘱咐我，到邮局之后，从信封里拿出邮这封信的邮票贴好，信封封好再寄走。我一向听话，记着妈妈的叮嘱，顺从地出了家。我也很勤快，愿意为妈妈做任何事情，二话不说，一脚踏入了难耐的暑热。

推门出来之后我才发现，这天的热大大出乎我的意料，没等走下门口的台阶，一股扑面而来的热浪，简直就要把我推倒了。我们这个小城的季节从来不打盹儿，冬天就是冬天，夏天就是夏天。冬天寒冷无比，大雪每年如约而至，让家里的窗玻璃覆盖上一层厚厚的冰茬。春天即使有些腼腆，躲在春节之后很长一段时间才懒洋洋地光临，但到了清明，必定会催绿万物，在五一节前让百花怒放。夏天的热一般是在七月中旬，即暑期临近时达到高峰，好像故意让孩子们不必顶着烈日去上学似的。于是，在大人上班之后，小伙伴们陆陆续续从家里溜出来，结伴到黄河边的水泡子里去游泳，爬到大树上去掏鸟，或三五成群到同学家去玩耍。

此时巨大的热浪让我大吃一惊，抬起头来，天蓝蓝的，没有一丝云，毒辣的太阳悬在高空，威风凛凛地照射着万物，那种有些邪乎的热，简直让人无处躲藏。走出几步，我看到家里养的几只鸡卧在凉房门口的阴凉里打盹，院子里的土被晒得格外松软，脚踩上去就会扬起尘土，正当我要推开小院的栅栏门的时候，鸡窝里的母鸡咯咯哒地叫了几声，我知道，这是要下蛋了。妹妹出来嚷着要跟我上街，我嘱咐她母鸡要下蛋了，注意看好，妹妹不再说什么，默默地回去了。

出了家门右拐，只需路过两户人家就能看见一条南北向铺着炉渣的马路。沿着这条马路走，就能到达繁华的街上。大路上的热浪更是让人难以忍受，我看到即使道路两旁挺拔的高高的杨树，此时也被晒得没有了精神，远远的地方不停出现升腾的热气，令我感觉到了沙漠一样，但所有这一切，并不能阻止我向前行走。

拐上马路走了也就五六十米，就能看到右手边兽医站的蓝色大铁门，经过的时候我往里瞥了一眼，看到院子里关着几匹骡子和马，它们被拴在几个桩子上，懒洋洋的，好像若有所思，又好像在等待着什么。兽医站有一位德高望重的老兽医，说东北话，留大背头，好像是个斯斯文文的老单身，从来没有见过他的家人。再往前走，遇到一个丁字路口往右拐，向东的一条大马路可以直接将我带到邮局。走不了多远，在路北就能看到县医院，因为妈妈生病，县医院是我经常光顾的地方，医院的隔壁是兵团"4927"师部，师部对面是副食门市部。这个名叫红星的副食门市部，是我们小城市民食物的重要来源，与小城另一端的东风副食门市部对应，满足不同区域的市民，是我经常去打酱油醋，给爸爸买散装白酒的地方。由红星副食门市部再往东走三两分钟的同一侧，是新华书店，再往东走，路过县委县政府，穿过小花园，就能够到达邮电局了。

　　天热，路就显得格外长，但我并不觉得累，我只是往前走着，偶而抬头看看路边的树，这些树依然挺拔着，树枝停止了摇动，树叶被晒得无精打采，脚下的尘土已经脏了我穿凉鞋的脚。此时，我想起昨天晚上做的一个梦：我在沙漠里独自走着，太阳高高的，让人无处躲藏，正在此时，一只蓝麻雀飞过来，它算不上美丽，但并不令人反感，是我们见到最多的鸟类。但蓝色的麻雀罕见。它在我头顶上盘旋了几圈，最后决定要落在我头上，这是我从来没有遇到过的事情，我慌了神，抬起胳膊不停地向它挥手，挥了几下，人也就醒了。

　　此时我本能地抬头看看，意识到四周并没有麻雀，而且发现自己已经走到了红星副食门市部门前，门市部里飘出了酱油、醋、白酒、海带、咸盐混杂在一起的浓重的气味，我只想快快地离开这里，我不爱闻这些混杂的味道。我爱闻清新的、单纯的味道，我爱闻雪花膏、洗发水、香皂、牙膏的味道，这些味道令我想起姥姥、母亲与姐妹们。正在这时，我似乎真的闻到了一股雪花膏、洗发水的味道，接着是身后一阵清脆的自行车铃声，回头一看，原来是新华书店的小金。我停了下来，等她从自行车上下来。小金用大大的眼睛看着我，告诉我书店里又来了新书，问我想不想去看看。她身上总散发着很好闻的味道，一脸的单纯，大大的眼睛，热情的态度，让我很难拂逆她的好意。

　　小金是我在书店里的熟人，她对人都很友好。而她的漂亮和优雅，起初我并没有发现，对她的美丽和善意，以前我视而不见。直到几个月前经历的一件事情，才让我对她有了新的认识。那天我来到书店买书，看到中意的一本，就小心翼翼地示意她，把书拿来让我看看。当小金递给我书的时候，我看到她的手很白很精致，没有一点瑕疵，手指上的肌肉饱满而修长，白白嫩嫩的，富于弹性，指甲盖小小的，泛着粉色的光泽，由她白白的小手能看到她袖口里同样白嫩的手腕，手腕上戴着小巧的手表。我看书的时候，她就站在我面前，身上飘着缕缕好闻的味道，我偶尔从书上抬起头来，会与她长长的睫毛相遇，这才发现，她睫毛下的一双丹凤眼眼仁不大，泛着浅浅蓝色，眼白十分清晰，眼梢长长的，眼珠看上去有些鼓，但并不过分，眉毛细细的，弯曲度不大。她此时额前的头发是拢在后面的，在脑后梳成一个发髻，这使她白白的额头显得格外宽大，让没有掩映的眉毛和眼睛格外突出。小金是个高鼻梁，嘴稍有些噘，像是天包地，但并不影响整个脸盘儿的协调，倒让人看着很舒服。她耐心等着我看书，没有一点不耐烦，这本书看来看去我最终并没有买，小金也未显出什么不高兴。

县城并不大，小金算是个小小的名人，后来我也偶然听到大人们对小金的议论，说小金的甲状腺有毛病，脖子浮肿，所以喜欢戴纱巾、围围巾、穿高领毛衣。对此我始终不信。她夏天从不遮掩脖子，爱穿浅色翻领的衬衫，白白的脖子坦然裸露，头发扎得高高的，脖子到锁骨这段在衣服里若隐若现。她这种奶白的肤色，黑黑的浓发，脸上的青春样貌，使她的美丽难以掩藏。小金很年轻，她的丰满成熟，稳重举止，使她显得比我们大得多，难以将她视为我们的玩伴，只是她纤巧的身段，热情的态度，又让我们愿意与她为姐妹。

美丽像是无形的流言，走到哪里传到哪里。没有哪里的人不愿意嚼别人舌头的，大家经常会拿跟自己没有任何关系的人与事当茶余饭后的话题。有人说小金太冷淡，太高傲，眼睛里根本就没有人。也难怪，在商品紧俏的年代里，书店与粮店、副食店、五金店、百货公司一样，里面的售货员往往有不小的来头，职业优越感是天然的，市面上的好东西，都是他们最先见到，可能也会最先享用，他们心里清楚别人有求于自己。物资匮乏的社会环境把他们惯坏了，使他们成了被讨好的人。可在我们眼里，小金从不需要讨好，她经常露齿而笑，对我们这些小孩子向来大大方方。大人们说她很少拿正眼看人，有些吊梢的双眼总显得眼白多，这有些过分了，小金是矜持的，她很安静，话也不多，经常靠在柜台边上，随时听候顾客召唤。我们这帮小孩子喜欢小金身上好闻的味道，喜欢她嫩得透明的双手，连她扎在脑后的"小刷子"也让我们喜欢，她的那些优点，比起她不拿正眼看人，显得太微不足道了。她的存在增加了男孩子们去书店的频率，与其说有些男孩喜欢这家书店，不如说喜欢小金更恰当。

小金的美丽终于让我心悦诚服，这使得我在她面前变得有些拘谨，我有时远远地看着她接待别的顾客，世界不再嘈杂，书店因她一个人而变得生机盎然、值得留恋：一个睫毛长长的年轻女孩，永远热情地应对着顾客，她白皙的小手递给自己根本不认识的男男女女们各种各样的书，她耐心回答各色人等的问题，开票、收款、盖章、开发票，全然不知自己的美丽，也根本不知道自己的存在对那些懵懂的小孩子们是何等的重要。我看着她，心事重重，浮想联翩，表面若无其事，其实心跳得厉害。我有时像排队一样沿着柜台跟在其他人后面，默默留意她的一举一动，前面的人都走光了，我才走上前去，结结巴巴地用手比画和配合着，让她拿书给我。有时一连跟她要三四本书，看了好半天，一本也没有买，但她仍然耐心地听从我。到后来，我愿意来这里，为了看书买书，更是为了看小金。

一来二去的，我和小金熟了，慢慢地体会到她更多的善意。比如，也不知道她怎么得知了我妈妈的病，有时她会有意无意地给我推荐一些医学和保健方面的书，推荐的时候并不多话，只是心里有数的样子，也不让我为难，她的态度永远是自然的、和蔼的、可亲的。她好像永远不知道自己的美，从来不会以美为傲，她只是天生富于善意，如此而已。

在这番胡思乱想中，我经过副食店、书店，一路上不断看到卖汽水、冰棍、冰糕的，我忍着，尽量不去看、不去想这些东西，很快就到了邮电局。得益于曾经做过盟公署的所在地，小镇建起了几座形制很不错的建筑，邮电局便是其中之一。这是个四层建筑，对着街心花园，与县委县政府隔路相望。到邮局之后，按照妈妈所说的，我完成了封信、寄信和汇款的任务，但在此过程中，从妈妈给我的信封里抽出了一张毛票，在回家的途中，神差鬼使，半路上拐进了小金所在的小城那座书店。

书店之所以还能称为"座"，是因为它在我心目中很巍峨，不像随处可见的店铺那么不起眼不成规模。书店气派得多，门窗巨大，跃层很高，书店被建成这样，同样得益于小镇做过盟公署的首府。新华书店有三层高，坐西朝东，紧邻街心花园，与邮局一样和县委县政府隔路相望，是核心地带的重要建筑，壮观程度不逊于小花园另一端比它高一层的邮电局，颇有些地标的味道。少年时代，除了学校和医院，我最常去的地方就是书店。每当走近这座二楼镶嵌着红色毛体"新华书店"字样的建筑，推开安着长形金属门把的厚门，我经常会心跳加速。小金所在的书店一层是集中销售图书的地方，书的门类很齐全，人也最多。

我气喘吁吁地从邮局直接来到书店，小金似乎在胸有成竹地等着我。我在陈列小人书的柜台前流连很久，看到《小兵张嘎》《铁道游击队》《平原枪声》《刘胡兰》《沙家浜》《智取威虎山》等多种，最后将目光落在根据高尔基同名小说改编的连环画《童年》上。王尔德说过，"只有浅薄无知的人，才不以貌取人"，当时我并不知道他的这些说法，但我从小就知道是要以貌选书的，封面好的书我会很快决定买下来。那天小金说的新书，就包括《童年》，这本小人书的封面是站立着的年幼的阿廖沙和他戴着披肩的慈祥外祖母，像是我们家的我与我的姥姥，这个封面一下子就打动了我，让我很快掏钱买了下来。递给我书的时候，小金只平静地说，这本书卖得最好，你肯定会喜欢。

在回家的路上，我才意识到自己买书是挪用了妈妈买药的钱，我犯了一个大错，但我没法撒谎，我进门后，厚着脸皮把小人书拿给妈妈看，面对脸色难看的妈妈，我无言以对。但数天之后，妈妈还是夸我这本书买得好。

同样一个炎热的午后。是暑假的一天，家里忽然静了下来，饭后的父亲已经躺在了沙发上，点起一支烟，这是他准备开始午休的信号。我匆匆忙忙收拾好桌上的碗筷，在通往厨房的途中忽然停下来，透过爸爸面前的烟雾，鼓起勇气向他开口："爸，给我点钱，我想买本书。"爸爸看我憋得脸通红，露出略微不解的神情，朝我这边瞥了一眼，也许实在是太困了吧，出乎我的意料，爸爸并没有问更多，未加犹豫就将手摸进口袋里，动了几下拽出几张票子。爸爸向来不用钱包，他多次说钱包就是预备让人偷的，这种说法后来也深深影响了我，让我变成了一个不使用钱包的人。

他清点了一下手里皱巴巴的票子，从中抽出两张毛票，我看到票面上画着的漂亮小人儿，管不了数额是多少，赶快伸出手去接。爸爸把钱夹在被烟熏黄的手指间，很潇洒地递给我，顺便说了一句："别乱花啊。"爸爸如此痛快，是我没有料想到的，每次和他要钱，他都要反复问我干什么用，是不是需要这么多，只不过事后从来不会再问钱花在了哪儿，买了什么，还剩下多少。大人真是奇怪的动物，让人难以琢磨。这次他竟一点没有拖泥带水。

我像是中了大奖似的，迅速将钱揣到短裤口袋里，生怕别人夺走，草草地洗完碗筷，夺门而出。我的目的地当然是那座唯一的新华书店。

天气的酷热并没有让我的脚步慢下来，我以很快的速度一路狂走，来到书店的时候，门口没有见到一个人。当我走上台阶，伸手推门把手的时候，我发现门上贴着一张白纸，上面用铅笔很潦草、很轻浮地画着一个年轻的女人，一看就知道画的是书店一楼的小金，明显是在丑化小金。看得出来，这张纸贴上去的时间不长，上面的糨糊还没有彻底干，我左右看看没有人，没费多少事就把这张纸揭了下来，叠起来塞进口袋。不管小金愿意不愿意，我心里早已经把小金当成自己的好朋友了，在这个宽敞得足以充当滑冰场的书店里，只有小金和我最亲近。她比起一楼那个矮矮的戴副厚厚眼镜的中年女售货员要可爱得多，别看中年女售货员衣着朴实，似乎永远在低头算账，仿佛话也不会说的样子，但只要你求她拿本书，她就会喋喋不休地和你说个不停，问你多大了，哪个学校的，甚至会问你家里有几口人，让人烦透了。二楼的那个老汪我回头再说吧，他是个彻头彻尾的怪人。

今天我急匆匆地赶到书店，是因为上次买书的时候，小金悄悄告诉我，过段时间会来一批新书，可以再过来看看。

来到书店后，我发现店里人很少，远远地看到她靠在柜台上，眼前只有一个顾客在捧着一本书看，是个小姑娘，穿着红衬衫，扎着一只当时流行的长长的大辫子。我走过去，在小金还没有注意到的时候，先默默地浏览起玻璃柜台里的书，最初拿不定主意到底该看哪本书，直到发现了苏联电影连环画《列宁在十月》，才打定主意让小金取这本书。

好不容易等到那个大辫子姑娘交完钱走了，我才出现在小金面前。小金看到我会心一笑，这笑是淡淡的，嘴唇微微一挑，双眼微微一眯，嘴角和眼角却能让人感到她的笑意和善意。我很潇洒自如地和她打过招呼，让她把《列宁在十月》拿过来，她俯下身，很灵巧地把手伸到柜台里，她的手指甲很光洁，粉里透红，进一步显出她家境的优渥。

当时这部电影早已风靡大江南北，我看过多遍，这使我买这本书没有多少借口，但我太爱这部电影了，我随便翻了翻这本书，让它在我手上停留了很短一会儿，就让小金开票。开票是交钱的必经手续。在她拿来小本儿往上填写书名和金额的时候，我的心脏开始怦怦直跳，这是因为我口袋里揣着的那张贴在书店大门上的纸，我拿不定主意要不要把这件事情告诉小金。直到我磨磨蹭蹭地到收款台交了钱，回到小金跟前，从她手中拿到书后，发现她闲下来了，才定定地看着小金的眼睛，慢慢对她说，"小金，我给你看件东西。"小金抬起头，将好奇的目光投向我。我从短裤口袋里，颇为灵活地把那张纸条拿出来递给她，小金打开纸条扫了一眼，漂亮的脸一下子变了颜色，扭曲得很难看。随后她嘴角一撇，露出很不屑的神态，把那张纸扔掉，快步流星离开我，到柜台的另一端找个凳子坐了下来。看她满脸通红、呼吸急促的样子，我很为她难过，也很为自己的鲁莽而自责。我的嘴怎么那么贱呢，难道缺了我这次多嘴多舌，天会塌下来吗？我一时羞愧难当，不知如何是好，愣了一下拔腿开溜——既然地上没有缝，就让我赶快离开小金吧！

从书店一层走出去之后，我还不想离开书店，于是又由大厅拐上书店的二层。二楼我并不常去，这里没有小金，也不卖我感兴趣的书，销售的主要品种是文具、画册、年画之类，属于大人们经常去的地方，过年过节的时候也会热闹。

那个时候，尽管物质上很贫乏，人们对精神享受的追求却没有放弃，并且每个家庭都很求上进，都想把家里的墙面变得与大街上、单位里的一样，好让伟大领袖、大好河山、样板戏、好人好事日夜与自己相伴。我看到不少小朋友家的墙壁上贴过《列宁在1918》《列宁在十月》的剧照。而且，"我在马路边捡到一分钱""学习雷锋好榜样"等等，不仅是当时流行的歌曲，也变成了年画，一个胖乎乎的小女孩拿着一分钱硬币、雷锋叔叔手持钢枪的彩色水粉画，被很多家庭贴在墙上，用来增加过年的气氛。我还看到隔壁家里过年时贴过两大张《红灯记》连环画剧照，《智取威虎山》《沙家浜》等连环画剧照在那个时代也很风靡。

书店里出售的宣传品也成为普遍被接受的礼品，而且很受欢迎。小时候我家北墙长期悬挂着一张印在铁皮上的油画《毛主席去安源》，上面有两行小字写着：

"1921年秋，我们伟大的领袖毛主席亲自去安源，点燃了安源的革命烈火。"每晚躺在炕上临睡前，我都能看到身穿青色长衫、右手拿红色雨伞、左拳紧握的青年毛主席，英姿勃发、昂首挺胸地走向前方。毛主席背后左侧有座小山，小山中间有个黑影，我很长时间里以为那儿也躺着一个同样穿长衫的人，因为这个黑影有脚有身子，一动不动，很安稳很自在。这幅画的纸质版和铁皮版都非常流行，记得妈妈爸爸就曾买来送给一位青年同事当结婚礼物。

我不愿意到书店的二楼，是因为楼上的老汪很烦人。据说他负责着这个书店的财务。他是一个罗锅，背驼得厉害，个子矮得出奇，这还不算什么。老汪还患有严重的白化病，常年戴着帽子，衣领的扣子从来都系得严严实实的，一张小瘦脸十分狭窄，一口黄牙参差不齐。他懂俄语，能写会算，据说是"文革"前的大学毕业生，他学问好，经常卖弄自己的知识，见到我和小伙伴们结伴而来，就会与我们搭讪，与我们聊个不停。但他说话发音怪怪的，乌兰察布口音很重很难懂。想必他在书店里是孤独的，但他对别人的歧视、冷眼与疏离，好像一点也不以为意。他的穿着向来讲究，常年脚踏一双小镇上很少见的系带儿三接头皮鞋，皮鞋总是干干净净的，从不被灰尘所覆盖，他的中山服，他的颜色得体的高领毛衣，同样让大家觉得少见。老汪像个乐天派，经常乐呵呵地与别人搭讪，没有给人留下落寞寡合的印象。他烟抽得很凶，我们总能在营业的时候见老汪嘴里叼着烟在抽，常常一支接一支，因此，二楼经常弥漫着浓重的烟味。老汪还有个嗜好是拨拉算盘，我几次去书店二楼，都看到他在柜台后面拨弄算盘，是玩还是真有账在算，当然不是我所能知道的。

此时我走上书店二楼，果然发现老汪在打算盘。我心想，会打算盘的人总不会太可恨吧，这人或许说不上有多可敬，但到底掌握着一种技能。而且，这种技能恰恰是许多人都掌握不好的。比方我，到中学毕业也没有掌握打算盘。我看到他穿着长袖衬衫，没有戴帽子，嘴里叼着一支烟，右手扒拉着算盘，让他的吞云吐雾变得不那么讨厌。楼上根本就没有人，是啊，大中午的，既不过年，也不是什么节日，谁会来这里买东西呢？

老汪看着我无头无脑的样子，狡黠地向我打着招呼，问我中午吃的是什么，爸爸上班没有，我压根就不想理他。但我既毫无目标，也不好意思驳他的面子，只得勉强停下脚步，立在那里，傻瓜一样地边听着他说话，边想着怎么应付他。但他得寸进尺，接着又开始问我班里有多少男生、多少女生，班主任是男的还是女的。接着又对我讲，"哪个少年不多情，哪个少女不怀春？这是德国有个叫歌德的诗人说的，这些你知道不知道？"我年纪很小，而且是在那个时候，我根本无缘知道这些事情，他的灌输让我反感。况且，他那个长相，他那副老烟鬼的样子，似乎不配谈这些，这些话从他嘴里说出来，是那么的不对劲、不正常，而且，他眼神里始终有一些诡异而复杂的东西，让人琢磨不透。

此后好几个月我都没有到书店买书，因为我不敢面对小金，我不敢看她的眼睛，我不知道自己给她带来的是怎样的不吉祥，同样不知道给她造成了怎样的影响。终于，此后半年多之后，已经进入了异常寒冷的时节，在一个大雪纷飞的日子里，一个爆炸性的消息传遍小城——新华书店里的汪罗锅勾引店员小金，犯下了流氓罪。这一对长相、年龄、地位完全不般配的男女，居然发生了"风化"问题，这太出乎人们的意料，太令人费解。消息起初是个人们难以置信的传言，后来成为小镇被议论最多的话题，再过几个月被证实为事实。在春季末尾一次体育广场的审判会上，人们看到老汪赫然出现在大卡车上，双手被绑在身后。他个头小，往大卡车上一站，勉勉强强露出脑袋。犯人不让戴帽子，此时他平时被遮掩的头暴露在光天化日之下，稀稀拉拉的头发、白得刺眼的头皮、面孔彻底暴露无遗，让人颇为吃惊。

从此，小金从人们视野中消失了好长一段时间。大概过了一两年，我才又在新华书店一楼的柜台边看到了她。我发现她依然很白，远看似乎没有多少被打击的痕迹。只是走到她跟前，才能发现她变化的明显。而且，即使她认出我，也不肯与我对视了，她从柜台里为我取书的时候，目光越过我的肩膀，望向远处虚空的地方，嘴边的微笑似带着一丝浅浅的嘲讽。她在神情上出现的些许异常，让我再也不好意思仔细看她的面容，只得把目光落在她手上。我发现她的手不再像以前那么白那么嫩了。拇指和食指上有了浅浅的黑道。她不再扎"小刷子"了，而是将头发散下来，披在了肩上。由头往下看，我发现她的袖口有些抽线，袖子上有明显的油点儿。

原载《上海文学》2019 年第 7 期

耶拿战役之后

周大新

（一）

耶拿，离北京很远的一座德国古城，与我原本没有任何关系。他所以引起我的注意，是因为那里曾发生过一次重要战役。

1806年10月14日黎明时分，在耶拿城郊，拿破仑为扩大自己的统治地盘，率9万多主力部队向普鲁士军队发起了猛烈进攻。普军大败溃逃，拿破仑随后又令法军追击其残部直至魏玛城内。这一战役，普军共伤亡27000多人，损失火炮200多门，法军以伤亡5000人的代价大获全胜。这是拿破仑继奥斯特里茨战役之后，获得的又一重大胜利，其战绩记录册上，再添了辉煌的一笔。

2018年5月11日的午后，我走进了拿破仑发起的耶拿战役的古战场，站到了为纪念这场战役而立的纪念碑前。我猜，纪念碑所在的这座高地，也许是拿破仑当年勒马观看战况指挥部队发起进攻的地方。我站在纪念碑前四望，去想象当年的战场场景：作战经验丰富的法军士兵手握步枪呼啸着向山坡下的普军冲击，法军的骑兵高举战刀在黎明的天光里向普军砍去，枪炮声和伤兵们的哭喊声响成一片……

拿破仑是一个喜欢用战争解决问题和满足自己欲望的皇帝。他一心想当欧洲的霸主，在已经拥有庞大的帝国体系之后，还想让更多的欧洲土地归属自己管辖。他在法国掌权后，大部分时间都用来打仗和准备打仗了。在世界历史上，这位个子不高的法国人，用征战造出的响动曾震撼过整个世界。

有过军旅生涯的我，年轻时对他充满了崇拜之情。他的那句名言："不想当将军的士兵不是好士兵"，曾对世界上很多军人也包括对我产生过影响。直到进入老年之后，我才收回了那份崇拜，对他改呈一种淡淡的敬意。

一切都会过去。当年发生在欧洲腹地的耶拿战役，早已退出了人们的记忆。在中国，除了个别的战史研究者，几乎没有人对这场战役再有过关注。

可我来了，一个年过六十的写小说的中国人。

拿破仑在1806年率兵发起耶拿战役的时候，大概想不到212年之后，会有一个中国作家来到这场战役的故址上游览并对其作出评说。身为皇帝的拿破仑在向他的军功簿上记录战绩那阵子,小人物周大新的生命还不知在中国中原的哪片土地上飘荡呢。但历史做了巧妙的安排,我因为所写的书被译成德文而结识了德国朋友吕龙需和赫尔穆,是他们在212年之后,引领我走进了这片古战场。

当年杀声震天,尸体和伤兵遍地的耶拿古战地,如今已是一片碧绿的树林和农田。空中有鸟雀在悠然自得地飞翔,山坡和谷地里的葡萄树和庄稼在静默自在地生长。残酷的战场场景已经被时间深埋地下,大地执意呈现出她一向喜欢的和平之美。

脑子习惯乱想的我,站在那座纪念碑前,开始去想这场战役的后果。

(二)

任何事情一旦发生,都会产生后果。因果律是这个世界最基本的规律之一。只是事情有大有小,其后果有显有微罢了。有的人主张:眼要向前看,对已经发生的事不要再去多想。这当然也有道理。但我却主张,一些小事的后果可以不去细想,但对一些大事的后果想透,于当事者和人类的进步会有意义。

耶拿战役属于大事。双方动用了二十多万兵力,死伤那么多人,闹出那样大的动静,应该去观察一下它的后果。

先看看这场战役给拿破仑自己带来的后果。拿破仑作为这场战役的总指挥,是当然的胜利者。战役结束之后,他常胜统帅的称号上又镀了一层金色,更多的法国军人向他投以钦佩的目光,更多的欧洲女性向他表示崇拜之意。兴奋至极的拿破仑不知道是在耶拿市政厅里还是在城外的军帐里开始设宴庆祝,并犒赏他的指挥官和士兵。第三军的指挥官达武被封为奥尔斯塔特公爵,第五军的指挥官拉纳虽未被授予太多的奖赏,但被誉为了英雄。士兵们被允许饮酒庆祝,无数当地产的葡萄酒和猪肉、牛肉被拉进军营。拿破仑和他的官兵们在美妙的音乐声中,开始边饮酒边吃猪排牛排边跳舞作乐。但拿破仑根本没有想到,这场战役之后,除了几乎同时进行的奥尔施泰特战役获胜之外,他只有再打胜弗里德兰战役、瓦格拉姆战役和斯摩棱斯克战役等有限的几次战役了,而且离他丢掉王权彻底失败只剩9年时间了。这次的胜利,其实是在更快地推着他走向滑铁卢,走向他的决定性失败之役。这次的胜利,更是在缩短他被流放到圣赫勒那岛的时间,缩短他死在那个荒岛的时日。沉浸在胜利之中的拿破仑,没有时间去全面思考这场战役的后果,他以为上帝会一直把自己当作宠儿,以为上帝会给他很多时间来决定自己的命运。他没有去想他亲自指挥的这场战役，加深了普鲁士军人和民众对他的仇恨，他们已在内心里把法军和法国当成了仇敌。战役的失败使普鲁士失去了对拿破仑说不的权力，但有时内心说不的力量更可怕。拿破仑也没有想到，他此前征服的奥地利，虽然表面上认了输，但其实内心里也对他和他的法国恨之入骨。他更加没有想到的是，在他的祖国——法国国内，原先最拥护他的农民，由于他连年对外战争，使他们的赋税负担加重，弄得几乎家家出现孤儿寡妇，也对他生出了恨意。法国国内那些原先支持他的掌握大量资本的有钱人，由于战争对贸易的影响使他们遭受了严重经济损失，也开始对他生出了反感。沉浸在胜利中的拿破仑只顾高兴地去谋划未来的战争，哪有余暇去感受这种暗流涌动？当他后来进攻俄国失败，对他仇恨的普、奥、俄和瑞典军队立刻联合起来就势在莱比锡又给了他沉重一击，迫使他慌慌渡过莱茵河逃回了法国国内。不服输的拿破仑在比利时境内的滑铁卢企图扳回败局，不料最终一败涂地，从而彻底结束了自己的政治生命。耶拿战役之后，仅仅9年时间，不可一世的拿破仑就在欧洲政坛上消失了。

而且不仅仅是丢权、下台，竟是被流放到一个荒岛上孤独地过日子。从此，他不再拥有皇冠、皇宫和王座，甚至不再拥有美女。

相比当初的前呼后拥、金镫坠马、豪车街行，这让多少世人感叹命运的变化无穷。

其实，有哪个人能完全掌握自己的命运？拿破仑作为操控政治和军事的人，更应该懂得命运之神的残酷无情。

拿破仑的经历告诉我们，当你获得胜利的时候，你当然可以去喝酒庆祝，但你最应该做的，是静下心来，去想想这次胜利带来的所有后果，去琢磨一下你接下来可能面临的危机，这叫居安思危。这个世界从来不会允许一个人成为常胜者，命运之神从来不会只眷顾关照某一个人，因为，平衡是人间的永恒法则之一，人的得与失必成平衡状态，没有人会成为例外。当一个人身处顺境的时候，逆境其实就在不远处窥视着他，随时准备降临到他的身边；当一个人身处逆境的时候，顺境其实就在近处等候，随时准备递给他缰绳。可惜，深懂军事指挥艺术的拿破仑，并不懂这些人生哲理，他在耶拿战役之后，没去细想这场战役给他自己带来的全部后果，他只是看到了他将会继续取得胜利。

于是，悲剧便在前边等着他。两者的时间距离只有9年。

（三）

再看看这场战役给普鲁士带来的后果。27000余人的死伤，受冲击的可不仅仅是27000多个普鲁士家庭。每一个死伤的军人除了给他们的父母爷奶兄弟姐妹带来苦痛之外，结了婚的还会给他们的妻子儿女岳父岳母送去伤疼，没结婚的也会令他们的叔叔、姑姑、舅舅、姨妈伤心不已。哭声和哽噎声还会在这些家庭里长久持续。这只是后果之一。

后果之二，是普鲁士人痛定思痛，开始去寻找导致自己失败的原因。最先被战败震醒的是普鲁士军人。沙恩霍斯特、格奈森瑙和克劳塞维茨这些普鲁士军官都是这场战役的参与者，失败的耻辱让他们开始把普军的组织编制、指挥体系和战术技术与法军对比，从中找出了差距。他们开始在军队内部废除当初腓特烈大帝制定的教条，改变刻板的作战队形，像法军那样实行宽松的散兵线作战，加快部队的调动速度，不再实行有秩序的排枪射击，提高补给系统尤其是辎重纵队的机动性等等，从而使普鲁士军队的作战能力获得了很大提高，这种对军队的改革为后来打败法军奠定了基础。

后果之三，是进一步动摇了普鲁士的封建统治，法国大革命确立的民主精神开始在耶拿、魏玛、奥尔施泰特这些德意志城市更快地弥漫。此前，德意志的土地上有很多面积很小的封建国家，拿破仑的战争使这些小国得以合并，中世纪的封建制度被摧毁。耶拿战役促使德意志在统一的道路上更快地前行，分裂成为更不可能的事情。社会精英们开始向法国学习，开始去读《拿破仑法典》，对德意志按照法国大革命后的做法进行社会改造，法治、民主、自由成为一股四处飘散的清风。拿破仑进攻耶拿进攻普鲁士的本来目的，是想把普鲁士永远置于自己的统治之下，没想到反倒加速了普鲁士转变成为现代国家的进程，并最终使其成为强国，让他担当了欧洲大陆上的领导角色。

一种先进文化向落后地区传播的途径，通常有两种：一种是通过和平的手段来实施，比如当年中国先进的大唐文化向吐蕃地区的传播，是通过大唐和吐蕃和亲的途径来实现的。文成公主于贞观十五年正月十五启程西行，去嫁吐蕃赞普做松赞干布的王后时，带了大批的内地工匠和360卷文化经典，还有营造工技著作60种，治病的药方100种，医学论著4种，诊断法5种，医疗器械6种，甚至还带了芜菁种子。文成公主进吐蕃之后，吐蕃地区的政治走出了原始性，屋宇建筑走向了正规化，医疗摆脱了迷信，种植业开始发展，全面接受了大唐的先进文化。先进文化向落后地区流动的另一种途径，是通过战争来实现的，比如发生在耶拿的这场普法之间的战争。拿破仑在取得战争胜利的同时，把本国相对先进的政治、军事和经济文化输入到了战败的普鲁士地区。陪同我游览古战场的耶拿居民赫尔穆先生说，耶拿之战，从客观上说，对德意志的社会改造是一个极大的推动。单从这个层面上说，我们这些后人在回眸历史时对拿破仑的感情挺复杂，既有反感，也有感激。

（四）

　　碰巧的是，当耶拿战役激烈进行的时候，著名哲学家黑格尔在耶拿大学宣布，他于1805年开始撰写的哲学著作《精神现象学》完稿。其时，黑格尔是耶拿大学的副教授。他是1801年来到普鲁士哲学和文学的中心耶拿城的，1805年在获得副教授职的同时开始撰写《精神现象学》。在这部书中，他将人类意识发展分为五个阶段，即意识、自我意识、理性、客观精神和绝对精神，划时代地提供了一部人类意识的发展史，揭示了人的个体发展与人类社会发展两个方面互相影响的历史辩证法。现在已无从知道黑格尔写完这部书最后一部分时的具体情景，我猜想，他坐在自己的书斋里，一边听着城外断续传来的枪炮声和士兵们的呐喊声，一边奋笔疾书着《精神现象学》的最后一章。激烈的枪炮声所以没有使他分神停笔，也许是因为他担心战争的结果会影响到他写作计划的完成，他要求自己抓紧写作，与战争赛跑。结果，拿破仑在创造人类战争史的时候，黑格尔也在创造人类的思想史。两个人同时胜利了，不过，拿破仑的这次胜利促使他更快地走向了失败；而黑格尔的胜利，则促使他在学术研究的道路上走向了更大的辉煌。

　　不知是不是这次的经历使黑格尔对拿破仑有了别样的感觉，黑格尔对拿破仑的评价其实不低，他曾说过：世界之所以平衡，是因为有上帝的存在；欧洲的天秤之所以保持平衡，是因为有拿破仑。作为思想家的黑格尔，对于军事家拿破仑这样评论，是人类中杰出者的惺惺相惜。

　　我一直在想，当枪炮声响彻在耶拿城的上空时，有一枝笔的笔尖在纸上移动的沙沙声轻响在一间书斋里；铁与火造成的巨大轰响和笔与纸造成的轻微响声交互在一起，应该能同时送进上帝的耳朵，不知上帝他老人家听到后是何种感觉。但两种响声带来了两种后果，这足以让我们深长思之。

　　在时间的长河里日益远遁的耶拿之战，其实是很值得我们回头一望的。

原载《十月》2019年第2期

方太阳

王祥夫

那天我问小弟，天上的太阳是圆的还是方的？

小弟眼睛一时看了别处，停了好一会儿才满有信心地笑着说："方的。"

小弟这么说，我亦不说他错，心里忽然有些凄楚。忽然又在心里埋怨起父母来，那时候，何不让他去读几天书？但一想，又替父亲在心里开脱，我这小弟，从小就没有站起来过，他的行动工具只是一个铁管凳子，他只能搬着它来来去去。很小的时候，他会很欢快地搬着凳子在地上爬，但绝对不能说那是跑，"咔哒咔哒"过来，"咔哒咔哒"过去。这声音一时在东一时在西，居然让人感到欢快——那种很不是滋味的欢快，但也只是在屋子里，因为从小到大他很少出屋子。

小时候，父亲还经常会把他抱那么一抱，抱到院子里竹躺椅上去晒晒太阳，那时候的人们都相信太阳光真能给人们的身体增加钙，但晒来晒去终于还是没有晒出个什么结果。后来父亲便带着他四处去求医问药，这可苦了小弟，中药是一罐子一罐子灌下去。药渣都堆积在门口，我蹲在那里把它扒拉来扒拉去，从此记住了"没药"和"地龙"这两种，但没一样好看。看小弟坐在那里一口一口喘息着喝药只觉那是他被苦难奠基了的勇敢。或者是父亲带着他不停地去医院，医院给他的两个脚腕处扎下针再埋下什么，一次又一次，直把他疼得嘴一咧一咧。时光很快过去，小弟出的最远的一次门也就是被家里的大人带着去了北京，去看他的那两条腿。从北京回来全家都沉默了许久，因为北京的大夫说小弟是乙型脑炎后遗症，根本就不是什么小儿麻痹，所以那些年一直在吃药都是白吃，且真是受苦，那几年在小弟的双腿上这么鼓捣一下那么鼓捣一下也都是瞎来。

小弟真是生下来就开始受苦。这让我想起小弟在两三岁的时候，母亲还在工作，照看我们的阿姨出去有事，就直接把小弟扣在那个木头的大澡盆子里，小弟龟缩在里边也不敢吭声，我在外边敲敲打打，问他，"黑不黑？"他在里边说，"黑。"我说你一个人在盆子里被扣着怕不怕，这么一问小弟便在里边哭了起来。

那个阿姨，总是这样把小弟扣在盆里，那个大木头澡盆一个大人才能勉强把它扛起来。那时候，我们全家都用这个澡盆洗澡，先是父亲洗，然后是母亲洗，再接着是我和哥哥。小弟就被扣在那个澡盆子里，有时就睡着了，那阿姨还对我横眉竖眼，说，"不许对你爸你妈说，说了不给你吃糖，"说着，把一粒黄油球狠狠塞给我。

我对她也狠狠地说，"我不吃你的糖但我也不说！"

那个盆子，对我们来说其实是个小型乐园，比如刚抓来的小鸡会被放在里边，喂小鸡吃的切碎的菜叶子和泡过的小米就放在盆子里，有一年父亲一高兴养成了四只小黄鸭，盆子里放了水，小鸭子就在盆里游来游去。那时候家家户户都会养些什么鸡啊鸭啊，还有养猪，那时候的城市，别下雨，一下雨路上就都是粘的。我的小弟，其实那个阿姨不用把他扣在里边，直接把他抱在盆子里他也出不来。六七岁以后，小弟就很少出门，几乎是不出。这便是我的小弟。因为不会走路，他一直就像个小孩儿。

小弟长到十多岁的时候，那个阿姨突然风尘仆仆地来看我们，这个阿姨，可真是老了，头发都花白了，她带来一个手巾包儿，包里是红枣和柿饼子，她居然想抱抱小弟，却已经抱不动了，她对小弟说，"你可受苦喽。"说话的时候我看见她的眼里都是眼泪。我去悄悄问母亲，问阿姨为什么哭。母亲小声说大人的事小孩别管，但还是小声告诉了我，说她男人死了，我说好好儿的怎么就死了呢？母亲的声音就更小了，说给枪毙了，这可把我给吓得不轻。后来才知道她的男人在食堂工作，而食堂里呢，总是丢这丢那，整袋子整袋子的面粉就没了。母亲又小声说，"记住，饿死不做贼，穷死不下盗！"母亲还有一句名言，是："宁让心受苦，不让脸受热！"那一年，为了小弟的病母亲不再工作，从此便是家庭妇女，一根带鞋，大襟袄，剪发头，头发上的卡子倒是和别人不同，是象牙卡子，米白米白。

说到小弟，他原是给父母惯大的，家里最好的东西都要先给他吃，最好的玩具都是他的，吃饭的时候，直到母亲八十岁之后，都是先给他的碗里夹满，肉啊菜啊鱼啊，堆在碗里尖尖的。我对母亲说，"您别夹，他自己会夹。"有时候我生了气，对母亲说他又不是三岁小孩儿，但没有办法，每次吃饭，母亲必要先给他夹，一夹，必又是一碗。吃饭的时候，母亲在上座，小弟只能坐下手，是面对面，桌子又大，母亲站起来给他夹，很吃力，把身子探过来，再探过来，一边夹一边说，"你死吧，你死了就好了，看我死了谁给你夹。"我让小弟坐在母亲身旁，母亲却又说，"没那规矩！"小弟吃饭很慢，往往我们吃完了，他还在那里吃。到了后来，他一天比一天爱酒，他一边吃一边喝，"吱"的一声，又"吱"的一声。我喝酒只是大口，不会嘬，也不会出声，至今都不会，学习过，还是不会。小弟嘲笑我不会，对我说，"我这才是喝酒。"我对他说，"到一边去！"让他到一边去，他能去到哪里呢？

母亲去世之前，曾悄悄对小弟说，"你以后就跟着你三哥。"母亲去世后，小弟把这话说给我，我一时满脸是泪。忽然想起那年，父亲去世的时候，人好像变得狂燥无比，其实是心苦，忽一日不知为了什么，父亲一脚一脚地踢小弟，我在旁边可真是吓坏了。我在父亲的目光里看到了绝望。现在想想，父亲是想让他的这个儿子死，但没过几天，父亲便去世，人被白床单盖住了全身躺在医院的那张床上。外面树上的乌鸦时不时地叫两声，一声又一声，一声又一声，病房外的那棵树可真大，遮得太阳一点都不见，满窗只是绿，偶有太阳从树叶的缝隙里筛进来，竟也是绿。那几只落在树上的乌鸦可真是黑。

准备后事吧。那个矮个子女护士对母亲小声说。

"乌鸦，你没看到乌鸦？"

母亲去世时已经85岁。母亲去世那夜，在我，是天地都有震动，是怎么也睡不着，是浑身火炽但却没有发烧。那时候我住前边的那栋楼，母亲住在后边，也是为了照顾母亲和小弟，所以在后边又给母亲和小弟买了一套房子。两间卧室加一个小客厅，小弟那间屋接着一个阳台，阳台外边是个小花园，花圃里是民间的凡花凡草，花开时节亦满满都是民间热剌剌的绮丽和红红紫紫。

我那夜睡不着，翻来覆去神思大乱，既睡不着，便早早起来去遛狗，那狗说来也怪，不拉也不尿，一头朝母亲的家那边跑去。以前，每天遛狗我都是在院子里先走一圈儿，让狗把屎尿放尽，然后才去母亲那里再看一下。

我去了母亲那里，进了家，便觉异样，说不出来，却已感觉到，母亲躺在那里，头歪着，下巴有点下垂，嘴微张着，人已过去多时。我只大喊一声，声音是惊动三界，嗓子忽然便哑掉，我对睡在另一间屋里的小弟沙哑地说，母亲去世了，小弟木然，不说话，脸上也没表情，我知他心苦，也知他不知该说什么。我把手放在他手上，冰凉的。

从那天开始，足足有半年，小弟没再进过母亲那间屋，也不看电视。母亲去世半月余，他一开口，我突然又想笑，但又不敢笑，仿佛若是笑便对不起母亲。小弟说话时，那神态很绝，两眼不知看着什么地方，手举起来，勾着，螳螂拳的架势，扬一扬，虽僵却像是有力道，又像极李沧东电影《绿洲》里的那个女角儿，小弟庄重表示，母亲去世，半年不能有娱乐活动。我便在心里又笑，现在想想又是苦，我不知道小弟的心思。从母亲去世那天数起，整整有半年，小弟不看电视，只在他那间屋里呆坐，参禅不是参禅入定不是入定，一肚子什么心事谁也不得而知。或把脸对了窗，窗外是阳台，阳台上还是窗，太阳一重重地照进来，满窗都是树影，是摇来晃去，那是夏去秋来的季节，忽然落叶"哗哗啦啦"，不觉已是深秋。

母亲去世那天有异象，就是中午要吃饭的时候，家里人去做饭，无论发生了什么事，总是要吃饭。把那口母亲经常用的炒锅放在灶上，倒了油，一铲子下去，轰地竟冒起三尺多高的火来，一家人只以为是煤气灶出了问题，手忙脚乱好一阵，才明白火是从锅里腾腾而起。那口锅不知怎么忽然被铲子弄出个大窟窿，油全部漏到火上，饭是吃不成了。这真是异象，无法解释。锅被铲子弄出个洞也像是有定数，却恰恰就在那一天，屋里一时谁也看不到谁，母亲却静静躺在那里，虽无声息，我却只以为是她在做这件事，为什么这么做？我问自己，终没有答案。

从此，小弟便一个人住在那套房子里，我的兄长给他买来那种电热锅，把插头插在插座里就不用往下拔，热饭的时候只须把按钮轻轻一按，原是为了方便小弟热饭，虽然我们天天都会按时把饭送过来，但总有忙得走不开的时候。可我发现小弟根本就不用那个电热锅，后来发现电热锅的插头被扯坏扔在一边，问是谁做的，小弟说，"我就是不用，我要是学会了用你们就不过来了。"还有就是电话，请工人过来给小弟那里安了电话，我对他说有什么急事你就打个电话我马上就过来。但没过几天，电话线亦被扯断，小弟还是那句话，"我就是不用，我要是学会了打电话，你们有什么事打个电话就了事就不过来了。"这真是让人哭笑不得。

北方的春夏之交，总有几天大风沙，直刮得胡天胡地，坐在这个楼里忽然就不见了对面的那个楼，可真正是"雾失楼台，月迷津渡"。如果有所见，也只是对面楼窗蓝幽幽鬼火一样的灯光照过来，是地狱景象，这样的天气即使是大白天也要开灯。这一天，便是这样的大黄风，中午我捂了鼻子和嘴疾走去小弟那里，他兀自坐在那里已经是土人，早上起来我去开的窗仍然大开着，南边的窗和北边的窗统统对外开放。窗子不高，小弟要是去关是很方便的，但他不去关，家里已到处都是尘土，床上地上桌上柜子上，这真是让人愤怒极了。我问小弟为什么不去关窗？他一声不吭，再问，还是不吭，再问，是没话。我径直走开，气不打一处来。我想不出他有什么心事，那么大的黄风，是黄尘沸沸，怎么会不去把窗关一下。我在心里说他不小了啊，已经大了啊，怎么回事，也只是气，越想越气。这天中午就想不给他吃饭，让他长个记性，但后来还是他取胜。我气过，觉得自己不该动气，便过去，把家收拾一遍，扫了，再用干布擦，干布过后是湿布，把整个家从黄土里给拯救出来，地下的土，扫出半簸箕。小弟呢，是自己洗，坐在那里把脸"卟卟卟卟"先洗过，用毛巾把头发再拂过来拂过去，左拂右拂前拂后拂，一盆水已是澄黄。

然后，我去买鸡腿，街边的烤鸡腿，两条，红赤赤粗棒棒的，再给他一个牛栏山二锅头，让他慢慢喝起，倒像是慰问前线伤病员。心里却说平生有这样一个废物弟弟也算是认了。但他喝着酒吃着鸡腿忽然又有了新想法，他说这几天小萝卜下来你怎么不弄来给我蘸酱吃吃，又说小黄瓜也可以。我一拧身离开，心里便又气起来，回来的时候却神使鬼差样，手里是两把儿在南京叫做"杨花萝卜"的那种水萝卜。我只觉着屋里是坐着我的一个师傅或是我的长辈。说来也怪，小弟和母亲在一起生活四十年，耳濡目染，说话的方式口气完全是我长辈模样，并不是兄弟。

"去，弄点酒来。"

小弟这声音对我来说可真是魔幻，我只觉得是我的父亲在那里发话，睁睁眼，便让人生起气来。我对他说，"你是谁，你对谁说话，要你喝尿！"小弟嘻嘻笑，说，"哪有你这么说话的，去，弄点酒来。"过一阵，真是神使鬼差，我去趔了一趔，手里便是两瓶牛栏山。我承认他是有魔法的，这个魔法只要他轻轻地一施，我便魂不附体去做了。他比我小两岁，小时候就这样了，他动不了，只能坐在那里指挥我，向来是他说我做，好像已是铁的纪律，好像永远不能更改，比宪法都庄严。有一阵子，他喜欢热带鱼，我便去花花绿绿搞一缸摆在窗台上，看他喜欢我便亦是喜欢。有一阵子他喜欢上了一只白色的波斯猫，"猫啊，猫啊"，他不停念叨，我便养给他，那猫到了春天便寻找爱情，忽然上到了很高的烟囱却下不来，叫了一夜，又叫一夜。小弟便对我下命令，说，"去，把它给我弄下来。"我便去爬烟囱，那天天上的云很是黑恶，但好在没有雷鸣闪电。后来他什么也不再喜欢，却只喜欢酒，是有酒必欢，我也总是喜喜地看着他喝酒。便什么酒都拿给他喝，无论是茅台还是五粮液还是老白汾。一次喝多了，他从床上掉到床下直睡一夜，第二天我去，以为他人已经死掉，倒说不出是高兴是伤心，只觉一时后背有些发凉，只干干地大叫一声小弟，他却慢慢睁开眼说地上好凉快。居然还活着，酒却还没完全醒。他喝酒，是一口菜一口酒按部就班。让他吃口饭再喝，他把头摇得像拨浪鼓，说，"哪有这种事。"

我有时候觉得他应该赶快死掉，他受罪别人也跟着受罪，他活着只是一架造粪机器，这是我父亲大人的话。但每每又怕他死，开那个门的时候，看他闭眼躺着，一动不动，忽然就害起怕来。我说，"你死了吗？"他却猛地大喝一声，只一个字，"去！"我是想让他死又怕他死，就像是身上一块肉，痒到想搔它一搔，直搔到痛也不肯停。就我这个以为太阳是方的的小弟，到现在我也不告诉他太阳是圆的，让他也有不智识，这简直是可以上"无双谱"。我若说明，或把他抱到窗口给他看太阳，让他知道太阳是圆的倒没了趣，有趣就在于他至今以为太阳是个正方体。在整个地球上以为太阳是方的人想必不会有几个，定是这样。我可以让他喝酒，但就是不给他看看太阳。

我只要一高兴想开心便问他这个问题,"太阳是方的还是圆的?"

他必说,"方的!"

再说说小弟喝茶。他只认花茶,别的什么茶都不喝,早起吃饼,这地方的麻油饼,他是必就花茶。朋友们送的茶自然都不会差,给他他亦不喝,他只要花茶,我想让他接受新的东西,他偏不,摇头,他摇头像拨浪鼓,脖子一时像是安了弹簧。忽然有一日,我也是喝了酒,看着他是满心满眼莫名的伤感。我只觉得他亦是一个男儿,喝得酒,拿起筷子吃得菜,也唱得歌,却至今没个媳妇,也不知道女人是怎么回事。那天,也是喝了酒,我和他商量要给他找个小姐要他也做一回男人。

我说,"给你找个女人。"

小弟说,"我又养不起女人。"

我说,"不是那意思,也不是那种女人。"

小弟看定了我,两眼里满是清白。

我酒上了头,小声说,"给你找个小姐过来,你做一回男人,你给哥把她睡了。"

小弟双眼立马瞪大,猛地大喝一声,拳头亦举起,"你是流氓!"

我只一跳,跳离开他,忍不住哈哈大笑,遂即收声,心里只觉凄苦。

某一日,我把这事对朋友说,朋友们都笑。说起市里的一个残疾人,没了双腿,做爱却是奇才,只用双手把身体撑起,没有了下肢的上半身前后摆动令人眼花缭乱,我说打住打住,这话我听不得,心里又是好一阵凄苦。暗中却托了人让他们四处去打探有残疾的女人,条件是,一是能照顾我那造粪机器的小弟,二是她最好也有那么点残疾。但残到什么程度呢,我和我那些狐朋狗友好一阵子商量,那些天一见面一喝酒就光商量这事,都认为不管怎么残疾,但最好不影响能和我小弟做那事,而且最好她能主动。至于长相也最好奇丑,奇丑的女人不会花枝乱颤。商量来商量去大家早就笑成一团,都觉得好玩,也都喝醉。

那一阵子,我住的那个院子里的人都知道我要给小弟找个媳妇,一有人来他们就会把我家指给那些人看。想不到社会上竟然有太多的残疾女待字闺中。先是看照片,下边有毛病的就都是上身照,都还很漂亮,一见漂亮的我就马上说这个不行,太好看。介绍的人马上说这是照片,照片都是哄人的。或者是腿有毛病的,那这个照片就肯定是人坐在那里,或摆个看花的姿势,或摆个看书的样子,都让人心里难过的不行。还有一张照片是剧照般恶心人,把身子使劲往里侧过去,一只手却举起朝后打招呼,眼睛却迷迷向前笑看着你,像是让你过去的那个意思。我一看就马上说不行不行,我说这个太妖把我小弟吃了我也不知道。但来来去去的照片都是我看,并没有拿给小弟。忽然有一张照片我满意,那女的只是个哑子,但长得还可以，我只觉她不会和小弟争吵，家里想安静最好找个哑子在屋里，我把照片兴冲冲拿给小弟。

小弟声气很重，说，"谁？"

我说，"你看好不好。"

小弟说，"什么好不好？"

我说，"给你做媳妇啊。"

小弟一声把我喝断，"去！"

我说，"你怎么啦？"

小弟说，"我不要女人。"

我说，"女人可比酒好，酒六十度女人一百度。"

小弟说，"那你就再娶一个。"

小弟很会用话噎我，是一下就会把我噎住。小弟找女人的事至此算是结束，后来又说了一次，这次我是把话说深了，说趁着你现在还可以啊那个啥啥啥，小弟便只又来一句，"你原来是个流氓！"外边的人听见我在屋里哈哈失声大笑，探一下头，并不知我们兄弟俩儿说了些什么话，"扑通扑通"上楼去了，这是夏天。

我给小弟买的那房是在一楼，门对着楼梯，小弟一个人待在屋里会把门打开，开个缝，也不关，他坐在门旁边和外边进进出出的人说话，你长我短如此这般。楼上有一女人特别善良，有时候会给小弟买一个烧饼硬从门缝塞进来，里边且夹着几片肉，有时候会夹着一个茶蛋。我开玩笑说她是不是有意思，小弟说，"去！"这亦是玩笑话，后来这种玩笑话亦不再说，我只看小弟日日喝酒快活。后来给小弟喝酒，也只能买那种二两装的扁瓶汾酒或北京二锅头，他只会操练这种酒瓶，如果给他一斤装的那种酒瓶，他不会往杯子里倒，如果倒也是一半在里一半在外。再后来，他瘫痪在床，身子都翻不过来，要想喝酒就只能是这种二两装扁瓶，再配备一根塑料管，是用嘴"滋滋"吸。我在心里只谢设计这种酒瓶的人。要知道世界上并不是人人都会操练那种大瓶。

我原住在古城墙之下，小时的那个院子墙很高，但朝东一望还是能看到那边更高的城墙。大同的城墙最早是北魏时期修的，只是土城，到了唐代城墙几乎塌掉，而到了明洪武年间又重修并包了砖，即至明末清初，清兵来了个屠城，把城里的人尽数杀光，人命一时如草，紧靠西门的那口大井里都填满了死人，而且还把城墙削去三尺，所以大同的城墙要比别的地方低一些。我小时住在这个城下靠西城门的地方，家里后窗可看到西城门里出来进去的车马，出城进城是一律要经过那个石桥的，到结婚后又住到靠南边瓮城一带的城下，居室只离城墙不足五米，夏天只是蝎子多。忽一日小弟锐声叫起来，说有东西咬了它，却又说不清是什么咬了他，只见他手很快肿起，便知是城墙那边爬过来的蝎子所为。

　　那时，我的书房便叫了"城下居"。再后来养一猫一狗再加上我，书房又叫了"三名堂"，是名猫名狗名人鼎足三立，且我排在最后。再后来得一套红珊瑚的酒具，是顶真红珊瑚，如果是染珊瑚是不敢拿来做酒具的，只一倒酒颜色便会随之而下。堂号遂又叫"珊瑚堂"。再一次搬家的时候是因为政府要把那城墙修它一修，我便给小弟也看了房子，我只问他搬到那边去有什么想法。小弟的两眼一时看定了对面的墙，却偏不看我，好一会儿才说要一个那样的床，我说什么样的床，小弟说床上要有一个木头罩子，睡觉的时候可以把罩子放下来，可以把它罩得严严实实。

　　我一时竟生了气，"闷不死你？"

　　小弟说，"你每天晚上给我罩住，早上来了再给我打开。"

　　"那是棺材啊。"我说。

　　我忽然便想到小时家里的那个澡盆，小弟被扣在里边，问他黑他说黑，问他怕不怕他就哭起。我忽然心里难过，知道这就是小弟为什么要个那样的罩子的答案，便不再问。

　　我只说，"干脆白天也把你罩在里边，放一壶酒一盘菜给你。"

　　小弟便笑起来，他一笑我便想打击他，我说，"太阳是圆还是方？"

　　"方的！讨厌！"小弟大声说你这话问了够一百遍了，"正常人一句话最多说三遍。"

　　我顿时哑然，我在我的小弟面前已非正常人。

　　"去，我要喝酒。"小弟说。

　　我即刻便趑出去，从小到大，唯有他能对我发布命令我且愿意听他的。

　　我去买了鸡腿，两只红赤赤棒棒硬的烤鸡腿，下酒最好。又去买了酒，牛栏山二锅头。

　　我趑去又趑回，看看天，圆圆的太阳在天上悬着，再看看自己的影子，也真实不虚。不知为什么，大太阳地里，忽然像是又看到了母亲从那边走过来，一根带鞋，大襟袄，剪发头，头发上的卡子倒是和别人不同，是象牙卡子，米白米白……

原载《作品》2019年第4期

鼠患之年

向 迅

一

雨下了七天七夜，仍没有停歇的迹象。如果有陌生人恰巧在这个时间来到村子里，你对他谎称，雨已经下了三个月甚至是三年之久，他肯定也会毫不怀疑。整个村子都被雨水浸泡着。屋檐下古老的橡木，不是长出了耳朵，就是抽出了新芽。就连被洪水冲出地表的石头，也显现出某种发酵的征兆。我们全身上下都已发霉，连骨头缝里都爬满了霉斑。我们每天昏昏欲睡，呵欠连天，无精打采，几乎忘记了时间的存在——即使是白昼，天色也晦暗得可怕，而夜晚则像是掉进了深渊——食欲也不好，吃什么东西都没有胃口，好似患上了可怕的厌食症。

一个上午，父亲满脸怒容地站在客厅里一言不发。他褐色的手臂上爬满了青色的蚯蚓，脖子上爬满了蚯蚓，眼神里也爬满了蚯蚓。我们远远地惊恐万状地望着他，谁也不敢吭声。他在跟一个看不见的人生气。也有可能是在跟他自己生气。如果我们在此时招惹他，他一准把那股怒气发泄到我们头上。刚刚，闷气沉沉的房间骤然闪现一道炫目的闪电。那是挂在客厅中央的灯泡"嗞"地一声自己亮了起来。没有谁拉动灯绳。正是无数乱石从屋顶滚过，整栋房子都跟着震动摇晃之时，那颗二十五瓦的灯泡在一片骇人的电光石火中炸裂于地，钨丝急遽燃烧后的刺鼻味道，迅速在空气中弥漫开来。我们像几只受惊的小鹿，尖叫着从椅子上跳起来，逃离房间。父亲独自站在原地，消化着忽如其来的恐惧。

我们都已受够了这样的日子，再也无法忍受，但又能怎样呢？好似永远也不会停歇下来的雨水，让村子里所有的道路都消失于未曾散去片刻的迷雾中，邻居们也已多日不见踪影。他们好像都漂移到了别的什么地方，连同他们的房子，看家的狗，打鸣的公鸡。公鸡脑子里祖传的那面时钟肯定已经生锈。

母亲开始诅咒没完没了的雨，诅咒那些肆无忌惮的，跟强盗没有什么两样的狂风。在那些个如同深陷于沼泽地带的日子，我们时常在昏昏欲睡的状态中，猛地被一声来历不明的霹雳惊醒。那个犹如象骨或山体断裂时发出的巨大声响,穿透了厚厚的墙壁和长满层层叠叠青苔的梦境,令人心颤不已。那不是田野里一棵泡桐粗壮的树枝被大风给劈断,就是一棵漆树被整个摆翻在地。给一些人留下噩梦般记忆的七命蜂,早已占卜到这一切。它们把葫芦形的巢穴筑在高不可攀的树顶。但我们不可能把房子建到树上去,更不可能把庄稼种到上面。

母亲惶惶不可终日。我们家的玉米地,迎风,而且容易积水。她担心正在吐须灌浆的玉米和玉米林里还未来得及挖的土豆。即使在半寐半醒的梦呓中,她依然惦记着它们。她对玉米和土豆的关心,远远超过了她对三个营养不良的孩子的关心。那是她忙碌了一个春天和一个夏天的成果。她不能忍受即将到手的粮食,被坏天气洗劫一空。待雨势稍小,她就急不可耐地和父亲到玉米地里去察看难以估量的灾情。他们各自戴一顶用麦秸编织的旧草帽,身披一张透明薄膜,手握一把刃口雪亮的镰刀,消失在雨雾中。几个小时之后,半身湿透的他们从玉米地里带回我们早已预见的坏消息:"玉米大量倒伏,土豆也烂掉了一大半。"他们疲惫的脸上飘过一阵阵愁云。好不容易遇见多日不见的邻居,他们最先谈起的,也总是前途未卜的玉米和土豆。他们都在为未来的日子发愁。

总得做一点什么。过了两日,天气刚刚好转,不及雨水完全歇住脚,母亲和父亲就手持镰刀前往雨雾缠绕的森林,砍回一捆捆湿漉漉的山竹和灌木,然后将那些倒伏于地而根须没有完全断裂的玉米小心翼翼地扶起来,为它们拄上拐杖,祈祷奇迹的出现。这是一年之中最后的机会了。但总有一些可怜虫活不了了,只得将它们抱回家扔进畜栏。连日阴雨,味道苦涩的芭蕉树已经砍光,草料无处可寻,猪和牛都饿坏了肚子,忽见青翠欲滴的玉米梗和玉米叶,眼中泛出道道绿光。

瘟疫般的雨季终于结束,可怕的热浪重新扑来。知了暴雨般层层叠叠的叫声覆盖了村子。玉米地里野草疯长,母亲不得不顶着烈日拔草。已经被雨水泡烂的土豆,就埋在野草之下。黄豆细长的藤蔓缠绕着玉米梗,母亲粗糙如剪的双手得避开它们。挖完土豆,母亲趁热打铁,栽上红薯,一刻也不耽误。没有更多的时间可供耽误。母亲干这些活的时候,我们看不见她。她的身影,被高过头顶的玉米林吞没。直到暮色降临之时,她才从玉米地归来,一身的臭汗味。"先前干活的时候,一条长虫盘在草丛里一动不动,怎么赶也不走,大约是一条懒蛇。"吃晚饭时,她给我们讲述一些可怕的经历。属虎的母亲畏惧冷冰冰的蛇,我们都知道这个秘密。而那个时候,她似乎已经在梦游。她太疲惫了。

八月下旬,村子里的玉米地一片金黄。怀着某种侥幸心理的母亲,与父亲郑重地定下一个天气晴朗的日子,带领我们去掰玉米棒,一副兴师动众的样子。可无论我们如何仔细，我是说，我们时刻像长着四只眼睛和三个鼻子的猎狗一样保持着视觉的锐利和嗅觉的灵敏，不曾放过任何一株可能结着一个或半个乃至三分之一个玉米棒的玉米，最终运回家的玉米棒——虽然它们也在墙角堆成了一座小山——都让人兴奋不起来。注定了这是一个歉收之年。

九月间，村子里出现了几个面黄肌瘦的外乡人。肩上挂着一只底部簌簌作响的帆布口袋，手中拎着系有红绸的铙钹乐器。他们声称来自遥远的平原地区。他们挨家挨户表演空中抛刀的绝技。在人们的阵阵惊呼声中，一位中年妇女如同传说中的魔术师，把三把明晃晃的尖刀在手中来回抛着，竟没有一次失手。他们一边表演，一边用婉转低徊的声腔诉说着他们的不幸遭遇——平原遭了水灾，粮食颗粒无收，不得已远走他乡卖艺行乞。母亲听了摇头叹息，从粮缸里舀出半升玉米，倒入其中一个人的口袋。他的口袋里簌簌作响。

十二月，赶在大雪封门之前，父亲想方设法买回几袋玉米。为了防潮，他把它们整整齐齐地码在客厅一角的两条长凳上，就像小心翼翼地码着一堆金条。

二

三月里的一个黄昏，堂伯母悄悄为我们挑来两筐土豆。她用两件旧衣裳覆盖着装土豆的筐子。她怕邻居瞧见在背后指指点点。那时，我们家储存土豆的那个房间已经变得空空荡荡，储存红薯的地窖也已变得空空荡荡。地窖入口挂满了白雾般的蛛网。母亲惆怅地说，这都是因为我们家的地太少，而嘴巴又太多了。她说的嘴巴，还包括了狗的嘴巴，猪的嘴巴，牛的嘴巴。后来，还包括了猫的嘴巴。

那些年，我们家的粮食总是不够吃。玉米不够吃，土豆不够吃，红薯也不够吃。只有西红柿和黄瓜吃不完。玉米地里随处可见西红柿叶碧绿的身影。炎热的夏季，拎一只小竹篮钻进湖水般摇曳而又密不透风的玉米地，出来的时候，手中就是满满一篮子殷红殷红的野西红柿，嘴角还淌着西红柿鲜红的汁液。种在红薯地里的黄瓜，一直可以吃到秋天。但它们到底只是餐桌上的点心。

某个夜晚，母亲和父亲在餐桌上做出了一个重要决定：花点时间把位于玉米地和森林之间的那三条长满了灌木丛和茅草的山丘开垦出来，种上土豆和红薯；把两块临近菜园、荒凉多年的土地也开垦出来，种上红豆。同时决定在玉米地的背阴地带种上高粱——那年底，母亲为我们烹饪了一顿棕栗色的高粱粑粑，味道相当可口。我们家自这年起，开始了轰轰烈烈的垦荒运动。

村子里的人莫不如此，没有几户人家拥有富余的土地。常年在头顶缠着一条青色头巾的祖母,不仅在苹果树的阴影里种满了魔芋、紫叶苏、辣椒和茄子,而且把马路边狭窄的空地悉数开垦了出来,种上了四季豆、豌豆和扁豆。如果允许,她还想把整条铺满了石子的马路挖掉。根据人们恶意的揣测,她甚至还想把土豆种到云朵上去,种到梦里去。遗憾的是,谁也没有掌握那样的本领。

事情甚至脱离了原有的轨迹。一个上午,祖父在玉米地里劳动时,意外地发现那条古老的地界线向他们家的地里移动了三寸。他大吃一惊。起初,他不敢相信自己的眼睛。待把眼睛擦亮核实了三遍之后,他才确信那不是因为眼花,更不是白日梦,而是地界另外一边的玉米地的主人施行了挪移乾坤的魔法。祖父也会这样的魔法。他强压住内心熊熊燃烧的怒火,默念咒语将那条地界线挪回了原位。

村子里因地界问题引起的纠纷,层出不穷。邻村一个平日里沉默寡言的人喂养的一群雏鸡,没有经过任何允许,私自越过木槿花栅栏,跑到他兄弟家的玉米地里捉虫子吃,两兄弟为此大打出手。他兄弟在斗殴中失去了一只眼睛,而他被警察逮捕,蹲了好几年监狱。类似的事情也差点发生在父亲和他兄弟身上。

雨季的一个清晨,也有可能是秋天的一个上午,父亲和叔叔为了一棵树的归属权,在众多邻居的围观之下搏斗。母亲闻讯从玉米地里赶来。她手里提着一个篮子,篮子里恰好装着两把刃口被磨得雪亮的镰刀。叔叔从母亲手中抢起一把镰刀,向父亲挥去;父亲为了自卫,抄起了另外一把……祖父和祖母也从玉米地里赶了回来。他们拉偏架,祖父要棒打父亲,祖母也用最恶毒的语言诅咒父亲。

母亲慌忙跑回家,用一把锁把我们锁在房间里。我们脸色苍白,浑身发抖,牙齿打颤,声音被卡在喉管里。我们被一种不祥的预感牢牢缚住。

紧绷的空气,如暴风雨过境,终于松弛下来。那条湿漉漉的小径上,父亲带着一个失败者特有的气息回来了。像一只刚刚在斗鸡场上落败的公鸡。我们站在墙角的阴影里,神色忧戚地望着他。但他并不看向我们,而是用半个身子撞开门。门哐当哐当作响,像是散了架,要倒下来。他冲进光线晦暗的工作间翻箱倒柜。陈年灰尘的味道,机械润滑油的味道,环绕着我们的鼻子。

我们从未见过的一把带柄的尖刀,出现在父亲手里。他怒气冲冲地坐在磨刀石前,嚯嚯地磨着那把锈迹斑斑的尖刀。刀的刃口,渐渐闪现出一片冷森森的雪。父亲把刀举起来,刀刃对着自己变形的脸。他用右手的食指,拭了拭雪亮的刀锋,然后又将嘴巴卷起筒状,吹了吹……母亲阻止了父亲即将展开的行动。

中午,我们围坐在餐桌旁,小心翼翼地咀嚼着母亲烹饪的食物,尽量不让嘴巴发出任何声响。父亲忽然停止咀嚼,满怀期待地问我和哥哥,以后会不会给他报仇。我和哥哥被这忽如其来的阵势吓懵了,低头沉默不语。父亲失望地扔掉手中的筷子，脸色铁青而沮丧。他独自舔舐着内心的伤口。

或许正是从这一刻开始，父亲便陷入了某种无以排遣的情绪之中。这种只有抑郁症患者才会滋生的情绪，始终像我们常见的那种藤蔓植物一样，紧紧地缠绕着他，直到多年以后，他半卧在一把躺椅上失去呼吸才得以解脱。

另外一个上午，为了捍卫一丘荒地的归属权和作为男人的尊严，被恶言恶语激怒的父亲，抄起手中的扁担迎向他嚣张跋扈的叔父；几天之后的一个黄昏，当他们在村子里另外一条路上狭路相逢时，毫无防备的父亲被他的叔父偷袭……

世界重归平静。我们家一下子多出了不少土地，但母亲仍觉得不够多。我们都不知道她要拥有多少土地才算满意。事实上也是，那多出来的一点土地，一年也就多收四五筐土豆而已。对于那么多张嘴巴而言，那些土豆只够塞牙缝。

正是此时，村子里的H先生同意将他家的玉米地租给我们耕种。H先生和他的妻子都已年迈得走不动路了。尽管我们家离H先生家的玉米地很远，要翻过一座山冈，穿过村委会广场，再沿着乡村公路步行一段时间才能到达，但父亲和母亲毫不犹豫地答应了。他们兴高采烈地在那块地里种上了玉米、土豆和红薯。

我们把H先生家的玉米地租种了多少年，我不得而知，但是从此以后，母亲相继租种过村子里好几户人家的玉米地。她对那些肥沃的能分娩玉米和土豆的土地，怀有近乎宗教般的热诚。尤其是玉米抽穗扬粉的那段日子，她恨不得整日整夜地把自己置身于玉米地，直至渐渐饱满起来的玉米棒垂下金色的头颅。

密不透风的玉米林，有一股神秘的力量吸引着母亲和村子里所有的母亲们。我有幸目睹过这样的画面：母亲将粗糙的双手背在身后，长久地站立于两块玉米地中间狭窄的小径上，翕动着爬满雀斑的鼻翼，沉浸于某种不为外人所知的甜蜜幻象里。她的脸上浮现出难以察觉的微笑。

早冬，父亲赶着黄牛犁地之时，我会拎着一只篮子，像影子一样跟在他身后。闪烁着银光的犁铧时不时地从泥土里捎带出夏季没有挖干净的土豆和秋天没有挖干净的红薯。我弯腰把它们拾进篮子。土豆黑色的眼睛里已经生出白色的芽，但水分充足，用指甲剥掉没长皱纹的土豆皮，塞进嘴里，淡淡的甜味在舌尖弥漫。

父亲将所有的地犁完，我已拎不起手中的篮子。

三

我和哥哥睡在二楼的一个房间，同一张紧挨着窗子的床上。我们像父亲和母亲那样，各睡一头，互不打扰。棉被下边铺着厚厚一层睡上去时会沙沙作响的干稻草。干稻草上余留许多空稻壳，偶尔还能找到一两粒完整的稻谷，但剥开稻谷，里面并没有白玉似的大米娃娃。稻谷是瘪的。

母亲用针线缝制的被子，总是扑朔着阳光干喷喷的香味。那是白日里的阳光，还藏在被单的褶皱里和晒得跟云朵一样蓬松的棉花上。躺在床上，我们就可以看见在树梢上跳跃的月亮和钴蓝色画布里像鱼群一样若隐若现的星星。

我们头顶的阁楼上，堆放着无数个已经被剥掉玉米壳的玉米棒。它们毫无规律地躺在一起，就像熟睡的玉米人。有时，我会胡思乱想，那些玉米人是会在梦中生孩子的。灰尘在金色的光束中狂舞。我们能够从它们的细微变化中，感受到玉米沉甸甸的重量。父亲已明言禁止我们在楼板上跑动或者蹦跳，他担心楼板承受不住骤然增大的重力。事实上，那些楼板是他亲手铺上的，他应该相信它们。

但我们不是时时刻刻都会想到玉米。我们甚至非常讨厌玉米。因为我们天天都要吃母亲做的玉米面饭，或玉米面糊糊。尽管村子里在我们家做过客的人，都夸赞过母亲非凡的厨艺，但天天吃，谁也受不了。我们宁愿天天吃土豆，也不愿意偶尔吃一顿玉米面饭。可母亲坚持着她独特的一套理论。她说，不吃一点玉米面饭，干活就没有一丝力气。我们身上的力气，都是玉米面变出来的。

只有在夜晚，尤其是冬日与墙壁一样冰冷而又坚硬的黑漆漆的夜晚，我们才频繁地想到玉米。但这也并非因为我们睡在玉米下边自然而然地想到了玉米，而是在黑暗中将玉米啃噬得咔嚓咔嚓作响的老鼠，让我们想到了玉米。

老鼠可不是一般的多。好像只要黑夜吹响隐秘的口哨，抑或以我们拉灯为信号，它们就迫不及待地从各自的洞穴里悉数溜出。黑夜是它们的乐园。每个晚上，它们啃噬玉米的声音都吵得我们不得安宁。刚刚躺下，那种细碎的密密匝匝的声音就从头顶涌现。偶尔从有老鼠出没的噩梦中惊醒，我都不敢摸自己的耳朵和鼻子。我怕摸不到自己的耳朵和鼻子，就像睡觉前用手指过月亮一样。

黑夜是一个声音放大器，任何细微的声响，都会被它敏锐地捕捉到，并成百上千倍地放大。老鼠们在我们的头顶叮咚叮咚地奔跑——"活像一群响马强盗。"父亲总是会在第二天清晨神色夸张地说——咯吱咯吱地唱着歌，偶尔还会为了某件事情争吵不休，甚至打上一架，发出局促而尖利的叫声。

因为吃得太饱，每个晚上总会有一只得意忘形的老鼠从滑溜溜的玉米棒上摔倒。那个声音，如同一小袋面粉忽然侧翻在地时发出的声音，沉甸甸的。

我们不时学一声猫叫，企图唤醒老鼠古老的记忆。那遗传自祖先的对猫的恐惧。不知是忽如其来的声音惊到了它们，还是那声足以乱真的猫叫在它们小小的头脑中迅速形成了一只猫的形象，它们"哗啦"一声从黑暗中逃匿得无影无踪。阁楼上腾起一阵声音的烟尘。但不一会儿，它们又会从各个角落汇集到我们头顶。

我们也会在黑暗中大吼一声，或响亮地持续拍手，或扔一件随手可即的东西——一只鞋子，一个也不知什么时候滚落在角落里的土豆——到阁楼上，但收效同样甚微。它们的胆子越来越大，几至有恃无恐的地步。更令人恐惧的是，它们的队伍越来越庞大。它们在阁楼上留下了密密麻麻的粪便和无数玉米的碎屑。

母亲采取了措施。她把客厅四个墙角的洞口与缝隙全部用泥巴堵死了，门缝处也搁了一块挡板，严防老鼠出入。客厅的一角存储着雪白的玉米面。但依然有不速之客从密道溜进来。它们在昏暗的灯影里拖着一条铁线似的尾巴，滴溜着两只黑豆般的小眼睛，沿着墙角无声无息地奔跑，像一团团虚幻的影子。

如果行踪暴露，那将是它们的终结之日。我们会放下手中的一切活计，饭碗，或正在做着的什么事情，手持鞋子或木棍，群起而攻之。光那阵势就吓得老鼠四肢打颤。我们一边追赶一边高声恫吓，同时瞅准时机，将手中的武器狠狠地掷向老鼠。房间动荡起来。奋力逃窜的老鼠，最终不是被一根棍子结束了性命，就是被一只鞋子击中脑袋。也有侥幸逃脱的，母亲会诅咒好一阵子。

我似乎还漏掉了一件事情：另外一个房间也晾晒着金灿灿的玉米棒。那是老鼠出没的黄金地带。下午，我们跟随母亲来到这个房间，把厨房用的火钳坐在屁股底下，然后拿起玉米棒，借助火钳的钝口挫下玛瑙般的玉米籽。玉米籽落到簸箕里，咚咚咚的，发出奇怪的响声，像是密集的雨点敲打在梦中的玻璃窗上。

我们意外地发现了一只小老鼠。它偷偷摸摸地，藏在两个玉米棒之间的空隙里，两只玻璃球般的眼珠子，骨碌骨碌地转动着。可能是忽如其来的一阵饥饿，让它不惜以身犯险。也可能是来不及逃走，我们就已经来了。母亲眼尖，将握在手中的那个玉米棒，对准了老鼠藏身的位置。玉米棒飞了出去，像一枚手榴弹。

我们听到一声尖利的惨叫。我停下手中的活计，走过去，畏手畏脚地扒开那堆玉米棒——我担心老鼠还活着，咬我的手指。老鼠已奄奄一息，但还在喘息，灰色的毛绒绒的肚子，有气无力地起伏着。母亲命令我，"把它扔进鸡群"。

父亲从集市上带回一包鼠药。

我见过那个兜售鼠药的老头，来自河那边一个专门配制鼠药的家族。他常年戴一顶鼠灰色鸭舌帽，下巴上蓄着一撮鼠灰色胡子，爬满可疑斑点的鼻梁上，架着一副鼠灰色眼镜，背佝偻着，像一只上了年纪的老鼠。他的摊位位于集市上一棵古老的灯笼花树下。摊位的一角，高高地摆着两堆圆滚滚的老鼠。仿佛只要用手指戳一下它们凉飕飕的肚皮，它们即刻就会翻身而起，骨碌着两只小眼睛逃跑。

肚皮圆滚滚的老鼠，都是购买鼠药的人带来的。十只成年老鼠，可以兑换一包鼠药。据说那个外貌与老鼠无异的老头把老鼠带走后，会从它们粗壮的尾巴里拔出一缕缕银丝，然后托人捎到遥远的省会，可以卖一大笔钱。我们觉得不可思议，捉一只老鼠做实验，果然从它的尾巴上拔出了韧性十足的银丝。但不知其用途，随即扔在了花园里。我们一点也不觉得可惜。

那个老头的鼠药很有力道，放倒一大片老鼠。每天清晨，都会见到父亲从阁楼上拎下来一串老鼠，跟猫崽一般大小。它们灰色的肚子圆滚滚的，装满了来不及消化的玉米，但四肢冰凉，总让人想到它们被摆在集市上示众的样子。

可没过多少日子，父亲就宣告鼠药失效了。因为接连两三个清晨，他都是空着双手从楼梯上走下来。他没有找到一只老鼠。而夜间，老鼠们依然在阁楼上生龙活虎地偷食玉米。我们猜测，不是老鼠在黑暗的洞穴里梦见了解药的配方，就是它们在误食鼠药的同胞身上吸取了教训。它们鬼精得很。

宣布这个消息的第二天，父亲就拎着两串老鼠——像拎着两袋沉甸甸的玉米，到集市上换回了一包新鼠药。据那个身世神秘的老头声称，这是他最新配制出来的一款产品，堪称猛虎之药。他还立下誓言：如果见不到立竿见影的效果，他不仅把退还给他的鼠药全部吃掉，而且从此不在集市上抛头露面。

投放鼠药的同时，父亲还购回了好几只捕鼠夹。他像一个经验丰富的猎人，在老鼠出没的必经之地布下天罗地网，设下重重陷阱。他在捕鼠夹的机关前放上几颗玉米，作为诱饵，引诱贪心者上钩。晚上，但凡听见刺耳的吱吱咕咕的尖叫声在黑暗中撕开一道道声音的裂缝，我们就知道有倒霉蛋失去了自由。

那些不幸者，会在黑暗中挣扎很长时间，但改变不了什么。它们因为疼痛和绝望而发出的声音，终究会在黎明到来之前渐渐衰弱，直至与体温一道消失。

我们想过如此多的办法，试图将老鼠赶尽杀绝，也一度收到了不错的效果，可鼠患依然严重。它们就像在捕鼠夹上标注了记号一样，会巧妙地绕过这些精心布置的圈套。它们的鼻子，不会轻易被鼠药的气味迷惑。

父亲说，老鼠是世界上最聪明的动物。

四

另外一间阁楼上，总有一些什么神秘的东西，吸引着我们爬上楼梯。但当我们真正爬到黑黢黢的楼梯口，却又有些犹豫。

阁楼上光线暗淡，墙角挂满了大大小小的蜘蛛网。腿脚细长的黑蜘蛛虎视眈眈地盘踞蛛网中心。它们天生一张令人恶心的巫婆脸。如果被它们咬上一口，心跳肯定会在瞬间快得数不过来。不过也没有什么好担心的，我在窗台上见过一只棕红色的小瓶子，里面装着半瓶棕红色药液。父亲说，被黑蜘蛛咬了，伤口也会长出一只黑蜘蛛，但只要涂抹一点小瓶子里的药水，那只蜘蛛很快就会消失不见。

父亲藏了许多宝贝在这里。我们幻想用木头制作一辆自行车，需要两个滑轮；幻想制作一匹可以在轨道上奔跑的木马，缺少几个关键的零部件；幻想制作一对能带着我们飞翔的翅膀……父亲的百宝箱从来不会让我们失望，可我们既没有制作出自行车，也没有制作出木马和翅膀。我们的想法一直在变。

五月的一个上午，我们在阁楼的一角赫然发现了两条长长的缀满易碎鳞片的蛇蜕。根据蛇蜕的长度估计，这是两条我们从来没有见过的大蛇。我们立即屏息凝声，倒退着，猫手猫脚地逃离阁楼。我们不敢抬起眼睛四处打量。我们担心冷不丁地在某个墙洞里撞见一双冷森森的眼睛和一条猩红的蛇信子。

我们及时把这一信息告诉给了父亲，希望他早点采取行动。但他表现得相当坦然。"是家蛇，在房间里捕捉老鼠的。"他几乎是笑着对我们说。也就是这一天，我知道了我们家的阁楼上住着两条蛇。但是谁也没有见过它们，除了它们脱下来的已经风干的衣服。我不知道这是好事，还是坏事。只是从此之后，我就很少独自去阁楼玩耍了。晚上去这间阁楼下的房间，也总是心神不宁。

仲夏的一个午后，大人们顶着烈日在玉米地里忙碌。玉米林里繁衍出大块大块的阴影，炫目而炽热的阳光堆满了院子，像是火焰在燃烧。我迷迷糊糊地向父亲和母亲的卧室走去，可能是他们的床吸引着我越来越沉重的身体，也有可能，我是在某种意识的驱使之下，情不自禁地走了进去。

刚刚推开卧室的那扇门，睡意昏沉的我竟隐约瞥见床榻里侧的墙壁上有一根黑色的小木棍在晃动。我以前从未见过，有些好奇。我用手背把眼睛揉亮，凑近床头一看，心里猛地"咯噔"一下，整个上半身都跟着弹了回来，身体里的疲惫和睡意顿时消失得无影无踪。我跑到烫脚的院子里，哭着嗓子大声呼喊父亲。

我的声音颤抖，充满了无言的恐惧。我看见了一条蛇的尾巴。那条布满了黑色斑纹的尾巴，从墙壁上一道狭长的缝隙里露出来。房间没有粉刷，那条尾巴缓缓地倔强地蜷曲着，像是在痛苦地挣扎。我看见了无形的力，藤蔓植物的力。

父亲从玉米地里匆匆赶了回来，额头上淌着一片闪着光的汗珠，脸颊上也是。他不知道发生了什么事，黑着脸把我训斥了一番。我说不出一句话。词语挤在紧缩的喉咙里，乱成一团。我把父亲引到他们睡觉的卧室，那条布满黑色斑纹的尾巴还在那里蜷曲着。它的存在，证明我没有说谎，而且有理由叫父亲回来。

父亲的脸没有先前那样黑了，但依然紧绷着，像岩石一样坚硬。我猜不透他的心思。可能是担心打草惊蛇，也有可能是这样的事情不宜声张。他小心翼翼地挪开床，不让床脚发出一丝声响。他把可能产生的声音，摁灭在手心里。

那条布满黑色鳞状斑纹的蛇尾巴，完全暴露在我们面前。一条异常粗大的尾巴。可以想见蛇身令人害怕的尺寸，让人想到蟒蛇，想到龙一样的脸和麒麟的角，想到古老的传说。奇怪的是，它听见了动静，并没有立即逃走。

父亲拿起一根木棍，试探性地碰了碰那条尾巴。它就像被滚烫的开水淋到了要害一样，反应激烈，极力扭动。我又看见了藤蔓植物的力。它要把空气中的所有东西都打碎，它正在努力地往墙洞里缩去。正是这时，父亲果断地伸出他那双铁钳般的大手，抓住了那截滑溜溜的扭动着的尾巴。那截尾巴越来越短。

蛇被卡在了墙洞里，要把它拔出来，否则整条蛇都要腐烂在墙洞里，那样的话，我们就得把整面墙敲掉。父亲终于说话了。

父亲的脸、脖子以及两条手臂，都涨得通红。脖子和手臂上，爬满了青色的蚯蚓。我想他正蹲在地上以使重心下移的两条大腿也爬满了青色的蚯蚓。他试图将那条倒霉透顶的蛇从墙洞里拔出来。可是蛇露在外面的那截尾巴太滑了，而且也不够长，使不上劲。也有可能是它被死死地卡在了缝隙里。

蛇尾在父亲手中像激流中的波纹一样挣扎着。它在与父亲的手舍命搏斗。

父亲临时改变了策略。他紧紧抓住那截尾巴，让我帮他解下衬衣纽扣。他用衬衣下摆裹住了那截滑溜溜的尾巴，并把尾巴的末端递进嘴里，用两排牙齿死死咬着。这一招很管用，蛇身终于被拔出来一点。但它往墙洞里边挣扎得更厉害了，黑暗才是它的归属。我和父亲都听见了噗噗作响的摩擦声，在墙洞里旋转。

父亲需要一个帮手。可房间里除了我，再无他人。他吩咐我用双手抓住那截滑溜溜的尾巴，他好找来锤子和钢钻，撬开构成墙洞的石块。我的心怦怦跳动，就像被黑蜘蛛咬过一样。我怀着恐惧走近那条尾巴。我迟疑地伸出颤抖的右手，却始终不敢触摸那些黑色的诡异的斑纹。忽然，一股浓烈的鱼腥味，攀着一根无形的绳索，钻进了我的鼻孔。午餐在我的胃里翻滚。

父亲的眼里缓缓升起怒火。那些尚未成形的火焰，迫使我战胜对未知事物的恐惧。我再次迟疑地伸出右手，我的中指肚触到一道冰凉的闪电，我差点失声叫了出来。那股令人不寒而栗的凉意，瞬间传遍身体的每个角落，每根神经。我迅速抽回受惊的右手，实际上，是右手在那个瞬间自己缩了回来。

父亲生气了，像一头狮子那样对我怒目而视。我几乎是闭上眼睛，屏住呼吸，在一阵陌生的颤栗和慌乱中，抓住了那截光滑、潮湿而又冰凉的尾巴，就像是抓住了一个噩梦的尾巴，一个魔鬼的尾巴。来自黑暗洞穴中的力，来自藤蔓植物的力，来自河流的力，来自神灵的力，通过我冰凉的双手，噩梦般缠绕着我。

我的心跳越来越快，快得都快数不过来了，就像是被无数只黑蜘蛛咬过一样。我爬满腥味的双手上，已长出了一只只巨大的黑蜘蛛。它们都有一张巫婆般丑陋的脸，它们沿着手臂向我爬来，它们纤细的长脚抓得我皮肤发痒。

父亲敲掉了墙洞外围的石块，再次抓住了光滑斑斓的蛇身。

这条神秘的大蛇，终于在一阵持续的噗噗声中，从父亲的手中，从我的手中，渐显真容。但还有一部分被牢牢地卡在黑黝黝的墙洞里。是闻讯而来的叔叔帮忙撬开了墙壁上最关键的两块石头，它才被完整地救出。它的长度超过了我们所有人的想象。它滑溜溜的带着闪电的皮肤，被墙洞中尖锐的石块刮伤。

这条神秘的大蛇已奄奄一息，但那股无形的力，许多年后还在我的手中挣扎。它的食道，鼓鼓囊囊的，好像有什么东西在里面移动。父亲说，那是一只老鼠。话音刚落，立即就有老鼠吱吱叫唤的声音，从看不见的幽暗角落隐约传来。

它是为了追捕那只老鼠，才让自己身陷险境。

父亲将这条大蛇倒拎着，扔到了指甲花开得正紧的花园里。最终，它是回到了万物葳蕤的田野，还是没有从这个意外事件中挺过来，我早已忘记结局。

一个夏日的雨夜，母亲早早地睡下了，父亲和哥哥不在家，妹妹离开客厅前往卧室时，忽然失声尖叫起来。巨大的恐惧爬上了她即将哭起来的脸庞和瞳孔放大的眼睛。我以为她看见了鬼，或者忽然间精神崩溃，像那个夏日午后的父亲不分青红皂白地训斥我一样，我也对她进行了一番训斥。她的尖叫声吓到了我。

我犹豫着来到客厅门口，把目光投向湿漉漉的雨夜，什么也没有看见。我催促妹妹去睡觉。可她站在原地，一动也不动，仍然保持着刚才的表情，恐惧还没有离开她的脸庞和眼睛。我这才耐心地问她看见了什么，但她只是一味地摇头。

我在那面潮湿的墙上漫无目的地检视起来，没有任何异象。可就在我准备把目光从墙上挪回妹妹脸上时，我就像撞见了鬼一样，整个人都差点从地面弹起来。

那个爬满阴影的墙洞里，一双冷森森的眼睛，正像仇人一样盯着我；一条猩红的蛇信子，像一朵邪恶的火焰，在灯光的反射弧里闪烁。

五

三月的时候，父亲身上长满了隐形的羽毛，还有一对巨大的翅膀。他要出远门了，一个十分遥远的地方。临行前的那几天，他把楼上楼下检查了一个遍。他给空洞的窗子钉上了木条，给空洞的门钉上了木条，给二楼阳台空洞的两端钉上了木条。他想把房间外部所有空洞的地方，都钉上木条。

家里的煤烧完了。母亲联系了村子里的一位马夫。马夫和他的儿子，在暮春的一个上午，各自赶着一匹黑黝黝的马，从另外一个村子为我们驮来作为生活必需品的煤。下午，他们和他们的马，再次出现在我们家的院子里。一匹马吃去年的玉米壳的时候，忽然停下来，卷起尾巴，拉下一撬冒着热气的马粪。另外一匹马，打了两个漂亮的响鼻。母亲拿不出现钱，把账赊着。

父亲也认识这位马夫。正是他嘱咐母亲这么做的。他在一封字迹工整的信中对母亲说，家里没有煤了，就去找马夫。账先赊着，等我寄回来了，再给他。以前，马夫给我们家驮过煤，父亲和他相谈甚欢，他认为马夫是一个信得过的人。

马夫跟他那匹马肚子上发光的皮肤一样黑，甚至还要黑一点。整张脸，从额头到下巴，都像是被太阳烤焦了。他戴一顶破旧的皮帽子。可能是由于常年赶马，他走路的时候，两只脚上各自镶了一只马蹄，嘚嘚的马蹄声从他的脚下响起。

马夫给我们讲述过他们家的故事。一年秋天，他们家和邻居家发生纠纷，双方动起了拳脚。邻居家人多势众，他们家吃了亏。他那如同小马驹一样冲动的儿子，冲进屋子，拖出一支火枪，上了膛，"砰"——一发子弹向邻居射去。邻居的一只耳朵瞬间没了。警察来了，带走了他的妻子。他的儿子还没有满十八周岁。

马夫离开后，父亲还在为他不幸的遭遇感到惆怅。他叹息着对母亲说："他的身边要是有个二把手，家里不知道过得几多殷实。一张俏皮嘴巴，能把死的说成活的。个狗日的。"我记得马夫在讲述故事时说："快了，还有两年就出来了。"

夏季的一个雨天，马夫来讨账，母亲正在厨房忙碌。马夫歪着脖子围着母亲说了一堆话。我在院子里瞧见马夫把手臂搭在母亲的肩上，母亲手里拿着锅铲，挣脱了。母亲对马夫说，"你不是叫他哥吗？"马夫盯着母亲说，"是的，没错呀。"他又准备把手搭到母亲的肩上。母亲像一条光滑的鱼，滑向了另外一个角落，对他说，"既然你叫他哥，你还这样？"马夫一愣，脸上更加黑了，悻悻然离去。

另外一个雨天，母亲蹲在房间里挑选土豆。她根据个头的大小，把土豆装进不同的篮子。那时，我们家的房间里堆满了土豆。那时，正值土豆收获的季节。马夫冒雨来了。他浑身湿漉漉的，散发着马身上的气味，刺鼻的气味。正是在那个堆满土豆的房间，马夫嬉皮笑脸地企图对母亲动手动脚，被母亲严词拒绝了。

我站在马夫身后，拳头捏得咯吱咯吱作响，喉咙冒烟，嘴唇打颤。我紧张得说不出一句话来。我的脑海里，始终闪烁着同一个画面：他的儿子从屋子里拖出一支火枪，"砰"——他邻居的一只耳朵不知去向。可惜我们家里没有火枪。

八月，玉米成熟了。玉米总是在八月成熟。祖母吩咐叔叔帮我们掰玉米棒。母亲负责在地里把玉米棒掰下来并装进筐子，叔叔则负责把玉米棒运回家里。

天气燥热，年轻的叔叔只穿一条白色背心，肩上披着一条蓝白条纹的毛巾。他回家歇脚的间隙，我看见他的双臂上长出了两只圆滚滚的小猪，两只爬满了青色蚯蚓的小猪。叔叔的额头爬满了汗珠，他的目光，落在一个虚无缥缈的地方。他已经二十多岁了，但还没有说媳妇。也请媒婆说过媒，但都没有下文。

母亲做好了晚饭。祖母也在我们家。饭毕，大家围着飞利浦牌黑白电视机。与村子里其他人家一样，我们也把电视机当成宝贝，藏在父亲和母亲的卧室。母亲忙碌了一整天，浑身的骨头散了架，早早地睡下了。她当着我们的面，爬上床，钻进被窝，再褪下裤子。我们依然看电视，电视里正播放着一部功夫片。

窗外响起树叶发出的簌簌之声，晚风阵阵吹来，我们都打起了长长的呵欠。祖母吃不消，要回家睡觉了。她催促叔叔也早点回去。叔叔坐在椅子上打瞌睡，脑袋像一只结在藤蔓上的葫芦瓜，一下接一下地往地面坠落。他坐在那里，既拉不动，也推不动。他的脚长在了地上，屁股长在了椅子上。祖母只好留下来，继续看电视。不一会儿，她也打起了瞌睡，并发出老猫一般浑浊的呼噜声。

电视机的屏幕变成了一片呲呲作响的雪花。雪花中间，闪烁着一个黑白相间的球形图案。叔叔终于起身离开房间，眼睛红通通的，像个醉鬼。祖母跟在叔叔身后，像他臃肿的影子，缓缓移动。即使是夏天，她也穿着两件盘扣衣裳。

祖母和叔叔，迈着梦游症患者的步伐，漂浮在小径之上，消失在月光里。那夜的月光跟太阳一样亮，村子被月光照得发白。村子里没有秘密。

母亲把玉米棒晾晒在我们曾经杀死过一只老鼠的那个房间。这个房间的前边没有门，空洞洞的。父亲没有时间做门，也没有时间钉上木条。为了玉米不被强盗偷走，也为了耳朵听得更远，譬如说猪圈和牛圈的动静，母亲把床搬到了这里。一条被子垫在玉米上。玉米和骨头一样坚硬。母亲在玉米上睡了很多年。

十二月的一个黄昏，父亲回来了，可屁股还没有坐热，就被母亲轰了出去。母亲坐在炉火边，把这一天刚满三十六岁的脸埋在手心里，低声抽泣。父亲的口袋瘪瘪的，没有带回我们的学费。

深夜，父亲再次回来了。他坐在炉火边，沉默地抽烟。他的口袋里，装着我们的学费。

父亲身上的羽毛不见了，那对巨大的翅膀也不见了。

父亲变回了原来的父亲。

六

父亲在梦里养了一只小猫，一只相当机灵的小猫。它浅黄的毛皮上缀满老虎的条形斑纹，脑袋棕黄，四只脚纯白。虽然才五个月大，但它的嘴唇两边已经长出八根银色的胡须。父亲已经教会了它奔跑和爬树的本领。它第一次爬到高高的树杈上时，恐高症发作，颤巍巍地立在那里求救。父亲还通过意念把老鼠的形象和声音植入了它毛茸茸的脑袋。只要一听见虚拟的老鼠的叫唤声，它就会条件反射般地进入战备状态。经过半个月的训练，它成功地捕住了第一只老鼠。

父亲十分疼爱这只小猫，准备寻找一个恰当的时机把它带到现实生活中来。他已向一个极有可能认识的长者请教过将一只动物带离梦境的方法。可是有一天，为了追捕一只老鼠，这只小猫从他的梦中失踪了。他失魂落魄地寻找了许多日，也没有结果。他事后分析，是小猫在梦境错综复杂的迷宫中迷失了方向——尽管它有着异常灵敏的嗅觉，但再也找不着回到主人身边的那条小径。那天，父亲因小猫失踪而从梦中惊醒，迷宫也就随之坍塌了。它被困在了另外一个空间。

正当父亲计划再在梦中养一只一模一样的小猫时，他在他的一位远房表弟家遇见了失踪的那只。父亲一眼就认出了从墙角一闪而逝的它。但或许是穿越了梦境，它已不认识昔日的主人，它遗忘了梦中的事情。父亲的表弟答应将那只小猫送给他。晚餐后，父亲猫手猫脚地向它靠近，试图一把抓住它的后颈，可不及父亲靠近，它就从一扇洞开的窗子里一跃而出，像梦中那样消失得无影无踪。

两个月之后，一个落着春雪的日子，父亲的远房表弟将那只小猫成功诱捕。"这只猫性子野，喜欢打鸡群的主意，而且不捉老鼠，像只野猫。"表叔将它送到我们家时非常抱歉地说。我们用一根长长的绳子拴着它的脖子。它认生，藏在餐桌底下。只要听见我们的脚步声，它就向光线更暗的地方躲去。实在无处可藏，它便弓起后背，周身毛发直竖，嘴里呜呜直叫，向我们发出严重警告，时刻准备着扑过来，或是给我们吐上一口唾液。它像老虎一样令人害怕。

在这只猫到来之前，我们还养过好几只猫。一只猫的肚子被伯母家的狗咬破，冒着热气的肠子落了一地。村子里的兽医为它缝上伤口，还为它注射了两剂消炎药，但它没能再站起来。一只猫忽然在清晨挂满鼻涕，不再呼吸。父亲用干稻草把它包起来，放到一棵漆树的树杈里。那棵漆树长在一块墓地里。一只给我们带来无数欢乐的小猫，不是被一盆小鱼撑破了肚子，就是误食了鼠药。还有一只伯母送给我们的老猫，成天打呼噜，即使老鼠咬掉了它的鼻子，它也无动于衷。

这只猫并非如表叔描述得那样顽劣。时间唤醒了它的记忆，它很快就把自己当成了我们这个家庭里的重要成员。它不是很喜欢让人抱。它喜欢独自坐在一把椅子上，像夏天的叔叔一样，把目光望向一个虚无缥缈的地方。母亲时常努着嘴巴对我们说，你看，它一个人坐在那里。有时一天也见不到它的影子，只听得到楼上传来猫脚噌噌跑动的声音和老鼠吱吱嘎嘎的叫唤。它在履行自己的职责。

母亲叮嘱我们，不要偷看猫吃老鼠，否则猫的牙齿会酸。可我们还是偷看了好多次。猫是天底下玩心最大的动物。逮着了老鼠，并不急于吃，而是要逗上好一阵子。老鼠装死，猫把它放到地上，蹲坐一旁，心不在焉地望着花园里的一朵喇叭花。喇叭花紫色的边缘歇着一只蝴蝶。老鼠以为机会来了，骨碌一下爬起来，匍匐着小跑，却又落到了猫锋利的爪子下。如此反复，老鼠彻底放弃了逃跑。

猫发现有人躲在门后偷看。两只耳朵是它的眼睛，全身每一根可以在瞬间竖立起来的毛发，也是它的眼睛。估计是担心古老的预言变成现实，它便叼着老鼠鬼鬼祟祟地跑到一块无人之地，继续玩弄那与生俱来的天敌。直到肚子发出咕噜咕噜的响声，它才下定决心，结束这场无聊的游戏。

猫来到我们家的那一年冬天，父亲从乌鲁木齐回来了。他多出了两只脚。他是拄着两支拐杖回来的。春天的时候，他从二楼的外墙上像一袋水泥重重地坠落于地。脚手架发生了断裂，他的右脚脚踝，被摔成粉碎性骨折，三根脚趾头失去了知觉。他在医院昏睡了三天三夜，才睁开疲惫的眼睛。他发皱的皮肤下，埋着几颗钢钉。雨天到来之前，那几颗钢钉会在他的骨头里旋转。他疼得直不起腰。

我们家陷入了前所未有的困境，就像陷入了长满水草的沼泽地带。所有人的脸，都像雨天一样忧郁。只有那只猫像往日那样活泼好动。它已经无师自通地掌握了捕捉松鼠和麻雀的本领，甚至连小蛇也成为它独自享用的美餐。天气晴朗的日子，它会在院子里给我们表演"玩狮子"的节目。父亲的脸上浮起笑容，牙齿露了出来。我们的脸上也浮起笑容，牙齿露了出来。我们笑得合不拢嘴。

母亲租种了更多的玉米地，养了更多的猪。猪可以兑换成钞票。潮湿的猪圈成为我们家的银行。为了喂饱猪巨大的拖在地上的肚子，过一会儿就会哼哼直叫的肚子，母亲成为村子里最忙碌的农妇。她恨不能生出三头六臂，也恨不能一天二十四小时都是白昼。玉米地里的活永远也干不完，猪的肚子永远也喂不饱。

母亲总是踏着暮色归来。而我们都已离开村子。哥哥在外省，我在县城，妹妹在镇上。我们和那只猫一起长大，却只有猫留在家里。父亲每天坐在空荡荡的房间里和猫交谈。猫有时会钻进他的怀里，接受他双手粗糙的抚摸。他的右腿，绑在笨重的石膏里。他像机器人一样笨拙。他在房间里移动的时候，不得不拄着拐杖，地面"笃笃笃"地发出沉重的响声，像是有人在下面用棍子捅着天花板。

父亲奇迹般地站立了起来。只是他的右脚掌，被医生固定成了一个直角，既不能弯曲，也不能旋转。行走的时候，他的背影有点滑稽，像是一只跛脚的螃蟹。他不能再像以前那样大步流星地走路。以前的那个父亲，偶尔在我们的记忆里闪现。他把那对日后还将派上用场的拐杖，藏到了那间出现过蛇蜕的阁楼上。噩梦重现之后，母亲说，那对拐杖是可怕的预言，当年扔掉就好了。

父亲的身上又长出了隐形的羽毛，还有一对隐形的翅膀。只不过，它们不再像几年之前那样充满光泽和活力，而是灰突突的，病恹恹的，像淋过一场细雨。父亲六十岁那年，它们完全消失了，再也没有出现过。

父亲六十一岁那年春天，母亲在电话里给我报信："那只猫走了。可惜了……这十多年来，我们家里连老鼠都见不到一只。我从来没有见过这么避鼠的猫……"母亲的话还没有说完，就有一种不祥的预感在我的脑海里像烟雾一样盘旋。我莫名其妙地联想到了父亲。但我没有对任何一个人透露。

我的预感得到了证实：一年后，父亲离开了我们。而这时，我们家的土豆已经多得吃不完。母亲每年都要卖掉许多土豆，五毛钱一斤。"太廉价了。"我们对母亲说，我们在更远的地方对母亲说。

现在，母亲独自生活在村子里。村子空了。我们家的花园和父亲的墓地，在春夏两季，都会开满姹紫嫣红的格桑花，是父亲从新疆玛纳斯带回来的种子。照料花园的母亲，被孤独的群山包围，皱纹在一夜之间爬上她的脸庞。即使常年使用廉价的染发剂，也难以掩饰两鬓最新钻出来的点点白发。

没有多少人种地了。村子里整块整块的玉米地被撂荒，长满了灌木和野草。我们叮嘱母亲也少种点玉米和土豆，可她不仅把我们家的地种满了，还租种着堂伯母家的一块玉米地。"只有忙碌起来，才不会沉浸在往事里。"她说。

母亲还养了一只猫，三条狗，一群鸡，数头猪。

我们管她叫动物园园长。

原载《大家》2019 年第 6 期

活着，是因为有人惦记

东 西

我认识他应该是1986年，记不清是冬天或夏天。好像是冬天，他春节要在报社值班，所以提前回岜暮乡去看看父母和亲人。那时我刚从河池师专毕业，分配到天峨中学当教师，闲时写些豆腐块投给《河池日报》。他是副刊编辑，曾经编过我的几篇小稿，但还没见过我。于是……在那天，在暮色四合之后不久的天峨县中学单身汉宿舍区，我听到了黄开杰老师响亮的喊声。他说李昌宪来了，过去坐坐。虽然开杰老师在前面加了我的名字，但我明显感到他的这一句绝对不是说给我一个人听的，几乎在向所有的老师宣布，且语带自豪。他当然有资格自豪，因为在桂西北偏远的山区小县，在这个出产名人近乎为零的地方，李昌宪看谁都算是一件很有面子的事。

从平房的前排绕到后排，我走进开杰老师的房间，看见他坐在面对门口的椅子上。标准的国字脸，五官端正，打量人的时候眼睛微眯，手上夹着一支燃烧的香烟，不时抽一口，烟雾从前额升上去。他的相貌没超出我的想象，也许是我曾在某处见过照片，也许是在人们的讲述中脑海里事先有了素描。但我的外貌一定不在他的意料之中，不然他为什么一直在打量我？仿佛在透视或预估我的未来。多数时间我在听他们聊。门是敞开的，中途不停地有人插入招呼、握手、散烟，就像现在电视剧里插播广告。为顾及每个人的情绪，他也聊几句文学。临别时他鼓励我好好写。听得出，这是礼貌性的鼓励，但在一颗"扑嗵扑嗵"的文学心脏面前却具有神奇的药效。

后来，我经常给他投稿，也经常收到他的退稿信或采用信。他的信写得很认真，字迹工整，内容丰富，就像一位邻家大哥在跟你拉家常，不知不觉中你会把他当成值得信赖的人。所以，每每见面就会向他大倒苦水或大讲成绩，甚至大讲可能实现的成绩，仿佛只有他才能理解自己的挫败和喜悦。他是一位优秀的听众，哪怕你是他的小弟，哪怕你的位置比他低得多，他都会竖起耳朵倾听，并不时产生共鸣。如果用器官来形容，他是耳朵。如果用地势来比喻，他是凹地。如果用名句来描述,那他就是"低到尘埃,开出花朵"。

为了不伤害那些初学写作者,他常常为写退稿信而发愁。他不退稿作者就以为还有希望,于是天天写信来问他"稿件如何?"我与他在河池日报社副刊部共事的那段时间,经常看见他用如下模式写退稿信:首先是客气的称呼,然后是稿件的优点(这部分往往浮夸),再后就是文章有瑕疵(这部分往往瞒报),稿件拟不用,是留在这里还是退给您?他一直用"您"。当作者看了他的回信跟他索回稿件时,他好像自己犯了错误一样,很内疚地把稿件装入大信封,同时塞进两本河池日报社的空白稿纸。在那个年代,能用河池日报社的稿纸写文章,就已经是一种荣誉了。

1997年冬天,我从天峨县搬家到河池工作。那时公路弯曲,全是泥巴路,早上出发前我拨通他办公室的座机,告诉他找几个人帮忙下车。细雨中,我和货车司机在山路上盘绕,直到傍晚才到达金城江(河池地区驻地)。当货车开进大院时,我只看见他一个人伫立在细雨中等待。虽然那时我没什么家产,却有满满一车柴火和几十块用于打柜子的杉木板和椿木板。我问他,没叫人?他说太晚了,不好意思叫别人,我们两个够了。于是,那个晚上我俩下了整整一车的柴火和木板。我分到的房间在二楼,柴火和木板都要扛上去,每次他都扛得比我多,如果我扛得动一块厚椿木板,他就扛两块。我扛得动两块,他就扛三块。在帮助朋友的时候,他从来不节约力气。下完车,到请他吃晚饭时,我才知道他不叫人帮忙的良苦用心。因为,那时候我没什么钱,叫人越多饭钱酒钱就花得越大。所以,宁可他累一点也要帮我省钱。

而对于家人,许多细节历历在目。他的女儿7个月出生,因为早产,放在一个小小的保温箱里,他天天守着,箱内的一丁点动静都扯着他的左胸。他的眼睛一眨不眨,只有这么看着,他的表情才是安稳的。当女儿能吃一点食物时,他就用一个钵来磨米面,煮米糕。有时候我们去串门,他一边磨米面一边跟我们聊天,好像他的主业就是磨米面的。偶尔朋友邀请聚会,他总是尽可能地把家里的饭菜煮好再出来。这一抹对家人的暖意,曾遭到过大男子主义者们的多次嘲笑,但他不以为耻,反以为荣,以至于当电视连续剧《渴望》火遍大江南北的那些日子,我和几个朋友都叫他"宋大成"。为给女儿多攒一点上学的费用,他曾离家到东莞的某个报纸工作。虽然那边的薪水比这边要高许多,但终受不了分离的思念,他又回到河池。他得过许多荣誉和称号,也做过单位的领导,但退休后却无法给女儿安排工作。于是,他焦急,却不向朋友开口。他是一个轻易不向朋友开口的人,就是生命的最后时刻,他也仍然如此。

2018年11月25日下午,我正在聚光灯下推荐几位作家的新书。空隙,我瞟了一眼手机，看见朋友发来短信，说宪哥病危。我回信你快派人去医院，我活动结束即去。如此淡定，是因为我对他的身体有信心。他几乎很少生病，打过乒乓球、篮球，每天晚上坚持散步。与他认识这么些年我从来没听他说过一句身体不舒服。然而，这一次，他把我彻底地惊着了。当我从聚光灯下走出来，给嫂子打去电话时，听到的却是哭声。嫂子说几个小时前，他还有说有笑的。我问病况，原来几天前半夜他心绞痛，叫了救护车，送到了某医院。某医院处理之后，痛感减缓，转到另一医院。医院还没来及做心脏造影，他就走了。我问嫂子为什么住院了不告诉我？嫂子说他不让打电话，他说等做完了心脏支架手术再告诉我们。回想，我是有预感的，那几天我很想给他打电话（这种感觉很强烈），但因为工作忙乱，一直拖着，想等几天，可惜再无机会。我到太平间去看他，说宪哥你怎么就走了？他面无表情，这是他唯一一次在听到我说话时没有反应。

墨西哥有"亡灵节"，他们认为死亡不是生命的完结，而是新生活的起点，亡人到了另一个世界，他们仍然有喜怒哀乐，有吃有穿，结婚生子，和人间的唯一区别就是他们没有痛苦、烦恼和压力，也不用为柴米油盐发愁。美国电影人由此得到灵感，制作动画片《寻梦环游记》。在这部片里，主创们重新定义了生命的终点，即：只要在现实世界中还有人惦记，那亡人就仍然活在另一个维度里。但愿我们持久的怀念，能让宪哥的生命得以继续……

原载《散文》2019 年第 4 期

中年幽微

赵　瑜

一　声音简史

有一年，看湖南卫视一档节目，知道，在拍电影的行当里，有一个职业，叫作拟音师。

我们所有在电影里听到的诸多声音，并非真实的同期声。比如，下雨天，一个人在草地上走路的声音，一步两步，竟然是拟音师用两条废胶片，团在一起，摩擦出来的声音。

我看得惊讶，明白了，声音的世界是如此丰富。将两种声音相似的东西找出来，这充满了文学描述感。不论是下雨还是走路，都可以拟音，但是，人的喘息声，却必须是一个真实的人发出喘息的声音。

看到一个人悲伤地给电影中的角色配一段张着嘴巴哭不出来的情绪时，我对那个配音的演员充满了敬意，他需要进入这个剧情里，才能一丝一丝拧进人物的情绪中，那么，声音才会让观众信服。所以，每一个领域，都需要这样专注且投入的人，才会有动人的呈现。

我对声音的关注缘自冯大夫。

他是我常去做推拿的一个按摩院的师傅，盲人。大家尊敬他们，一律称他们为大夫，也好，好提醒我们这些做按摩的人，都是肌肉或思想的病人。

冯大夫按摩手法好，需要提前一天预约。中间我在海南工作几年，每一年春节或者国庆节前后回郑州，去找他。我只需要咳嗽一声，他便听出我的声音来。会随口问我，现在海南暖和吧。

一个盲人，对世界的认知，只有通过声音和触摸。所以，他的耳朵的分辨能力格外好一些，我并不感到奇怪。然而，让我佩服的是，通过声音，冯大夫能判断出更多的东西来，比如人的性格。

冯大夫比我年纪小一些，说话轻慢，情商比常人要高一些。这表现在，他和所有人都有话说。他有说话的欲望，且有让你和他对话的能力。

因为他对声音的储存比我们普通人要多，普通人眼中的色泽，在冯大夫这里就是声调。而普通人眼中的动作，在冯大夫这里，就是说话的重音。声音在我们日常的对话里，只有大和小，硬或者软。而在冯大夫这样全盲人的耳朵里，是可以放在水里冷却，或者煮沸。声音是固体的，也有可能是液体的。他们将所有说话的人的声音分成了更为细小的片断，以便于区分我们每一个人。

所以说，每一次约冯大夫，我都会和他说一些话。不只是交流，还想让他储存下我的声音，好让他知道，我对他有着善意。

没有见到作家刘恒老师之前，我并没有意识到，修养是可以用压低声音的方式来表达。

刘恒老师到海南开笔会，冬天，海南气候宜人，他带着夫人，很高兴，说了不少的话。但是，只要他一说话，就会低于所有人。车上正有人兴致勃勃地讨论微博话题。然而，刘恒老师的低声，让我们不得不往他身边靠一些，才好听清他说了什么。

靠近，微笑，说话。这确是与人交流最为真诚有效的方式。

我出生在河南最为贫穷的乡村，从小接受的教育是，驴子的叫声，狗叫声，以及谁家鸡蛋丢了，主妇在街上炫耀骂人技巧的泼辣声。

是的，熟人社会，是不需要隐私的，大门开着，吃饭的时候，每一个都端着碗坐在家门口，谁家家里如果割了肉，或者是炒了一份鸡蛋，恨不能敲着锣让村里每一个都知道，以炫耀他家里日子的丰盛。

在这样语境中长大的我，很难有自我觉醒意识。直到很多年之后的某个机缘，我才有意识，原来，在人多的时候，说话声音降一个八度，那么，这就是所谓的修养。这很难吗？太难了，因为，认知的改变几乎是对个体的审美颠覆。

然而，认识到一件事情的错与对，与做得到，距离很远。然而，认识到了，才有可能会做到。

声音不只是歌唱、表达和反对，声音还是将自己全部的认知缩小、降低了，轻浅地传递给别人的一种修养。

至此，我才有了对声音的正确的理解，也从此，我开始努力学会压低声音，或者微笑、沉默，或者尽量多地听别人在说些什么？

我觉得，我远远还没有做到，用声音来影响别人，甚至，还没有学会好好听别人说，但是，还不算晚。

二　我与地坛

半下午的时候，我到了地坛。

门票两元。

人不多，多的是鸟儿。

古树的上面刻着供养人的名字，像一座座神的牌位。

我从东门入，至中间的位置，才知道，这真是一个四四方方的园子。建造这个园子的人，用什么来测量这样的方圆呢，脚步、马车，还是更为精确的绳子。

每一个阅读过史铁生的人，都应该到这里走一下。替史铁生老师看看那些他没有办法上去看的宫殿和祭台。

我上到那座祭台了，在中心的位置站了一会儿，头上有数百只乌鸦飞过。传说中，乌鸦是一种有记忆的鸟类，它们记得清前世的树与人。所以，这些旧宫殿和旧园林里，总会有成片的乌鸦盘旋。它们是在和它们的过去交谈。

站在祭台中心的时候，内心有一瞬间非常恍惚。我想起自己裁好的宣纸，如果不是从右至左开始写起，而是在最为中间的位置写下一个部首，那会是怎样的一种忙乱感。还有，就是，在那个祭台中心站立的时候，阳光模糊，北京的雾霾正在不远的地方描绘着什么。我有一种待宰的无助感。

我似乎听到一声历史深处的叹息，沿着草，乌鸦飞过的树梢以及朱红色的宫殿的围墙飞速奔来。

在地坛的椅子上坐了一会儿，发了一会儿呆。什么也不看，什么也不想。听到布谷鸟的叫声，便想，春天的时候，史铁生老师也一定听过。会接着想，不知史铁生老师当时听到这叫声想了什么，他那么孤独。

可是，人活在这个世上，哪有不孤独的呢。只是有人幸福地孤独着，而有的人，悲伤地孤独着。

我试图辨认每一个从我面前经过的人，但人并不多。大概是时间不对，公园冷清，天空昏黄，北京似乎被一个叫现代化的怪兽吞掉了，吐出来后，剩下这样残缺不全的天地。

地铁里满是人，有两个戴着口罩看纸质的书，也有人轻声地说着情话，而在地坛公园里，多是零落的孤独。

也仿佛因为这个园子的清寂，那些鸟儿便喜欢上这里，它们从一棵树上飞到另外一棵树上，又或者飞向院墙外的一棵更高的树。鸟儿们是一句天空写下的诗，当鸟儿们飞远了，那么天空一无所有。仿佛，鸟儿们的自由和我们看到的天空既有关系，又没有关系。

又想起海子的那句诗"天空一无所有，却给我安慰"，没来由地觉得伤感。是的，天空曾经给过海子安慰，可是，此时，面对北京上空的黄沙遍布的天空，我没有觉得安慰，只是觉得狭隘、压抑，甚至呼吸困难。

人必然活在特定的时间和空间里，活在自然里，活在一个行走的空间里，也活在鸟叫声里，或者有限的街道里。人活着的证据很容易梳理，哪怕是一个游客，像我这样，试图逃离我的现实生活，然而，我又会陷入另外的困境。

在地坛里，我陷入生命、泥泞、现实感、意义等一些大词里，我想，这和史铁生先生的那篇文字有关系，我无意进入哲学的层面。我只是想在这个公园里坐一下，听听这个园子里的树，和树上的风声。听听这个园子里的人的脚步声，以及园子外的人第一次进入这里时的惊讶的赞叹声。

从东门进入，一直走，便可以从西门出来。如果走到中间的位置，向南，是祭台和一座宫殿，宫殿里摆放着明清两朝祭祀的一些碑柱。也有一些简单的介绍。比方说，皇帝到地坛来祭祀，从开始祭祀至礼仪结束，要下跪七十余次，磕头两百余下。相当耗费体力。如果皇帝年纪太大，体力不支，也可以让自己的儿子代为行礼。看到这样的介绍，会觉得，每个职业生涯，仿佛都有不为人知的甘与苦，便也有种秘密的欢喜。

那皇祈室的院子里有两株玉兰树开得正浓，背景是朱红色的高墙，用相机取一个景致,便将春天的美截了一段。

我也忍不住拍了几张照片,觉得,地坛除了乌鸦的叫声,便数这两株玉兰树动人了。

在地坛公园里坐着,总觉得从精神上又一次阅读了史铁生,这个在最为青春的年纪失去双腿的年轻人,在地坛里坐了好多年以后,生命得到了升华。我相信,是这个园子里的树,鸟叫声,以及人们的交谈教育了他,打开了他的人生。

而我,在这样一个春天的下午,坐在地坛公园的一把椅子上,虽然,我和当年史铁生看到的是一样的树,听到的是一样的风声,但是,现在,这是我的地坛。这里的每一声鸟叫,每一棵树的摇动,既属于史铁生,也属于我。

我为能分到这样有限的地坛的安静而感到有幸,那雾霾锁住的只有空气,而锁不住春的绿和鸟儿飞翔的影子。这个下午,地坛是我的,而我,也是地坛的一阵风。

三　疾病手记

医生用小手电照进我的嘴里,说,啊一下。我"啊"了一声。
我做得并不好。
小诊所之前的医生是一个男医生,少发,话多。我上次来仿佛也是因为咽喉发炎。那医生滔滔不绝地和我说了很多话,我一句也没有抓到有用的信息。他大致是讲他另外一个病人,也是当扁桃腺发炎来治的,结果久治无效,到他这里三袋药搞定。
别说,他的药有效果。花花绿绿的,开了几包药。我遵医嘱,吃了两天,便痊愈了。

这次的疾病来得突然。想了想,仿佛并没有什么前兆。突然身体懒惰,头沉。才知道有低烧症状,而喉咙的疼痛是随后才有的。
小诊所在小区的马路对面,上面一行字,写着金水×××诊所。然而,诊所开业以后,已经换了两次。现在的小诊所只有一个医生。
有人进来看病,顺便问那个护士,医生说是回家结婚了,便不来了。

开药前,照例要询问病史、年纪以及近期有无饮酒的经历。我想起前两天的下午喝过一杯红酒。那医生便说,头孢不能给你开了。
女医生很细心,开了三天的药,第一天的药中有退烧药,她专门画了一个圈作标志，交代说先喝带圈的三包。

然而，第二天一早，我四肢酸痛，发烧，喉咙像被织上了。最重要的是，意识层面缺少了对万物的兴趣，只想着能躺在那里。

洗漱毕，在床上辗转了很久，我决定去对面的小诊所输液。诊所里有三个人，一个是女医生，另一个听声音便可以知道，是这个诊所的老板。很奇怪，只需要听她的语气，你便可以判断，她在这里的位置，这大概是北方女人才能做出的事情。

女老板偏胖，那胖并非天生，而是日子的富裕养成。不一会儿，她的两个女儿都来到诊所里。一时间热闹极了。

另外一个女病人一边输液，一边开心地和她的闺蜜聊天，讨论衣服的款式，上次出国的见闻以及最近的烦心事。等到两个女儿来到之后，那女病人开始打手机游戏，那音乐有洗脑功能，"要不起，一对二，王炸，哈哈，我赢了"。

女老板的老公一会儿也来了，梳了一个背头，随时准备出轨的样子。当然，我喜欢自己的这种武断。

我要输三瓶液体，每一瓶250毫升。我躺在那里计算一瓶药有多少滴。我算了一下滴液的速度，一分钟应该有80滴，而一瓶药差不多需要一个小时，或者还要多一点时间。那么，一瓶药差不多有五千滴。

临近午饭的时候病人突然多了起来。有一个小女生，在那里一直站着，等到其他病人走了，她才小声地问，她的月经推迟几天，但是有些块状，且发黑，问女医生是怎么一回事儿？女医生问她什么我没有听到，只听她回答了一句，我前几天吃过避孕药了。

医生说，那你还是抽血化验一下吧。

噢，那女生有些犹豫，大概还有一些什么话，一直找不到合适的语言来问，愣了一会儿，走了。女老板在一旁做毒舌评论说，肯定吃到假避孕药了。

我的第三瓶药是中药，所以，要和前两瓶隔开，要先用葡萄糖水冲一会儿药，再往瓶子里加药，结果，这一下，那瓶子里的气不足了。总之，滴得很慢，过一会儿，就不滴了。医生会拿一个针管，将针头拔出来一会儿，往药瓶里充气，才又恢复正常。

我就想，万物的运行原理大抵相同，要有气。

本来以为输液一次就好了，但是那医生说，至少要连续输三天。只好按照她的方案做。想着，明天就晚上来好了。

哪知，今天一早起来，依旧是浑身出汗。最重要的是，当我坐起来，用意识来想象去读书、写字的时候，大脑瞬间模糊。口腔里的苦味让我想起墨水，或者一团泥泞里的鱼，总之思想是糊状的，拒绝对任何积极的东西做出回应。

本来想着先去一趟办公室，将刚买的一套书收了，打开看一眼，哪怕只在书上写下自己的名字，便觉得自己读了一部分。然而不行，我懒得动，上楼下楼都懒得。

只好洗把脸，再去输水。

只有我一个人。一个医生。

诊所里至少有一个小时左右的时间是安静的，我闭上眼睛，一会儿睁开看看液体滴落的速度，一会儿闭上眼睛，想想世俗生活中的琐事。很多烦恼，多是关乎钱、孩子，以及自由度。人生哪有什么大事。

那医生并不热爱看手机，在没有病人的时候，她看向门外的街道。总觉得她是一个了解这条街道的人。

有两个穿着警服的小女生进来，一个带着哭腔说，我刚被撞了，撞的时候并没有事，可是刚才突然眼前一片空白，又想呕吐，会不会有什么大问题。那医生问她现在是不是正常，女警说，现在没有事了。医生说，那就没问题，可能就是被撞之后的应激反应，过一会儿就好了。

然后，陪她一起来的女生一听说没事，急匆匆地走了，剩下那个女警开始重复说明她是如何被撞到的。

旁边一个小饭馆里的服务员过来说买一瓶藿香正气水，说是有一个客人在他们店里晕倒，一会儿客人醒了，让他过来买。医生给他拿了药，然后对他说，你买一块雪糕给他吃。中暑了。

有一个咳嗽的人进来了。说话很有风格，大概是这样的：医生，咳咳，我有点咳咳发炎了咳咳，最近咳咳两天了咳咳都睡咳咳睡不好。

医生建议他输液，他说，哪有时间啊，只有晚上才行，你先给我包点药吧。

医生只好给他取药。

咳嗽的病人虽然说话不便，却又热爱说话，所以，处理他的时间耗时甚久，一会儿，小诊所里竟然排了好几位病人。

这个时候，突然进来一位城管，老人，被晒得很健康，说话的时候，有些字老是跑调，大概是郑州郊区人，不大会使用城市人常用的这些个字眼。他的意思是，你们诊所外面贴的这个对联，还没有撕，要罚款十元。

那医生说，没有通知让我撕过啊，还有，老板不在，等老板来了，你们再找她吧。

这一下，那人果然不再理会了。

我觉得真有趣，这些城管的老人大概也是缺少零用钱了。贴个对联不撕，怎么就罚款十元呢，说出去，真是个笑话。

昨天输液时用的是左手，右手还可以看手机。但已经发现，很不方便。而今天，针扎在右手上，我基本上不再看手机。

不看手机，这个世界上的很多热烈的东西便再也和我没有了关系，这一下，却静极了。

躺在床上的时候，也意识到，要锻炼身体；要多吃素食；要少说话；要学会保持安静，不生气。然而，说是这样说，每一个写作者，几乎都是对抗身体的人。因为有很多作品的确是在和黑夜共谋，才可以完成。

所以，只能说，自然而然吧，希望一切都有好的结果，包括像我们这些与生活为敌的人。

四　路边热烈的事物

晚归，文学院隔壁的院子里有诸多白杨树。风吹来时，杨树的叶片发出刷刷的声音。可以听得见风的方向。是秋天了，白杨树的叶子渐少，风不时会卷下一片叶子，有时候刚好落在我的车上，或者是眼前。夜色已深，我看不清那叶片上有什么样的纹理。一棵树能给我们的东西不多，不过是盛夏的阴凉，秋天的落叶，又或者是三两声鸟鸣。

而风声是白杨树给我的最深刻的印象。它是在演讲吗？我静静地立在那树下，听了一会儿，白杨树关心什么呢？它的爱好是什么？它最失落的时候会做出什么样的事情呢？去年冬天的时候，它的树干上的裂纹是它的表情吗？

叶片与叶片之间的关系，通过风建立起来。它们相互抚摸，又或者相互抛弃。风是杨树的制度吗？这些叶片都遵守风的纪律。风让它们向右边走，它们便要守着规矩。如果有一片叶子逆行，便有可能被风吹下来。

我猜不出，那天晚上，杨树叶子热烈的响声传达了什么。我站在那里很长时间，听到了墙角的虫子鸣叫的声音，在风声中一片叶子跌落在地上的声音，以及杨树在风中舞动时的样子。

它们如此热烈地活着，它们如此有表达的欲望。而可惜的是，很多时候，并没有人听到它们。所以，那天晚上，我回家晚了一些。家人们不知道，我站在杨树下面，听了它们很长时间。

十多年前，我曾在政三街的一家杂志社工作过一阵子。正是盛夏的时候，从花园路骑着自行车左拐，一进入政三街，便立即觉得季节变了。两边的法国梧桐树，将整条街道遮蔽，阴凉极了。那条小路的美好，让我离开那家杂志多年，还常想去走一走。

路边有一家卖煎饼卷菜的小夫妻。两个人供应街边诸多单位的早餐，他们每天早晨卖出多少张煎饼，我不知道。但是，我每天都要看他们夫妻二人的表演。男的摊开煎饼，放入土豆丝、绿豆芽、青椒碎以及黄豆酱。女的撑好了塑料袋，将卷好的煎饼反手一拿，递给顾客的同时，钱也顺手接了。

那时候，没有支付宝和微信，必须找零钱，那女的找钱的速度极快。一只手戴着一次性的手套，另一只手腾出来找钱。男的性子急，有时候女的找钱慢了，男的会嫌弃，嘟囔一句什么，女的用手轻轻蹭一下男的，鼻子里哼一声，既不是厌烦，也不是撒娇，仿佛是一种秘密的联络方式。那男的便会笑一声，继续干活。

一张煎饼卷菜，如果不加鸡蛋，一元钱，一杯豆浆五毛钱。这是 2003 年前后的价格。那对夫妻互相配合的样子，女性待人说话的轻婉，以及看向自己男人的深情，都是我们喜欢买他们夫妻食物的理由。

转眼便过去了十多年，想来，那对年轻的夫妻，应该做了更大的事业。挣了更多的钱，又或者是开了更大的店。然而，他们的青春期，就那样定格在我的印象里。男的干活勤勉的样子，女的温顺的姿势。两个人活在相互关注的努力中，就像街道边两棵在风中摇摆的树一样。他们的热烈都体现在他们干活的时候，是专注的，是想借助于他们所做的事情，来表达自己的。而作为一个路人，我们吃了他们做的食物，感受到了他们的热情，他们的态度。便觉得是美好的。

前几日，和乔叶、张娇去乡下走了走。从一个村庄里出来，路边一个院子外面，几株扁豆开着浓郁的花。那花朵太艳丽了，开在乡间的小路边上，像一句深情的歌声。

　　这样偏僻的村庄，这样丰硕的开放，便有了一种孤独感。两位女士下车和鲜花合影，我透过车窗看这些花，觉得看到了花的心事。我深信每一朵花的前世都是一个有故事的女人，它们在光里在风里。花应该属于一个更为秘密的空间，花差不多是对养育它的主人的注释。陶渊明爱菊，唐人爱牡丹，宋人喜欢梅花。而乡间的农民，大多只喜欢果实，花朵并不重要。所以，这样热烈的开放，和几株供乡下做炒菜的扁豆联系在一起，我们不由得觉得长了见识。原来，这世间，花的热烈，不只是精心培育的牡丹和兰花，还有这乡间的农作物，也如此感情丰富。

　　离开这几株扁豆花，我想，这些扁豆的主人，应该是丈夫外出打工的寂寞女人。她们就像这几株扁豆一样，就在无边而庞大的夜色里居住。那么多的时间，那么多的孤独，无从打发，不如就开几朵艳丽的花，好让这世间的光，和蜜蜂以及鸟叫声，来打量一下。

　　说到底，所有的热烈，背后都是更深的孤独。那些在夜色中被风吹得刷刷响的白杨树，那一对从酷暑到寒冬都忙碌不堪的夫妻，以及我们在乡间偶遇的几株扁豆。他们的热烈是他们的说明书，而我们只是刚刚好路过他们的人。如果我们发现的，是他们的孤独，他们就会更加孤独。如果我们发现的，是他们的幸福，那么，他们便会更加幸福。

　　世间的事，大多是相似的，只有孤独的人，才会发现孤独。同样，也只有幸福的人，才会看到幸福。

原载《芒种》2020年第1期

寻纸记

周华诚

一页纸，在光线下显出温柔的质地。

我与它相见，是在浙江西部一个叫开化的山城，清婉的马金溪的旁边，一座有古老樟树的村庄里。我特意到那里去看纸。

也许是天然对纸有一种亲近吧，我去过很多地方，只要听说有手工纸，都会去找一找，看看造纸的手艺，聊聊纸的故事。听说开化有一种极为特殊的手工纸，便忍不住按图索骥地寻去了。

是在盛夏——阳光热烈，到老樟树底下路口右拐，看到一个院子。遂叩门。木门"吱呀"一声打开，小院子里铺了一地阳光！

定睛细看才发现，那是一地的纸。

纸上，盛满了灿烂的阳光。

到开化访纸，访的不是普通的纸，而是一种珍贵的"桃花笺"。

"开化纸系明代纸名，又称开花纸、桃花笺。原产于浙江开化县，系用桑皮和楮皮或三桠皮混合为原料，经漂白后抄造而成。纸质细腻，洁白光润，帘纹不明显，纸薄而韧性好。可供印刷、书画或高级包装之用。清代的康、乾年间，内府和武英殿所刻印图书，多用此纸，一时传为美谈……"

去年，我买了一本定价高昂的书《中国古纸谱》，是我所有藏书中最贵的一本——其中就提到了"开化纸"。

我们现在，还能遇到这种纸吗？

不不不。"开化纸"早就失传了。它只存在于典籍中。

"'开化纸'原产地在浙江省开化县，史称'藤纸'，其工艺源于唐宋，至明清时期趋于纯熟，是清代最名贵的宫廷御用纸，举世闻名的《四库全书》就是用它印刷的，其质地细腻洁白，有韧性。然而由于种种原因，开化纸已失传消逝百余年……"

纸的种类有很多。造纸的原料、工艺，也很多。譬如说，楮皮纸的纤维较长，自古以来常用于书画创作。楮皮纸也比较坚韧，书画作品可以长久保存，而当人们修复古籍、书画时，也往往会用到楮皮纸。

我的同学丹玲，在她的文章《村庄旁边的补白》里，写了她故乡贵州印江一群造纸的人。这使得我对那个村庄里的人充满探究之心。后来，丹玲专门从合水镇，千里迢迢地寄了一些手工纸给我。

那纸真好，坚韧绵实，细腻白泽，折一折也不起皱纹。我舍不得用。

我还曾买过四川夹江的竹纸。有一年，我从网上买了一大摞，是从四川夹江县寄出的。堆在书房里，有竹料腌塘的气味。

还有一次，我在日本京都买到一些精美的笺纸。后来也舍不得用。如先贤所说，越美丽的纸，越不敢草率使用。有些漂亮的信纸，一直保留着，随着时间的流逝，竟染上些寂寥的色调了。

木门开处，黄宏健蹲在地上，他手里举着一张纸，逆着阳光的方向眯眼细看。阳光洒了他一身。

举着一张纸，像举着……什么呢，手帕？经文？我形容不好。只觉得眼前这个人如痴如醉。

他在读什么呢？

那不过是一页白纸，上面什么都没有。

有时候我会想，当一个人沉醉于某人、某事或某物时，一定是世界上最幸福的。

我看着黄宏健读白纸，觉得这不是一个平常人。平常人哪里会这样痴呢？他在白纸上，于无声处，是要读出惊雷的。

曾经怎么着他也算是小镇上的有为青年吧——敢想敢闯，脑子活络，做什么都做得风生水起。比方说吧，十年前，他在开饭店；再往前，他打井；再往前，他开过服装店，开过货车跑过长途，也下苏州办过家具厂——哪里就跟纸有关呢？

他甚至连"开化纸"也没有听说过——什么开化纸？什么桃花笺？

他开的小饭店，在小镇上还有些名气，菜烧得入味。不知道哪天，有一群人在饭桌上聊到纸。黄宏健年轻呀，跟谁都能打交道，都能聊得起来。他烧完了菜，从后厨出来，解下围裙，客人叫他坐下，喝杯酒，他便坐下了。小饭店总是这样，来来去去，都是些熟面孔。两杯啤酒下肚，黄宏健听人说"开化纸"，颇不以为然：开化以前还造纸吗？

人家说，这你不知道了吧，"开化纸"，搁在从前那是国宝啊！

国宝？黄宏健一听来了兴致，这么好的东西，现在呢，还有吗？

人家摇头：没了。

可惜。

不仅没了，连一个懂行的师傅都找不到——这个绝活，失传了！

就这么随随便便问了一句，没有人能想到，许多年后，黄宏健却埋头走上了寻纸的道路。

这是一条几乎没有人走的路啊。你傻呀——这是一条孤独者的路。风雨交加，泥泞不堪，你踽踽独行，你的前面你的后面，都没有一个人。

黄宏健哪里懂得造纸呢？人家笑他，你又不是个读书人。书没读过几页，纸也没摸过几张，你要学造纸干什么。

不如你找点擅长的事情做吧——人家说，你卖鞋、搞水电、钻井、开饭店，不是都很精通吗，做自己擅长的事才能挣钱，千万别去折腾什么纸了！

但是，当一个人想要做一件事的时候，没有什么可以拦得住他。

黄宏健的小饭店，跟别人不一样，他的小饭店里常有些文人来，文人来了就写字画画。自从听人说过开化纸的事，黄宏健就着了魔，异想天开，想学造纸。

造纸还不简单吗？把稻草竹浆捣碎，沥干，就是纸。从前外婆带他认过一些草药植物，他从小也在山野中长大，造纸还有比炒菜开店更难的吗？

他把小饭店交给妻子打理了，自己东奔西跑，走上了造纸之路。邻县邻省，只要听说哪里有造纸的作坊，哪里有懂得造纸手艺的老人家，他都去拜访；甚至听说哪里人家祖上造过纸的，他也会辗转寻去，跟人聊聊。

方圆两百公里内，只要跟纸有关，他都跑遍了。

回到家，他就窝在角落里搞科学实验。

他的科研器具，是一口高压锅。

小饭店不是还开着吗——他有时躲进后厨，一口锅里炖着鸡，另一口锅里煮着纸。

那时，他不知道这条路有多难。他只是满腔热情，一怀兴奋。他要早知道造纸那么难，水有那么深，估计他早就不肯玩下去了。

比什么跑运输、做地质勘探、打井、做厨师都难！难上一千倍、一万倍！

有一次，他去了省城，到浙江省图书馆查书。他想看看用"开化纸"印的古书是什么样子。书调出来，他一看，好似当头泼了一盆冷水，浑身冰凉。

他这才知道，自己造的那是什么纸呀，手纸还差不多。从前的"开化纸"什么样？你看一看，摸一摸，就知道了，什么才是国宝！

要换了别人，一定放弃了。

但黄宏健这人"轴"啊。他觉得，他造纸，可能是命中注定的。否则，他小饭店开得好好的，怎么突然就对造纸这件事痴迷了呢？

从图书馆回来，他居然搬回来不少书——《植物纤维化学》《制浆工艺学》《造纸原理与工程》《高分子化学》等等，还有砖头一样又厚又沉的县志、市志。

为了一门心思造纸，他一冲动，把饭店关了。

他想，人家蔡伦能发明纸，他怎么就不能造出"开化纸"呢？

2013年，他进山研纸。

为什么要进山，是因为家里地方小，摆不开摊子。他在山里整出个地方来，有个腾挪空间。

结果，没成想，光是造纸这件事，一年就给他花掉了三四十万元钱。

这是他没有想到的。造个纸，怎么那么费钱？能不费嘛，全国各地奔来跑去，看人家怎么造纸，听人家讲故事，也去拜望专家，上北京下广州，能跑的地方都去了。

造纸这个事，了解越多，研究越深，他越觉压力大，差距大，造出"开化纸"几乎还是遥不可及。

黄宏健迁居山中的地方，离村子三公里路，算是远离了人间烟火。夫妻两个人进了山，村民都说这两人是傻了，有钱不好好挣，不是傻吗？

傻就傻吧，他们不怕别人说闲话。就是屡试屡败、屡试屡败，让人看不到出路。

夜深人静，黄宏健扪心自问，早知道造个纸都这么难，他一定不会来蹚这浑水。你看他现在，每天做什么——去山上砍柴，弄材料，打成浆，或者放进锅里煮，然后捞出来，在脸盆里晾干。他天天跟树皮、藤条、草茎子打交道，也不知道这事靠不靠谱。

最艰难的时候，他也想放弃。

半夜里，看见天上的月亮，在山里特别宁静。他慢慢地觉得心静下来，不那么急躁了。他想到，或者是某一种力量驱使他来做这件事的，这么一想，他也觉得生活好像没那么苦了。

"开化纸"到底有多神秘？

有人认为，"'开化纸'，几乎代表了中国手工造纸工艺的高度"。

这句话也不是平白空口说说的。近代藏书家周叔弢就认为，乾隆朝的"开化纸"，是古代造纸艺术的"顶峰"。在古典文献领域，"开化纸"是一个极常见的概念，因许多精美殿版古籍的介绍资料中，常能看到"开化纸精印"这样的描述。

"蔓衍空山与葛邻，相逢蔡仲发精神。金溪一夜捣成雪，玉版新添席上珍。"

这首《藤纸》诗，是清代诗人姚夔描写"开化纸"的。

商务印书馆董事长张元济，在1940年3月的一篇文章中不无遗憾地写道："昔日开化纸精洁美好，无与伦比，今开化所造纸，皆粗劣用以糊雨伞矣。"

"开化纸"失传已逾百年，加上古时"开化纸"的制作技法从未在文献中记载流传过，所有的工艺只靠历代的纸匠口耳相传，秘不示人。所以，想要恢复"开化纸"，其难度真不亚于登蜀道。

在山里的那些个夜晚，隐于山间的黄宏健到底是如何挨过一个个不眠之夜的，我们已无从得知。唯有山野的清寂、蛙鸣、夜鸟的悠远啼叫，一波又一波地涌进简陋的房间。

直到一种植物"荛花"的出现。

在寻访中，黄宏健得知，从古代一直延续至上世纪八十年代初期，在开化及广信府（主要是江西省上饶市的广信区、玉山县）地区，每年有采剥"荛花"、官方采购的惯例。

"荛花"是什么？继续探究，发现"荛花"是开化土称"弯弯皮""山棉皮"，玉山土称"石谷皮"的一种植物。老人们口传是用于造银票的，后来用来造钞票。

黄宏健于是按浙江、江西的中草药词典，查到这种植物的学名——荛花，顺势开展种类、储量、分布、习性等的调查。

经过多年的田野调查和反复试验，黄宏健渐渐厘清了"开化纸"的原料构成和制作流程。北江荛花，这种在高山上广泛分布的植物，正是"开化纸"的主要原料，而且荛花有一定的毒性，用其制成的纸可防虫蛀，千年不坏。

山重水复疑无路，柳暗花明又一村。

2014年深秋，黄宏健写下一首诗："世闻后主名，未谙南唐笺。纸里见真义，欲辩已无言。"

有人跑去深山里看他。在那幢深居山中的土房前，黄宏健眼里的期盼，令人过目难忘。

终于，独行者不再孤独。2013年11月，由黄宏健、孙红旗等人发起成立的开化纸传统技艺研究中心,获批成为开化县民办非企业单位,获得了县委、县政府的支持。

2015年7月,心系中华古籍保护事业的中国科学院院士、复旦大学原校长杨玉良,出任开化纸传统技艺研究中心高级顾问,着手组建院士工作站。

在开化山城行走,我有时不免会惊讶,觉得这座小小的山城,为何藏了许许多多的传奇。

在乡野,在市井,一张迎面而来、神情淡然的面孔背后,说不定就有着非凡的经历与故事。

有一次,黄宏健终于进入国家图书馆专藏室,与文津阁版《四库全书》相见。戴上手套,他摩挲着用开化纸印成的古籍,一时之间,百味杂陈。

这是黄宏健没有想过的事。他也没有想过,院士杨玉良也会来帮他。杨玉良,当选中国科学院院士十四年,从不在社会上兼职。但为了恢复"开化纸",这位复旦大学老校长破了例。

多年前,杨院士去欧洲著名的图书馆参观,发现其使用的古籍修复用纸,都为日本制造。而中国作为发明造纸术的国度,却拿不出国际上公认的古籍修复纸。

古籍的修复,已是一件刻不容缓的事。

国家图书馆副馆长、国家古籍保护中心副主任张志清表示,目前普查发现,我国现存的古籍约五千万册,其中有一千五百万册古籍在加速氧化、酸化,出现损坏,亟待修复,古籍保护事业时不我待。

要修复中华古籍,就要用中国最好的传统手工纸。这样的手工纸到哪里去寻?

"开化纸"!

我时常会记起,去年夏天我推开小院木门的情景。

"吱呀"一声,木门开处,一地阳光。原来,是一页页的纸,盛满了明媚的阳光。

小院内,有一座不大的展厅,展厅里陈列着几件宝贝。黄宏健领着我一边观看,一边解说。

"院士工作站"启动之后,"开化纸"的复兴,有了重大进展。

科技的力量,为"开化纸"的复兴插上翅膀。皮料打浆工艺、漂白工艺得到创新、改良,设备也得以提升,工作效率也更高了。终于,黄宏健他们研制出来的纸张成品,越来越接近"开化纸"的古纸。

此外,纸浆除杂、簾纹攻克——这两道造纸过程中最复杂的技术难题,在杨院士的指导下也迎刃而解。

2017年,在"开化纸"国际研讨会上,专家依据最新检测的纸样认为,复原的纯荛花"开化纸",寿命可达两千八百二十五年!

纸寿千年,这是一页纸,所能盛载的所有荣光。

随后,国家图书馆、浙江省图书馆纷纷伸出援手——有意采用"开化纸"用于古籍修复。

专家说,这才是"开化纸"应该有的样子。

纸是什么?

纸是用来写字的吗?是用来传承文化的?还是用来接续文明的?

而如果没有与一页纸相遇,青年农民黄宏健应该还会继续开饭店,或者打井。

他时常会记起自己隐居在山中的那几年。他觉得那几年,自己的一生也像一页白纸,那么干净,那么纯粹。

尽管,那几年是他一生中最孤独的时刻。

我想,每个人的一生中,都有一个或几个这样的"孤独时刻"。怎么度过它,则成就了不同的人生。

因此,关于黄宏健的那几年,或者我们也可以这样说——

有时候,是一个人造出一页纸;

有时候,是一页纸照亮一个人。

原载 2019 年 6 月 8 日《人民日报》

手握苍耳

刘星元

（一）

已经是两年前的事了。

两年前，我去野地里溜达了一圈儿，带回来几枚苍耳子。这是野地里一种极为普通的植物果实，躯体呈枣核状，枣核上密密麻麻长着一层尖锐的钩刺，就像是缩小了无数倍的刺猬。其实我也不是刻意要把它们带回来的，这些小东西，比那些调皮的小孩子更机灵、更粘人。在你不经意间，它们就悄悄爬上了你的裤腿，牢牢抓住了你的步伐，你向哪儿去，它们就跟着你去向哪儿。

蹲在阳台上，一枚一枚，小心择净。这时候千万不能与它们置气，发起火来，它们也是暴脾气，你恶狠狠地对它们一捏，它们就会同样恶狠狠地咬上你一口，吃亏的还是你自己。但它们实在是抓得太牢了，以至于你摘取它们的时候，会不小心把裤子上的线条拉出来。和那些洁净的、与世无争的植物种子相比，这些小东西也太能折腾了，原本只是萍水相逢，可它们偏要托付终身，一念及此，就觉得这事儿有点儿大了，大得你都不好意思辜负人家的重托，毕竟，于你或许只是举手之劳，于它们却是关乎生存和繁衍的终身大事。

原本是想留下它们来的。"采采卷耳，不盈顷筐；嗟我怀人，寘彼周行。"卷耳者，苍耳也。《诗经》里反复吟诵的东西，对于一个附庸风雅的人来说，真是再好不过了。试想一下，在某座鲁南小县城的某个角落，左手携一部《诗经》，右手握几枚《诗经》里反复吟唱的植物种子，并于此中设想自己就是那被人怀念的远行之人，看春风拂过那个采摘卷耳的女子，拂过她的发、她的衫以及她因思念而渐渐消瘦的倩影——这是一次多么美妙的隔着三千年时光的相遇。但我最终放弃了这种想法。尽管《诗经》以卷耳之名留下了这种植物的美好，尽管读这首诗的时候，我能感受到汉字里面所散发出的乡野的气息，但是，恕我直言，我感受不到那两个字之于一种植物的贴切度。至少，对我而言，它们呈现出的是一种发迹之后的隔膜。

苍耳子在本地方言中却给我带来截然不同的感受,这感受让我得以与它们呈现出一种贴心贴肺的状态,呈现出一种尊重它们自己的命运的状态。我发现,有时候,方言的准确性,书面语永远都无法抵达。譬如此刻,我在纸上写下的是"苍耳子",而在心中,它的名字却是"粘枪子"。"粘枪子",多贴切的名字。"卷耳"或"苍耳"之名可以附加到任何草木之上,但"粘枪子"之名,唯有这一种植物才有资格独享。那小小的颗粒,像原野在暗处射向你的一枚温柔的子弹,您未经生命灭顶之厄,却已受衣衫微恙之伤。

在我们的世界里,识人不淑总归是大忌。如果苍耳也有一种种类世界的独特感应,那么它们应该能觉察到,它们恐怕也未能选对人——我手握着苍耳子走下楼去,想在小区周围找一处有泥土的地方抛下,却怎么也找不到。它们将自己以及它们子孙的繁盛交付与我,而我却只能把它们带到这座小县城,让它们在绝育中,在与时光的拉锯中,慢慢干瘪,慢慢老去,最终为尘为土。

奇妙的是,人和物有时候会发生一丁点儿绝妙的说不清道不明的牵连,不知道苍耳界把这种心思称作什么,而在我——一个混迹于县城里的乡下人,我隐隐感受到,这或许就是"感同身受"。想着这里,我竟有些舍不得这些苍耳子了,舍不得让这些无辜的小生灵毙命于水泥之上车轮的碾压或自然的碳化。握着它,握着它那些尖利的钩刺,心生怜悯的我转身回到了钢筋混凝土的房子里,把它们放在一个玻璃瓶子里。

书案上,阳光下,我日日与那些苍耳子对视。我们在漫长的时光中用钩刺和锐角打磨着彼此,我们开始越来越圆滑,像这个世界给我们呈现出的某种现实状态。

(二)

倘若时光倒退二十年,倒退到我还只是一个十来岁的孩子的年纪,我绝对不会为这些苍耳的归宿发愁。那时候,苍耳是有翅膀的,很多很多的翅膀,每一种翅膀都能带着它们到达想要到达之处。

野风是它们的翅膀。这世间的很多事情都是躲着我们完成的,世间万物,对人类有着莫名的警惕。就像风一遍遍吹过原野,在我们看来,它其实并没有改变什么,实际上,它已完成了许多重要的事情,而把苍耳子从一个地方搬运到另一个地方,只是它们众多伟大使命中,极微不足道的一件。苍耳虽轻,但风也不强。风一吹,它们就从苍耳母亲的枝叶间滚了下来,滚到了泥土之上、草丛之中。风再吹,它们就再滚动几下。因为钩刺的缘故,苍耳子的脚其实是不适合行走的,但就是这么一天走一点儿，时间长了，竟然也能爬过了坡，越过了沟，直到有一天，它们不想走了，告诉风，风就让它们停下，请尘土将它们温柔地覆盖，等待春天的降临。有的时候，这一株苍耳母亲和那一株苍耳母亲之间有着更为深思熟虑的考量。明面上，就像是一种礼节，它们会借助风，相互交换自己的子嗣：让你的儿子来我这里，让我的儿子去你那里。暗地里，这或许是一种不动声色的攻伐，它们要借用自己的子嗣，占领这辽阔的野地。

　　动物是它们的翅膀。黄鼠狼、野兔、獾……这些平日里难得一见的小兽，躲在田野里的某处洞穴，觅食一些生灵，也被另一些生灵觅食。它们熟悉野地里的任何一种植物，而苍耳和苍耳子，也只是其中既不高贵也不卑贱的一种。他们在野地里穿梭的时候，总会有几枚苍耳子开口请求带上它们赶路。所谓的"人面兽心"或"兽性大发"，更多的是我们站在自己的角度对世界偏颇的评判。在野生动物和植物的世界里，或许未必如此。以苍耳子为例，有多少苍耳子是借助这些为我们所不齿的小兽，到达了自己作为一枚种子的归宿和作为一名母亲的最初？面对同类相伐的我们，它们的异类相濡，难道不值得我们敬畏和羞愧？

　　人也是它们的翅膀。那些苍耳子的机灵，说到底，只是单纯的机灵，它们不晓得人心的凶险，看见可以捎带它们一程的人，就放松了警惕，从枝头上一跳，就跳到了人的衣服上。还有一些，它们还没有准备好向自己的母亲和姐妹道个别，就被我们一把揪了下来。我们手握苍耳，向着自己的玩伴身上投，向着家畜的身上撒。最缺德的一次，我撒到了班长赵晓丽的头发上。起因是赵晓丽向老师打小报告，说我没完成家庭作业，害得我被老师罚站了两节课。苍耳子粘上赵晓丽的头发，赵晓丽用手慌乱地去扯，苍耳子和她，两种力相互掣肘，牢牢抓住她的头发，结果越扯越乱，直至把头发装扮成了鸟窝。忍不住疼痛和羞辱的赵晓丽一边哭一边顶着"鸟窝"又去找老师打小报告，那一次，我又被罚站了两节课，屁股还光荣地享受到老师的大鞋底。

　　然而，我以上所述的这些苍耳子飞得都还不算远，顶多是从这个地方移动到那个地方。我们常说五里不同风、十里不同俗，如果苍耳界也用这个尺度来划分，那么，它们的行程，远未到达风俗以外。除了那一枚心怀大志的苍耳子。

　　那是一枚粘在杨田江身上的苍耳子。在我们村，杨田江是个能人，他小的时候读到初中，之后又在外面晃荡过几年，见过我们村其他人没有见过的大世面。他还是我们村第一个买摩托车的人，那些年，常能看见杨田江骑着他的摩托车从村里唯一一条通往外界的泥土路上飞驰而来又飞驰而去。每次远远看见他和他的宝贝摩托车，我们就在路边一字排开，等他过去之后，使劲儿吸着鼻子，闻他摩托车上卸下的好闻的汽油味儿。摩托车排出的烟雾和摩托经过时扰动的尘埃一起舞蹈，真让人爱恨交织。这种感觉让我想到了卢丽丽：我只是没来由地想送给坐在我前排的卢丽丽一根红头绳儿，却最终变成狠狠地揪了一把她发黄的小马尾辫儿。这种感觉也让我想到了徐莹丽：我只是没来由地想把一只彩蝴蝶放在我的同桌徐莹丽的文具盒里，却最终变成了一只吓得她哭了一下午的小蛤蟆。

还是接着说杨田江吧。有了摩托车的杨田江，做起了走街串巷收购古物的活计。倒也说不上什么买卖，都是乡里乡亲的，况且也都不知道那些旧物的价值，看中了就拿走，要不然，留着那些碍手碍脚碍眼的破烂玩意儿顶啥用呢。杨田江骑着他的摩托车到处转悠，看到谢满仓老宅墙根下那些不起眼的瓶瓶罐罐，递上一支过滤嘴，拿走；看上邱季安大伯家猪圈里的那块有人有兽的石碑，搭上几句软和话儿，拿走；看上王永福舅老爷家一件烧火用的铜炉子，割上两斤肥油油的猪肉，拿走。至于那些铜钱、铁匕、像章、旧书，更是不在话下。那两年，杨田江硬是靠着这些村里人眼中不中用的东西，成了气候。等村里人咂摸出味儿来时，家中古物已几无所剩。

也是在那几年，杨田江开始往返于县城和我乡。他把从我乡拿走的古物在县城换了钱，又用那些钱买些县城里的稀罕物，再回我乡出售。有一次，杨田江挣了钱，索性就在县城的天运商城给自己换了一身新行头，从我们村穿走的那一套衣服，就这样永远地留在了县城的小旅馆。而那枚与众不同的苍耳子，就是那一次他去县城的时候粘到身上的。那枚苍耳子和它的另外几枚姐妹，随着杨田江身体的颠簸，过巷过街过村过镇；随着大地的起伏，过河过岭过林过野。肯定有一些抓不住自己命运的苍耳子提前掉落于地上。掉在路上的苍耳子，被人踩车碾，与泥土混为一体；掉在路旁的苍耳子，则会落地生根，孤独生长。但我知道，总有那么一枚苍耳子，它冲破种种艰辛磨难，比我早十多年到达了县城。

在人间，拥有太多悲剧式的英雄了，他们曾取得过常人无法取得的成就，活在史书上、戏剧里、民间故事中。然而，作为被"悲剧"二字围困的人物，他们又是那么的可怜、可叹。作为第一个来往穿梭于我村和县城的人，杨田江就是这么一个悲剧人物，就在事业如日中天的时候，他却在县城被一辆吉普车撞倒了。你知道的，那时候能够坐上汽车的人物和杨田江根本就不在一个层面，这样的差距注定要让这件事儿不了了之。那场没说法的车祸生硬地掰折了杨田江命运的走向，他瘫痪了，家境从此一蹶不振。

倘若苍耳的世界和人世有什么共同之处，我是不是可以这样想——被杨田江带去县城的苍耳子和其他苍耳子注定不同，它也见识了大世面，领略了其他苍耳子没能领略到的风景。但它的最终也是和杨田江一样的,它是苍耳界的悲剧英雄,他被杨田江遗弃在了县城,遗弃在了钢筋水泥间,心怀繁衍子嗣的使命,却无力开枝散叶。或许,苍耳界至今还在流传着关于它的故事,风吹过我乡的原野,那么多的苍耳子在植被上醒来,它们一代代口耳相传的仍是那枚了不起的苍耳子,传说里,它利用一具叫作杨田江的翅膀,攻进了一片了不起的遥远国度,在那里自立为王。在我乡,那些刚刚果实饱满、钩刺尖锐的苍耳子,它们怀揣着这个美好的故事,希望有一天,也能有一对这样的翅膀,带着它们去往比地平线更为遥远的远方,并在那里落地生根,枝繁叶茂,子嗣庞大。它们希望自己最终也能活成故事,活成一位被后世的苍耳子津津乐道了多少辈的英雄。

（三）

一入秋,祖父的鼻炎就复发了。鼻子不通气,流鼻涕,闻不得味儿重的食物,有时候,正吃着饭,来不及转身,没有先兆地打了个喷嚏,一桌子饭就都废了。因为鼻腔呼吸不畅,他只好借助嘴巴呼吸,嘴巴呼吸起来,就像一架破风箱在那里嗤嗤作响。

出村东北方向,七里之外有个王大夫庄,依村名看,这村在古时似乎出过什么身居庙堂的官员或悬壶济世的医者,但现今已不可考。古时且不论,今世倒确实出过一位名闻两县交界处的老中医李子鹤。李子鹤先生的生平传奇很多,即使在他已故去多年的今天,乡们仍津津乐道,儿孙们也以他为荣,倘若有机缘,我倒是很想写一写他。但是在这里,我且略去不表,只专心讲一讲他给祖父写的那一副偏方:香油滚苍耳。

那一副方子的原料很简单:香油和苍耳。煎制过程也简单:将香油倒入铜勺内,加热至滚烫,然后将洗净、晾干的苍耳子撒入勺子内的香油里,滚油攻入苍耳子体内,将苍耳子体内的药性逼出来,然后撤火即可。熬药的时候,药香和油香交织在一起,从小屋蔓延到小院,从小院蔓延到街道,从街道蔓延到高空,引得麻雀在那香风里来回穿梭,急得叽叽喳喳,却终无所获。我却是有所获的,每次煎药前,祖母都会从小油瓶里取一点儿香油,用筷子蘸一点儿,放在我的舌头上,唤我一声"小馋猫儿",我立马就吧嗒起了嘴巴。舌头滑,香油却比舌头更滑,两种滑在一起溜达,那种满足和舒适感,就像是谁把我抛向了软绵绵的草垛,抛上了轻飘飘的云朵。

我喜欢蹲在祖母背后,看着她给祖父煎制这味药。苍耳子在滚油的熬煎中炸裂开来，祖母将柴火抽走，等锅冷却，然后将香油倒入玻璃小药瓶内，在瓶与盖之间，是一层隔绝空气的塑料薄膜。隔着玻璃，那些已经焦了头烂了额的苍耳子缓慢地沉下去，上清下浊，清与浊之间，那些更为细碎的颗粒静止不动，仿佛困在瓶中的一缕烟儿，飘着飘着就没有劲儿了，为了保存体力，它们选择像动物一样休眠。召唤它们的春天当然是在我手上，我手欠，趁着祖父和祖母不注意，就手握玻璃药瓶，使劲儿摇上几摇，玻璃瓶中的世界便立刻地覆天翻，混沌一片，犹如我们这个瓶外世界的最初。

我也喜欢看祖父用这味药医治鼻炎的样子。没有医用棉棒，祖父就用草梗。祖父把草梗折成两寸长短，在头上缠一点儿晒在院里的棉花，擦一点儿兰陵大曲消毒，然后将棉棒探入苍耳香油中，本来轻软的棉花，立刻就滋润起来，像一个潦倒已久的人忽然发迹了。祖父手执棉棒，向着鼻孔探去，像草戏班子唱的吃多了败仗的司马懿一样，不敢冒进，探一探就退一退，再探一探就再退一退。他已经够小心翼翼的了，可还是会不时拧一拧眉头，呲一呲牙齿，咧一咧嘴巴。因为疼痛和疼痛带来的慌乱，他的手开始不由自主地颤抖，他的手一颤，眉头就再拧一下，牙齿就再呲一下，嘴巴就再咧一下。等他将药汁涂抹完毕，我总能看到他的眼角纹间，有一滴晶莹的与他的年纪不相符的液体含而未流，在阳光的照射下异常清晰。后来，我曾观看过许多表现疼痛的电影桥段，但都没有祖父的表情更为细微、贴切、生动。

祖母郑重其事地交给我一项任务：捡苍耳子。嗨，这算得上什么任务呢？在我们这儿，苍耳子哪里还用刻意去野地里寻找。从我就读的馆里小学到我家，从我最好的同学吴超超家到我家，从我们家的金银花地里到我家，沿途所过之处，哪处没有生长得旺盛、恣肆的苍耳呢。都是半大的孩子，一心一意地只想着玩，直到玩野了，玩疯了，玩够了，这才想起祖母的"重托"，想起了也不慌张，就将手探到路边绿色植物的枝桠间一捋，看都不看，一准儿是一大把苍耳子。想不起来也没有关系，快到家门前，将粘在衣服上的苍耳子摘下来，一摘也是一小把儿。

祖母在窗台上放置了一件陶瓶。陶是红陶，陶身抹了一层薄薄的黑釉，显得既古怪又古气，既普通又沉稳。陶身之上是陶盖，它用自己的身体诠释着一件器物守口如瓶的奥妙。无数个黄昏，我们来到窗台下方，踮起脚尖，一只手将陶盖移开，另一只手将握着的苍耳子抛下。那些带着密密麻麻的钩刺的苍耳子顶多在瓶底蹦跳两下，就静止不动了。我太矮，当然看不见，但我能从它们的脚步与陶器身体摩擦的声音中，感受到它们的绝望。它们被困在一个小小的与大地截然不同的世界里，以一味药物的身份提前预知了自己的死亡。

所谓的人不畏死,往往指的是那些突如其来的灾祸,在这样的灾祸面前,我们除了脑中一片空白,什么都没有。但是人对自己能预知到的死亡,确实充满着恐惧。我曾见过一些预知了死亡的人——在医院里,他们拿着化验单,拿着自己的判决书,他们的世界已经崩塌,已经没有了疼痛、悲伤,有的只是绝望。那些人当然不会对你说出"绝望"二字来,但你依然能从他们的神态中体会到,除了这个词,你找不到更贴切的词来包裹那个人传递给整个世界的信息。如果苍耳子也有意识,它们也会作此感想吧。幸好我不是苍耳子,幸好我那时候也不懂得如何解读苍耳子。

就这样,我们依然捡拾着苍耳子,希望用苍耳子排兵布阵,打得祖父的疾病落花流水。捡着捡着我们就长大了,祖父和祖母也更老了。新的病痛攀上了他们的身体,像海誓山盟的恋人,对他们不离不弃。

如果还有什么值得欣慰的事儿,那也只能是祖父的鼻炎了。可能是偏方的缘故,祖父的鼻炎不再作祟了,我们也不用再去捡拾苍耳子了。但随着我们的脚步,仍会有苍耳子来到小院。被我们无意之中带来的苍耳子,潜伏在墙角边、屋檐下,似乎是想用植物的繁茂,来淡化时光的垂垂老矣;又似乎是想用植物的蔓延,来吞噬祖父和祖母的气息。

(四)

后来,我在本县一所偏远的农村小学开始了教书生涯。二年级上学期的时候,某个上午,我带着学生学习语文课本上的一首歌谣。其中有一节:

> 苍耳妈妈有个好办法
> 她给孩子穿上带刺的铠甲
> 只要挂住动物的皮毛
> 孩子们就能去田野、山洼

课本上的插图里,一只毛茸茸的兔子从一株硕大的苍耳下跑过,身上零零散散挂着几枚苍耳子。这几句话和这一张图,一下子就击中了我的记忆闸门,那些关于苍耳子的旧事就喷涌而来了。

虽然我所任教的地方是农村学校,但我依然感受到了这些野地上的生灵与孩子们之间的隔阂。现在的孩子已经不是我们那时候的孩子了,他们不认识什么是苍耳,不认识在他们生活的轨迹里那些随处可见的植物。课本上的苍耳子是儿童画,太抽象了，不能给孩子们以帮助，我只能从网络上下载苍耳和苍耳子清晰的图片给孩子们看。那节课，我临时改变了主意，把一节语文课，上成了植物知识课，每个孩子都踊跃地举手说着自己认识或听说过的植物，于是，鬼圪针、姜姜菜、扫帚草、猪耳朵、狗奶子、剪子股、水牛瓢、婆婆丁、刺刺秧、鸡毛翎子、马不蛋儿……这些方言中带着泥土气息的名字就在教室里蔓延开来。

故事还远未结束。第二天刚走进教室，有个坐在后排的女生胆怯地走到我面前，她在我面前站定，缓慢地打开了自己紧紧攥住的拳头。她说：老师，你看。

是一枚苍耳子。小小的苍耳子身体上那些原本坚硬的钩刺，已经被汗水浸湿浸软了。小女孩被尖刺摩擦过的红红的小手可以证明，就在不久之前，那枚苍耳子还是坚硬的、锐利的、霸道的。一枚苍耳子将自己坚硬的躯体交给了一具柔弱的躯体，这也是一种托付吧。它躺在她的手心，自己坚硬的外表和内心被她微微出汗的手掌逐渐软化，却仍刺得我的心痒痒的。不得不承认，自从做了教师，我似乎开始为那些微不足道的小事感动了。

站在讲台上，我愣了好久。回过神来，我小心翼翼地从女孩手里拿过那枚苍耳子，绕着教室给学生们看。回到讲台，我给他们表演苍耳子是如何粘人粘物的。我把苍耳按在自己的衣服上，手一抽，苍耳子就掉了。再按，再掉。我有些耳臊，孩子们却异口同声地为我不成功的表演辩解。他们说：老师，一定是这枚苍耳子软了，等下午我拿一枚来，一定可以的。

下午上课之前，学生们像一个个小特务，神秘兮兮地走进我的办公室。他们把一只只小手摊开，一枚枚精致的、独一无二的苍耳子就跳了出来，大的小的，圆的尖的，灰的绿的，加上那名小女孩拿来的那枚，数了数，一共是四十四枚。四十四，是我们班孩子的人数。哦，这些被我认认真真收集在粉笔盒里的苍耳子，每一枚都代表了一个可爱的小孩子，每一枚都代表了一个春天。四十四个孩子和四十四个春天，让我真真切切地感受到了一把"富裕"的含义。

有一次和一位作家聊起这件事，他用羡慕且诚恳的目光看着我说，你应该将这个故事写下来，这是一个多么美好的故事。看我没言语，他进而"威胁"我：你要是不打算写，我可要越俎代庖、据为己用了。此刻，当我写下这个故事的时候，春天已经降临到小小的校园，窗外的小道两旁，那些肥头大耳的油菜花正在风中摇头摆尾、蹦蹦跳跳，简直快把自己跳成一只只轻盈的蝴蝶了。至于我的学生，他们正沿着油菜花奔跑、追逐，他们的目光被一只在花丛深处蹁跹而舞的蝴蝶牵引着，越过冬青丛，越过杨柳枝，越过低矮的院墙，播撒到田野里去了。哦，这群玩耍的孩子一定不知道，就在他们的脚下，就在学校的矮墙下，就在那一片被翻动过的空地里，我为他们藏下了一个怎样的秘密。

　　站在这安逸的校园内，我多么希望那些学生们送给我的和我之前没处抛撒的苍耳子，那些卑微的心怀梦想的苍耳子，和我的学生们一样，从小芽尖尖，直至枝繁叶茂、郁郁葱葱。

原载《鸭绿江》2019 年第 5 期

云雾问茶

丘晓兰

在安徽的池州市，有一个神秘而又安静的县城，她的名字叫青阳。一千一百多平方公里，二十多万人口，貌似小小的一个地方，却雄踞着著名的九华山。

大诗人李白曾为他在青阳任县令的友人韦仲堪写过一首诗："昔在九江上，遥望九华峰。天河挂绿水，秀出九芙蓉。我欲一挥手，谁人可相从？君为东道主，于此卧云松。"古称陵阳山、九子山的那座山也因此改名叫做了九华山。

怀着满心的期待，我从广西的南宁去到了仰慕已久的青阳。目之所及，却没有发现什么特别的与众不同。当然了，那里的山很青水很秀，人也淳朴厚道，不愧皖地江南的称号。可能是呆得时间不够，还不能深入地体味青阳以及青阳人深厚的历史文化底蕴；也可能是我过于愚钝，来到了福地宝地，却木瓜一个，入宝山而空手归。

于青阳虽只是短短地盘桓了数日，没看到太多的"仙气"和"佛气"，但"儒气"却是比较真切地感受到了，我所看到的青阳人大多醇厚有礼，话也不是很多，脸上总是内敛地保持着微微的笑意。对自己所拥有的从汉唐至明清至今日都声名在外的名山、历史和文化，连一点点"我很嘚瑟"的感觉都没有，倒是谦虚低调得可以。是不是有深厚家底的人都是这样的呢？还是儒家文化对青阳的影响其实比道家、佛家都还深远得多？

走在九华山满山绿树浓阴的山道上，虽时值盛夏的正午看不到云雾缭绕，但青阳以及九华山的神秘还是如云雾山中般地围绕着我。莫非，此行就一点"道"都不能悟得，要就此抱憾而去了？

不！这是不可能的。我如此虔诚地来到了青阳，怎么可能让我一无所获地离去呢？

机缘，就在一杯茶里边。

九华山上是有茶园的。而且是佛家弟子种植的诸多茶园。采摘、制作茶叶的，也是佛弟子。还是唐代始就流传至今的传统。当然，周边的农户也种茶制茶，但终究是沾了佛气的，多少与别处的茶不同不是？但我想，唐代以前的九华山上必然也是已经有人种茶制茶了的，而于九华山上修道的葛洪们，种没种茶没记载不知道，但必然也是要喝茶的。中国人，特别是以前的中国人，还有不喝这据说始于神农时代，流行了数千年"中国饮料"的？

真不喝的那些，假如不是因为特殊的身体原因，肯定都是"假的中国人"。

茶，差不多是修道之人的标配吧。主治风热上犯，头目昏痛、好睡。

惭愧呀惭愧！一向自诩有求道之心，愿意苟日新，日日新，每日进一新知而离苦得乐的我自己，满脑子地塞了一堆这样那样的传说和故事，把原本简单的许多道理弄得比百科全书都复杂，貌似很聪明的样子，其实是不是傻？

你看真正得道的高人从来都是删繁就简，不会虚张声势。倒是二道贩子喜欢弄玄虚。不过，不管怎么说吧，好在我去了一趟青阳，爬了一遍九华山，还喝了一杯佛弟子种植、采摘、制作的茶。不好说我从此就会一通百通就此成了仙或佛，但再有云山雾罩、风热上犯、头目昏痛的时候，我可以喝茶啊！

所以往后我要更踏实一些，除了读书还要勤做一些家务。此外还要每天喝茶。因为茶可以清心、醒睡、少糊涂。人世的云雾山中，我青阳此行的所感所悟，也算是满载而归了吧！

原载 2019 年 9 月 25 日《安徽商报》

第三辑

目 送

马卡丹

（一）

夜里忽然有点儿烦，没来由，只是烦。有心把烦捂在被窝里，又怕孵出一窝一窝的烦来，更烦。披衣起身，径至阳台，仰观天象。小县城的天还像个天，有半轮月，高高；有数颗星，点点；有几朵云，淡淡；风摆着尾溜过我的发梢，很小的幅度，不敢惊动夜的静，也不想触动我的烦。夜如水，忽而就把烦泡软，泡稀，泡得没了影。手机信息就在此刻不失时机地亮起，眼前三个字，仿佛若有光，却是光影沉沉：他走了！

他，他……走了？

走了。

走了！

夜气从阳台侧的桂花树间团圆而出，香一阵冷一阵，漫成一团缥缈的背影，忽前，忽后，忽下，忽上，渐渐，升腾。

一朵云飘来，飘，飘，飘过月，飘过星，依依。渐飘，渐淡，淡，淡。

疏疏朗朗的天宇上，一颗流星划过，落在重重山影之间。

流星路过天宇，人路过世界。

天上一颗星，地上一个丁。

（二）

曾经，那个感觉，总是那么遥远，遥远得像是星与星的距离，也像，总也无法接通的，心与心的距离。

呱呱坠地，赤条条从无中来，面对陌生，那是一阵肆无忌惮的痛哭。然后，走向陌生；然后，熟悉陌生；然后，走向另一种陌生。不用再隐晦了，那不就是生与死吗？人从一出生就走向死亡，一步步成长，也在一步步告别；一程程成熟，也在一点点死去。人是向死而生的，千万条道路，通向的都是最后的归宿，或许也不是归宿，倒是另一程陌生的开始。人间万象，千奇百异，所有的人都是绑着神行太保甲马的过河卒子，只有前行、前行，从无中来，向无中去。这一类说教如风过耳，一边耳进，一边耳出，进进出出多少回了，为什么依然感觉，那个告别式，还远在天边，还需要穿越几个太阳系？还需要趟过几道银河？

这些年来，常常有一些年轻的朋友，说走就走，不说走也走，走得那么突然、那么年轻，甚至只能冠以"早夭"这类的词汇。美人如花，又岂止是美人如花？所有的人其实都只是一季的花卉，应时而开，随季而谢。这些年轻的朋友，多像那些正待绽放的花苞，忽遇春寒，只来得及露出一丝丝浅红、轻紫、微蓝、淡黄、俏绿，就迅即枯萎、干瘪，幸运些的即便冲寒而开，也不过瞬间昙花，更添叹惋。他们，是未曾完满绽放的花朵，每每忆起，殊觉痛惜，却往往不觉得与自身有什么联系，毕竟，孕育、绽放、凋零，以亿计数的现代人都会完整走过这命定的历程。面对未及绽放已然枯萎的花苞，绝大多数正在盛开的花朵，除了报之以惋惜，除了私下里庆幸，大约是很少会由彼及此，如林黛玉般想起"侬今葬花人笑痴，他年葬侬知是谁"的。

也常有老一辈的亲友就在眼前离去，走得或从容或仓猝或淡定或蹒跚。既亲而友，当然要在心湖上溅起若干伤感的涟漪，关系密切些的，涟漪便一圈圈盛开如鱼吹浪。只是涟漪开过终究无痕，都知道那是无言的结局，却依然不觉得、不想觉得、不敢觉得与自己的联系。毕竟，老一辈已经完整地经历了生老病死、成住坏空，已经敲响午夜12点的钟声。隔着二三十年的光阴聆听那钟声，纵然伤感，依然觉得遥远而缥缈，眼前，正是"曲终人不见，江上数峰青"。

此刻却是不同，是他走了，他竟然也走了，他是一个与我同龄的友人啊！不仅同龄，而且同属上山下乡的"老三届"知青，同在改革开放之初踏进大学校门，同在商品经济大潮前迷茫若失转而舞文弄字。一个又一个的"同"，是一颗又一颗钢牙铁齿，都选择此刻咬心啮骨。"同"以血淋淋的痛把我咬醒，那仿佛远在若干光年之外的死神，已经大咧咧地迎面而来，我，我们，我们这一群，我们这一代，听到了祂震颤心灵的脚步声，越来越近，越来越近！

"同"意味着，我们是同一群耀眼的流星雨，尽管淡去有先有后，终将谢幕。

"同"意味着，我们是同一轴奔驰的云阵，尽管卷舒有早有迟，终将启程。

在将要谢幕之际，在预备启程之前，你的灵魂，我的灵魂，他的灵魂，面对越来越清晰的死神的面影，还需要闭眼塞耳，自我麻醉，如同以往那样视而不见、听而不觉吗？

我是，我当然是星群中的那颗流星，我的前方有多少灿然的闪烁，我的身后也将有多少闪烁的灿然。我将以怎样的心绪，面对前方已然陨落、正在陨落的光柱？又将以怎样的从容，启迪其后期待燃烧的星辰？

我是，我当然是云阵里的那朵流云，我的前方有多少飞腾的云絮，我的身后就会有多少云絮的飞腾。我将以怎样的目光，目送那些淡入空濛的前行之云？又将以怎样的身姿，回应其后那接踵而来的云团？

伫立阳台，静望夜天：

有一朵流云已然淡去，只留下一丝云影；

有一颗流星已然路过，只留下一星余光。

我只有，目送；只能，目送。

我身后的所有星与云，或许，都只能：目送！

（三）

目送，本该是多么美丽的瞬间。

人海茫茫，因缘际会。

生命与生命，相逢与相知，多少偶然？多少幸运？友情、爱情、亲情，无不因缘而聚，因缘而生。缘聚必有缘散，相逢自有相别，那是生命不可逆转的过程，聚散两依依。目送，让生命与生命的缘分在瞬间张扬、凸显、定格，让这样的瞬间化作痛苦而美丽的永恒。

告别少年时代、走进知青队列之际，我距离15周岁还差两个月零五天。那是1969年3月10日的早晨，多云，微风。父母连同4个弟弟妹妹，一大家子送我到溪背生产队插队落户。就在与溪背隔溪相望的时候，我停下了脚步，全家也跟着停下，该告别了。知青是要接受贫下中农再教育的，是要在广阔天地中大有作为的，怎能让父母一直送到住地，送到那三块石头当灶、一扇门板作床的住地呢？父亲帮我整好行李：一个小小的籐箱，一个大大的被卷，担起来，几乎与我同高。母亲的泪一下子就下来了，小妹妹忽然哭了起来，心立马被揪紧，勉强吐出一句"我走了"，我挑起担子摇摇晃晃就上了板桥。全家人都在目送着我的背影，我始终没有回头，不敢回头。直到走入对岸，走入沿岸那一片盛开的李花之间。

母亲说，那一刻她一动也不能动，就那样木木地看着我的背影，感觉自己生命的一部分已经远去。看不见我的身影了，全家都还站着，望着，站了好久，望了好久。

多年以后读到柳永的《雨霖铃》,"杨柳岸,晓风残月",七个字即刻把我带到那天别离的场景。我没有告诉母亲的是,那天,进入对岸长长的李树林中,扔下行李,我的眼泪已淌了满脸。从李花丛中回望,看父母与弟妹在彼岸久久伫立,看他们慢慢转身,一步一步走得那么沉重,直到再也看不见他们的身影,直到晓风拂落李花,打在我的脸上。记忆中的那个早晨,板桥、流水、晓风,如雪的李花仿佛无边无涯……

儿子两岁的时候,动了个手术,纱布把小手缠成了白白的一团。我要远行,妻子抱着他送我,走了一程又一程,终于,我站住了,妻子站住了,儿子嫩嫩的嗓音喊着"爸爸再见"。我转过身,大步前行,走出好远好远了,猛然回头,妻子还站在那里,儿子的小手已成白白的一点,似乎还在挥动……

"黯然销魂者,惟别而已矣",生之别离无疑痛苦,事后回忆,那样的目送却大半酝酿成美丽:灞桥折柳,泪眼相对;手挥五弦,目送飞鸿;孤帆远影碧空尽;芳草萋萋满别情……也许,别离终究有重逢的时候,重逢会把痛苦点化成美酒。即便是别后再也没能重逢的友人吧,还能"千里共婵娟",还能"寄言海上云,千里长相见",回忆起来依然更多是美丽,至少也是凄美的吧。可是,倘若这目送竟是永别,竟是"上穷碧落下黄泉,两处茫茫皆不见"呢?

好多年前,有一位聋哑诗人,与我一块儿参加一个文学活动。游泳池边,他急于向文友展示他的跳水风姿,未曾理会我们的阻止,那么鲁莽地一跃而下,生与死,这薄薄的一张纸,刷地一下就此撕裂。我曾目送他跃入水中,没有想到三天之后,就只能隔着我为他选定的那口薄薄的棺材,目送他在家人的哭声中,渐行渐远。

那些渐行渐远的瞬间,那些流水般永无返程的瞬间。目送,是不是因而有了更为揪心彻骨的痛?有了记忆中无可替代的悲凉之美?

(四)

一把油纸伞,从戴望舒的雨巷撑出,一个丁香一般的姑娘,飘过,梦一般的凄婉迷茫。油纸伞袅袅而来,袅袅而去,那一种无法言说的凄美。那样的美固然离不了油纸伞,离不了那个丁香一般的姑娘,可是,如果没有那双始终注视的眼睛,美岂不是要大打折扣?是目送见证了美,是目送给了美诗意,让美升华。雨巷有尽,也无尽,那丁香一般的姑娘走过雨巷,也连同雨巷一起走进了历史,走进了一代代爱美的心灵。

寻常的雨巷,庸常的瞬间。目送,在人生无数的庸常间交替反复,也痛也美,悲欣交集。

　　降临人世，张开眼睛，小小的婴儿就开始了目送。目光安然，迎接奶头、笑脸、爱抚；目光无助，目送转身、背影、远离。婴儿的目送自然是本能，惊恐的瞬间便是不管不顾哭得个昏天黑地，直到亲人的身影重现，直到一双温热的手拥之入怀。然后，又是一轮目送与嚎啕的循环，周而复始。如今，站在人生的冬阳里回望早春那第一缕朝霞，五味杂陈的，是睫毛上最初的一滴雨？是目送时赤裸裸的目光？

　　春意渐暖，婴儿顿成幼儿。晒谷坪中，"石头剪刀布""老鹰抓小鸡"……一个个古老游戏轮番上演。多么快活，牵着"母鸡"的裙角，躲闪"老鹰"的偷袭，那个小小幼儿不住地疯叫、欢闹。堂姐是只称职的母鸡，舒展宽大的翅膀，总把叽叽惊叫的小鸡护在羽翼之下，小堂叔这只笨老鹰愣是不能得手。直到老鹰勃然怒发，利爪直接攫住了母鸡的双翅，幼小的天空就在那一刻坍塌，巨大的阴影之下，是小鸡那一双双惊恐的眼睛，战战兢兢，目送老鹰劫持母鸡扬长而去。幼小的心灵或许不会想到，原来，人生的剧本还有这样的一出，所有的依赖最终都不可倚赖，在命运老鹰的利爪面前，人终究只是一只孤独的小鸡。

　　迷上捉迷藏，已是暮春年纪。乡间的晒场、屋角、谷仓、磨房、树头之下，鹰与鸡、狼与兔、虎与犬、野兽与美女……人间的假想剧总在暮色中轮番上演，又总在父母高分贝的呼声中戛然而止。无论鹰犬还是虎狼，无论美女还是鸡兔，其中总有一个两个俘虏，耷拉脑袋，在一双双大手的揪扯中退场。目送小伙伴一个个黯然离去，那个小小少年曾是多么遗憾、兴味索然。那颗稚嫩的心依然不曾想到，当命运把一个又一个身影从他眼前呼去，那时的他，连这样的遗憾、黯然也不可得，萦绕心间的，将会是一种怎样的惊恐与悲伤？

　　由青及壮，由壮向老，春生之后是漫长的夏长、秋收、冬藏，每一个日子都有目送的瞬间，每一个季节都有告别的悲凉，目送，送走晨曦夕照，送走秋雨夏风，送走与你的生命相遇的一切美丑善恶，送走那一个个掀起心涛的瞬间。当目送的瞬间如蛟龙号潜入七千米深的记忆再不磨灭，生命也就有了真正厚重的底色。

　　盘点与生命交集的所有身影，因缘而聚因缘而散的身影，聚而散散而聚再聚再散再散再聚直到最终失散的身影，所有的聚与散都在目光的迎与送之间。目光相迎，背影相送，不断目送一个个背影离去，或者，不断目送同一个背影一次次离去，当蜂蜜陈醋黄连小米椒在眼中泛滥成灾，目光，也就有了那个背影难以承受的重量！

　　小孙女悦儿三岁了，送她上幼儿园。手牵着手，一步一步，且行且哭且絮叨，五分钟的路程，走成了近半小时。直到老师的胳膊接管了她的小手，依旧一步一回头。目送她小小的背影,仿佛目送的是自己的童年,目送的是早已逝去的时光。人的一生,总是有太多不想去、不愿去的所在,最终却几乎无一例外地只能去,不得不去,命运有力的胳膊拉扯着你,岂容回头?!

龙应台说,我慢慢地、慢慢地意识到,所谓父女母子一场,只不过意味着,你和他的缘分,就是今生今世不断地在目送他的背影渐行渐远。

其实,能够不断目送他或她的背影,岂止是缘,简直是天赐洪福。只是此福再深,这样的不断最终还是要断,谁都希望可任谁也无法无限延长。如此,目送便成了一种感激,感激生命,让你能隔着人生的夏与秋在冬晨目送春朝,让你能不断目送这独属于这一个你的境遇。直到真正放下一切恩怨的那一刻,你终于不再目送,只以一个无憾的灵魂,聚焦前后左右或悲或怨或纠结或释然或宽恕或祝福的目光。

一曲长调悠然而止,余音袅袅,天心月圆。

(五)

死亡,是人生最好的老师。

好花不常开,好景不长在。

盛极必衰,绽放过后必是凋零。

曾经,手足相亲;曾经,青梅竹马;曾经,一见如故;曾经,海誓山盟……死让所有的曾经戛然而止,烟消云散,鸦雀无声;死把所有的曾经重新定位,轻的更轻,沉的更沉。

小时候最喜欢木偶戏,对着戏班子的傀儡箱子往往如醉如痴。不过一个木头人,加上十数根傀儡线,怎么一碰上傀儡师的手指,立马就摸爬滚打,出将入相,乐煞众生?有一回大概看的是武戏吧,舞台上打打杀杀,剑影刀光,锣鼓响得惊天动地,傀儡们急匆匆乱纷纷登场退场,像是逃命又像是赶着投胎。忽然,一声钹响,"咣"——顿时,众声俱寂,灯光敞亮,舞台空空。

"须臾弄罢寂无事,还似人生一梦中"!

那一回的记忆常在脑中缭绕,长大之后再看木偶戏,不禁就多了些联想。木偶依凭的是舞台,每一个傀儡都有登场退场的时候,人的舞台当然要大得多,不过登场退场却也一样并无例外。当你在命运舞台上畅舞蹁跹的时候,你或许未曾在意,一个又一个身影正一一离去;而当月冷烟清,身心俱倦,每一个身影的退场于你便都必不可免地心波激荡。你感慨无法扯住命运的缰绳,只能在目送中任情感风起云涌。"高枝低枝风,千叶万叶声",所有生命的消逝都是无言之言,无声之声,于在场者耳畔,依依回响。目送一个身影离去,你或许悲哀,悲哀再无相逢之日;你或许庆幸,庆幸自己依然在场。可下一个、下下一个,当人生的舞台上万花纷谢,你目送的眼光,难道依然只有悲哀?只有庆幸?有没有一点由人及己的无奈?有没有几分珍惜生命的无常?有没有几许悲悯众生的无言?

佛教把人之离世称作"往生",意为走进另一个世界;老家俗语则称之"石生",意即化为山石永存。可往生也好石生也罢,人真真切切能够感受的只是此生。一度又一度地目送生命的离席,再浑噩的人也会清醒地感知生命的局限,明了此生的不可替代。目送,让我们珍惜生存,精彩地存在;同时,一步步接受死亡的必然,尽可能从容地、潇洒地离席,让你再不回返的身影,成为他人记忆中的永恒。

目送,无论被送者是亲是友,都与你的生命有过千丝万缕的交集,都曾与你共度生命的某一段时光。某种意义上,亲友去世也是自身一部分的死亡。是亲友,带走了和你一起共度的那一段岁月,带走了那一段生命,你的目送,便不能不充满悲悯,因为目送的是自己生命的一部分,一点一点地,伴随一个个亲友的离去,飘逝无踪。

于逝者而言,亲人友人的目送或许已无法感知了,可弥留之际的那一回眸,那一反顾,却分明透出了由衷的依恋,那最后的真实深深嵌入我们的记忆,也把亲友的音容笑貌长留在心间。亲人友人固然带走了我们生命的一部分,却也让自己生命的一部分潜入我们的生命之中,音容、举止、笑貌、性格、思想,一一渗透进我们的血液,让我们的余生因此而厚重,而从容。

不由想起了魏晋时代向秀的《思旧赋》,那个才华横溢、桀骜不群的嵇康,临刑之际反顾日影,从容弹奏,一曲绝唱"广陵散"回响天地之间。"栋宇存而弗毁兮,形神逝其焉如?悼嵇生之永辞兮,顾日影而弹琴",屋宇犹存,形貌已非,但那顾日影而弹琴的潇洒风神,早已成为向秀生命的一部分,长存心间,正是嵇康的风采乃至潇洒不羁的思绪融入了向秀的血液,他才在感慨万端之际依然轻吟:"托运遇而领会兮,寄余命于寸阴。"人生的缘分遭际已在生死的瞬间领悟,且把余下的美好生命,从容托付给短暂的光阴。

人的本质是孤独的,大限来临,所有的热闹都成幻影,每个人最终都只能独自面对死神,所有的亲友都只能目送。这样的目送寄托多少深情,多少爱意?这样的目送融汇了多少生命的根盘节错、叶覆枝连?所谓福气,所谓没有白活,其实最终都将落实到那一刻,有多少深情款款的目光,集束在那远行的灵魂之上。远去的灵魂,可能感受到那依依相送的目光?

（六）

两位朋友，都是面慈心善的角色，相互间却水火不容。有一回众多朋友聚会，两位虽碍于情面厕身其间，看向对方的目光却长满蒺藜。眼睛每一相对，便是刺与刺一个回合的交锋，终有一个坐不住了，胡乱寻了个借口开拔。另一位伫立，始终盯着他的背影，一直目送到对手走出视线。无意间发现他零下40度的目光，能把人心寒成冰坨。原来，目送，不仅仅表现为温情，有的时候，甚至可能是切齿的恨！

人与人之间，因缘际会。只是人有万相，缘有万种，善恶之间，恶恶之间，善善之间，细分其类何止万千？大善大恶之类不必说了，只论芸芸众生，只论其间善与善的交集。善善交集就必然是善缘么？往往不然。善与善的冲突，善与善的对峙，人间的多少悲剧因之而起？那样的悲剧断难归咎于某一方。有的时候，对峙双方其实都有示好的愿望，只是人天生对冒犯敏感，尽管细如芝麻菜籽也纤毫必察，对那挥舞的橄榄枝却往往色盲。对多数人来说，你的好只不过是一朵玫瑰，美几天眼球就谢了；你的坏却是一把刀，留下的是永难消退的疤。就算你送出了999朵玫瑰，又怎能敌得过那道疤相伴百年？细如菜籽芝麻的敌意，往往也如菜籽芝麻一般，遍野疯长，节节高涨。

即便是两个心地善良且气味相投的好友吧，那样的善善交集也很难说就是善缘。两个人才华相近，经历相似，都是从天而降的纯净雨水，可一个落到田里喂养了五谷，另一个却落到沟里进了下水道。当然，喂养五谷不见得就多么高贵，冲洗下水道也不见得就多么屈尊，只是，人的幸福从来是在比较中实现的，不走运的一方怎能不酸浆滚滚？那投向曾经心心相印的友人的目光，五分嫉妒三分悲叹一分半羡慕，至多残留半分祝福。人在骨子里潜藏着期盼对手倒霉的渴望，尤其是两个先天后天条件都那么相近的朋友，偏偏又处在同一个赛场、同一道起跑线上，友谊就滑到冰崖之侧。曾经可以为你两肋插刀，如今却只想捅你一刀，多数人心里往往有这样不可告人的阴暗，无他，你的幸福彰显了他的不幸，甚至成了他的不幸之源！

其实，所谓善善对峙，对峙本身便有恶的因子，善的成色。人的内心，有天堂，也有地狱，总在矛盾与纠结之间。天堂为绝大多数人向往，净化自身，提升人格，可惜往往只是向往；地狱为绝大多数人厌恶，贪嗔痴妒，不得超升，却又常常深陷其间。也许，只有当死生大限降临某一个生命之际，多数相送的目光，才会真正展现出天堂的景色。

嫉妒你的人走了，再也没有导弹一般精准的眼神，射向你的后背，你松一口气了吗？你如释重负了吗？有一点，却又不完全。没有了嫉妒的鞭子抽打你的心，你好像竟少了前行的动力，你竟然若有所失。此刻的你忽然理解了嫉妒更像变形的赞赏，嫉妒你的往往才是真正的知音。而况，嫉妒是嫉妒者自身在披枷带锁，越是嫉妒越是捆缚重重万难挣脱。如此，当你目送他远行，你的目光，难道依然只是无奈，只是耿耿于怀？难道没有几分惋惜？几分祝福？几分为其斩却锁链终得解脱的庆幸？

被你嫉妒的人走了，你再也无须为他的幸运，时时给自己上刑了。你放下心中的石头了吗？你无恨一身轻了吗？有一点，却也不完全，你的心中同样若有所失，你失去了一个攀比的目标，一个向上的动力。此刻的你忽然理解了，他的离去并不代表你的出头，更多的人会填补他的位置，却不是你！人生的赛场你只有自己尽力奔跑，从来不要心怀恶意奢望他人跌倒。如此，当你目送他远行，你的目光，曾经有多毒，此际就有多内疚；曾经有多痛苦，此际就有多痛心。

所谓善与善的对峙，到了目送远行的时节，早已经不觉对峙，只有深深的失落。尤其是那些颇有嫌隙的对手，那些曾经充满敌意，恨不能你死我活的敌人，那样的失落甚至要超过曾经的恨，再到哪里去找纠缠半生乃至一生的对手啊！在大限的面前，所有的嫌隙、所有的敌意都只是一缕烟云，烟消，云散，渐远，渐幻，渐渐飘逸成天边那一抹霞彩。

且抬起头，祝福，目送。

（七）

镜子，镜子，前，后，左，右，都是镜子，一个人就在镜子里分身，成二，成三，成四，成许许多多。每一个镜像都是自己吗？每一个镜像都不是自己吗？每一个镜像都既是自己又都不是自己吗？友人练功房的镜子还在赤子阶段，不会毁谤也不懂拍马，可为什么那么多角度的我，都是我又都好像不似我？

迈开步子，向前，对面的我同时迈步，走向我。这是我呀，却不是期许中的我，期许中的我总是独步苍茫，现实中的这具肉身却是亦步亦趋。这最出色、最及时的模仿秀，它在同一时分拷贝你，拷贝你的一颦一笑，一举一动，拷贝你眉毛之下、鼻梁之上，那两道或轻或重或深或浅或柔或刚或暖或寒的目光。

你走着，你继续向镜子贴近，镜中的你也步步向你靠拢。你看见，眼前之镜倒映出反向的那面镜，你看见你的背影，正与你反向而行。你走着，你既是在一步步走向目标，也是在目送你的背影一步步远离，原来，目送，并不仅仅是对他人，也可以是送自己。

　　人世中的我一如镜中的我,可以有很多很多,每一个我都只是一个侧面,所有的侧面共同复合成一个完整的我,不,不过一个完整的我的肉身。我的灵魂之镜在高不可测的天空,人世之镜加灵魂之镜,才能映出完整的我:我的肉身,我的灵魂。目送,是我送我?是灵魂送肉身?是肉身送灵魂?

　　肉身是容易叛变的,时光的刀刃,寒光闪闪,不经意间,你的关节,你的骨骼,你的肌肉,你的皮肤,你的牙齿,你的毛发,总有变节分子不住地逃离,黑色逃离了你的毛发,柔韧逃离了你的肌肤,钙质逃离了你的骨骼牙齿……离去是一条必然的道路,你只能目送,目送自己,目送自己的一部分,一点一点地离去;你只能悄悄地致意,慢些,再慢些;你只有祝福,祝福曾经的一部分,向那前路茫茫绝无所知永不回返的道路,率先启程。

　　这该是目送最普遍的场景吧,不曾寂灭的灵魂目送衰朽的肉身离席,无论肉身多么不堪,灵魂依然尊贵,远行依然尊严。简媜说:"一个人入世,不是为了活几岁,是为了验收自己成为什么样的人。"无论生命有多少遗憾,只要灵魂未曾早于肉身圆寂,都应该毫不迟疑盖上合格印章。即便是成为植物人吧,他的灵魂也只不过在沉睡,或许还能有唤醒的一天。怕的是灵魂率先远遁,留下的肉身纵然脑满肠肥,也不过行尸走肉。祈祷上苍,无论生离或是死别,人生的每一度目送,断不要让死沉沉的肉身,送走轻飘飘的灵魂。

　　细细想来,人生不过加减乘除,前半生总在加加加,加到极致便是青春,便是以乘法相加的黄金时段;后半生不断减减减,减到极致便是弥留,便是以除法回归乌有虚空。如此简单的算术,耗尽一生,耗尽众生!谁能跨越这寻常的算式,活出期许的自我,"跳出三界外,不在五行中"?

　　道济和尚临圆寂时说偈:"六十年来狼藉,东壁打倒西壁,于今收拾归去,依旧水连天碧。"历经狼藉,度尽劫波,眼前水天一色,空蒙邈远,此刻,所有的困境都已解脱,所有的牵挂都已放下,一叶帆影,袅袅远行,"归去,也无风雨也无晴",只有一人一帆,庄严肃穆,驶向那所有人类、所有生命的归宿,无论迟早,无问西东。

　　生有限,爱无涯,死生之上,悲悯的目光,绵长……

(八)

　　大幕突地一降,锣鼓歇,人悄然,两个大字打在边幕上:剧终。

观众起身，伫立，静待大幕再次徐徐升起，静待使过浑身解数、精疲力竭的演员，带着微笑站到台前，谢幕。

那是观众与演员之间的默契，那是一种"静默的尊重"，一种人格的尊严。

人生舞台上，多少人曾经摸爬滚打，用尽洪荒之力，却往往落得"落日楼头，断鸿声里……栏杆拍遍，无人会，登临意"。这样的尴尬，这样的凄凉，或许只有到谢幕的那一刻方才逆转。生命剧终，总有亲人、友人、敌人、路人，静静伫立，依依目送。那是生命的万千因缘，生命的心神交会，那绝不会是用尽最后力气谢幕时，台下空无一人的寂静与凄清。

目光，五味杂陈的目光，爱恨交织的目光，悲欣交集的目光，成束，成群，共同编织成襁褓，重新把那个谢幕的生命包裹。生命是多么尊严，生命的缘分又是多么凄美，曾经的过客，已是归人，"来如春梦不多时，去似秋云无觅处"。

云舒云卷，星起星沉，前赴后继，无始无终。

无边无涯的队列中，目送，因之而美，因之而弥足珍贵。

那是尊严的目送，那也是目送尊严。

目送无极，尊严无极。

（九）

有没有一双更高级的目光，在所有生命的往生路上，俯瞰？目送，无数或善或恶或轻或重的灵魂。

我抬起头，仰望，那依依的云影间，那目送所有灵魂的目光。

原载《北京文学》2019年第7期

一只鸟在写诗

朱成玉

一只鸟落在早春的枝头，啄开百朵苞蕾。一树花开，是一只鸟写的诗。

一只鸟落在晚秋的屋顶，叼出一缕炊烟。满院饭香，是一只鸟写的诗。

没有一只鸟能够完整地离开秋天，总要掉一片两片或者更多片羽毛。

叶子是树的羽毛。羽毛是鸟的叶子。

羽毛会落，叶子也会落。羽毛和叶子一样轻盈，羽毛和叶子一样，有翠绿的希望，也有暗黄的失落。

羽毛落的速度或许会缓慢一些，不像叶子，那样急速、决绝，羽毛喜欢在空中打着旋儿，在坠落前还不忘和风调最后一次情。

这些都不重要，重要的是，羽毛是最轻盈的诗句，从它赞美的庞大诗集里，缓缓剥离，分崩离析。

我在一只鸟飞翔的轨迹里，看见了诗——鸟的翅膀，是用来支撑自由的。

我国台湾作家王鼎钧写过："如果没有诗，吻只是触碰，画只是颜料，酒只是有毒的水……不能没有诗。如果人不写诗，鸟来写；鸟不写，风来写；风不写，蜗牛来写……"

世间万物，皆可为诗，这是一颗怎样纯净的心！

世间藏着诗意。只要活着，就能找到诗。比如你发现了花，我爱上了海，她迷上了雪。

如果你的心藏着诗意，那么云便是长了翅膀的，月便是披了轻纱的，风便是欢笑的或者哭泣的。那云，那月，那风，也都在写诗。

双双在给我的信中说：七匹马的车子停在你的门前，上面装满你要的诗歌。

这是爱人的诗，热烈而又豪迈。

青春是一场大雨，即使感冒了，还盼望着回头再淋一次。如果再给我一次机会，我会依然选择奋不顾身地走进雨里。尽管那场雨，下得惊心动魄。再大的雨，也浇不灭心头为你燃起的火苗。

我不要三月的风口浪尖，我不要四月的众说纷纭，我只要暴雨未曾停歇的夜晚，把你揽入怀中，捂上你的耳朵，告诉你，我摁灭了几盏闪电，挪开了几朵惊雷！

人到中年，再回头才发现，原来只因为有你，那些风雨才来得恰恰好。

当我说，我要给你写诗。那从心口蹿出来的诗句便不再是诗句了，而是一头小鹿，沿着蜿蜒的小径，头也不回地，朝着你的方向踢踏而去。

大米花小的时候，我们在雪地上玩耍，她和我说："爸爸，小心点儿，别踩疼了雪。"

小米粒让妈妈摇下车窗，拧开了矿泉水的瓶子，说要灌一瓶风，然后拧上盖贴在耳朵上，她说她要听听风的声音。

这是孩子们的诗。

一个妻子，两个女儿，够我写光这世上的纸。她们是我诗歌中的意象，是雪，是花，是呼啸的风，是云层里缓慢行走的月。

世间藏着诗意。胀满双眼的绿，绿得那般凶狠，绿得那样荒凉，绿得那样不容靠近又不可收拾，绿得那样绝决和孤僻。它们袭击了我的芍药、草莓、蔷薇和玫瑰，更用了层叠的势力，千方百计千头万绪千丝万缕地埋没了原有的主人，而没有丝毫的不忍和迟疑。

伸长了脖子在飞的野鸭子，翅膀带不动那体重似的，仿佛一下不使劲儿就会掉下来。它们都在天空上飞啊，都在飞越云层，都用翅膀在扇动风。

鸟的叫声，有轻灵婉转的，有自由泼辣的，自然，也有憨态可掬的。

夜里，去抬头仰望吧！月亮在夜空写诗，星星是一颗颗汉字。

讨厌的蚊子也可以写诗——它在我身上，摸索黑夜的开关；

草原上的草对马蹄的爱也是诗——期待马蹄再熨一遍它们的夏衣；

旋转木马的启示也是诗——彼此追逐却有永恒的距离；

哪怕一把旧锁，它的忠告也是诗——如果我休息，我就生锈。

总听到有人说，世界很大，要去看看，寻找远方和诗。其实，很多旅行并未给你带来真正的愉悦和感动，更别说对灵魂的触动。

除了几张照片和晒黑的皮肤之外，你所得无多。

现在的人们，把旅行当成时尚，在我看来，不过是另一种意义上的附庸风雅罢了。从来不去旅行的伊壁鸠鲁，在自己的花园里寻求的东西，我们的旅游者却要到国外去找！

那些所谓寻找诗和远方的人也一样，你的灵魂若是龟缩不前，即便身体走得再远，也写不出一首好诗来。

写出一首诗是心灵沉淀和发酵的过程,不管最终是否完成,只要我们走在这条路上,这本身就很美。比如此刻,我看到一堆白云一样的羊,一堆烧得东倒西歪的火,一口摇曳得乱七八糟的香气的锅。

你能说,那两个举杯对饮的人,不是诗人吗?你能说,他们的心,没在远方吗?

你能说,他们的心上没停落一只鸟吗?

原载《散文》2019年第5期

梦　境

指　尖

一

　　早春，山河苍枯，天空由灰渐蓝。早上，喜鹊在梧桐枝头叽叽喳喳，麻雀立在晃悠悠的电线上东张西望，昨年的燕巢呆呆地粘吊在檐下，巢沿边凌乱的细草在风中招摇，发出某种隐暗的邀约。我静静地在守候着身边的他，同时也在等待着什么，来转移身体的痛意，打破无聊的寂静。他作为初降人世的婴孩，目前尚未有能力左右自己的行为，不能说出饥饿感，也不能说出要便溺的愿望，他只能被我猜测、假想，在一些欲望被忽略的同时，实现另一些欲望。虽然，他在我肚子里待了近十个月，可是当他的身体从我的身体分离出去的那一刻，我们便成为两个不再相连、有差异的，各自独立的个体，我们之间，尚未建立起某种可呼应和会心的默契。他终于从我的想象中脱离，作为一个生命个体，真切呈现于此，从此他将面对成长中的种种困厄和未知。我对他，有一种既欢喜又担忧的复杂情绪。

　　阳光穿过窄条窗户。春天特有的、金黄色的、毛茸茸的光柱，打到地上，是一片不规则的光晕。像我幼年曾对一缕光线的无穷变幻充满好奇一样，孩子的降临，又施予我一大把的闲暇，再一次对停驻的光线产生莫大的兴趣。光线移动的是那么缓慢，安静，但有序，不停顿。不久，它漫到柜子把手上，很快，那个金属把手又将光芒反射到更多的地方，小小的屋子蓦然亮堂起来，仿佛在预备某种辉煌时刻到来。不久，光柱渐渐扩张，上移，床边，他的被子上，然后，整个他，便被毛茸茸的暖光所包容，———微微发黄的脸，带着绒毛的右耳，有细纹的唇，淡淡的眉毛，静闭的厚眼帘———一切是如此温暖，干净而安然。多日的不适，竟然一扫而光，恍惚生机重回，心中升起了对当下生活的笃定和满足。突然，我看见他的嘴角微微上扬，慢慢启开，鼻翼轻轻翕动，一朵笑，居然是一朵笑哦，在他鼓胀的脸上，骤然绽出。

　　我无法问询一个不具语言表达功能的婴孩，在阳光温暖照耀的此刻，在出生不久的此刻，在即将醒来的此刻，在那朵笑容绽开的此刻，意念中究竟有过怎样的辨识，但可不可以断定，这是他生而为人所做过的第一个梦呢？

疑惑在他长成的岁月中渐渐减轻，我越来越笃定了那朵笑容，以及背后的梦境，那应该是关于阳光、草地、流水的梦，一个让他对生命的存在充满欣喜和热爱的梦，那个梦，让他第一次感觉到生而为人的美好，也让他对一生要面对的种种，充满信心。

有趣的是，长大的他，倒很少做梦了。当他听到我在饭桌上，详细地描述自己的梦境时，总是很懊恼地说，妈妈，为什么我不做梦？我说，不是的，你有梦，是因为醒来给忘了。于是，我跟他说了他小时候的事，并无比确定，那就是他的梦境映射到颜面上的事实。但他对此半信半疑。因为抱着对梦境的渴望，他很早就单独睡了，而且对精灵鬼怪的故事充满好奇，乃至缠着大人给他讲，每每讲完，总要说，我今天要做一个有怪物的梦。在白天，他会苦思冥想自己到底有过怎样的梦境，但无论怎样努力，都无法想起。有段时间，他缠着问我，梦境是什么？我肯定不能跟他说，当人在睡眠时，意识脑区的兴奋度降至最低，此时，无法辨别脑中意象的真伪，大脑便采取全部信以为真的方式，这就是梦境。我只能按他的理解解释给他听，说，当你睡着的时候，身体之中还有一个你是醒着的，醒着的这个你，就会替睡着的你做一些事，比如摆积木，看动画片等等。他疑惑地问，那睡着的我，会不会遇见醒着的我。我说不会，因为就是一个你。他对我的解释极其不满，乃至将这样的不满倾诉给奶奶，但奶奶又无法更好地解释什么是梦境，于是他不再相信我关于每个人都会做梦的话，而去找多人求助和印证。比如，跟他一样大的小朋友；比如，来家里的客人；比如邻居。他后来听说，如果一个人把手放在胸口，就会做噩梦，于是每晚睡前，都要将手工工整整地放在胸口，并无比虔诚地等待梦境的呈现。直到一天早上，他无比苦恼地跟我说，即便把手放在胸口，都无法得到一个噩梦时，我才知道，他竟然在秘密地炮制着独属于自己的梦境。他后来最大的愿望，是可以做一个跟哈利·波特一起在魔法世界里闯荡的梦，那时他还在上小学，有大把的时间，去想象和实践自己的梦境。

许多年后的夏天，有天午睡醒来，他迫不及待地跟我说做了个梦，并详细描述了这个梦。我对他表示祝贺，并装出饶有兴味的样子听他讲，但很快，我就忘了他的那个梦，因为它太寻常，太贫乏。但记得他说，在梦里，他的确看见了自己，一个跟现实中有差异的自己。已是大小伙子的他，依旧对梦境的呈现欣喜，释然。人对自己初次拥有的东西，总是情难自已，念念难忘的。

二

我小时在村里，人们常常会讲起自己做了怎样的梦，从不掩藏和隐瞒。每天早上，人们端着各自的饭碗，坐在五道庙的青石上，就开始描述各自的梦境。有人说，夜里梦见温河发大水了，淹了自家的房屋，那个着急呀。另一个说，今天要倒霉了，因为梦见吃了一碗荷包蛋。还有一个说，梦见杨树沟整条沟都开着花，自己在里面，走也走不出来。述梦的人，似乎更多是年轻一点的妇人，年长的人从不述梦，给我错觉的，人老了，是不做梦的。年轻妇人述出自己的梦，年长一点的人，会给她圆梦。据说，梦见大水，主财，她会得到一笔意外的钱财，或许是捡来的，或许是挣来的，也或许是赠予的。梦见吃鸡蛋的那个，当天会与人发生口角，一定要管住嘴，不能随便说话。梦见满杨树沟开花的那个，年长的奶奶悄悄探头过去给那个妇人说，你是有喜了吧？妇人便惊骇地跳起来，脸涨得通红。

连我们都知道，如果你梦到蛇，那是财神悄悄住你家了，人们会在梦里蛇出现的地方，比如家屋的某处，或者家院的某处上供，让财神保佑，赐福。如果梦到特别乖巧的小男孩，肯定被小人嫉妒和背后咒骂，第二天早上，做梦的人一睁眼就会将梦说给家人和外人，这叫破梦，带着一种对藏在暗处之人的警告。但若梦到如花的小女孩就不同了，这是贵人到了，做梦人会喜滋滋地将那个梦境藏起来，并在接下来的一天，去发现身边谁可能是带给自己贵气的人。

怀孕的迎香嫂子有一天来家里，悄悄跟祖母说，她昨晚做梦，梦到一条龙在天上飞来飞去，最后停在了她家的厨房顶上，朝着她龇牙咧嘴，把她吓醒了。祖母装了一锅烟，将烟袋含在嘴里，拿火柴点着，又用拇指压压烟锅，才慢悠悠地说，闺女，吉梦啊，怀的是个小子，好好保胎。迎香嫂子龇嘴便笑。

迎香嫂子嫁过来连生两胎闺女，不只被婆婆指桑骂槐，也被村里人笑话。她婆婆一辈子生养了九个孩子，就迎香女婿一个儿子，她对迎香抱着大而急迫的幻想，恨不能迎香一胎两三个，个个都是小子。但事与愿违，迎香三年生了俩闺女，她婆婆不能明着来骂，一来自己一辈子就败在了生孩子上，无法理直气壮地去敲打辱骂儿媳；二来她也受够了村里人的指点和自己心上的怨气，明白做女人的难处。但即便如此，她还是无法抑制地处处给迎香脸色看，让迎香嫂子左右为难。村里人更是，喜欢看笑话，似乎嘲笑别人，就是生活的一部分，如果不去嘲笑别人，自己就没法过完一生。他们就说，迎香家是祖传卖瓦的，婆婆传给儿媳，天经地义。小孩根本不知道这是什么黑国语，以为是说她家有钱，你想啊，别人家什么都不卖，她家竟然有瓦可卖。但又从大人们说这话时无比猥琐的表情中，隐隐猜到这似乎不是什么好事情，所以平日里也不敢说。迎香嫂子的大闺女叫爱平，特别霸道，动不动就跟人打架，我们跟她玩，总是小心翼翼，不留神就要被她打骂。有次跟我们玩得好好的，她非要到河边去，说石头多，能垒一个大房子。我胆小，看看天色渐暗，就拒绝了。她一下子就过来抓住我的衣襟，瞪着眼睛问，你去不去？见我不说话，一把把我推到地上，我原本就在唇边蠢动的那句"你个卖瓦的"脱口而出。她就逼过来，你再说一句，再说一句。我没敢再说，爬起来跑了。

　　我问祖母，为什么他们都说迎香嫂子家是卖瓦的？祖母摸摸我的头叹口气，说，你以后不要随他们再说这句话了。许多年之后，我好不容易读懂《诗经》里的"乃生男子，载寝之床，载衣之裳，载弄之璋。其泣喤喤，朱芾斯皇，室家君王。乃生女子，载寝之地，载衣之裼，载弄之瓦。无非无仪，唯酒食是议，无父母诒罹"这些句子，才明白，我大字不识几个的乡亲，骂人竟骂的如此文雅、贴切。而我也为骂过的那句话，心生愧疚。当时，母亲刚生下妹妹，我们家，同样也被人背后说道，他们或许不会说我们家是卖瓦的，但也会用其他更加形象的比喻，来恰如其分地嘲笑我的母亲。

　　冬天，迎香嫂子真的生下一个小子。百日后，迎香嫂子拿礼道谢我祖母，说谢老人家给我圆梦，当初，要不是老人家说怀的是小子，都要上公社做流产去呢。祖母说不用谢，是你的梦好。

　　好梦总是让人高兴的，也让每天的日子充满欢乐和念想。但人们同样也被噩梦所困。这时候，就会想方设法生一些克制噩梦的法子来。

　　据说，女性和小孩比男性更容易做梦，如果你既是女性又是小孩，那么恭喜你，你将成为梦境最青睐的人。我打小爱做梦，睡觉也不安稳，家人就在我枕头下放了一把小宝剑用来止梦。那宝剑大约三寸长，黄铜质地，剑鞘和剑之间还有个细细的铜链子，精致极了。但家人不让拿出去，说见了天，宝剑就不灵验了。小孩就是，大人越不让他做什么，他就偏偏最想做什么。所以，有次我就偷偷将这把小宝剑拿出来炫耀，小宝剑在她们手里传来传去，一个个真是爱不释手。当然，我以为人不知鬼不觉的事，到晚上就不打自招了，因为我生病了。

　　那天夜里，我梦见一个白胡子爷爷，在一株茂盛的树下坐着，他不说话，就那样笑眯眯地看着我。我初时不在意，但渐渐发觉，周围竟然是荒凉之地，更可怕的是，我身边没有一个人，再回头，发觉那个白胡子老爷爷的笑容，变得异常诡谲，冷冷的气息，从他的笑容和眼神中，源源不断地扩散给我。这时，他竟然开始喊叫我的名字，一声远，一声近，一种彻骨之寒让我害怕地哭出来。我颤抖着哭着醒过来，发觉自己正在祖母怀里瑟瑟发抖，祖母喊着我的名字，见我醒来，说，小祖宗，你今天又到哪儿玩了，让自己烧成这样子。

她把我放到炕上，用铜钱蘸了油，给我刮脖颈、胸背、肘窝、手心、脚心，直到我的手脚由冷变热。门一响，母亲带着一股寒气进来，她手上拿着我的衣服和鞋，那是替我喊魂去了。我咳了两声说，今天我拿小宝剑出去玩了。祖母边给我灌红糖水，边说，祖宗，不让你拿出去的，你看，受报应了吧。

梦境极其恶劣，它对小孩也特别残忍，骇人的梦魇一而再再而三地出现，让小孩受尽梦境的恐惧和折磨。并不是每家都有小宝剑可助小孩止梦的。更多的人家，习惯在小孩睡觉的时候，在枕下放一把笤帚，也有放旧木头的，还有放旧书的，放剪刀或者旧菜刀的，铜铁器的锐利可驱除梦灵，而旧物件沾染着一些老人的贵气和灵气，也可赶走一些你所看不见的侵袭，让你一夜安然。也有人家，家里有人在城里上班，买一个大大的真宝剑挂在炕头，据说挂着大宝剑的人家，基本是不做噩梦的。大人们还喜欢在早上起来，将尿盆倒扣在茅房里，据说这是在破梦。如果你在某家茅房里看见了倒扣的尿盆，多半这家女主人昨夜做了不好的梦，我们小孩就赶紧从她家门口跑开，因为保不准她就会出来骂人。如果做了跟过世的人一起做事或遇见的梦，在醒来的第一时间，是要将枕头翻过去的，这叫翻梦。

三

曾有人计算过，假设你可以活七十五岁，那么，将会有二十一万个小时在睡眠中度过。也就是说，大部分人的睡眠，都是由无数个梦境碎片组成的。梦境所具备的闪回、剪接、跳跃、切换等功能，使我们生出做过一个冗杂长梦的假象，其实一个梦，最短几秒，最长也不过二十分钟。也不是每个梦境都会被牢记，我们记得的，多是梦境中最特别的那一个，或者临醒前做过的最后那一个。大多数述梦人，通过语言表述的梦境，总是感觉比自己做过的梦要短得多，也枯燥无味得多。梦境之中的真实触感、动感，场景和人物表情，有时是无法用语言表达清楚的。所以，人们后来就借助文字和影像，对梦境进行了加工、渲染、扩张和假想。

民间流传比较深远的梦，是黄粱、南柯、邯郸三梦，这三个梦也成为旧时说书人的保留节目，警示后人，梦境与现实之间有十万八千里的差距。大梦终将醒，梦境自带一种预言、暗示和解脱的光环，仿佛暗藏在你身体里的物质，决定着你的心情和思维。或许，梦境太过虚空，太让人沉溺留恋，像黄粱、南柯、邯郸之类的梦做得太大、太圆满，所以醒来也就难免令人失望、伤情、惆怅，后人便又编撰了许多跟梦有关的圆满故事。我一直以为《牡丹亭》是一出最美的戏，好就好在杜丽娘梦境成真，人死复生，为的一场大梦欢喜。虽然有几分虚假，但世事多舛，真真假假，曲曲折折的人生，谁说又没几分可能的？有梦的人生，总强过无梦。

我小时听家人讲烂柯山故事，说有个姓王的人到山上砍柴，遇见两个人在下棋，他就站在那里看。看棋人一般比对弈者还痴，这一看，就看了很久。后来，棋终于下完了，那两个人便拂袖而去，他想，自己也该砍柴了，转身时，去找斧子，看见木头斧柄全烂了。没奈何，柴不能砍了，只好回家，可是他怎么也找不到回家的路，好不容易回到村里，却又找不到自己的家，向人打听，才知道自己的父母早已作古几百年了。天上一日，世上已千年。这个似梦非梦、似真似假的故事，听起来特别有意思，晚上睡下，就想做个上山的梦，遇见仙人，然后回来，自己就长大了。当然，这样的梦直到如今也没做过。

倒做过一些荒唐而费解的梦，印象最深的一次，是我的戒指给丢了，朋友眼神好，从她家门一直找到我家门，找了两遍也没找到。那是许多年前的事了，金戒指在当时尚是贵重物品，眼见的丢了，心里虽不大舒服，但找不着又能怎么办呢。晚上吃饭，也吃不下去，心里一直忐忑。躺在床上，还细细回想自己今日一天去过的地方，走过的路。念念叨叨睡着了，梦见朋友送孩子上学，孩子从车上跳下来，然后从口袋里掏出戒指，奶声奶气地说，姨，你的戒指给找到了。早上起来，便觉得这个梦是真的，揣着侥幸的心理去上班，一进办公室的门，倒看见戒指静呆呆地躺在地上。梦得到应验，我高兴了好长一段时间，还买了礼物送给朋友的孩子，似乎他才是找到失物的人。

按弗洛伊德的说法，梦无法预示将来，它只提供我们过去的经验。但是这种梦境应验的例子比比皆是。我妈有次梦到外婆家吹吹打打的，好像在办喜事。她一进门，就看见外婆穿戴齐整，喜盈盈地坐在炕沿边上，仿佛在等待什么。院子里人来人往，说说笑笑。我妈心生疑惑，拉住一个人问，这是在干啥？对方笑笑，不回答她的话。一阵风吹过来，她又看见街上很多人在低头痛哭，一时狂风大作，山摇地动，她小时候住过的房子，正在摇晃，先是房顶上的瓦滑下来，接着墙体剥落，房顶塌陷，旧砖破瓦随即堆积。她心慌不止，不知道如何是好。

第二天早上，她收拾东西，慌慌张张地说要去外婆家。我纳闷，时不时，响不响的，再说前天刚去看了外婆，怎么又去呢？她便泪汪汪地说，你外婆不久于人世了。一个月后，我的外婆真的撒手人寰。在民间，最坏的梦，是房子坍塌，牙齿掉落，因为它真切而无误，充满暗示的力量，让死亡，以另外一种形式，通过梦境说出。

我八十二岁的婆婆总说梦有真假之分。真梦会成为现实，而假梦不会。且总说自己做的是真梦。比如，她梦到我故去二十多年的公公在街上买菜，穿得齐齐整整的，碰见她就像陌生人一样。她非常确定地跟我们说，公公在阴间有了新家。所以清明节上坟的时候，她总是说，多给你爸捎点钱，他那边还养家糊口呢。因为是长辈，我们是不敢说笑的，也不敢问，如果真有此事，那么她百年之后，该怎么办呢？于是我们效仿她的口吻，说梦是反的，不必当真。但也只是说说而已，她更相信自己的感受。

事实也如此，一个人在梦境之中，总是会看到一个不一样的自己，一个跟自己完全相反的自己。时而人上人，时而苟且不已，时而善如菩萨，时而恶如强盗。我有次梦到拿刀杀了一个人，醒来捂着胸口坐了半夜，纳闷我本是一个连蚂蚁都不舍踩踏的人，因何在梦中变了性情，大开杀戒。或许，我原本温和的外表下，潜藏着一个极其危险的自己？有人口拙，竟梦到自己参加演讲，普通话说得是那么悦耳顺畅。还有人梦到自己成了明星，被粉丝拥戴。肯定也有人做过当官发财的梦，还有，芜杂的春梦，只不过，这些不好意思说出来而已。反正梦境中的那个你，肯定不是现实中的你，但同时，也可能是现实中你所渴望成为的另一个你。

四

莎士比亚说过，梦是空闲大脑的孩子。而弗洛伊德的理论是，要真正了解一个人，就必须先了解他的梦。古代思想家认为，人的性格决定了梦境的内容，比如：好仁者，多梦松柏桃李；好义者，多梦刀兵金铁；好礼者，多梦簋簠笾豆；好智者，多梦江湖川泽；好信者，多梦山岳原野。《列子·周穆王》中说，觉有八征，梦有六候。其中六候为："一曰正梦，二曰噩梦，三曰思梦，四曰寤梦，五曰喜梦，六曰惧梦，此六者，神所交也。"他认为，一个人体魄充实、空虚、亏损、增强，都与天地相通，与外物相应。如果阴气太盛，就会梦大河，生恐惧。如果阳气太盛，就会梦大火，被烧。如果阴阳都盛，就会梦生死残杀。吃太饱，会梦到给别人财物，没吃饱则相反。所以症为元气浮虚的，会梦见身体飞扬。症为元气沉实，则梦被掩埋。枕着带子会梦见蛇，飞鸟衔住头发会梦见飞升。天气阴，会梦见大火。身体病，会梦见吃饭。喝了酒在梦中会忧愁，唱歌跳舞后会在梦中哭泣。列子还说：神遇为梦，形接为事。故昼想夜梦，神形所遇。故神凝者想梦自消。信觉不语，信梦不达，物化之往来者也。古之真人，其觉自忘，其寝不梦，几虚语哉。

看来，多梦者，自是多思虑者，反之亦然。看过一篇文章，说英国前首相丘吉尔是不做梦的人，当时不信。直到前段时间看奥斯卡获奖影片《至暗时刻》，才知道，原来丘吉尔每天的睡眠时间少之又少。如果一个人不入睡，那么他做梦的几率就很小。据说世上除了患有因大脑损伤而造成梦境缺失的病例,一般人都会做梦。而失眠者比正常人更容易多梦。

我母亲十五岁开始失眠,但每每躺在床上,朦朦胧胧间,便会进入短暂的梦境。如果你刚好说话,她会梦见。如果你刚好进门,也会被她梦见。几分钟后,她会坐在你对面,说,我刚才梦见你回来了。她总是被一些烦恼揪心的事缠绕,无论是过去了的,还是未到来的。有时,她竟然会担忧不过四岁的小侄女老了怎么办,这种可笑的想法最终被她演绎成某天的梦,当她述出,自己更是信以为真。弟弟给她捣朱砂,是隔两天必备的作业,那些暗红的金属,已成为她生命中必不可少的东西,但愿能安抚她年老的梦境。

去年之前,我也患有严重的失眠,人也易怒,每天需要喝药才能入睡。特别是刚搬家的那段时间,更是被一夜一夜的梦魇所缠。那些梦,倒不是噩梦,而是繁杂拥挤、疲惫操劳的梦。在梦里,我不停地爬坡,气喘吁吁。有时又会爬房顶,爬树,那种恐惧的心情下,来自心力和四肢的无力感,让人担忧,灰心又害怕。每次,都在极其艰难地攀爬过程或者攀爬结束时醒来,大汗淋漓,疲惫不堪。无奈的是,这样的过程中后来又增加了无数情节,组成一场又一场由我参与的电影或连续剧。后来,我成了编梦人,预设每一个情景并协助其他人演绎出来。在梦里,我能言善辩,慷慨陈词,正义而激进。倘若我刚读过一篇记忆深刻的小说,不久,在梦里我会真切地走进那篇小说情节,作为旁观者,不止可看见他们的生活、烦恼和欢笑,而且能真切体会到那种来自现实重压下的无奈、无力和不甘。窗外一片漆黑,爬起来喝一杯水,跌回去,原先的梦竟然要延续下来。第二天早上,我不断被闹铃叫醒,但又不断地被拽回梦境之中,好像有一股强大的力量,对我施压。来自睡眠的疲惫令人头疼。当我从梦境中挣脱,疲惫地靠着床头,用力睁大眼睛,怕再睡着,再跌入深渊一般没完没了的梦境之中,身边的人打着呼噜,我顿生羡慕,如果你的身体之中,能发出那样有力量的嘈杂声,或许也可以驱赶梦境。我用睡前喝牛奶、喝红酒、吃香蕉的方法来抑制做梦,但并不见效。我也找来一把小刀放在枕头下,又找来一本纸张泛黄的旧医书放在枕头下,但我依旧会在半夜里坐起来,将灯打开,目光炯炯地注视着周围的一切,书架上的书,墙上的画,墙角的一盆花,直到困意再次来袭。早上起来,嘴巴里全是苦味,脸面肿胀,发红,精神疲靡,易怒,这样的自己,令人厌恶。

想起许多年前跟孩子说过的话,"当你睡着的时候,身体之中还有一个你是醒着的,醒着的这个你,就会替睡着的你做一些事。"当时或许是无意说出的,但现在,我真切地察觉到,醒着和睡着的两个我之间的对立和抵抗。而当下,最要紧的，是如何让我跟我，达成某种共识和默契，让我回归我，让我包容我，让我成为我。我开始加大了运动量，爬山、走步，或者跟着 Keep 做瑜伽。有一天，在小区院子里闲坐，无意中听到老人们讲，我们居住的地方，原是一片坟区，曾经埋葬着东白水村人的先人。敏感如我，突然顿悟。就像狼人会在圆月之夜现身一样，一个人梦境的成因，也会有一个特别的符号来提示和警醒。迁徙，不止预示着一个人对新环境的适应，而且也需要有一段我梦与梦我之间的和融过程，同时也是一次肉体和灵魂的彼此接纳过程。这样想着，竟然释然。不久后，我便可以酣畅地在黑甜乡里游走了，在那里，风轻云淡，绿草葳蕤，繁花锦绣，心境愉悦。这样的经历，我从未跟人提起过。

原载《草原》2019 年第 3 期

院　墙

田　鑫

　　我从小就胆小，加上天生的夜盲症，天一黑就不敢出门，生怕一脚踩进暗夜，不是跌一跤，就是撞上可怕的事物。于是，就喜欢待在有围挡的地方，最好还有光，让围挡把可能存在的危险挡在外面，而我在围挡内沐浴着光，这样多有安全感。

　　墙就是我保护自己的屏障，因此，我对四合院有一种发自内心的喜欢，它亲切、厚实，像母体的子宫一样。在墙跟前，我就像一个永远长不大的孩子，走哪都拽着母亲的衣角。我成了别人眼里那个喜欢沿着墙根走路的人，若是墙没了，就沿着树、沿着水渠、沿着坡，沿着可以依靠的物体走，似乎不依靠点啥，就会被风吹走一样。

　　我熟悉村庄里每一堵墙的习性，我家的墙对我最好，可能是刚砌时间不长的缘故，或者是认识我的原因，它摸上去像爷爷粗糙的手掌，却又温暖有力。天还没亮的时候去学校，摸着它，我就能和邻居家的娃娃汇合。

　　巷子里的墙是共用的，既是我家的，也是三叔家的，还是堂弟家的，窄窄的巷子，两堵墙像镜子的两面一样，表面光滑，这是架子车拉麦子时刷出来的，麦秆坚硬的切口均匀整齐地在土墙上划出无数道杠，我摸着这些杠，就能走到大路上。

　　学校的墙是村庄里最好看的，白色的墙面上，光滑的黑板一块接着一块，这块上写"好好学习，天天向上"，紧接着就有一句"你们是早晨八九点钟的太阳"，我们按照要求蹲在墙根下背书做好学生，但是不是八九点钟的太阳就不好说了，偷偷把喜欢的女孩子名字写在上面倒是真的，不过很快就被擦掉了。

　　整个童年，我就沿着这些墙走啊走，仿佛要把自己长到墙里面，这样才安全。以至于要去镇上上中学的时候，我生怕那里会没有墙，这样的话我就失去了依靠，就不敢走夜路。还好，在走过很长一段没有墙的大路之后，我看到四层楼高的校园被一米多高的砖墙围着，整个镇子两边的房子，也都和我们村里的一样，都是墙围着。

　　后来才知道，不止村庄和镇子被墙包裹着。有一年去北京，大清早地铁换公交赶了几十里路去看故宫。在地图上,它是一个小小的方块儿,四周有长城一般的墙,这明显的标志,指引着我穿过大街小巷,穿过一道又一道门,进入富丽堂皇的宫殿。我突然就想起了老家的院墙。一座又一座的院墙,装了一个又一个的家庭,墙是界限,墙是隔阂。而在北京,这曾经的皇家之地,竟然也是一堵又一堵的墙,和我们村不一样的是,这里面装着一个又一个帝国曾经的雄心壮志和它们已经成为历史的过去。看着这一堵一堵的红色的墙,我突然就想,故宫为什么也用墙作围挡呢?这普天之下莫非王土,住在皇宫里的人,为何又要把自己的故宫用一堵一堵的墙围起来,难道是怕人觊觎权势,怕凡人看见宫廷里的尔虞我诈?没有答案,不过想起这些,我就释然了,墙是屏障,它立在历史里,也立在我心里。

  其实,看上去安全的墙,有时候也危险。这些用夯一层一层打起来的土,虽然还是土,但它们的名字已经不叫土,叫墙,土字旁多了一个啬,吝啬的啬。这个字很符合它们的气质,本来就是,谁砌的墙就为谁卖命,于是这些站起来的土,就要承担比地上的土更多的责任。墙和土划清了界限,墙根儿就成为楚河汉界。站起来之后,墙也学着人的样子神气起来,一副高高在上的模样。土看不下去,就跟它赌气,时间长了怨气加重便分庭抗争。土先把自己和墙衔接的地方变成虚土,然后形成拐角让狗来撒尿,叫掉进土里的种子发芽吸引猪来拱,还不时生出几只虫子招惹鸡来啄,毛驴也像是受到土的蛊惑用两排大白牙啃墙上的白色部分……很快,墙就招架不住了,准备发起反攻。它请来麻雀、鸽子在它头顶拉带着种子的鸟屎,等种子发芽蔓延整个墙体,以巩固自己。后来直接请来砖块儿加固防御,用木棍顶住已经倾斜的部位,事实证明,这一切无济于事。土之上的所有事物都可能对墙造成威胁,风吹着吹着墙就裂开了,雨下着下着墙就坍塌了,太阳晒着晒着墙皮就脱落了。墙实在撑不住了,就"訇"一声倒地,粉身碎骨。

  墙倒地前,已经给人发出过信号,可是人从来不关心一堵墙的死活,这时候人就容易吃墙的亏。我的四爷爷就吃过墙的亏。他坐在梨树下晒日头,嘴里还哼着秦腔,一堵墙就毫无征兆地倒下来了,他都来不及停住嘴的戏词,就被墙压在身下。四爷爷命大,梨树帮他挡了一下,人没事,两条腿却被压断了。人们都说,墙的脚跟儿出了问题,四爷爷没操心,墙就用这种方式来报复他。四爷爷也觉得是这样,于是不等他痊愈就操心起墙的问题,他请来人把四合院里的土墙全拆了,用水泥和砖块砌了一院砖墙,这下,风吹不动,雨淋不透,太阳也晒不裂。

  我也吃过墙的亏。上小学前那会,父母一大早去地里干活,就把我一个人放在四合院里,怕被人抱走,大门上就挂把锁,然后扔我一个人睡觉。醒来一看身边没人,院子里也没人,门还出不去,就扯开嗓子吼,感觉嗓门都被炸开了,还是没人理，只有邻居家的狗在门缝里叫了几声，算是回应。哭着哭着饿了，也就不哭了，去厨房拿窝窝头吃，吃饱了竟然忘记哭这回事，便蹲在院子里看公鸡和母鸡打架，我看母鸡快招架不住了，就跑过去吓唬公鸡，公鸡反过来追我，没几步又掉头去追母鸡，我被吓住了，便不再多管闲事，蹲在屋檐下看热闹。这时候，院子外面的热闹声传进来了，巷子里邻居家的孩子正在躲猫猫。"藏好了吗？""还没有。""藏好了吗？""还没有。"最后一遍"藏好了吗"之后，便没了回音，我猜一定是藏好了，就想着他们应该藏在哪儿才比较保险，想着想着心里就痒痒，去后院里搬来一把梯子，学着大人的样子爬上去，我骑在墙头上的时候，巷子里却一个人都没有，他们应该是藏起来，刚想着下去找他们，脚下一滑，就从墙上摔下来了。等我醒来的时候，已经躺在土炕上，从众人的眼神看，我像一个藏了很久终于被人找到的孩子一样。此后的几个月，我只能用绑着绷带的手指头摸墙了。

还有一次，我在密不透风的墙面上看到一个小洞，这洞是怎么出现的我不得而知，只知道洞里住着一群小蜜蜂。它们腰细细的，看上去凶凶的，似乎还对采蜜这件事并不怎么上心。可是我对它们很上心，每天都观察这群蜜蜂的一举一动，总觉得住在墙里面是一件很有趣的事，不知道这墙里面是不是和四合院一样的格局。在一个下午，我戴上草帽，找来细细的竹竿儿，准备一探究竟。我刚把竹竿插进去就有蜜蜂飞出来，竹竿插得越深，飞出来的蜜蜂也越多，它们疯子一样朝我飞过来。再后来的事儿我就不记得了，只知道醒来时已经在土炕上躺着，额头上敷着热热的毛巾，头部火辣辣地疼，到处是包。

我一直以为墙外有危险，这墙里的事物也不怀好意。从此，我对墙有了隔膜，有了敬意。

和墙有关的成语，我最喜欢马上墙头，年轻的女子到了出嫁的年纪，心上就有事了，又不能出得门去，就守在矮矮的墙头，等着如意的少年经过。但是往往等来的是媒婆，两个人见第一面就已经是掀开盖头了，所有的期待和爱情故事都被草草画上句号。因此，并没留下多少和墙有关的爱情故事，村庄里的人普遍胆小，也没有出现钻穴逾墙的往事，兄弟阋墙的事情倒是时有发生。

俗话说常在河边走哪能不湿鞋，常在墙边住，也经常被墙连累，堂姑就是被连累的那个。因为是家中独女，家族里就给她找了个上门女婿，此人老实，话不多干活又勤快，加之一口气生了三男三女，因此，这上门女婿在村里的威望也借由子女慢慢抬升。

村里人分家给儿子修新院子喜欢连在一起，意在一衣带水，也有个照应。堂姑家的三个儿子，就自然一家挨着一家了，老三和老人住在老院，老大家紧挨着老三家，老二的新院紧挨着老大家的院子，三家像火车一样连在一起，这样既方便走动，也省了各家再砌院墙的麻烦。

三个儿子刚开始相安无事，等娶了媳妇，境遇就不一样了，三个媳妇各有各的脾性，也各有各的盘算。先是因为几个儿媳妇对分家后三家还在一起搭伙种地有了分歧，后来二媳妇公然提出，分家的时候对老二不公平，要求重新分配，老大媳妇和老三媳妇怎么能答应呢，到手的那些家底不管薄厚，都已经是自己家的，能轻易拱手？老大媳妇和老三媳妇就暗地里联合起来，对付泼辣的老二媳妇，此后，三家再无宁日。

老二媳妇眼看着家产没办法再分，就在三家共有的一棵核桃树上下起功夫。这棵树，长在老大家里院墙边，每年核桃还没熟，老大家的几个小子就爬在自家墙上摘个大的吃，等熟透了，老二老三家的只能吃小的。这让老二媳妇很不高兴，就提出要分了这棵核桃树，怎么分？最直接的方法是砍了。三家从开始闹矛盾，上门女婿一直就没吭声，想着孩子大了不由爹，由他们去吧，就是每次闹起来，上门女婿脸色极不好看，躲在核桃树下抽旱烟锅。

到真的要砍核桃树那天，上门女婿就坐不住了，叫来三个儿子商量。三兄弟因为媳妇之间的矛盾，根本坐不到一起，即便是强摁着坐在一起了，也是差点动起手。好在兄弟毕竟是兄弟，一直克制着没有动手，在村庄里，兄弟之间动手可是一种耻辱，有些兄弟一辈子哪怕老死不相往来，也不动手，这是村里人的底线。

砍树这事就这么拖着，老二媳妇的斧头都准备好了，似乎这棵树不砍，心里的疙瘩就解不开。老大家的三个孩子基本上每天都守在墙上，防着有人来砍树，一看到老三媳妇出来，就瞪大眼睛。三家的矛盾越来越难以调解，上门女婿好不容易树立起来的威信，就这么被消磨掉。大家都在看他们家的笑话，也都在等着这事最后的结果。

老大家院墙边的那棵核桃树最后还是被砍了，砍树的那天，村里很多人都来看热闹，村里的长辈们用分地的方法，连树枝都分到了各自手里。不过三兄弟谁也没有将分到手的树枝搬回家，而是堆在院墙下。

整个过程中，三家兄弟最终也没动手，只不过三人再也坐不到一起了，见面也是眼光躲闪，成了仇人。等核桃树的树枝彻底变成干柴的时候，老大和老二就锁了大门，彻底离开了村庄，此后的多年里，再也没见他们回来过。守着老家的老三一家，后来也锁了家门，在城里租了房子生活，说是照顾孩子上学。

大家都知道，三兄弟是伤心了，他们是用离开逃避兄弟阋墙带来的伤害，极有可能还想着通过分离，弥合兄弟之间多年以来的缝隙。他们三家连在一起的院墙是越来越破旧了。今年过年回家，兄弟三家的院门紧锁着，墙头上长满了野蒿子，不时有麻雀落在墙头，它们唧唧喳喳的样子，让着连在一起的院墙，更显得破败萧瑟，一点也看不出家的样子。

原载《散文百家》2019 年第 4 期

何以心慌

沈俊峰

一

一粒芝麻般的小症状，让我心慌。像一片惊悚的羽毛，在风中翻飞，无处安放。命脆如瓷，哪敢有丝毫的懈怠？但一个细微的疾患，何至于如此？我明白，惊慌的并非是这小小症状的本身。

春节前，发现母亲有口腔溃疡，舌边的一星白点，让吃喝都有痛感。母亲以为是义齿磨的，没有在意，去社区医院开了点药吃了，却一直不见好。到了四月，社区医生动摇了信念，说去大医院做个切片化验吧，如果不是缠手的病，也就放心了。

这话有点高深莫测，难免让人琢磨。

于是去了一家大医院，医生开了条子让住院。住院部里，人满为患，连走廊上都住上了。护士说，想住院要等半月或更长。又说，虽是个小手术，也要全身麻醉。霎时，我被震住了，就一个口腔溃疡，需要掀起这么大的动静吗？想象着母亲要挨刀受苦，实在不是个滋味。何不利用等待的这段时间，去看看中医呢？

母亲不愿进京，害怕折腾，我只好从网上查询，发现单位附近那家著名中医院下午正好有特需门诊。于是，也不管电饭锅里正煮着饭，出门直奔医院。一个多小时，喘着粗气赶到，直接挂号，一秒钟也没耽误。

只能替母亲去看病了。医生听介绍，问情况，然后沉默，似在琢磨。我急忙连通手机视频，千里之外，如在眼前。医生看了说，伤口周围不发红，不像是缠手的病。轻轻一句话，扫除了我心中漫天的乌云，似乎看到了一线阳光，激动得泪都快要下来了。这个时刻，发现做一名医生是多么实用和伟大，而自己舞文弄墨，真是什么用处也没有。这样的想法，在鲁迅面前真是小到尘埃里去了。但是，那种被拯救的幸运和幸福，不在那个紧要关口，真是绝难体味。

走出医院，浑身轻松，天气清朗。药是熬好的液体，开袋可服。想快递，这才发现，医院门前竟然聚集了各家快递公司的人，专门寄发全国各地的药。快递小哥说，液体药品不能走航空，只能陆运，需三五天。三五天？耗时也太长了吧，若是对症之药，两三天就能见到效果了。一天也不想耽搁，于是买了高铁票，翌日径直送到家。

或许是精神的作用，三天后，母亲说，感觉好多了。

二

一周后，小白点依然还在。父亲急了，说病不能耽搁，早治早好，而且中医西医，都希望能确诊，对症才能下药。手术切除，或许更让人放心。母亲也做好了手术的心理准备。

于是住院。

各项检查结束，指标都正常，却迟迟不说手术的事。每天查房，医生看看，并不多说。等待是唯一的承诺。父亲坚持陪床，怎么劝也无用，说他一个人在家心慌。但是，病房人多，吃睡都受影响，眼看着坚持不住。焦虑的情绪慢慢爬上来。医院里的等待，最是百无聊赖，像漫长的雨夜，难免让人思想活跃，寸寸琢磨，在生命的荒坡上张望徘徊。一颗心像一叶飘摇的木舟，划行在漫无际涯的大海，渴望那一盏明亮的灯。病人，病人的家人，谁不像一个落水者，做梦都想去抓一只橘黄色的救生圈在手呢？

但是，救生圈有限。救生圈掌握在医生手里，医生的任何一个小表情，任何一句话，都会在万分敏感的病人心里荡起层层波浪。救生圈是否真的能救命，或者只是一个寄托的符号？谁都无法描绘清楚，但是抓在手里总是踏实，两手空空才让人心慌。心慌什么呢？慌救生圈无法拿到手里，即使拿到了手里，医生是否充足了气，是否牢靠？

像行走在黑灯瞎火的小路，谁不害怕心慌呢？

关系或红包，或者更多的办法，确实能让手中有一个希望的救生圈。许多人，挖空心思都想得到一个。病人躺在床上，风平浪静，家人却是焦心忡忡，机警张望，穿梭往来，调动所有能量去寻求路径。无人能心安，除非感冒之类，稍微大一点的病痛，莫不心慌。这慌，是我们对生命、对亲人的爱，但是这爱却被现实中一只无形的手所操纵。这只丑陋、肮脏、无耻又无形的手，就驻扎在人的心里。

这哪里是一个小小的救生圈呢？

想起小时候在河里粘鱼，布好粘网，把水搅浑，让那些惊惶的鱼们茫然乱窜，撞上渔网便再也无法逃脱。此刻，我就像浑水中那一条惊慌的小鱼，不同的是，虽然清晰可见那网就在面前，又能如何？还不是要硬着头皮撞将上去。

这么个小手术，该不用考虑救生圈的事吧？我们对医生崇敬的目光和感激的笑容，该是人世间最纯洁的奖赏，况且，现在风气好转了许多。世上总有两股力量在较量，美与丑、善与恶、正与邪、真与假，虽说最终的胜利肯定是前者，但在具体的搏杀中，往往是互有胜负，前者往往也会有暂时的妥协、挫折甚至失败。那些硝烟弥漫中的厮杀，人心都看得见。看得见，心中才会卧着一个不安的兽，喘着粗重的鼻息，搅得人不得安宁。

邻床那个老太太，总是让病房中的其他人羡慕和嫉妒，医生每次来，对她都笑容可掬，嘘寒问暖，一天不耽搁就做了手术。那是本病房独一无二的待遇，人人看在眼里，人人心里都明白。一个需要做大手术的病人家属，背着小挎包，满脸凝重地在走廊里一趟趟穿梭，寻找和医生单独谈话的机会。对面床上的中年妇女，入院三周了，每天无所事事，去外面小餐馆吃三顿饭，然后卧床玩手机。斜对面那个河南大哥，天天找病友下棋，回来就嚷嚷着啥时能上手术台。医生太忙，病人太多，手术当然需要排队。天有冷暖，四季不同，人与人，也像这自然的四季，不知道从哪天起，温度也变得不同了。

手术的头天下午，莫名的惊慌重重袭来。并不吝啬，再吝啬的人，在这个关头都不会吝啬，就是觉得低不下一颗心、抹不下一张脸。一颗心，像是那些刚刚采来的嫩茶叶，被反复地加热、蹂躏。一张脸，半边儿被冰雪揉搓，半边儿被炭火烘烤。那个下午，内心像塞满了麻花，痛苦地纠结。最终还是想屈服。为了母亲而屈服自己，毕竟是能原谅自己的，对吧？可是，已经寻找不到屈服的缝隙了。这样也好，心安，释然，一切听凭上天的安排。上天应该是有良心的，因为上天没有少受人间的烟火和膜拜。

三

鲁迅弃医从文，希望拯救国民精神。但是他不会想到，国民精神沦入了另外一个陷阱，沦为另一样的奴隶。精神上为奴，再丰盈的物质也谈不上幸福，再辉煌的大殿也谈不上心安。当生命得不到信仰般的尊重，即使拥有世界上最先进的医疗设备，即使拥有天下最富足的财产，又谈何幸与福？一旦风吹草动，谁人还能不惊不慌？

第二天要做手术，母亲让我接她回家，洗澡换衣服。在母亲心里，对手术充满了敬畏，对那些解除病人痛苦的人，充满了更大的敬畏。

晚九点，护工才允许陪护的人去搬折叠床。折叠床很重，父亲拎不动。平时，邻床一个胖子帮他。胖子的侄子住了几天院，发现没有病，不需要手术，就出院回去了。病房里的人都感叹医院良善，说若是私人诊所，怎肯轻易放他离开！

护工的门关着，外间堆放着十多张折叠床。一个人正在接开水，我误以为是护工，说老爷子搬不动，我先帮他搬一张。声响惊动了里面，门开了，有人厉声吼，谁搬床？接着出来一男一女两副俗脸，非常威严地瞪着眼，令人想到影视剧里那些狱中的男女牢头。我说，我。对方不言语，盯着。我又说了一遍理由，将床拎在了手里。那两张有些土黑的胖脸，在僵硬和愤怒片刻之后，终于放缓，像放入开水的冰块，顷刻化解，然后，有了残花般的笑意。那笑意，突然就暴露了心底的丑陋。

我的心痛了起来。

1983年，轰动一时的电影《少林寺》，有一句台词至今难忘：方丈，善心动不了恶魔，还得凭这个。这个，是武僧手中的棍，而我们，手中有什么呢？

回家的路上，行人已经很少，却是灯火辉煌，亮如白昼。想到母亲明天就要做手术，而我什么忙也帮不上，苦难只有她独自受着，心中便爬满了苦痛的枯藤。将车停在路边，想抽根烟平静一下，却难以平静下来。一个朋友打来电话，说抱歉，帮不上你忙。我说，我也帮不上，能帮上的只有医护。此刻，像有无边的洪水围了上来，浪涛如天，恰如漫无边际的绝望。远处，隐约有一只救生圈，随波起伏，让人看不真切。很想要一瓶高度白酒，把自己喝醉。

这一种绝望的愁，有几个人能逃掉呢？

谁也逃不出宿命，但是，肉体上的病痛并不可怕，可怕的是心病。心病是我们自己制造的，深浅莫测的心病，才让人心慌。因为许多时候，我们不是抱团取暖，而是抱团伤害。我们把温情、善良、责任，甚至是义务，都看成了五彩缤纷的利益的幻影。

我想，鲁迅弃医从文的选择还是正确的，只是，笔的力量太有限了，能改变什么呢？

原载《散文选》（创作版）2019年第10期

往昔深远，夏日迷人

麦　阁

一

"那个女人曾经如此年轻，她的皮肤光润饱满，刚洗过的头发黑而柔亮。是的，在那个初夏的正午，我看到它们一直飘垂到她的腰际。那时的她刚满二十五岁，已做了三个孩子的母亲。她最小的孩子是个女婴。她洗头的时候，那个女婴还未满月。按理她是不可以洗头的，可她不听上辈人的劝告，以至于她在后来的日子一直都落下了头痛的毛病。她洗头的时候，女婴就躺在空宅东间的屋子里，这时她很想摸摸母亲那头湿湿的乌黑长发，她躺在那里，忽闪的眼睛发亮着，她感到自己伸出手去，母亲只看到她的两只小手、在自己小小身体的上空轻轻动了动。乘着女婴还算安静的一刻，女人转过身去，背对着她，梳理自己一头未干的头发。这样，女婴的脑海里就留下了她母亲的一个背影——头发的——黑色。"

在这样的描写中，我再次回到了自己儿时的第一副模样，追溯到我生命最初的样子。仍然能够遥远感觉，那个我出生的房子，进深是那么长，前前后后的几扇门似乎都开着，有风，一阵接一阵地吹来，吹到我裸露着的皮肤上，异常舒服。外面阳光很好。意识里还闻到有槐花的香气，落下的粉圆花瓣在一阵忽然来临的风中乱跑，槐树的阴头重重落在空宅前的泥地上……遥远而又模糊的主观印象，这是最早的记忆，有关夏天。

二

两张长木条凳架起的竹片床，不满两岁的我正躺在上面睡觉，靠着墙，在最里面，这样我的父母就不用担心我会从竹片床上掉下来。比我大三岁的姐姐和大五岁的哥哥，还有大我哥哥一岁的小姑以及邻居家两个差不多大的孩子，这时也在竹片床上。只是他们和我不一样，他们不想睡觉。

我小姑是这一群孩子的"首领"。这一刻，她站在竹片床上，手里正拿着一根竹棒，一会儿挥向右一会儿挥向左，一会儿又忽然将竹棒举高，她这样来指挥着他们想象中的大帆船在海上行驶。她这时都上小学一年级了，可还是贪玩。而我的哥哥姐姐和另外两个孩子，也玩得投入忘我，他们之间有非常大的默契，总是很情愿地一起把竹片床想象成海上的大帆船，想象成城市里马路上的大汽车……即便是傻傻地坐在一起，嘴里轻轻发出一些怪声音，便也觉得欢喜。这样的过程，主观感觉里，他们一边玩一边又将自己压抑着，因为我在睡觉，他们在大人们的叮嘱中，并不敢肆意大声喧哗。

　　有一次，我七岁的哥哥在玩的间隙，回过头看我的时候，看到我正好在睡梦中发出微笑。我哥哥好奇得了不得，不自禁喊叫起来：你们快看，小淑在笑，她睡着了也会笑，她睡着了也会笑——在后来的转述中，我从大人们口中得知了自己成长中这样遥远的一幕，欢喜地与之相遇。

　　稍微长大一些的时候，我们好几个小孩子一起，下午午睡，把家中大大小小的新老竹匾摊放在地上，当床，大的孩子睡大竹匾，小的睡小竹匾。一只大竹匾里可以并排睡四五个孩子，我们五六岁的年纪，一致感觉睡竹匾要比睡在床上有趣也舒服得多，简直可以说有满心欢喜的意思。

　　要说起来，竹匾的用场可大了，一年中，大人们用它们来晒四季收成的各种粮食，从稻谷到麦子，到各类豆子，晒腌的咸菜萝卜干……但竹匾最重量级的用场，还要到十二月过年前，每家每户做团子的时候。那个时候，家里好像有再多竹匾也不嫌多，揉米粉在竹匾里，生团子放竹匾里，蒸好的团子也要放一个竹匾……这是题外话，让我们再回到那些夏天里来，这一刻闲置着的竹匾，成了我们的玩具。蝉鸣在户外此起彼伏，有的小伙伴一觉已醒来了，有些懵懂，身体上的一些地方甚至脸上印着竹匾规则又好看的横竖花纹——这夏天最深刻的印记。此时户外四点多的长夏阳光依然强烈，热烘烘的，把万物的影子清晰而又无声地打在地面上。

三

　　还记得捉知了猴吗？你可能没有玩过，就是从土里刚爬出来、还没有蜕壳的蝉，黄褐色的。它们看上去有些憨厚木讷，有些像驼了背沉默少言的小孩儿，有的则像乡下老公公，因为它们都拙态可掬。

　　我看见过它们，是在黄昏时，从小树林的土里一只只钻出来，多的时候会成群结队。它们行动缓慢，不急不躁爬到树上，按着规律去完成自己的蜕变。这知了猴确实温和，又跑不快，样子虽不好看但并不伤人，所以，如果要想抓住一只知了猴，就成了轻而易举的一件事。

有过这样的日子，把在黄昏时捉到的知了猴放在蚊帐里，晚上睡到半夜，正当你梦甜的时候，它就蜕壳了，变成一只真正的蝉，等第二天天亮你睁开双眸，就会发现它也眼睛清亮，安静停歇在白纱布蚊帐里。这样的早晨，即刻便拥有了阳光的明媚与柔亮。

后门屋外的丝瓜架上，绿色的瓜藤生机勃勃，金黄色的柔软花朵最是惹眼，花瓣是椭圆形状像阳光一样打开的，偶尔会见一只两只小虫蚂蚁粘爬在上面。已经结好的丝瓜大小不一，长到恰到好处的，就会被镰刀割下来，中午时做一道丝瓜炒鸡蛋或是丝瓜蛋汤。这是村子上最为日常的一个景致，陪伴我们度过整个夏天。

这样开始的一天里，感到幸福的事情是跟着家人在几个时间段里一起听评书，由刘兰芳播讲的《岳飞传》《杨家将》印象最为深刻。那时的我其实还小，老实说还听不太懂整体内容，只是被父亲哥哥他们的高涨情绪所感染影响，觉得自己心里也是兴奋欢愉的。

那时的年月，我最热衷的事情之一是收集各种糖纸。我从祖父那里把他最爱的《三国演义》偷来，只为了夹那些花纹不一五颜六色的糖纸。因为那个书厚，可以夹很多，而且，夹放在里面的糖纸，过不了两天再去看时，就已经变得很是平整妥帖。那时我的糖纸分金糖纸和纸糖纸两种，分别夹在两本《三国演义》里。金糖纸都是闪闪发亮的透明玻璃纸，不像纸糖纸那么容易破，夹放到书页里之前，拿在手上将它们团拢再打开，它们就在手里发出"唏里哗啦"的脆响……两册《三国演义》因为被夹了糖纸而让我日夜牵挂，爱不释手。

四

小时候羡慕过城里女孩的花裙子，更多时候，还是庆幸自己是在乡下长大。有句话我至今印象深刻，谁说的忘了，意思是说，在所有的季节里，只有夏天最像童年。我私自是深深认可这句话的，也正是夏天，给了我最多有趣的童年记忆。

有一些夏天的游戏，是只能几个女孩子在一起玩的。比如，把枫杨树的翅果洗干净了，用母亲缝被子缝衣服的针和线将它们一个个串起来，搭挂在耳朵上做耳环，戴在脖子上做项链。玩这个游戏，除了用枫杨树的翅果，用红薯（山芋）藤也可以。之前先把它们的叶子去掉，洗干净，再把藤掐成一小段一小段就成了，挂在耳朵上脖子上的一丝清凉，即使是这一刻忆起，也都还在，清晰如昨。

母亲喜欢古装戏剧，会唱很多越剧、锡剧、黄梅戏片段。记得那时家中的白墙上，也一年到头贴满了那些古装的剧照。什么《碧玉簪》《红娘》啊，《梁山伯与祝英台》《五女拜寿》等等。或许是受了母亲的影响，亦或许是受了墙上贴画的诱惑，此时戴了耳环项链的我们，还总会找出收在衣橱里仅有的一两条丝巾，把它们轮流披在肩膀上或头上，学墙上图画里的小姐踮起脚走细步。说话也拖腔拖调地模仿……这样的一刻，最好不要有外人来打扰打断，让我们可以玩得尽情尽兴；有时碰到家中有人从外面或地里回来，看到我们在如此玩着，只觉得我们的投入又痴又傻，却无心来多一点点体会——这是我们最无忧最美好的时光……

小小的竹篮里，一串串粉白的槐花也在，把它们一朵一朵摘下，把尾部花托处撕开，放到舌尖上，那一丝花的香与甜，我甚至找不到文字来形容这种心情的欢喜与满足。

午后厨房里盛水的大缸里，从地里摘来的西瓜菜瓜，静静地浮在那里，等我们去吃。浸在大水缸里的西瓜菜瓜，吃起来要比不浸的凉得多，大水缸的功效应该就好比如今的冰箱。还有几户自家院子里有井的，就会把它们装一个袋子里，用一根绳子系住，吊着浸在井水里，这样，拿起来吃的时候，就会更加冰凉，在那样的夏天，实在是沁人心脾。

五

能够想起来的那些有趣夏天似乎还在不断冒出来，那么多。比如，用熟豌豆、蚕豆串起来做念珠或当项链挂在胸前，那一刻我们都是一尊尊小小的佛，有口无心念一句"阿弥陀佛"；用柳条编做一顶柳条帽戴在头上，或者再编个柳条圆球，几个人聚在一块抢踢着玩儿；正午时的热光下，村上勤快的几个女人腌的咸菜萝卜干、做的面酱晒在河滩边的石堆上，散发出我至今仍然记忆犹新的独特混合气味……

男孩子们收集着各种各样的香烟壳子，视其为珍宝，还有大小不一、色彩不一的玻璃球，他们把它称为弹珠。薄暮时分，他们常常找一块相对干净的地方来玩"斗弹珠"，趴着，跪着，什么什么姿式都有，他们才不担心身上的衣服会被泥灰弄脏，为了赢得一颗弹珠，用大拇指和食指准备出击那一刻的专注足以让时间为之停留。还有几个在不远处的田野里玩烧野火，焚烧的几缕灰蓝色的烟轻描淡写飘向天际。换糖佬的箩担也总是在夏天里到来，大块的麦芽糖，矮脚玻璃瓶里的红双喜硬糖，红丝带绿丝带，各种彩色牛筋，实心的，手巧的人可以用来编成虾或蝴蝶和金鱼，编端午节可以用来装鸭蛋鸡蛋挂在胸前的小网袋；空心的，更是我们的最爱，我们拿它放到装了水的瓶子里，把另一头放到嘴里，喝水，就是把它当现在的吸管来用。这对于当时的我们，乐趣又远远超过了现在用吸管喝水，我记得那时的心情，一边满心欢喜地用空心牛筋吸着喝水，能看到玻璃瓶子里的水一点一点浅下去，牛筋在瓶子里被放大变异的样子也绚烂幻美。

知了叫得响的正午，村上河里游泳的男孩子成群结队，捉田鸡，笃弹珠，打麻雀，钓黄鳝，斗鸡，捉蝈蝈……女孩子们则基本不下河，在岸上摘枣打枣，吃西瓜，采桑葚，现在回想起来，男孩子们的夏天生活着实比女孩们丰富多了。

六

说起游泳，在那些迷人的夏天，我唯一的哥哥是村子里出了名的野小子，他的胆子比天大。我想，他要是和我一起回忆起那些夏天，一定也是快乐和高兴的。他是他们那一群男孩子的首领，做什么都由他带头。结队在发热的河水里游泳，也一定是他第一个卜河；包括爬树，掏鸟窝，也都是在他的带领下。几米高的石子堆，他的小兄弟们几次都冲不上去，就他，只冲一次就成功了。我亲眼看过他们在那石子堆前惨烈的比赛，在冲的那一刻，他们都用自己的嗓门歇斯底里喊一声"冲啊"来帮助发力，但是每次都只有我的哥哥发力成功。这真是一件没有办法的事，他就是靠着这些来"服众"的。用他自己的话说：我也不想当他们的大哥啊，可他们都来跟着我玩，我有什么办法。

他们在河里游泳的时候，有村里的男人存心捉弄他们，有时是将一只拿上河埠去洗的菜瓜，用尽全力远远地扔到河中心，七八个十三四岁的孩子，事先也没有约好，这时却不约而同地争先恐后起来。可不管这个过程再紧张，再激烈，再愉悦人心，结果永远都是哥哥一马当先，将河中心的物什送到在河埠边开心等待着的主人手中。

还有一次，村里一个上了年纪爱恶作剧的老头儿，不安好心地将自己煮菜的一只小铁锅远远扔进了水里，不一会儿就在水面上没了踪影。那个老头儿为人不好，他不喜欢小孩子，我们也都不喜欢他。村里所有的人都知道，那个河面积不大，水却很深，要一个猛子扎下去再起来要费很大劲。所以，那一次他将小铁锅扔进河里，刚开始谁也不理他，他没办法，后来把希望寄托在哥哥身上，他只好自己说起好话来：嘿，我看你们这帮人里面，最有本事的还是××，我看除了他还有谁能有本事把我的铁锅捞上来。几个孩子依然不听他的，只有我的英雄主义的哥哥，听了他的话又热血沸腾了，又一下忘了老头儿为人有多坏。哥哥一个猛子扎下去，好长时间没有动静,直到在旁边等着他起来的人们都开始紧张,他才忽然间像条鱼那样猛地钻出水面,大喘着气,将铁锅送到坏老头儿的手里。坏老头儿咧嘴笑了,用手指着其他几个孩子,说:你们都没用,只有××有真本事。一边说着,一边接过铁锅转头就走了。我心疼哥哥,在心里直骂那老头儿"老鬼"。

七

行走于乡间的手艺人,好像也全都是在夏天出现。磨刀匠,修伞匠,补锅匠,鞋匠等等。

还记得到村上的磨刀匠,穿着总是最不讲究,整个人都是脏兮兮的。在灰旧的衣衫外面,围了一条沾满污垢的围裙,掮着个矮长凳,凳尾用铁丝搭绑着一块磨刀石,带着一把戗刀铲,一只小铁筒里盛着水,放有一把小刷子。只要一听到"磨剪刀、铲卜刀"的叫喊声,就会有一群小孩蜂拥出现,你推我操快乐地跟着磨刀匠,嘴里也帮一起喊着那句"磨剪子来戗菜刀——",心甘情愿做磨刀匠的"跟屁虫"。

修伞匠挑着一副装着工具和修伞材料的担头,一路喊着"洋伞布伞修伐"走村串巷。到村头或巷尾的一棵大树下停下,铺开摊子,等待生意。有时生意来了,修伞匠一边干着手上的活,一边还不忘习惯性地喊上一句"洋伞布伞修伐",求得安心,唯恐错过了谁。

在村子里生活的人们一日三餐离不开锅,各种各样的锅利用率都高,用多了也很容易破。隔三差五就有补锅匠挑着担子来村上转悠,肩上挑着的担子并不重,但看上去东西却很多,细看看,无非就是一只风箱和补锅需要用的一些工具材料。只要他们上村,似乎总会招来生意,他们便撂下挑着的担子,认真地做起活来,也不至于空手而归。

回忆还是温热,纯真已然远去。时过境迁,此刻再想起那些如梦的夏天,想起那些曾经为了生计的乡间手艺人,实实在在令我感叹往事如烟,时间深远。那些谜一样的夏日呵。

原载《野草》2019 年第 5 期

脱了壳壳就是米

秦锦屏

题记：彝族的美神甘嫫阿妞啊，你可知道峨边为什么一天天在变美？

1

峨边县的古井村，村庄依傍着缓坡地盘旋而上，村中有溪水经流。

我们参观的这间老房子，堂屋中央有一个火塘，柴火红旺旺的。

头缠白布包头的老彝胞招招手，请来客们就着火塘边的三根石柱围坐成一圈。他自己坐在彝族传统礼仪规定的，正中央靠右的主人位上，口含烟袋，笑容可掬，褶皱繁密的嘴角时不时喷出缕缕烟雾来……这才吧嗒了几口，又抽出烟嘴来，对领我们来的彝族"导游"嘀咕几句我们不懂的彝语……也是在他抑扬顿挫的声音中，有人端上来一大盆蒸好的土豆。老人一面张罗大家"动手"，一面环顾左右，对那些正在欣赏墙壁上垂挂的蓑衣、好奇谈论的客人们招手，张罗过来吃土豆。他另外一只手，抓起一根细柴棒子，从火塘的灰烬里刨出沾满柴灰，热腾腾的烤土豆。一掏出来，将那土豆丢在脚地上"嘭嘭"弹一弹，灰土弹落后，捡起来，将这枚看似焦糊，实际香透了的"炸弹"扔给客人。

客人躬身毕恭毕敬迎上接了。"嘘嘘"烫得咧嘴，左手右手不停倒换着，忍烫将土豆掰开，香味四下弥散，立刻就有好几只渴望的手长啦啦地伸了过来，那些带着彝胞热情的烤土豆就被他们喊着烫，喊着香，喊着过瘾，呼哧哧地吃掉了。

老彝胞含着烟袋，笑了。他仿佛在欣赏一群贪嘴的毛孩子。这些来参观访问的"孩子"大多都是来自汉族、瑶族、土家族的同胞。

有人问他：老人家啊，您就住在这里吗？这房子老旧成这样，晴天的夜里估计能看见满天星星吧！

老彝胞听了翻译后，急得直摆手，连连催促身旁的彝族"导游"给大家解释。

这人缘极好的"导游"，其实是当地政府的干部。他坐在老人的左侧（据说，这个位置也是彝族待客礼仪中固定的位置，任何人家不得违规），米白色的"查尔瓦"披在他身上，使他看起来像一个威风凛凛的将军，非常英武、神气。

"导游"介绍道，这是老人家原来居住的老屋。你们现在看到的古井村，房舍整洁美观，都是近年政府出资给彝胞们修建的。之所以还保留着像这样一两间"老龄化"的旧土坯房，就是作为历史的见证……老人家住的这个房子啊，比他的年岁还要古老呐！这是他爸爸娶亲的婚房，传给了他，他在这间屋子里也接了亲，育了子，他孩子也在这里有了孩子。所以，他对这个屋子很有感情，现代化的新家里住一住，每天还要回到老屋来拢起一盆火，再坐一坐。喏，像这样贴着地面的火塘，彝人每家每户都有，经年不灭，火上的吊铁锅，可以烧饭，煮水。喏，柴火坑里还可以烤洋芋！这火塘上边，烟熏火燎过，黑黢黢的檩条是用来挂腊肉的。看一个家族是否富足，从他们家火塘上挂腊肉的多少就能估出来，照现在他家这个生活水平，顶上的腊肉大概是要挂得密密麻麻了……

"呀，腊肉挂上去，下面又生着火，肉串不会滴油吗？滴身上怎么办啊？"有人发问。

"导游"调皮地说："滴了就滴了嗦，富日子总比那穷日子好吧！"

大家哄然笑了。

如今，在彝族的每个村落，笑声是成串的。

2

我们沿着弯曲的山路步行去往黑竹沟。

一路上，总有热心的彝人把车停下来，用彝语和汉语交替询问我们需要不需要坐车进山，有的嘛，显然是冲着领路的"导游"——我们的彝族朋友。有的，则是冲着我们以步代车的男女五人。他们不知道，此时此刻，我们正陶醉于这世外桃源般的美景之中，也在回味刚才的采访，品味彝族朋友的情谊……

就在我们辞别古井村的时候，那些抱着娃娃兜圈的妇人，村头大树下打牌的人们，包括路上牵牛的，开车的，都会用彝话跟我们的"导游"——曾经在他们村任职的干部打招呼，也朝陌生的我们微笑。

"导游"告诉我们，他们刚说希望能留你们吃晚饭……

还有的彝胞，隔着窗户听见或者看见我们这支采访队伍了，大步迎出门来，双手比划着往屋里礼让……

我们对"导游"说，这么热情，那是你的面子大吧！

"导游"摆摆手,抖了抖身上米白色的"查尔瓦":我们彝人自古热情好客,只要有客人来,都奉为上宾。过去,家里光景不好,客人上门了,他们哪怕从邻居家借菜,也要好酒好菜好招待!彝人勤劳,各家各户的堂屋里永远有一堆火。冷了,累了,就在火旁依偎一下,取取暖,起来再接着干活儿。渴了,饿了,火塘里会有煨熟的洋芋,拍拍灰,就着一杯水或半碗酸菜就能吃饱。彝人的院坝,就是土地丰收的晴雨表。哪家院子里晾晒的食物、堆积的柴火多,哪家人就勤劳、富庶。若是在农忙收获季节里来,你会看见家家户户院坝的树杈上晒着萝卜秧,院墙上挂着金色的玉米,筛子里晒着干菜,瓦盆里泡着酸菜……彝族的男人,不惜力气,一个壮年汉子,负重几十斤百把斤的东西都不在话下。彝族的女人个个勤劳贤惠,常常是忙完家务就忙农活,重活累活从不挑拣。就算坐在火塘边,她们手里也永远有忙不完的缝补、炊饮……在农忙时节,好多女人前胸抱着娃娃,后背扛着庄稼,沿着山道,一步一步地搬运,以往,像这样的场景到处看得见。现在政策好,彝人以往低矮的土坯房都变成了敞亮的砖瓦房,村寨里都通了电,电商微商带动了物流,物质和信息都倚门可待,机械化耕种,解放了辛苦的庄稼人!年轻人,不再是望天吃饭,土地的守候者,他们愿意到外面的世界去闯荡,去见识……日子好了,人们愿意把空出来的时间拿来学文化,树阴下聊聊天,村坝子上跳跳舞,样样都透着畅快。日子顺了嘛,举起酒碗喝一大顿,放下筷子想一想,满心里装的全是感激……我哪,从小就在这里长大,经历了很多事,用一句最俗气,也最接地气的话说,我小时候常常饿肚子,现在常常想减肥!

山路上,我们的笑声惊飞了一群栖息的鸟儿……

我的这位彝族朋友一路娓娓讲述,天上的星星亮晶晶的,他的眼睛嘛,也是亮晶晶的。

3

告别前一夜,在衣饰华美的彝胞们的盛情邀请下,宾主手牵手,跳起了当地著名的达体舞。是夜,微雨蒙蒙,但它浇不熄广场中央燃烧的松柴,浇不熄我们民族团结友谊的焰火。音乐声中,上百号男女如长龙盘旋,绕火而行,歌声婉转,笑容真诚,一曲接一曲的欢歌劲舞之后,我的彝族朋友请我们吃坨坨肉。

长条桌就地摆开,人气瞬间爆棚!

前来吃坨坨肉的有闻讯而来的当地群众,也有游客。当地人介绍说,有喜事的时候团团围坐吃坨坨肉,喝烧酒,是本地风俗——来的都是客!酒随意,坨坨肉管够!

呵，热情的彝胞啊，你们是要用这种方式表达心中的喜悦和对生活的感恩吗？

一块块金黄酥脆，带着椒盐姜葱香的坨坨肉抓在手上，我们体会的是彝胞过年的心情，体会的是彝胞们的友善之情，待客之道……

回想起几天的采访见闻，一幕幕宛如画卷。

在彝胞阿仲毛阿金家，搬进新屋的彝族老奶奶听说家里来了一群外国客人，当即为他们弹奏口弦乐曲，表达欢迎之意。她精湛的表演赢得外国友人们的连声称赞。当得知眼前这位吹奏的奶奶已90岁，外国那位自以为自己"最高龄"的70岁老妈妈惊呆了！她让随行的翻译传达她对这位高寿老人的祝福和敬意！

90岁的老奶奶回应说：外国妹妹的到来，我十分高兴，我们全世界人民一家亲，都是一家人！然后要外国友人们不必拘礼，可留宿家中，包谷酒、坨坨肉管够……

外国那位70岁的老妈妈闻言突然泪奔，眼前的老人，让她想起了慈祥的妈妈，说着说着她竟涕泪滂沱……最后，两位跨越国界的老人，一位车前挥别，一位倚门垂泪，久久不愿离去……

我听说，近年来峨边致力于创建全国民族团结进步示范县，提倡"共同团结奋斗、共同繁荣发展"的发展理念……这理念接地气，也符合民族特性。这样的气魄，这样的胸怀，不仅仅在峨边，也在整个大美中国。

我听说，一些省里派选的驻村干部，常常在彝胞们农忙的时候，放下笔杆子，走进彝胞的田间地头为他们收种庄稼。一些城里来的大学生干部以往没有干过农活，到了峨边，受到"民族一家亲"的氛围感染，不听劝阻，纷纷"赤膊上阵"，急不可待加入到农忙收割大军中。待晚上回到宿舍，赤裸的胳膊上全是被玉米叶子"抽打"的，刀割一样的伤痕……彝胞们闻言心疼坏了！第二天，这些驻村干部刚一到田头，老远就看见手捧长袖衣衫的彝胞们笑盈盈地迎上来。

我听说，当地政府要把彝族美神"甘嫫阿妞"的文化保护和挖掘与黑竹沟旅游开发相结合，创新文化品牌，促进旅游产业发展。为此，县政府干部常常亲自带头，徒步考察山形地貌，一次次用脚步丈量黑竹沟的角角落落，以至于久居山中的猴子都认识他们了！每当县政府和村干部带人来沟里考察，它们就成群结队前来"拜见"，有直接从树枝上"扑腾"跳下来的，有从背后"包抄"上来环腰搂抱的，有从侧边冲上来，举起毛茸茸的手"敬礼"而来的，它们千姿百态，拉扯"熟人、老朋友"的衣服，卖乖扮萌，闹腾成山道上一道独特的风景！

声名远播的黑竹沟，那一片山花开放的地方，常年蒙着面纱，远看层峦叠嶂，雾气苍茫，林间鸟鸣啾啾，歌飞云霄外。从黑竹沟起飞的飞机，是带着峨边人促进旅游产业发展之梦的探路飞机，吉祥飞机……很多当地人都期待仰望它，将心里埋藏的祝福,隔空送上!

我记得,就是古井村采访的那天,火塘边的那位老彝胞,打电话喊来了他做毕摩的儿子给我们讲古今,他本人也正襟危坐,听得格外认真。一众人正说着话,外面隐约有空气震动声,老彝胞闻声而动,在我们诧异的目光中三步并做两步冲出了老屋。他的儿子解释说,老人家这是要去看飞机,从黑竹沟飞起来的那架飞机……

我半信半疑跟出门去。蓝天上,一架飞机正轰轰飞过。

老彝胞手搭凉棚,仰望蓝天,微笑注目。

…………

4

呀,转眼告别峨边近半年了,可我的耳边时时还回响起一些热情的彝语:

尼瓦!(你好)

瓦吉瓦!(很好)

子莫格尼!(吉祥如意)

这些亲切的问候和祝福声总是此起彼伏,把我一次次带回峨边……呵,小凉山下明珠放彩,大渡河畔溢彩流金。昔日的峨边,如今日新月异魅力递增,究其原因,这是在好政策的指引下,同胞们由内溢出来的文化自觉,由内激发的文化自信所致。可不是嘛,初心如玉——脱了壳壳就是米嘛!

原载《中国作家》2019年第2期

水蓝印

申瑞瑾

收到那饼茶前,我丝毫没有"水蓝印"的概念。坦白说,茶文化博大精深,茶种类琳琅满目,能分清楚六大茶类,生普熟普,三尖三砖一卷,明前茶谷雨茶白露茶,就算略微懂点茶了。

那饼水蓝印是张铧老婆陈姐送我的。张铧是我当年在毛泽东文学院的同学。2013年春,他突发脑梗,保住一条命,却成了植物人。

2017年桃花初开,我偶识贵州籍医生李忠实。忠实热爱诗歌,听说我搞写作,对我格外尊重。他曾用针灸治好植物人,我就想起麻阳城的张铧,以为天意来了——桃花开了,有"桃花诗人"之誉的他也该醒了。我将这个好消息告诉麻阳作协原主席焦玫。几经周折,张铧的爱人陈姐与我联系,愿意试试针灸治疗。

第一次陪忠实赶到麻阳,已是下午。县城居民一度是极流行单门独院的,张铧家也不例外。在一条背街小巷,我首次踏进他三层楼的家。陈姐出来迎接,沧桑间仍见标致。我握住她的手,一时间百感交集。她是知道我的。准备上二楼时,一位八十大几的老人颤巍巍地走过来,她忙告之,这是张铧母亲。我赶紧打招呼,老人却目光空洞,原来老人患老年痴呆已经好几年,不知儿子已是植物人。在二楼,张铧帅气的儿子迎出来,眉目间有父亲的影子。陈姐告诉我,孙女才几个月,过年前儿媳回来生孩子,夫妇就从广东辞职回来,打算过一阵子出去工作。

张铧躺在床上,脸部肌肉有些扭曲,嘴斜着,右眼呆滞,左眼充满红血丝,不停地动着。陈姐说,那年发病,把右眼冲坏了。说实话,五年不见,我已经不认得他了。不再是斯文柔弱的老师形象,不再是走路怕踩到蚂蚁,说话会惊动蚊子的模样。

陈姐喊他,亦蓝来了!他没有反应。

忠实观察了张铧的四肢,摇摇头,说要恢复不容易,但他有点意识,扎针试试。十分钟捻针后,张铧冰冷的四肢渐有温度。又开始帮他火疗与轻柔推拿,血色慢慢爬上他原本苍白的脸。陈姐与孩子高兴得不知该怎么表达,他们决定让张铧接受治疗，指望能发生奇迹。

我却听到自己心碎一地的声音——多年前给我送过鸽子的文友，多年前跟我同过四十天学的文友，再也不能开口跟我说话。

陈姐还原他当年发病的过程：生病前一点症状都没有，那晚他说饿了，自己去煮面，还问她吃不吃，吃到没两口子，突然发病了。

我知道张铧烟酒不沾，但早有高血压。他生病那年，四十八岁。

又过了一周，我和伟开车送李医生去麻阳。这一次，忠实问张铧，认得她了吗？她是你同学亦蓝呀！张铧右眼还是空洞无神，左眼照旧不停地转动。陈姐冲他说，你要是认得亦蓝的话，眨眨眼。他真的就眨眼了！眼角出了几滴泪，嘴没有上次的歪。

那次告辞时，陈姐执意塞了那块七子饼给我。我不要，她急了：你对张铧这么好，送其他的东西你更加不会接，知道你爱茶，正好儿媳带回这块茶，朋友送她的，我们也不知好坏，你别嫌弃。

我对张铧好吗？往事一幕幕重现。对他，我一直爱理不理，嫌他迂腐天真。2007年春天在黄岩笔会相识，他开始把我当妹妹，每次麻阳搞笔会都特邀我。一年后我们成了同学，他也兴奋地说，妹妹，到了学校，你要陪哥哥散步喔！我不置可否。到了学校，我有意识跟他保持距离，而他对每一个人都很好很真。有一段时间，他天天给衡阳的女诗人灵送早餐，他们是多年文友，慢慢被她室友笑话，传到我耳里。他拉我垫背，也开始给我送早餐，更是在真心话游戏里公开宣称在班上最喜欢我，理由是，我是他妹。而我，听几回传言后，对他愈发嫌弃起来，还认真找他谈了次心，说，我知道你没别的意思，把大家都当妹妹，但要有个度，别羊肉没吃沾一身骚，别人背后笑话你呢！

不知我的话是否伤害了他，结业后，我们来往少了，他不再像孩子似的三天两头在QQ找我。一次，他找我：妹妹，我怎么不是你QQ好友了？我心想，贼喊抓贼吧？便没好气地说，那不是你删了我？他很委屈：真的，好多朋友不见了，你重新加我好吗？我一口回绝：不加。他只好沉默。那会儿，我还偷着乐，想，你个"贾宝玉"，终于可以不烦我了。

后来，我才知，想他烦我，也没机会了。

他认出我的那一刻，那行泪，是对我的怨吗？不，凭他的善良，不会的。他在中学当老师，爱写诗，爱幻想，喜欢美好的万物，包括女人。但是他的喜欢，没有侵略性，人畜无害。可我比他世故，觉得他有着与年龄不符的天真，傻乎乎的。

忠实说，后来出诊，每次给他念他诗集里的桃花诗。他写了一百首桃花诗呢！薄薄的诗集，摆在我家里好些年了，我几乎从没认真读过。忠实又说，有次给他念诗，还故意打趣：你这首诗写给谁的？好像是情诗哎，是不是瞒着嫂子喜欢过别人？他居然露出一丝羞涩来。

他的状态一天比一天好——嘴不再歪，有说话的欲望，有次还喊了三声儿子的小名。家人看到了希望，我们也看到了希望。我在朋友圈发布他的情况，无数同学文友都替他高兴，以为老天终于开眼了。

回家当夜，我仔细研究了那饼茶，写着：7572 水蓝印，1996 年，中茶勐海茶厂出。我不懂水蓝印是什么意思。

一个月后，我决定开喝此茶。用在铜官窑"泥人刘"定做的柴烧壶泡茶。红亮的汤色，有入口即化的绵润，跟往常喝过的熟普有很大的不一样。我在微信朋友圈晒图，两个卖茶的朋友马上私我，你那是好茶。我问，怎么个好法？他们笑，值钱，小贵。伟玩笑说，你喝的哪是茶，是钱哪！我白他一眼：真俗，不流入市场，不存在贵贱。何况，这喝的是情。

所谓的水蓝印，因其外包装上的"茶"字是水蓝色而得名。7572 本是勐海茶厂的熟茶标杆。这些年，这饼茶跟时光耳厮鬓磨，早已成精，不好喝就不正常了。

我在"水蓝印"里喝到了桃花的味道，喝到 1996 年云南春天的味道。我写到：桃花都过了，你快醒来吧！忠实信心满满地评论：会醒来的！

忠实一共往返麻阳七次，我陪了三次。张铧有了意识，认得人了，肌肉组织和神经系统也逐渐在康复，肌肤恢复了弹性。每次明显感觉到他想开口说话，舌头却转不过来，我看到了他的着急。南方的早春阴冷，我每次在高速上来回奔波，极累，但想到一天好过一天的张铧，浑身便打满鸡血似的。我还想着，这饼"水蓝印"得慢慢喝，张铧很快能彻底醒来，能说话，说不定还能一起喝茶了！

忠实回东莞厚街了，他的店要管。我担心着张铧，忠实说，都安排好了，继续服他开的药。一个月后，忠实又告知，张铧的儿子儿媳回东莞上班，也在厚街。他顿了一顿，欲言又止，终于还是开口：陈姐也跟来东莞带孩子了。

啊，张铧怎么办？他讲：我也劝陈姐不能离开，正是恢复的关键时期。可陈姐说，孩子请不到人带，张铧的病情反反复复，干脆请个保姆伺候他和他老母，等他好转，再接到厚街继续扎针治疗。

我问，张铧愿意？忠实说，张姐特意问过张铧几次，他点头答应。

木已成舟，我能说什么呢。

我的担心没有出错，6月6日下午，我跟伟正在小城的殡仪馆参加同学贵贵九旬老父的葬礼。我随手翻朋友圈，焦玫的一则讣告让我目瞪口呆，讣告后跟着张铧的一张生活照片。忠实不是说一步步好转了吗？焦玫也很难过：听说是机能衰竭。我立刻质问忠实怎么回事？他黯然道：说了他身边不能离开亲人……

霎那间，我对陈姐有些埋怨——四年如一日的伺候，都做得那么无怨无悔，怎么突然间就把他一个人留在家里！孙女重要，老公不重要吗？

我自然不会去质问陈姐，他们正连夜往麻阳赶，她的心肯定比我更痛。生活中有太多不能两全的事情，谁都不是圣人。

机能衰竭，这个冷冰冰的专业术语，说到底，恐怕是张铧自己放弃了。家人累了，他也累了，坚持不下去了。如果说四年来，他靠某种信念活着，但家人都不在身边，对他来说，等同于彻底绝望——他历来懦弱善良。康复遥遥无期，全靠陈姐喂流食擦身子维持生命，他习惯了家人在身边。而保姆除了做护理，没耐心也没义务陪他说话。他本是敏感细腻的诗人，一定感觉自己无能为力，恢复不了，他再也不要拖累亲人了！

我没去麻阳参加追悼会，只托焦玫带了礼，同学林溪也唏嘘着带了礼。人死如灯灭，我那会儿不想见陈姐，偏执地以为是她放弃了他。

他去世后好些天，我天天和着泪水喝"水蓝印"。"水蓝印"像极张铧，慢性子，醇厚绵长。慢慢地，我在"水蓝印"里还喝出了陈姐的味道，如玉般温润，中国传统女性的善良与坚忍在她身上俱存……我还有什么理由埋怨她顾此失彼？换做我，能做得比她好？张铧的自我放弃，何尝不因怜爱自己的妻子？

总记得那个场景：春雨蒙蒙的下午，陈姐追出来，将"水蓝印"塞在我怀里，我推出去，她塞进来……她脸上的光辉，像极入口后的"水蓝印"。突然间，我理解了他们一家人。

原载《天津文学》2019年第12期

外婆,阳光与您同在

余 庆

我曾漂泊不知家的方向,看那些黯淡的夜晚敲打出来的忧伤文字,就像失语的天空一片苍凉……

30年后,我再次动身去探寻古盐都逸闻轶事,带着忧愁的思绪和无处可藏的疲惫,忐忑的内心总是起伏不定,酸甜苦辣尽在其中。也许,现实赐予寻根的断裂之痛,终归有一个不舍的方位,在指向一个家,一座城。

于今夕和谐时,有多少傲骨还给岁月?把酒向天,李氏家族的盛衰令人唏嘘;敬祖先,世间万事唯糊涂难也!

虽说外婆的心火早已熄灭,但其心愿却常常浮现。先祖李星桥20岁掌管"李四友堂",见证了晚清民国初年政坛的跌宕起伏,目睹了自流井的荣辱兴衰,励精图治成为中国盐业历史上数一数二的盐商巨擘;以星星之火之力,在千年盐都拥有半座城池的财富。至今,仍保留着不曾磨灭的民族工业和一脉相承的意气风发。

作为李氏后人,访遍世代相袭的宅院是我多年夙愿。打小就在外婆家门前的"渣渣山"玩耍,后来才知晓这是陈迹湮灭的双牌坊遗址。如若儿时每天活蹦乱跳去上学,明白脚下是先祖恩赐的路,一定会跪下磕三个响头。

唉!不识祖业真面目,难解不尽悲哀中。兴许,春去冬来倦怠生根,天苍不解凡间尘寰,了然无痕,未必善哉。

外婆是李家少奶奶,世事洞明,人情练达。从裹三寸金莲到出嫁随夫,睹物思情都会在生命中透着温存。人间富贵花本花的外婆,有着瘦弱的身体,抽着烟雾腾空的水烟,闭目养神十分有品位,却常常感叹自己命途多舛。如此郁郁寡欢地度过一生,字字心血为子女坚守,忍辱负重一辈子,这是她的自性。

时光荏苒,步履不停。外婆一生温婉贤淑物我两忘,随手翻看自己喜欢读的书信,面对那份孤独和寂寞逍遥世间。她想独善其身到角落里闭门思愆,慎言慎行地在自由路"清真教门馆"当切菜工,想着心事,想着心情……

我时常放学后,顶着满头大汗带着一身臭味,缠着她吃餐馆的牛肉面,听她讲述双牌坊的故事，会心一笑暖意升腾。

解放初期，溃兵游勇比比皆是，觊觎祖产的侠义之盗并不在少数，直到骁勇之师进驻李府，才逐渐销声匿迹。自那以后，平地一声惊雷响，最后的功德牌坊一夜之间化为尘土。幸哉！百年基业悄然换了新颜，只有养尊处优、才短思涩的族亲为之哀叹，以鉴戒也！而我，今生无缘上下牌坊的风韵，也就释然了。

双牌坊是祖先高中清代翰林院士时所建造，文官到此方得落轿，武官则应下马，必行叩拜礼，如此旧时例规是根脉所系、魂魄所依；后来在咸丰庚申遭兵燹，才有了同治三年重塑府邸之举。未曾想，1941年下宅又被日本飞机炸毁，只有上宅和祠堂保持完好。

一程时光与思念无染，一览盐业兴衰和家人曲折离奇的命运，可叹人生常暗涌，时光逝兮年易尽。真可谓其怪自坏，李家的管家侯先生俨然已成为"新四大家族"的翘楚，早已不是"不姓王不姓李，老子不怕你"的年代。当解放大军横渡长江，以摧枯拉朽之势横扫东西南北时，外婆困惑穿肠抒哀愁，但也理解阳光总能浸透千疮百孔的灵魂。

记得在她的遗物里，依旧保留着表姨妈和三多寨王师长大公子的结婚照片，刹时想到民国上海滩的旖旎风情，这种味道不是一般千金小姐可以演绎的。照片背景是室内室外连成一片的西式风格宴会厅，磉磴的式样有很多精美雕刻，镂空的垂花柱鲜花齐齐飘落。如许，这般数一数二有帝王之气的奢侈婚礼，是自贡大盐商"珍珠玛瑙金铺路，翡翠珊瑚银作床"的真实写照。

外婆从来不讲昔年的辉煌，不讲历史变迁带来颠沛多难的气运，却时常羡慕在满目疮痍下离家求学的表兄妹们，絮言刀光剑影中的青春。是啊！路够黑，光才亮，不经历死一般的挣扎，怎知原来不易都是沉淀后的过往。

然而，一批坚守祖业的爱国宗亲，在历史洪流中印证了亦真、亦假、亦成全的故事。只可惜，外公擅长吟风弄月又舞枪弄棒，在一个风花雪月皆动情的清晨，与亲人恨别时花溅泪啊！

一百年的沧桑逃不出岁月的羸弱，显赫的家世背景为人诟病。有道是浮华终将散去，风雨沧桑浓缩于此。弹指一挥间，总有一些东西不值得去追忆，都会在紫薇花开里遇见，目送又一年的凄凄婉婉，述说着这个季节里的前世今生。

求仁人之心，历史真的不需要同情和怜悯吗？愿先辈有灵，辄跪于祖业之前痛自督责。外婆循时代的客观规律，隐居不仕避于市井中。对儿女谆谆教诲，希望子孙可以少走一些弯路，多一点顺遂，这就足矣！

那年月，外婆启牖晚辈，涕泣不已……长辈守不住祖业，晚辈走不进宅院，不管今生讨多少钱，都不及祖宗留下的财产。在家族荣耀的背后，多少血脉相连，多少家国情仇，早已没有一念乾坤。正是疏不间亲，岁月让彼此终是外人，于清风明月里得安宁。

倘若天心合处好气脉，则是命运恩怨绵绵兮。终于等来一纸表彰，才知外公为和平解放自贡做出了卓越贡献。当外婆领到400元抚恤金和一纸证书时，难掩哀痛！一路走来历尽磨难心血耗干，对得起列祖列宗，对得起子孙后代，是时候该放下了。

这是正在慢慢苏醒的记忆，从黎明到破晓，豁然开朗是每个族人的境界。当亲情褪色、浓情渐淡，相互携手的温暖是一种执念，又何尝不是屈辱和血泪浇灌盛开的幸福之花。

嗟乎！不为无益之事，何以遣有涯之生。请珍惜那个历经无数风雨根脉不断的家族，才是对盐业历史最大的不辜负。我祝愿在天国的外婆没有病痛，没有烦恼，阳光与您同在！

原载微信公众号"一凿一匠"

意外与注定

王晓君

我能来到这个世界上就是一个意外，妈妈说这得感谢我爸爸。1970年，生过三个孩子的妈妈已经37岁了，最大的姐姐比我大15岁，最小的哥哥比我大7岁，她不想再要孩子了，即使是怀上了她也不想要。她背着爸爸偷偷地去了医院，医生说，上一年你已经做掉一个了，这个不能再做了，身体会受不了的。但是她还在纠结。爸爸不乐意了，那一个你就没跟我商量，背着我，难道还有什么见不得人的不成。这一次如果你再这样，我就跟你离婚。爸爸竟然说出来这样的狠话。妈妈说，其实她也舍不得。我是一个不太好养的孩子，还是婴儿时，一次意外让我差点被毁了容，其实已经毁了。我们家当时下乡在公社，妈妈是生产队的保管员，生产队有什么大事小情都要叫妈妈去。那天妈妈说是生产队死了匹马。等她处理完回来时我们都睡了。她是在第二天早晨给我洗脸时发现了异样。好像嘴里含着什么东西，手指头伸进去一抠就哇哇大哭。一哭发现，眼睛和嘴都不是原先的样子了。妈妈拿哥姐是问。姐姐说，她们在点着蜡烛玩牌，我在睡，蜡烛瓶子倒了，砸我脸上，砸哭了，哄哄又睡了。接下去，是一个漫长的治疗过程。妈妈一个人带着我，从乡下来到了城里的姨家。姨家也就一个二顶三的小房子，人家一家五口住着已经不宽敞了，又多出我们娘俩，而且是一个还不会说话只会哭，哭了还很难看的病孩子。姨母姨夫还好。孩子小，嫌弃我，就会给她的姨妈脸色看。妈妈说，这都没什么，就怕治不好，假如治不好，我这一生可怎么过。

八岁时一次生病又差点丢了性命。乡村医院误诊。本来是肺炎让他们给当成肠炎治了，到后来我开始不停地哮喘，这时经医生检查发现病情已经发展到大叶肺炎胸膜化脓，必须立即转院，否则将有生命危险。爸爸急三火四地到公社找车，连夜把我送到镇上医院，但是医院已经不收了，说这孩子没救了。不是他们不想救我，而是他们没有能救我命的药。妈妈给医生跪下了。爸爸说需要什么药，你们医院没有，我可以自己去买。就这样，父亲顾不上休息，连夜又跑到相距百里的市医院。就这样，在接下去的日子里，我打了八天八宿氧气，爸爸在外跑药，妈妈就在病房陪护。用妈妈的话说,我是捡了一条命。这是两件比较大的折磨父母的心的事。后来都好了,但是自己也并不觉得这是什么了不起的事。就觉得这都是父母应该做的。反倒还会因此责怪埋怨父母。但有一点,是深信不疑的,我是家里最大的宝贝。爸爸视我为掌上明珠。三岁就独自吃小灶,下饭馆,没挨过打,没受过骂,生活在乡村,无拘无束,自由自在,无忧无虑。直到1980年元旦,服毒和精神分裂这两个生词先后来到我的生活中。服毒是从一个陌生男人的口中得知。那一天我正在家里玩儿,外面来了一辆吉普车,从车上走下几个陌生人,脸上没有任何表情。大人的事,与我无关,我丝毫不在意。他们要找妈妈,妈妈不在家,我知道妈妈在哪儿。一个叔叔叫我带他去。很快的,我就带着他在邻居家找到了妈妈。回家的路上,那个叔叔和妈妈在前面并排走,我在后面跟,叔叔开口的第一句话是,阿姨,告诉你一个不幸的消息,王小平同志服毒了。接下去又说了什么我没有听到。我耳朵被母亲撕心裂肺的哭喊声堵死了。

　　我竟然不知道,这句话意味着我再也见不到活着的大姐了。妈妈没让我们跟遗体告别,她还想在我们的记忆中保留大姐活着时的样子。可是她变了,足足有一年的时间,妈妈全心全意地想姐姐,别说是给我们做饭吃,就是做好了让她吃她都不吃。她甚至跑到山上的土堆里去挖姐姐,差一点就精神分裂。懂得精神分裂是什么意思吗?就是疯掉,这在当时,我也是不知道的。二姐接了大姐的班,要到城里去上班。为了她,我们全家从乡下搬到了城里。我在陌生的城市里,在家庭巨大的悲伤中感知着童年。这个意外让我对童年有了别样的理解,童年并不都是色彩绚丽无忧无虑的。我曾经天真地想,并且也把这种想法说给了我远房的大姨。那年春节,她来我家串门。我记得那天是正月十五,哥哥姐姐都出去看花灯了。妈妈没心思看,爸爸也不能看。他们之间也不说话,我也无话可说。晚饭的时候,爸爸照例倒了二两酒,我那个大姨也喜欢喝点小酒,他们喝酒也不说话。我快闷死了,这种日子都过了几年了,每次跟着他们眼巴巴地从电影院走过,他们不说看,我想说也不敢。路过花灯街,他们不停留,我也只能跟从。还有不间断的哭泣和埋怨,就像今天,从早晨到现在,他们都不说话,每到过年过节的时候,家里的气氛就会格外沉重。即使什么都不说,也不好受。我不能再沉默了,我必须要说点什么,看着他们喝酒,我把压抑在心中很久的话说了出来,如果这世界上有一种甜的水喝了能让人死的话,我就喝了。说完了,他们谁也没有说话,好像这都是在他们意料中的一样。停了一会儿,倒是我那个乡下的大姨叹了口气,她说,看你们把孩子逼的,看你们把孩子逼得都什么样了。大姨抱住了我,哭了。

　　1987年是我生命中的又一个意外,也就是在这一年我又认识了个词。肿瘤,恶性的，长在爸爸身上。当哥哥把这个诊断告诉我的时候，我也是第一次听说这个词。我也不知道这个就是给一个人判了死刑。我当时只知道癌症，但是没有人告诉我恶性肿瘤就是癌症。我也没有问。从家人的表情我知道这个病很严重，但没有想到会严重到夺去生命的程度。就这样，我稀里糊涂地，爸爸生病住院的八个月时间过去了。那个时候我正是青春期，叛逆期。不爱说话，爱看琼瑶，岑凯伦，几乎都看遍了。看得流泪，看得废寝忘食。没有想到，父女间今生相伴的时间已经进入了倒计时。1987年冬天是我一生中最寒冷的冬天。那天也是那一年中最寒冷的一天。我的命运，我的人生，在这一天再度被改写，不再按照爸爸为我设定的方式。在他的人生计划中，是要给我盖一栋楼的。而现在，只有一份嫁妆钱。他并不要求我出人头地，只要做一个普通的人，一个好人。1990年，意外的，我收到一份"辽宁文学院"的录取通知书。我立刻把这个消息告诉了妈妈。从爸爸去世后，我们家好久没有收到什么好消息了。妈妈喜悦的心情溢于言表，可是同时，这也并不完全是一个好消息。因为要交学费和生活费。爸爸去世后，我们家里并不富裕，哥哥当兵复员后在家待业，嫂子刚被我家娶进门儿，工资一分不交，一家四口的生活开支就是靠妈妈一个人每月不足百元的工资。接到文学院录取通知书时，妈妈先是高兴，然后是叹息。我知道妈妈的难处。我认认真真地说："爸爸去世时不是留给我一份嫁妆钱嘛，就用它供我上学吧。以后我就这么一个人，别人爱要就要，不要拉倒。"母亲自然是支持我的，她是否用了我的嫁妆钱我不知道，我只知道送走我以后，她有一个星期没有去菜市场。她把家里用做生活的那份费用也给我带上了，一分不留的。但我确实还记得在我将要踏上行程的时候，妈妈跟我说："你喜欢文学，在学校如果遇到合适的男同学，就找一个。"我毫不犹豫地给她否决了：我不喜欢搞文学的。我不找。我也不知道为什么要这么说。

    其实我当时半明半暗处了一个男朋友，之所以说半明半暗就是因为家人不同意。这个人除了个头和长相与我相配之外，其他的条件就都很一般，并且父母不在一个家里。妈妈和哥哥等人不同意主要因为这个。他们认为我应该找到更好的。我当时反驳他们的理由只有一个，就是他对我好，嫂子嫁哥哥不也就是因为他对她好嘛。四姨不是也说找个对你好的比什么都重要嘛。妈妈把家里仅有的钱都用来给我交学费了，我觉得文学的这份担子好重。那个他也为我高兴，他倒是不懂文学，但是他懂我，他见我高兴他就高兴。但同时他也不乏担心，担心我到了省城到了学校以后遇到了我妈妈说的那样有共同语言的志同道合的人会变心。走之前那段时间他加倍地对我好。他的好也就只是表现在拿出整夜的时间给我剥瓜子仁，剥好了用手绢包着，第二天见面时给我。他越是对我好我就越是高兴不起来。你要是真的爱我就不要对我这么好。我感觉自己被拴在了一条绳子上，一头是梦想，一头是感情，而中间是母亲为我交付的学费，虽然只有不足三千元，可在当时，抵得上万两黄金了。最主要的是这里面有母亲为我寄托的希望。这个是无价的，而这希望中是没有他的。就这样，带着解决不了的问题，我上学了。而在当时，这些话都是羞于出口的，不能说，说了要丢人的。辽宁文学院坐落在省城沈阳市的郊区西瓦窑。一条有几十里的黄泥土路拉开了它与城市的距离。四周是一望无际的菜地。从学校的地理位置，到进入学校的大门，到操场，到花坛，到宿舍楼和教室，一切的一切，都普通得不能再普通。但在我的眼中，它地上的尘土都是散发着香气的。因为被赋予了这个名字，它的一切都散发着神秘的无穷的魅力。伫立在校门口的那个牌匾前，就好像一个虔诚的基督徒面对教堂上空高悬的十字架，别看它只是个十字架，它不仅仅是个十字架，即使是在伸手不见五指的黑夜里，那五个黑字也熠熠生辉。在文学院我年龄最小，但是却丝毫没有自豪的感觉，反倒是自卑。当时我只是在市级的小报上发表了几首诗歌，名不见经传。而同学，我所知道的同学，都是大作连篇了。总之，在当时，我看谁都是大师。记不清在哪儿了，王宁院长有一次问我，都看过什么名著？琼瑶的书我全看过了，可这能说吗？我真是羞于出口。每每想起我的理想，我的眼前一片迷茫。每天看着同学们疯狂地交换作品，分享阅读感受，哪怕是简单的一声问候、寒暄都能撩起我从未有过的孤单和寂寞。我以为有共同语言的同学们啊，怎么见了面除了吃饭打水之外找不到一句共同语言啊。每天黄昏是我最难过的时候，因为那个时候我想家的心情便会登峰造极。为了不让同学发现，我就跑到学校外面，趴在墙上哭，每天如此。这种状态大概持续了有一个星期。后来不知怎的，这件事被陈蓉蓉老师知道了，她找到了我。我记得特别清楚，她说：你想家？我点点头，眼泪就出来了。想什么呢，家没有变，还是你走时的样子。我心里也知道。可就是想。陈老师见我一声不吭，接着说，实在想家，你就回去吧，一直住到住够了的时候再回来。当时我心里还有些担心，不会因此就不要我了吧，这可是学校啊，怎么会让我在家里住够了呢，怎么会住够了呢？

  得到了老师的特赦，我回家了，确实像陈老师说的那样，住到了住够了的时候，大概不到一周，我开始想学校了，于是我就返回了。返回学校一个最大的变化是确实不再想家了，我在心底佩服和感激陈老师。文学院唯一的同龄人是小胖。其实她并不胖，至少不是那么胖，因为个子矮，所以就显得胖。不知道我们俩是怎么走到一起的，直到被大家发现，当作一道风景去谈论的时候我们才知道，除了年龄相等之外，我和她其他所有的方面都存在不可忽视的差距。首先说身高，她矮胖，我细长。再说性格，她开朗，我内向。但是既然走到了一起了，也不能因为别人说什么我们就分开。我第一次去北陵就是小胖带的路，因为她家住在苏家屯，也就相当于北京和顺义的关系，在沈阳，我领受的是地主之谊。一道轻车熟路，嘻嘻哈哈，给我的感觉她已经去过无数次了。那是夏天，我们进入大门顺着主路人流一直往前走，两边是绿葱葱的参天大树，幽静的树林，反正这种意境是我喜欢的，我开始改变方向，向着树林方向的岔道，刚走了几步，就被小胖拦住了，老姐，咱不能去那边。为什么，我想去。那里闹鬼。大白天还会闹鬼？是的。小胖一脸的严肃和坚决。信不信我没想，反正我是没再往前走。到第二件事情的时候，我们的感情有了更深的发展，她陪我度过了十九岁的生日，并且还以情人胖自称给我写了首很直白的诗。但是那个夏天，我们俩因为什么在一个大雨倾盆的深夜一起跑出去，跑过花坛，跑过操场，一直跑到大门口，双双趴在墙上大哭，我说我很不幸，我没有父亲。小胖说啥我不记得了，反正她是和我一样哇哇地大哭。在雨夜里，两个十九岁的女孩子的哭声之大，惊动了楼里的作协领导。据说第二天，那个领导找到我们院长问那天晚上谁趴在墙上哭，为什么哭。现在回想起来，我能说出的理由只有一个，因为在一次听课中，我听到老师讲，生活中的不幸，往往会成为作品中最大的幸运。那天我们足足哭了不下十几分钟。这个自称情人的胖在那之后不久就成了时尚时髦的韩燕燕的跟班儿。只有早晨起床和晚上睡觉才能看到她。这是我们疏离的一个原因，另一个原因是后来发生的一个意外的事。

就在我过生日那一年，临近暑假的时候，同宿舍的王大姐丢了一条金项链，找小胖询问未果之后，她报了案。那会儿大部分同学都走了，当时我们同宿舍的只剩下王大姐和小胖，门锁都没有损坏，宿舍里也没有其他人，小胖理所当然被怀疑是小偷被派出所带走了。后来听说她从派出所不知怎的跑了，后来听说项链又找到了，后来她又回来了。这些我们都是回到学校后断断续续听同学说的，但是具体怎么回事，我也不知道，并且同学们也都在回避着谈这件事情。但是，我真正和小胖疏远就是从这件事开始，主要是小胖不再像以前那么活泼爱闹了。就是在刘洪波大哥彻夜未眠，写诗到房顶上念的那天晚上，我也一夜未眠。我一晚上写了一万两千字的家庭报告文学。可是后来，我竟然把这个东西毁掉了，现在想起来，有些后悔，那种感觉那种文字是无法再复制了。和那一起毁掉的还有几个日记本。主要想忘掉一些东西，可是事实上，有些东西是注定要一生跟随你的。无论你在哪里，你和谁在一起。某天在群里看同学们发的黄波的照片，我也是前年才从我们文联的文友中得知他去世的消息，十分震惊。他比我大一岁，我们也算是同龄人。他用自行车为我送过站，因为这事我还挨过夏青批评，特意为这事在操场叫住我，一脸的严肃认真，人家黄波骑着自行车跑那么远的路给你送站，你怎么回来了见到人家连招呼也不打。就凭着这句话，我认为夏青是个有情有义的人。就因为这句话，这些年我对他一直没忘，虽然他有些个性。也通过他的老乡打听他，但是真的没有想到，他也走了。毕业时黄波在我本子上写下的留言是，"同在一方水土，只愿来日方长。"没有想到，来日并不方长。那个给我剥瓜子的，坐十个小时去学校看我的男朋友没能等到我第一个暑假开始就失踪了，暑假放假我去他家找他，他爸爸说是因为打架，当时正赶上严打。判决已经下来了，三年。后来很长时间过去后的一天，我接到一个陌生男人的电话，他说你是某某的女朋友吗？我是某某监狱的，他从进来之后情绪一直不好，我们了解到你是他女朋友。想请你来看看他，做做他的工作，鼓励鼓励他。

　　我真的去看了他。一个人，谁也没有告诉。一个人坐火车去到了相隔300多公里的地方。那天下车时就赶上下暴雨，我深一脚浅一脚在雨中行走，在车站等车时不小心踩到了下水井里，留下一道抹不去的伤疤。见了面，他没说让我等他，也没说让我不要等他，但是从他的眼神里，我知道，他对我已经不报什么希望了……回来之后，我写了那篇《归去》，三千字，结尾是那首歌，那句是：看那杜鹃在林中轻啼，不如归去，不如归去。我的小说处女作。去年底文学院同学建了一个微信群，把我也拉进去了，那时候正赶上我骨折拆钉在家休息，每天都要进去观看一番。同学们纷纷晒昔日的校园照，各种，以自己影像唤醒别人的记忆，有合影，有个照。看着那一个个熟悉的陌生的场景，我突然有种置身事外的感觉。我好像成了一个异类。

　　她们当初那么开心啊，她们怎么那么开心啊。雪地，菜地，陵园，操场。文学院没有给我留下什么美好的回忆。对父亲的思念；对母亲的牵挂；对未来的茫然；和对所谓爱情的失落。但是，那确实是我的经历，关于照片，我努力回想，我记得李长江在毕业时要求与我照一张合影，可是我竟然说，我长这么大，除了和爸爸哥哥之外，从来不跟异性单独合影。他说，同学之间，照一张合影有什么关系，现在想起来，是啊，有什么关系啊。我怎么活得那么拧巴啊。遗憾，但是有些遗憾并不一定要用后悔去填补。相信，都是命中注定。

原载《海燕》2019年第04期

十里独白

于小尘

想来生命总要扎根于泥土。根越向下，物质的比例就越复杂、越沉重，属于生命的那一部分就越朴素。想来比遥远更远的地方也不只是遥远，还应该有未来，有一直寻找着、创造着的，不断延伸的我。

我是一条路，繁华似锦，托起了风雨中的行人。我平凡却不普通。因为我承载着这个城市，载着它的远方，以及途经这里或是生长在这里的人们。因为我也是他们，同喜同悲，不断向前。

四十岁的我，笔直，浑身蓄满力量，一直通向明天。见过我的人都说，我是城市腾飞的象征，是母亲的脉管，是孩子的内心，是招人喜爱的婴儿肥。

我的母亲名叫南宁，草经冬不枯，花非春常放。

她凝结了我的血肉，并赋予我灵魂，还给了我一个响亮的名字——民族大道。

长龙一样的地铁多么美好。它从我身下的世界里急速驶过，恍若母亲带着我奔跑的样子。

风吹来，果实落下。各种花香缭绕在身旁，色彩弥漫心灵。树木列队两边，像卫士般守护着我，守护着梦想和对故乡的眷恋。

一群异国人，用他们特有的语言和腔调，讲述我的身世，祝福我的未来，画出我的面庞，并把有关我的诗和画传到他的故乡。他们说起我，诗中有黄金，画里藏奇迹。他们还不停地赞美我日新月异的母亲。笑成了花一样的母亲，缔造母爱的春景，澄澈的事物充满希望。生活在这个城市的人们，幸福，安宁。

他们说，南宁以东蕴藏着一个蓬勃的太阳，这太阳让五谷芬芳，让梦想结籽；南宁以西是无限遥远的地方，这头连着我巨大的身体，那头连着美丽的中国梦；南宁以南未来的模样太过绚烂，画家的笔画不出，诗人的语言也太空泛；南宁以北印记着南宁厚重而古老的历史，那历史让南宁能站在更高处，看到比天空更辽阔的地方。

他们说，被金色的阳光铺满全身的我，会成就一个怎样的未来；他们说，和七百万南宁人融为一体的我，背负着母亲怎样的期许；他们说，那些成就我的，智慧而勤劳的人，汗水曾怎样浸泡过生命。

他们说到这里时，我看见一个年轻的城市环境设计师，抱着一对老夫妻的骨灰，脚步沉重神情哀伤地从我的身边走过。

他就是我的兄弟贝侬，就住在我身旁一座简陋的居民楼里，此刻他怀抱的骨灰里，连着他的骨和血。他每走一步，都不偏不倚地，在我的心上砸出一道伤。

我生于一九七八年十二月。那天我在泥土中闻到了花香，花香和鸟鸣碰撞出铜鼓的声音。

百废待兴，土地贫瘠。母亲一直营养不良，出生时我很瘦弱，只有四百米，仅仅是从现在的新民立交到古城路口的长度。

有一个身强力壮的男人，住在我旁边一间破旧的民房里。他日出而作，日落而息，一锹一镐地为我的诞生荡平一切障碍，他沉重的呼吸在路面搅动出光阴的漩涡。

母亲倾其所有地把我打扮成美好的样子，她想让她的一百九十六万多的孩子，有更宽广的路可以走，有更美好的明天可以期待。

于是她写下水流，写下山脉，写下一道闪电在我胸口成长。我有些急于长大，一直贴着土地奋进，白天开花，夜里结籽。

我也记下了那个男人，他和一个女人结了婚。从此那个低矮的民房里，有了锅碗瓢盆的密语，也有了烟火的香气。

他们走出家门，绕过碧绿的植物，颜色隽永，犹如诗意流淌的画卷，鸟鸣啼野，芬芳沁入心怀。

那个女人，用一把扫帚，一辆三轮车，一下一下地扫除落在我身上的枯叶与风霜，我在她摔成八瓣的汗水里，迎来了一个又一个饱满的太阳。

他们惺惺相惜，彼此相爱。经常迎着朝阳，哼着小曲一同出发，男人修剪我身旁的花草树木，女人清洁我落满尘埃的身体。似乎每一件事物低语，都是我的心跳。

我干干净净躺在母亲贫瘠的胸脯上，吸吮丰沛的乳汁。弱小的我逐渐长大，那些盛开不败的春天，开始在我的身体里蓬勃生长。

而男人和女人，不知不觉中已与我的心跳相互纠缠，一起涉过重重雾霭，他们一锹一镐的，和我共同缔造着一个很遥远的传奇。

他们偶尔鸡毛蒜皮，偶尔埋怨争吵，偶尔嬉笑怒骂。但无论怎样，总能在一日三餐里，品出写意般的乡愁。

那个黄昏，女人挺着隆起的肚子，扫去我眉梢最后一片落叶，就被急匆匆地推进产房。男人黝黑的双手，粗劣地打磨着我的肌肤，听到婴孩的啼哭声，那双握住岁月之铲的手，紧了又紧。他给男孩取名贝侬，他对我说，你们是兄弟，要互相照顾。贝侬眨巴着眼睛，目光清澈地落在我身上，自此，我的身体，一直沾染着贝侬的味道。

时间一直在远去，折叠出不同的痕迹，就如我身上的年轮，深深浅浅。

一九八七年五月到十二月间，力量重生了力量，跨越叠加着跨越，西从新民立交到曾经的朝阳立交，东从古城路口到园湖路口，身高已达到二千六百米，我仅仅是一个跳跃连续了一个跳跃，母亲就流泪了。我也目送着那个叫做贝侬的男孩，拿着小学课本，读一方水土的孕育和滋养。

那一年，伴随着我的快速成长，南宁至防城港的铁路也全线通车，南宁至香港、澳门直达航线正式通航，实现了公路、铁路、水路和航路的齐头并进。母亲和外界的电话联络，也不再需要转接。母亲在地方志里展开无垠的辽远，路在延伸，山在拔高，时间和空间的罅隙里隐藏着思想的律动。

那一年，南宁电视台正式开播，我生平第一次在母亲的眼中看到自己威武的身影，第一次听到从母亲的口中喊出我的名字，是那么柔软、那么动情。那声音，那语调，感觉我正在被幸福包裹、被温情融化。

那一年，法国维勒班市和我的母亲南宁签署了友好合作议定书。我看到了母亲舒展的微笑，也窥见了男人和女人在看到电视里播报这些消息时，裸露在嘴角的欣慰，和闪烁在眼中的那团火焰。我却埋首沉默以隐藏言语的笨拙，却又狂热，为着友谊和生命的进行曲那么嘹亮雄浑，便渴望成为为母亲坎坎击鼓的人，为着播种阳光的田虽然贫瘠，却深厚柔美，便痴迷着要荷锄整理荒秽。而更多的时候憧憬，是我与母亲还有未知的路要走，未知却能看到未来。

男人和女人是涓涓细流，流入我的脉管。他们日夜不息地战斗在我成长的日子里，汗水一滴一滴地落下来，在我的心上砸出了一圈圈美丽。

我在男人女人的汗水里，愈发生机勃勃。母亲说，那时我只是一块星空下的璞玉，尚未经过打磨，但闪烁着谜一般的光泽。

一路风，一路雨。一锹一镐缓慢但坚毅地刻录时间的秘密。时间的对面仍旧是时间，是我无法说出的征程。

一九九一年十二月，我又长高一千米，那段路，也终于从泥水变成了水泥，我的半尺命盘里，再度长出一卷有灵有魂的诗行。我头顶邕江，脚触及南湖清冽的水，我想请那些水，随着河床与我日夜奔赴，奔到花开不败，奔到枯树长满新枝。我为母亲之重，母亲却给我平坦的灵魂，容纳浩渺的心境。

路不尽，人不老。我必须跟随着光阴撕破一层层黄土，一重一重新生。

我仍有未干的泪、未谢的微笑，我和母亲一样，与时俱进，夺天地造化与灵杰。

我和母亲膝下的两百多万个孩子一样，幸福而美好。崇文或尚武，都不是那么重要。重要的是未来在手。

只是那个女人，愁云铺面，双眉尽锁。她开始埋怨男人："每天修路能修出你的大好前程？"语言直白朴素，充满不安。

男人蹲在地上，水烟袋在手中踌躇，半晌，冒出一句话："我走了谁来修路？"

女人不依不饶："那么多人都在修路，不缺你一个。"

男人看了女人一眼，站起来拿起铁锹，转身出门时，丢下一句话："那么多人都在修路，我就不能修吗？"

女人不再说话，无奈地搓了搓衣角，愣了片刻后，又扛起扫把，骑上三轮车跟了出去。

与土地交流，与时间争夺行走的速度，夫妻坦诚，分担活着的重量，点燃身体的火，去重建一个世界。

我四周仍然是简陋的民宅、杂草丛生的荒地、低洼的菜地和破败的市场。

忧伤迫我坚强。我亦决定绘一卷明天，给母亲，给祖国。然后给百姓，给沃土，再绘给孕育生命的果实。

万籁澄澈，晨光涌出另一重时间的漩涡。

看着男人女人挥汗的身影，我咬紧牙关积蓄着力量。

年轮烙下生机，花香满径。

二〇〇二年，生命的高度再次拔节，我的双脚已触及南北高速，我行走的速度像音符般一拍一拍地高出来，纵贯母亲的血脉。

我长大了，身上背负着一个强大的未来，也背负着我秘不可宣的使命，于母亲的期许中开始了生命里最蓬勃的绽放。我知道，我的蓬勃里，男人女人挑动生命曲调的手，像一柄铜锤，敲击在绽放的花瓣上。

我无声，无息，埋头生长。终长成"广西第一大道"，我四季繁花盛开，十里画廊，加载着车水马龙。两旁林立的高楼因我而挺拔雄伟，人们的笑容因我而灿烂妖娆，母亲的骄傲盛开在眼角。

"绿城南宁"这个名字，第一次被提起，被注目。母亲第一次有了自己的笔名。

时代的印记，从朝阳公园沿着我笔直的身躯，慢慢地移向了埌东。

那一年，男人和女人把他们唯一的儿子，我的兄弟贝侬，送到国外留学。

女人心里不再有埋怨，也不再叹息，面容更加质朴。只是两鬓已生霜，他们正在老去。

母亲再次为我披上战袍，我要走更远的路，走向更好的明天。我的姓氏，便是母亲的姓氏，是广西的姓氏，是祖国的姓氏，我的血，亦是母亲的血，流动在祖国的脉管里。

经年跋涉，终有彩凤与我共舞。牵动世界的中国—东盟博览会，选址于我的臂弯，永久驻足。母亲为我的盛装着色，一幅是黑夜也能灿烂绽放的画卷，配上了一首隽永的诗。

即便我每日被不同肤色的人温柔触摸和高声赞美，但我的成长从未停止，一天又一天，一年又一年。无数像男人女人这样的建设者，升华我的价值，加码我生命的厚度与长度，我的骨骼里，长满了钢与铁。

建筑是最直白的语言。几年里，砖瓦不断飞叠，高楼大厦鳞次栉比，大型商业落户，高铁呼啸而来，东站商圈崛起……

过去与未来相互思考着，母亲与我在男人女人的汗水里，踏在时间之上，急速地赶路。"中国绿城"已被更多的人书写；"四纵四横"的交通网络编织着伟大的梦想；跨江大桥与立交桥，桥桥都托起这个城市血脉里的澎湃。

此时，母亲南宁着一身碧玉霓裳，沐一城水润丰盈。她文得厚重，武得锐力，规划中的蓝图正在一一铺展。弹指间，一个人，一条路，一座城市，在历史的变迁中，改变的不仅仅是容颜和内涵，时代前进的步伐总是裹挟着成长的阵痛，破茧后的美丽，也仅仅是生命的开始。如铜鼓敲响属于自己的千里万里，语言如明月照亮尘土。

二〇一六年，锦绣未央。

又一轮的改造、提升，以及亮化工程结束时，男人累倒在工地。他倒下的样子，像一棵坦诚的树，朴素地安睡在母亲的怀抱里。

那一夜，下了一整夜的雨，那是母亲疼惜和眷恋的眼泪。泪水掉在我的心上，我的心被砸出了一道道伤口。

五千盏璀璨的彩灯，一一亮起，为男人，照亮去天堂的路。九万株他曾抚摸过的树木，垂下枝头，为男人的离去默哀。我的兄弟贝侬，抱着父亲的骨灰，抱起生命之轻，眼泪摇动着心跳，节拍低沉，低到尘土里，成我的身体的一部分。

男人的一纸遗书，把贝侬兄弟从国外召回了南宁，遗书曰："我走了，你得回来照顾你的兄弟。这话我曾在你出生时便已许诺，你也应了的。"

于是，那个学习城市道路规划与设计的贝侬，我的兄弟，背负男人女人对他的期许，踏上了他父亲走过的路。

也许能慰藉他的，就是贝侬拿起画笔，绘出他们的面孔、他们的骨头，绘出太阳，绘出月亮。完成他未完的蓝图。

我母亲南宁，因了无数如男人女人一样的建设者的血汗浇筑而傲然和挺拔。

她亦因我而傲娇。越南、老挝、马来西亚、缅甸、泰国……整个"东盟"都为她喝彩。

我，终被誉为如梦似幻的"光影长廊"和"森林通道"。

灯光、雕塑、拔地而起的建筑，绿树、草坪、交相辉映的花群，写意着会说话的色彩。这带着闪烁感的暖色系，不仅来自阳光、水面和绿地，也来自盛开的繁花。所有色彩，向每一位造访者讲述着那不在场的却无处不在的悠远故事。

改变，是城市前进战场上的挥汗如雨，是去祖辈们记忆的故乡，是明天的颜色，更是一场无法忘记姓氏的变革。

久远的杂草丛生被凤凰展翅般的步道灯替代，照亮了我十二公里的美丽与优雅。林立的高楼、诗情画意的广场、现代化高档商铺、滩涂亲水的滨水空间，邕江南北璀璨的堤路风光，像珍珠串起的流苏，缠绕于我的衣袂飘飘与发丝间。虽由人造，宛若天成，与大地融为一体。有地域文化的延展，有民族风情流泻，是诗里的诗、画中的画，寸寸尺尺，摇曳着无声风华。

云卷云舒的天空下，人们的足音轻盈，携着盛开不败的春天，不疾不缓地读水、观花，将一湖夕阳，一缕一缕地糅进我的身体。

他们说，我是一道妖娆的风景，是母亲南宁的最美代言，那些透明的水色和碧绿滴翠的城色是我挥之不去的优雅。这些温暖的颜色和铜鼓、壮锦，绣球调和出别样的民族印记，每一条小路，每一座房屋，每一道门楣，都散发着无须张扬的美。

我是走向未来的通道，是繁荣的因子，是奏响的钟鼎，贯穿九州。

我连接高速公路，连接着出海口，也连接着时代滚滚向前的车轮。我将跨越历史长河的渡口，看高天红霞中，母亲正乘一朵祥云，振翅跃向未来。

世界开始与我对话。

祭礼过去。失去的音符是父母，是节拍压低了的目光。

那个失去男人的女人，在她摒弃的所有故事里，唯我永恒。她依然在每天为我呕心沥血，扫帚在她日渐苍老的岁月里，越发有力。只是它扫掉了我满身的尘埃，却扫不去她头顶上的霜。

她双手粗糙，沧桑满面，轻抚我一尘不染的肌肤，嘴角轻咧，一丝欣慰蔓延于夜色里。

地铁1号线开通时，女人在车上来来回回坐了好几趟，她一直微笑着。而我却有些伤感，她早已退休，却依然改不掉每天拿着扫把，为我清洁身心的习惯。

今年是二〇一九年，四十年转瞬即逝。

四十年，足以让儿女的儿女长大，让一棵树长出粗重的年轮。

而我因为一直被捍卫，被呵护，被他们写下的传奇注满青春的活力，我不会老，岁月只会不断洇开绵延的文脉。因了母亲，母亲的基因和血脉是我剪不断的脐带。

母亲七百万的儿女，遍布在两万多平方公里的土地上。她的面容焕发，绽放出最灿烂的光华，母亲的美丽与丰盈，正在被整个世界一一记取。

可那个女人，为我的成长奉献了最美的青春年华，灌注了全部心血的母亲，在为我拂去最后一抹尘埃后，安详地闭上了双眼，去和她的男人团聚。

我的兄弟贝侬，抱着这对老夫妻的骨灰，眼里的悲伤裹挟着希望，缓缓地，从时间的河流中慢慢地走过……

身前是锦绣未来，身后是一座又一座的丰碑，铭刻逝者的安息辞。

今天是昨天的未来，是明天的过去。

时光把这里打磨成繁华，将曾经贫瘠的南宁，扭转成中国梦的一部分。

一朵花开。万朵花开。

我是母亲手中的画卷，配着写意的诗行，这些画卷，这些诗行，是寄语历史的书信，也是寄给未来的故乡。

节拍与曲调，一再拔高。文明和历史，一再厚重。

贯穿路边的树木与繁花，芬芳飘起来，高一些，更高一些，成为我们的民族，成为你和我，成为我们，成为他们。

我是一条路，十里独白，锦绣未央。

我不仅仅是一条路，我还是不断奔跑着的太阳的方向。

原载《红豆》2019年第6期

太阳和月亮

冯三四

儿时,我常常觉得我是一个小太阳,母亲是天上的月亮。由于忙于农事,母亲总在太阳没有升起时出门,到月亮挂上树梢,我早已悄然入睡了才收工回家。虽然同住一个家,但白天见不到母亲,晚上也只能梦里相见。因此,等待母亲回家,成为我童年记忆的一大主题。我总是在村前那条小溪边徘徊、等待。

我家村前那条小溪叫石赏江,在我家的前面十几米远处,江水在夏天雨季时涨到岸边,在秋冬季节水位下降,但浅浅的江水仍然没过铺满鹅卵石的河床。

大人是不喜欢小孩子到江边玩耍的,可孩子们天性就是叛逆,偏爱往江边聚集,戏水打闹。我也常常趁父母不在无人管束时,和小伙伴到江边去玩耍。晴朗的天气里,江水特别宁静清澈,站在岸边可以清楚地看见水里的生物,小鱼小虾不时在水里穿梭。我爱玩,但我怕水,所以只在靠近岸边的地方泡泡水,静静地观赏水中的生物。水是流动的,这些生物也是活动的,悠悠的水流,充满了无限趣味和生机。

江岸上有许多的小块菜地,都是村民们自己开辟出来的。原本这里没有地方可以种菜,但人们借着这江水的便利,利用在狭窄的岸边开垦出一小块一小块的菜地,像是一块块文艺园地,在上面种上青椒、菜心、葱花、蒜、红薯叶、空心菜等,有的还种上红萝卜、白萝卜。每到萝卜收获的季节,这些甜美的果实在地里就已经被消耗掉将近一半了——小伙伴们拔起来在江水里洗一洗就生吃,又脆又甜。偶尔被种菜的东家看见,追着孩子们漫山遍野地跑,结果还是追不上。孩子们看见大人不再追赶,转头又来拔了一个洗了生吃。

江边的一切生物都那么神秘,关于这条江的故事总是生动而鲜活。小时候的大部分时光,因为父母总是忙着干农活,这条江及江边的田地菜地,就是我的乐园。我在这里消磨时光,在这里停留守望。

小的时候,我觉得,我和父母就像太阳和月亮。

我醒来时,父母早已下地干活;我入睡时,父母还没回家。等到我长大一点,到了上学的年纪，我不想像太阳和月亮总是不能相见一样，总是见不到父母，我决定等，等到父母回家，看着他们吃下晚饭，然后和我说一声早点睡吧，我才安然入睡。

下午放学后，很多伙伴都喜欢往这条江边奔跑，但是他们很快被父母唤回家吃晚饭。最后只剩下伶仃的我，伴着日暮逐渐降下来，月亮开始升上山岗，挂在江边树木的枝头上。月光洒在河面上，闪着寒光，白天菜地里嫩绿的蔬菜好像也都变了样，也泛着白光。四下一片冷清。不知名的生物发出各种叫声，让这夜晚多了几分诡秘。

哥哥姐姐叫我不要在江边逗留，我来到附近的小道旁，这是父母回家必经的小道。我在小道上来回地走，期待眼前立刻出现父母的身影。而每当这时，我的心就跟飞起来一样，欢呼雀跃，对父母的想念和疼惜这一刻全部涌上心头。父母看见夜幕中小小的我，也是满心疼爱，牵着我的手回家，这大概是我最想要的时刻，也是我一天中能享受到的最美好时光。

为了不让父母那么操劳，为了让父母能早点享受到轻松惬意的生活，我从小就在心里种下梦想：要好好读书，出人头地，让父母过上好生活。

每一个月圆夜的皎洁月光，都见证了我挑灯夜读的勤奋；每一个晴朗的日出清晨，都照耀我为梦想奋斗的坚定步伐。太阳和月亮，都是我心中的灯塔，是激励我努力学习、不断进步的明灯。

我终于上大学，离开家乡，肩上是梦想，心中是故乡。每当想念家乡，想念父母，就仰头看天上的月亮。为了心中的梦想，为了早日实现给父母过上好生活的愿望，我开始像小时候我眼中的父母一样，日夜奋战。在太阳第一缕阳光照耀大地时，我已经开始一天的奔忙，直到夜空中挂着月亮，一天的学习和工作才暂告一个段落。

后来，我实现了梦想，在省府南宁安了家，单位分了房，多年来把老人接到身旁。我想，我和老人不再是太阳和月亮总是见不着面，我要一家人在一起，每天共享欢乐时光。

仿佛一切的生活画面，都是梦想实现的模样。但当我发现皱纹爬满老人的脸庞，岁月让老人鬓如霜，我才开始怀疑，我的梦想是不是实现得太晚——父母已经不再是年轻时的模样，苍苍白发已经代替满头青丝，父亲腮帮上的胡子，也已经花白。他们也不再像以前那么有主张，凡事总是靠着我，大大小小的事都要与我商量，跟我絮叨，还要我为他们做主。他们有时还像是小孩，会做一些不值得的等待，会回忆一些无关痛痒的过往，会唠叨一些似有似无的家常。岁月似乎有些滑稽地交换了我和父母的角色——小时候的我什么都靠着父母，总是等到父母回家才肯回家；近年来，年迈的父母什么都靠着我，总是觉得有我在家心里才踏实。父母老了，我成为了他们心中的太阳。

美好的时光是总会陪着带来阴影。2018年7月13日晚，天下着小雨，父亲悄悄地走了，永远离开了我们。母亲有我们的陪伴，并不孤单。她82岁了，还能唱《对面的女孩看过来》《有那么一个村庄》等流行歌曲，心潮涌动时，还能弹奏几曲钢琴音乐。

原来，我和老人之间，一直都好比太阳和月亮。如果可以，我愿一辈子做父母的太阳，为他们驱赶暴风骤雨，给他们带来新的希望，替他们撑起一片天空。

原载《红豆》2019年增刊"行走与回眸"

居家避时疫　因茶而美妙

童　云

听女儿说，她和她的小伙伴们近日准备组织一个由108名同学参加的"一杯清茶奉亲人"的活动，让同学们在宅家疫情防护期间，可以充分利用与家人团聚的时光，丰富生活，记录感动，给这个非常时期的2020年留下特别的家庭温馨生活记忆。

听到"108"这个数字的时候，我放下了手中的茶碗，心中有点小窃喜——看来平素里自己对中国茶文化的热爱已经潜移默化地影响到了家中这名大三的学生。瞧，女儿竟然知道茶字所代表的就是"108"，这个代表茶人美好心愿的数字——茶寿是也。

欣喜之余，也为茶在咱中国老百姓中的日常性而自豪。据说，从前在人们手中"余粮"不多的情况下，在一些人家里总有一个罐子会放着一些茶叶，先不论其茶品的好与坏，也不论茶的种类，只说人们存的这些茶，通常只有在重要的时刻才会拿出来冲泡。这种重要的时刻，一般是谁家小孩子积食难消，"身体不舒服，喝杯酽茶就好了"；或者是谁家有婚嫁时，接待前来下聘的重要客人，才会掏出来冲泡饮用。在这个时候，茶在民间便有了"药"的功能，或者客来敬茶的功能。今天的我们，只要喜欢，便可以将那绿茶红茶白茶黄茶青茶黑茶各种茶品换着花样地喝，可谓是日日有茶，日日是好日子。

而今我们因时疫不得不居家办公，好在，我们有茶——这位被称为忘忧草的美人的陪伴，是她时时在唤醒我们这似乎24小时在办公，却又似乎24小时在休息的身体。每个人都会有自己心仪的茶品，有人喜欢绿茶的清新鲜爽、有人喜欢红茶的红艳明亮、有人喜欢白茶的浅黄明净、有人喜欢黄茶的诱人黄汤、有人喜欢青茶的橙黄明亮以及有人喜欢黑茶的深红，所以我们不应该强迫别人与自己喝同样的茶。毕竟世间茶品千千万，茶，只要你认为好，便是好茶了。

茶，只要喝了，总是好的。听茶圈的朋友说，天天喝茶的茶友中，目前没有出现被时疫感染的病例。其实，科学家早在2003年以前就证明了茶中的茶氨酸可以帮助人体明显加强对特定细菌、病毒感染力的抵抗能力（屠幼英著《茶与健康》）。那么，请认真地喝吧。毕竟，在眼下这种情势之下，能够借助日常的饮食方式，获得健康的身体，便是对社会的最大的贡献了。

在抗疫专家为我们居家办公、生活提供的新型冠状病毒肺炎的防疫指南中，除了常规的洗手消毒之外，特别提出的一条就是提倡健康的生活方式，保持良好的心理状态。都说人在高兴的时候会分泌多巴胺这种物质，让你更快乐。我们都知道，爱喝茶的人心情都很愉悦。而且，喝茶的人还有一个难治的"毛病"，就是她们不仅自己快乐，而且还会把自己的快乐传递给身边的亲朋好友。试想，在这样的气氛下，您还会精神抑郁么？

这不，今天阳光正当时，自己为杯中之物所陶醉，更为女儿和她的伙伴们筹办的活动而激动。原本一个普通的宅家之日，因这茶而美妙起来。作为对女儿组织活动的奖励，我大方地拿出自己细心保存在冰箱里的都匀毛尖，供她用茶叶摆出"中国"两字。女儿边用茶摆着字模，边哼唱着《共筑希望的梦（武汉加油）》这首歌。我在一边看着，心里满是欣慰。

女儿用都匀毛尖摆就"中国"两字之后，我就手拿出泡绿茶专用的玻璃杯用上投法冲泡了这款茶给女儿喝。"好喝！"看起来，绿茶的鲜、爽、甘滋味并没有因为我长时间存放冰箱而丢失。"老妈，其实您刚才打开包装的时候，那股味道也挺香的，有春天的味道"，女儿边喝边回忆道。于是，我索性把无法归位的茶全泡了——"这下可就太苦了！"喝惯了调饮茶的女儿咂舌道。

看女儿正在兴头上，我趁机显摆了起来。变戏法似的，为女儿摆出了一套宋代干泡茶席。女儿也兴致勃勃地坐在茶席前就势表演了起来。烧水、温杯、赏干茶、入茶、注水、润茶、闻香、冲泡、出汤、分茶……动作竟然有模有样，流畅得很。这证明即使平常笔者在泡茶的时候，女儿表现得很是"不屑"，然而多年的耳濡目染，女儿对此已经可以"无师自通"了。也说明了一个道理，在家庭教育中，成年人的日常言谈举止的确是可以对孩子产生潜移默化的作用的。如果您的家庭氛围是积极向上、充满正能量的，那么，孩子接受到的影响也是充满阳光的。于是，在她的成长道路上，看到的都是正道了。

这一天的即兴品茶活动，最后以女儿当"茶博士"、女儿爸爸当品茶者、笔者充当摄影师录制了一个名为《敬一杯香茗　递感恩之心》的小视频而宣告结束。后来，听女儿不经意间提起，这个颇具专业水准的品茶小视频受到了她选修的中国传统文化课程老师的重视，这位有心的讲课老师，提前为视频中出现的茶器、冲泡流程及动作进行了标注，特意用一堂课的时间，以这个视频为例，在点评视频内容的同时，美美地为同学们上了一次茶艺课。当然，这门课程结课时，女儿的成绩获得了 A+。

居家避时疫，相信不同的人家有不同的收获。家庭成员于此有了比往常更多的时间与空间聚在一起，彼此更加亲近。最显在的一个收获是，在笔者每天例行的饮茶时间，水烧好后，不仅自己泡茶喝，还特地为女儿也泡上一杯茶。只是，女儿的水杯里刚开始时只放入一两片茶叶，慢慢地增加到三四片，到后来已经可以放入正常的茶量。及至终于接到学校返校复课的通知时，女儿主动要求带上了一罐茶叶……这应该算是传统茶与时下那些高糖高热量的"奶茶"进行博弈的一个成功案例了。

作家张宗群在其被广为传播的诗歌《你是一杯茶》中深情地写道，"这样的一杯茶／只是看着／只是依靠着／只是嗅着／守护／定格成为永恒……"每个人心中都有一杯茶，这杯味苦的茶，只有遇到懂得的人才会冲泡出好味道来。当然，你也会成为别人心中的那一杯茶，"你的四季／你的纯真芬芳／只是为我／只是在等我／像待知音一样的眼神／一颦一笑皆是懂得……"正如世间茶品千千万，总有一款适合你一样，世上总有一位适合冲泡你这一杯茶的茶博士存在。同时，也有一款茶，等着你去冲泡出适合你的滋味来。

很多人认为茶味苦，其实，"苦，才是人间正品。"在今天，我们因时疫而被迫宅家抗疫，心中或许会时时地泛起一股苦涩之感，一心只想念着从前自由自在的社会人生活，但也正是这个难得的"歇脚"机会，可以让我们体会人生难得一遇的苦。毕竟，这苦，或许才是人间正品。从一杯苦茶里，品得种茶焙茶讲茶识茶间的亲情、爱情与友情。

看到茶友们在朋友圈里发的茶山上茶树已发芽的消息，眼前似乎看到了充满生机的翠绿茶山，人们从山脚翘首望去，一畦畦茶树如波似浪从山脚谷底直抵山巅。那错落有致的漫山茶梯天然绘制而成的线条顺着山的等高线向山两边延展开。那柔美碧绿的线条宛如写在山脊山谷上的"五线谱"，那在其间挥动灵巧的双手采茶忙的茶工，宛如一个个写在这五线谱上的音符，歌唱这里的山、这里的水；歌唱这里的茶，这里的树；歌唱这里的焙房，这里的制茶人。

手棒这样的一杯茶啊，你的心儿也会在唱歌。是的，待春来繁花开，我们一起听蝶与花的呢喃，讲鱼与水的故事。

原载《科普时报》2020 年第 124 期

小巷里的吆喝声

孟祥凤

　　老宅院子的东墙角，斜躺着一辆破旧的自行车。它待在那里二十余年了，车带瘪了，车圈弯成了S形，浑身锈迹斑斑，经历了风霜雪雨的"洗礼"，已经不像样子。在任何人的眼里就是一堆废铁，可曾于父亲却视它如宝贝。父亲在他壮年时经常修理它，现如今它终于可以退休了。当年就是它，伴随着一声声"收破烂了"的吆喝，载着父亲，每天穿大街走小巷，四处收破烂换钱供我上学，从而把我送进了大学读书，圆了父亲心中的梦想。

　　三十年前，父亲刚刚从企业退休，而我正上高中。为了供我读高中，考上好大学，父亲不顾自己退休后的体面和越来越瘦弱的身体，开始了他第二次"创业生涯"。父亲买了辆二手自行车，在自行车后座上加装两个钢筋焊的铁筐。"装备"一应俱全后，父亲和他的"伙计"，每天早出晚归，成了与破烂打交道的"拾荒老汉"。

　　父亲每天吃过早饭，"整装待发"走出家门去收破烂。晚上父亲多数时间都是七八点钟回家，他要把收来的破烂卖给收破烂点，拿到钱才回家。收破烂点的老板知道父亲不容易，收破烂挣钱是供我读书上大学的，所以每次都偷偷地多给父亲一些钱。父亲觉得不对劲儿，就会把多的钱退还给收破烂点老板，并说：不用了，您的好意我领了，你们做生意的也都不容易，你们能收我送来的破烂，我已经很满足了。老板钦佩父亲不卑不亢的性格，往后的日子里也就一是一，二是二，正常收父亲送来的破烂了，正常给付钱了。

　　收破烂点老板和父亲成了无话不谈的朋友。在谈话中得知：父亲在包头待过，还是机械行业技术高手，他脑光洞开，和父亲商量是不是和他合作，把收来的破烂中还能修的破烂请父亲修理，修理好成为二手货卖出去。父亲立刻答应了。父亲年轻时在企业工作，对于破烂中的一些小件儿还是能轻松搞定的。老板收来的冰箱、洗衣机、电视机等让父亲修理。父亲就认真地琢磨着，最后把它们一一修好。老板很高兴，自己又多了一笔很大的收入，又多了一条赚钱的道儿。他感激父亲，并请父亲时不时地去他的破烂点修破烂，每修好一件，老板就适当地给父亲一笔修理费。父亲很高兴，认为收这样的钱自己问心无愧。

父亲多了一份挣钱的机会，有时回家更晚。父亲回来后，母亲总把锅里温热的菜饭端上饭桌。父亲把卖破烂的钱交给母亲，母亲高兴地点着钱，父亲吃着饭笑呵呵地瞧着母亲点钱激动兴奋的样子，就会卸下一天的疲惫。我知道：父亲觉得挣钱越多，他和母亲越有经济实力供我上大学，他们的梦就会实现。

只知道读书的我，没时间去读懂父亲的良苦用心，觉得他收破烂是件让我难以启齿的懵懂的事儿。

在读高中时，"收——破烂喽！"只要我一听到街上传来收破烂的吆喝声，我就会紧张得不得了，心脏砰砰的加速地跳，生怕那是我的父亲正在经过，更怕同学们知道我有一个收破烂的父亲。

偏偏有一次，我和要好的同学一起回学校上晚自习。那天风很大，我们顶风往前骑时，看到前面不远处一辆小山似的自行车，车子两侧的驮筐里高高地绑扎着旧纸壳之类的破烂儿，根本看不到推车的人。这条路满是坑包，也非常窄，上学的路我也绕不开，就拉着同学慢慢跟在后面推着自行车走。突然看到前面的"小山"猛地一倾斜下去，自行车随势倒地，装着高高的一自行车的纸壳、旧铁皮、衣物、破烂杂物倾泻一地，推车的人也被绊倒在破烂堆里。看身影，就是我的父亲。

怕什么来什么，我正发愣该如何是好、尴尬犹豫之时，同学率先跑上几步，扶起了我的父亲，我也紧跟上去。父亲的裤子磨了一个大洞，膝盖也渗出了血，看着那个场景，我想哭。父亲看见我，笑呵呵地说：没事儿。

"大爷，你没事吧？"同学问道。"没事，磕磕绊绊常有的事。今天收的破烂确实有点多啊，这次可让我抄上了！"父亲连声感谢，没有一丝的难堪或痛苦的神色。"你俩快点上学去吧，可别把你们的校服整理汰了，好好去学习吧，我们收破烂的没有那么金贵……"

父亲笑呵呵地看着我，我心里有说不出的滋味儿。看着他被太阳晒得黝黑的脸，我心酸不已，却也没跟父亲说一句话。同学进了校园。我骑上自行车，到了一家药店，买了创可贴，急忙去看父亲。我帮父亲的膝盖贴上创可贴，把散落地上的破烂收起来，然后骑上车就离开了。自始至终，我没有和父亲说一句话，迎着风，我的眼泪在飞。

父母养我姐妹七人，只有我爱学习，并考上了县里的重点高中，所以父亲倍感骄傲和欣慰。他跟母亲说，即使累吐血、倾家荡产也要供我上大学。父亲早出晚归地收破烂，距离百八十米，都能听得出父亲熟悉的吆喝声。无论是在教室里，还是在校园外，只要听见"收破烂"的吆喝声，我心里会感到莫名的难受。

那天晚上我下晚自习回到家，发现父亲还没有回来，我连忙问母亲今天父亲怎么没有回来，母亲说，今天下午你爸去收购站时摔了一跤，把自行车圈摔瓢了，他说买车圈太贵，他找工友借工具自己去修理了。我的老父亲，不止是自己修自行车，家中的大小物件坏了，舍不得丢弃，他总是不厌其烦地把它们修好。还不时地告诉我们，生活中，能节省的就节省，浪费是罪。无论生活给了父亲多少磨难和艰辛，他从无怨言，都是报以微笑，这给我以后的工作和生活埋下了一棵善爱坚强的种子。

没过多久，我的班主任找我谈话。他对我说："你家的情况我基本都了解。"他还告诉我：我的父亲和他弟弟五十年代一起跑包头当工人。父亲很有本事，是厂里的优秀模范，大家都称呼父亲孟主任。在生产中父亲勇于创新，为了提高生产效能，增加全厂收入，父亲废寝忘食地研究了两个多月，终于完成了车床设备的技术改造，获得了国家生产专利奖。为了技术革新，父亲受了工伤：三个手指被机械压断，脑袋和腰被吊车砸到流血过度昏迷过去。醒来后，他发现自己躺在医院的病床上，他请求厂长让自己出院。他对厂长说，能给厂子省点钱就可以给国家办更多的实事，自己吃点药片就好了。厂长拗不过他，要给他安排轻巧一点的活儿，可他依然坚持生产一线。因为工伤后遗症，他总是弯着腰。工友们看他疼得直咬牙，就拉他回寝室休息。可是父亲很倔强，在寝室待一会，就去厂里继续工作，即使坐在地上也要把当天的工作完成。

听班主任讲起父亲的事，我的心很震撼。班主任说："你父亲虽然退休后收破烂，这也是他在用双手创造财富，这不丢人。一名工人，一名模范，奉献自己的青春给国家，这是我们学习的好榜样。作为学生，作为儿女，你们应该好好学习，考试大学，回报家长，回报国家。"听了班主任的话，我无比愧疚，我觉得自己像是装在亲情"套子里的人"。我要出来，丢掉没有必要的自卑。父亲是伟大的，是值得我一生学习、尊重的好榜样！

在后来的班级演讲中，我向同学们讲起了收破烂的父亲，同学们认真地听着，没有表现出太大的惊讶，也没有表现出嘲笑我的意思。演讲结束时，同学们都为父亲的奉献精神和坚强毅力热烈鼓掌。我请同学们把一些不用的书和纸壳之类的杂物积攒起来，同学们意会了我的用意，都热情答应了。每过一段时间，我就把父亲叫到学校收破烂。父亲见到我的同学，脸上挂着慈爱的笑。

伴随着父亲"收破烂"的吆喝声，我如愿考上了大学。在我上大学头一天，母亲帮我整理衣物，父亲从一个包里拿出他平时攒的钱，仔细地数着。我看到：各色的票样钱都有，甚至还有五毛钱。我也看见父亲数着数着，皱起了眉。他小声地跟母亲说：孩子学费还差点。母亲询问：还差多少？父亲说：你别问了，我想办法。他出门了，一看钟已经快九点了，父亲一定是张罗钱去了。晚风很清凉，应是舒爽的，可我心里堵得慌。

　父亲送我上大学，他替我背着行李走进大学校园，笑呵呵地四处观瞧，边走边叮嘱我：一定好好学习，学专科时，一边接本科，不能浪费青春。父亲把我安顿好，我要父亲吃完饭再走，父亲执意不肯，把一摞百元的钱交到我手里。我知道：父亲不但把我的学费凑齐了，还把小票换成了张张百元，他的良苦用心让我动容。要走时，我看见他的眼里有泪花。望着驼背父亲远去的身影，我跑到一座假山背后痛哭不止。

　我开始了大学生活，耳旁再听见"收破烂"的吆喝时，我能清晰地看见父亲的身影。

　在大学，我进入了学生会，我把这些打电话告知父亲。电话那端的父亲很高兴，叮嘱我好好学习，好好做人。我告诉父亲我能打工挣钱了，电话里父亲告诉我，一个孩子打什么工啊，好好学习就行，老爸能供得起你上学。

　为了我的大学学业，父亲依旧充实忙碌地奔波着，身体更消瘦了，后来发现胃痛得吃不下饭。母亲陪着父亲去医院，医生告诉母亲，父亲患的是胃癌，时日不多了。母亲打电话告诉我，突如其来的不幸让我坐在地上，眼泪不自觉地流，心里无数次向父亲忏悔，对不起，我还没有能力尽孝，你就要离开这个世界。父亲似乎知道自己的病情，在我们面前还是笑呵呵的。父亲一天天消瘦，有时半夜疼得睡不着觉，害怕耽误家人休息，他总是悄悄地走出大门，到街上溜达，不让家人听到他痛苦的呻吟声。

　父亲的胃癌到了晚期，无力吃饭，有时候上炕都得爬上去。我用大学里打工挣的钱给父亲买了一部手机，告诉他想我时就打电话。

　有一次父亲在电话里跟我唠起家里的自行车，我劝父亲既然已经不收破烂了就不用修自行车了，父亲说那是他奋斗的回忆，一定要把它修好。我答应他，等我放假回去找人去修。

　父亲每天给我打一次电话，因为他知道我喜欢听他那声收破烂的吆喝声。每每听着，我的心泛着疼痛的父爱。电话那边父亲强忍着疼痛提高嗓门吆喝"收——破烂喽！"这样的吆喝时时鼓励我在大学认真学习，增长知识，在社会勇于实践。在别的同学休息时，我总是去路灯下背英语，学哲学。我在专科在读时，自考了本科，父亲知道后很是自豪。在病痛父亲的鼓励下，我的每个科目都很优秀，我的老师对我的各门成绩给予了很高评价。为了不给雪上加霜的家里增加压力，我经常给外国留学生辅导汉语赚些钱，自己省吃俭用，也要给父亲买营养品。父亲很开心，也叮嘱我不要老给他买东西，有贫困的学生一定要救济。我听父亲的话，把打工挣来的钱捐给一些贫困同学。捐款的事到大学毕业、工作成家后我一直坚持着。

大学毕业后，我觉得终于可以为父亲做点事，可以让一生饱经风霜的父亲享享福了。我像当年的父亲一样，努力工作。在下乡采访时，无论工作多棘手，我都会想办法处理好。遇到问题大胆剖析，细微处置。有时，一个报道涉及到政策问题，在可报道和可不能报道之间，我会大胆判断，婉转地跟被报道的单位讲明新闻采访的意义，从而取得工作的主动。《有权等于有钱吗》这篇新闻就是在我"软磨硬泡"下采访成功的，当年曾经被评为省新闻评论奖一等奖，这也是我工作以来第一次参加新闻省级评奖。我积极工作，获奖很多，父亲每每手捧着我的获奖证书，高兴得手微微地颤。父亲认为我成才了，可以放心了。我知道，尽管我为父亲做了很多令他欣慰的事，但是这些事都难以报答父亲对我无私的爱。我时刻提醒自己，做任何工作都要像父亲那样，踏踏实实，用一份真诚回报自己的国家。

我每天下班，父亲总会在大门口等我。有一次，下大雨，父亲拿着雨衣，打着雨伞艰难地走在光滑的泥路上迎我下班。当我看见父亲时，他一身泥。我心疼地说：这么大的雨你出来干嘛呢？他脸上挂着慈爱的笑容，帮我披上了雨衣，那一刻，我的心感到无限温暖，拉着父亲冰凉的手，推着车，在雨中聊着天往家走。

我喜欢讲每天我工作上的事，几乎每天都向他报告。我要让父亲以我为荣，就像我也以父亲为荣一样。

年轻时和年老时积攒的老病，让父亲病重得只能躺在床上。我每天一下班，就来到父亲的身边。父亲看着我，忍着疼，问东问西，有时问完一件事，还得问第二遍，父亲糊涂了。终于有一天，父亲辞世了，我再也不能向他讲述我一天的工作了，再也看不到他那慈爱的眼神了。

以后的时日里，每每我骑车去上班，都要寻父亲曾经收破烂时穿行的街巷走。我耳边总依稀听到"收破烂"的吆喝声。我知道，这声声的吆喝里裹挟着浓浓的父爱，似磐石，一生屹立于我心深处。

选自公众号"品诗"

散文小史

赵 焰

说散文，是老话重提，也是重事重提。有些话，避不开，躲不掉，说千道万，也必须说。

仓颉最初造字，惊天地，泣鬼神。文字，那时候是用来通神的，文章自然也是。甲骨文不是文章，最早的散文集，应该是《尚书》，都是上古的文字，正大庄严，有万物有灵的意义。之后，青铜器出现，文字，也带有青铜般神圣的意味。先秦人作文，刀砍斧劈，铿锵有力，凡事都要说一个理来，列举寓言，也是说理。理直气壮，哪怕是歪理，也显得振振有词。那时凡文字成篇，皆是文章，由心而生，不玩词藻，不是"诗言志"，就是"思无邪"。《道德经》高蹈玄妙，神出鬼没，把世界的至理都讲透了；《论语》诚恳实在，雍容和顺，平易中可见性情；《庄子》恣意汪洋，风轻云淡，最可贵是难得的自由；《孟子》灵活善譬，多辞好辩，有凛然之威慑力；《韩非子》辞锋峻峭，雄奇猛烈，有强词夺理之急切。

先秦文章，如文字附诸甲骨、青铜之上，电光火石，意在不朽。有金石之音、风云之气的，是《左传》和《国语》。据说左丘明眼睛出问题了，孜孜于《左传》；双目失明了，仍不放弃《国语》。左氏有力杀贼，无力回天，笔下的每一个方块字，都是刀剑淬火。不仅仅是左丘明，那时候的知识人，晋之董狐、齐之太史兄弟等，都是以文字为金石，视文字为重器。他们落下文字，是以天地为鉴，想着石破天惊的千古之事。

重剑无锋，大巧不工，文章，以此风格慢慢延续。后来，凡刻在竹简上，写在纸上的，都视之灵魂的祭奠，是用来封印的。文章，更被视为跟生命同质，甚至比生命更加永恒。

那时候的文章，最可贵的品质，在于真与朴，在于是非的坚守，以气节和热血激扬文字。字词落下，熠熠生辉，感天动地是作者的诚意。以真心作文章，文章不一定见真理；可是一定比假话作文要好，假话写出来的，一定不见真理。那个时代的文章，足以惊天地泣鬼神。

先秦人写作,也遇到烦恼。烦恼是什么,如老子云:道可道,非常道;名可名,非常名。表达不好把握,写着写着,偏离本来,或者言犹未尽,不敢多说。文章的游离和不确定,让人们更惧怕和敬畏,文字因此更生神性。人们不敢多说,也不敢多写;不敢乱说,也不敢乱写。

秦汉时期,文字如长城的砖石这样,沉重古朴。司马迁的《史记》,是其中的典范。《史记》就是无形的长城,黏合字词文章的,是无数的血和泪。若知司马迁对散文的态度,看看他那一篇千古雄文《报任安书》就知道了:

……草创未就,会遭此祸,惜其不成,是以就极刑而无愠色。仆诚已著此书,藏之名山,传之其人,通邑大都,则仆偿前辱之责,虽万被戮,岂有悔哉!

司马迁视自己惨遭宫刑为奇耻大辱,悲恸欲绝,欲哭无泪。《史记》,寄托了司马迁的生命,也延长了他的生命。司马迁唯个人良知为天理,宁死而不肯妥协。以"成者为王,败者为寇"的惯例,只有帝皇才能列为"本纪",可是修史的司马迁不买账,因崇敬项羽的英雄气概,将项羽列入了《本纪》系列,文字中不吝溢美,相反,对胜利者沛公,常有贬损。司马迁如此做,冒生死之大不韪,将一切置之度外。汉武帝想必十分恼火,却也无法,不好干涉太多,因为那时候的史志,尚不是官史,个人评藻中,尚有自由。

与《报任安书》一样铁血侠气的,还有李陵的《答苏武书》、杨恽的《报孙会宗书》,这些文章的好,在于真意畅达,以热血为文字书写。箭镝破空,真意畅达,行文自然旷远;万千沟壑,聚云成雨,落笔自成文章。那时的社会,尚没有文人这种狭隘的职业。只有士,上马杀贼,下马作文;仗剑夜行,又能变身为行侠仗义的豪杰。

顾随说中国历史上最好的文章,都不是文人所写。好的文章,一定是情思哲思喷薄而出;也是"飞蛾投火",不是烧没了,而是烧出生命的气息。好的文章之中,一定有一种大于文学的精气神作支撑,不是就事论事,或者单纯地叙述,而是以全部的生命能量,去拥抱作品,成就华美的篇章。

《离骚》伟大,是屈原以"长太息以掩涕兮,哀民生之多艰"的叹咏;《史记》伟大,是司马迁"究天人之际,通古今之变,成一家之言"的悲怆;后来杜诗的伟大,是有着"致君尧舜上,再使风俗淳"的情怀。

汉朝出现汉赋这一种东西,华丽铺陈,可以视为文字的卖弄和游戏,也可以视作语言文字的技术拓展。贾谊、枚乘、司马相如、扬雄的文辞,各有各的华美。可是华美过了，华而不实，就成为问题了。曹氏父子，是一个另类：曹操不是文人，他的风流高旷之气，让一般人难以望其项背。曹操的好，在于有大性灵大胸襟大气魄大悲悯大境界，有强烈的个体自主意识。魏晋文章，曹操排第二，谁也不敢称第一。"三曹"当中，曹操排第一，曹丕排第二，曹植排第三。曹植才气第一，为什么作文第三？因为胸襟太小，文人气太盛。曹操的文章，曹丕的论文，兼有文采和性情，有大认知，都不是胸无韬略的文人可写就的。

魏晋南北朝时代，可视为"第二次百家争鸣"。外部文化传入，自我意识增强，产生了诸多有趣的灵魂。灵魂有趣，文章自然有趣。从王羲之的《兰亭序》，就可以看出魏晋之时知识人生命意识的觉醒。文章开头，是雅集呼朋唤友的轻松，可是写着写着，文字变得伤痛，沉郁而浩渺的悲伤出现了。这种悲情，不是传统的家国情怀，而是对人之为人本质的凄凉。王羲之的心境，比《观沧海》时的曹操更为孤独，也更为柔软。它其实是把自己的心灵一层层地剥开，深入到最脆弱的内核了。

魏晋开始，本土的儒家和道家受佛家影响，生命意识觉醒，思维打开，聪明转为智慧，智慧连接虚空，转成艺术哲学。地理学著作，有张华的《博物志》、郦道元的《水经注》；医药方面，有张仲景的《伤寒杂病论》、葛洪的《抱朴子》；文论方面，有曹丕的《典论·论文》、陆机的《文赋》、刘勰的《文心雕龙》、钟嵘的《诗品》、谢赫的《古画品录》等。至于好文章，就更多了，除了左思的《三都赋》、陶渊明的《桃花源记》外，还有北魏杨衒之的《洛阳伽蓝记》、刘义庆的《世说新语》、沈约的《宋书》、庾信的《枯树赋》等——这些文章，天朗地阔，荡气回肠，如秋雨后的蓝天白云。

一些志怪类文章也好，比如干宝的《搜神记》等，鲜活灵动，充满着生命的活力、想象力，体现自由意志，是"天人合一"理念的延伸。

魏晋文章，真可以堪称高妙。这一个高妙，跟东西方文化的撞击有关，跟佛学的渗入有关。外来思想，激活中土，释放的能量有点超出人力范畴，随处都是鬼斧神工，随处都是余音三匝。

宗白华语："晋人向外发现了自然，向内发现了自己的深情。"这一句话，异常体贴到位，是今人对晋人的懂得。诸多魏晋名士的无情，有时候是深情，是对世界的深情，也是对人性的深情。

魏晋文章，还有音乐性——文字语言之间，有节奏变化的神韵，有内在的纹理，有数理的神妙。这些，都可以视为文字本身具有的神性，被发掘出来了。魏晋文章，在这方面有很好的探索，它是以字词为手指，触摸神秘的领域。

魏晋南北朝之后是唐朝，唐朝有胡风，就文化上来说，走的是"天苍苍，野茫茫，风吹草低见牛羊"这一路，有元气饱满、云开日出的浩荡，也有化繁为简的力量。唐初，诗歌是主流。唐诗，以废名的说法，是散文化的。唐诗，其实是韵文，不倾向于说理，而是情感的滥觞：一往情深，触景生情，情真意切，因情生韵，万物皆性，普天同情。到了中唐之后，韩愈实在看不过去了，这才站了出来，强调文章内容的重要性，提倡文章要言之有理，言之有物。韩愈的古文运动，是将高飞的纸鸢，用线拴在手指上。文章因而变得更安全，也更踏实了。

与韩愈的格局严整、层次分明的特点相比，另一个同时代大家柳宗元，走的是幽峭峻郁一路。他的文章，多是情深意远、疏淡峻洁的山水闲适之作，结构精巧，语言轻灵，是唐宋文章中的另类。

"唐宋八大家"，是明初的总结和提倡，带有强烈的专制文化气息，对于旧时的"封神"。将天上飞翔的、地上奔跑的、悠闲旁观的文章，全都变成了正方步的标准。"唐宋八大家"指的是唐代的韩愈、柳宗元，以及宋代的欧阳修、苏轼、苏洵、苏辙、王安石和曾巩。八人所作，当然是好文章，可也不能代表唐宋的全部，此提倡还是意在说理，意在策论，带有强烈的先秦风，此后基本被固定为中国文章的圭臬。可是此一时彼一时，明清之风哪是先秦之风——先秦是"百家争鸣"的自由和探索；明清呢，是高压之下的雷同和桎梏。如此作为，早已南辕北辙，不是一回事了。

明清，制度"明儒暗法"标准，文章，也是"明儒暗法"标准。这一点不似书画———一直以来，书画相对超脱，评价标准，不是儒法，依旧是佛老。

八大家中，唯一带有佛老气质的，是苏东坡。苏东坡，堪称儒释道俗四位一体。他的《赤壁赋》，如拈花微笑、羚羊挂角。文章好就好在天地彻悟，有清风明月境界，以有限连接无限：

清风徐来，水波不兴。举酒属客，诵明月之诗，歌窈窕之章。少焉，月出于东山之上，徘徊于斗牛之间。白露横江，水光接天。纵一苇之所如，凌万顷之茫然。浩浩乎如冯虚御风，而不知其所止；飘飘乎如遗世独立，羽化而登仙。

魏晋之后，中国文章大都端正肃穆，笔法精炼，大多时候，难得真谛，难得幽默，难入众妙之门。《赤壁赋》悟出了天地之道，也悟彻了人生之道，寥寥数百字，是大文章。《赤壁赋》的好，还给文章一个情感和哲思结合的示范，如洞开了一个大窗口，让人目睹了最大的可能。文章本身，有通透的彻亮，由于承载了大内容，文字也被激活，有了弦外之音；如玉石包浆，有了光泽，成为美玉。

宋文化，跟唐不一样，风格上清正风流、沉静安稳，接的是南朝的风格，相对雅致明理。唐宋文章，是拼命增加厚度，可是文章光有厚度不行，还得有高度和宽度，有灵性，有通孔。文章，当然可以格物致知，可是若隐去了头顶上的月明星稀，也摒除身边的滔滔江水，缺少生命意识和自由意志的注入，肯定会变得呆滞沉闷，如死面团一样无法拿捏。

文学和艺术低劣的时代，很难说是好时代。元朝是这样，明朝前期也是这样。明代中期之后，社会相对稳定，经济快速发展，人有觉醒的愿望，有自由的意识，春意萌动之下，文学如春花沐雨，尽情开放。这一段历史，有文艺复兴般的意义，资本主义也好，人文精神也好，初具萌芽。相对自由的状态下，知识人个性十足，唐寅、李贽、董其昌、徐文长、金圣叹、李渔等，都是"奇谲"之才。人有了自我意识，性灵回归，自然活过来了，成为独一无二的存在；文章有了性灵，也活过来了，融乐趣、情趣、风趣、志趣为一体，也是如花朵一样自在绽放。

文章跟人一样，需内外兼修。外在，是语言；内在，是情怀、学问、趣味和思想。晚明众多文人，寄情于山水和风物，文字中注入了生命意识，活力无限，生机勃发。晚明文章的好，最主要得益于人的解放——人性得到释放，有自由的心灵，文章自然而然就好了。好的文章，永远有着人体温度，甚至至情至性，是天地自然熏陶的结果，也是性灵悠游的一团雾气。

清军南下，国破家亡，大好的文艺局面也被毁。明末清初，傅山、王夫之、顾炎武、黄宗羲、方以智、冒襄、张岱等人，既有国破山河在的孤愤，也有杜鹃啼血的伤痛。他们后来写出来的文章，冷风热血，洗涤乾坤，是千年的哀愁，也是千年的惆怅。

清代统治，钳制刚硬，"文字狱"的背景下，文章分为两派：一派为文选派，一派为桐城派。文选派以《昭明文选》为圭臬，讲究文采；桐城派呢，以承接传统为己任，讲究义理和文气。可是"义理"也好，"文气"也好，桎梏过多，拓展跟不上，气韵也接不上。义理追求，若难破禁区，下行为循规蹈矩；文气倡导，若没有自由，扭曲为装腔作势。桐城派名气和口气都很大，可是没有现代人文精神，文章生涩难懂，故作姿态，或者官腔陈调，或者陈词滥调。盛名之下，其实难副，连几篇像样的文章都找不到。

民国文章，重点在破，不在建。民国这个时代，承前接后，知识人有大使命，文章也好，文学也好，都是如此。以文章来破道统僵死的"神"，也破社会僵死的局，责任重大。

民国文章，是中西融会，试图打通东西方文化。短短的民国，为什么出现了很多大师？是"旧学邃密"和"新学充沛"交融的结果——民国之初，全方位开放，东西方文化交流，几乎无障碍。优秀知识分子相对独立，做的又是不破不立的事，大气象自然形成，大格局自然养成，大师也纷然呈现。严复、胡适、林语堂等等，都是以这样的方式激活的，是时势造大师，也是大师造时势。

陈独秀、胡适、鲁迅一干人，以文字揭竿而起，引导民众探索前方道路。路在何方，很多人不知道，若论清醒者，胡适绝对算一个。民国腔调的好，在于自由度，敢讲敢说，切中时弊，妄自菲薄。民国之初，各方面是很宽松的，言论相对自由，没有文字狱，没有精神桎梏，人们的创造力得到了激发，相比之前二百多年的严酷统治，最大程度上激活了社会的创造精神和自由精神。

民国文章，最精彩处是真挚、高贵、尊严和趣味。最突出的，莫过于真挚。真挚，最基本的是讲真话。文章，最可贵的还是"真"吧，一"真"遮百丑，一"假"毁百优。以真为基础，讲真话，说人话，是做人做文最重要的东西。真话，不一定是真理，可是假话一定不是真理。真话，有美的光泽。假话，没有美的光泽，只有铜锈的青绿，泛着难看的死色。

文章之背后，实是人心，是思想的突破，以及意志的艰难前行。人心软弱，难成黄钟大吕。

真挚、高贵、尊严和趣味，这四个词后来为什么屡屡让人缅怀，是因为中国历史上，能体现这四点的时代，是少而又少。

民国历史太短，万象伊始，尚未深入，就已结束。民国文章也是这样，若论深厚，暂且不足；若论广博，也嫌不够。民国以文字承前启后，继往开来，无论在现代汉语的确立，还是时代精神的探索，都立下了汗马功劳。可是文学单骑突进，文化没有系统改造，国民性整体没有跟进。到了最后，不免雷声大雨点小，声嘶力竭中，性命孱弱，最终还是坍塌下来。

民国，破了文化的"神"，也破了文章的"神"。文章破"神"之后怎么办？有的堕落下行，沦为工具；有的依旧坚守，寻找新的神灵。民国白话文，尚未从古典文字中走出来，思想尚未成熟，精神尚未深入。不过那一段时间的文章认识格外纯真，表达极有诚意，好似当时女大学生所穿的白衣蓝裙，清纯是清纯，积极归积极，却有些呆板，难得有老道圆熟的认知和智慧。

试着总结一下：先秦文章，有思想，有力量，有风骨；魏晋文章，有真谛，有才华，有趣味，有风云气象。唐宋文章，成为历史上的一个高峰。之后，文章写着写着，格局越来越小，横里也变小，竖里也变小；横的是文采，竖的是思想……从总体上来说，中国文章，强在形式，强在音韵，强在风华……弱在思想，弱在哲思，弱在幽默……文字与思想，一直是血肉和筋骨的关系，概念上是可以分割的，事实上却是无法分割的。好的文章，一定内在带动外在，以性灵和思想带动语言文字，绽放出迷人的自由光华，蕴藏着对众生的安抚和拯救，并以与社会的连接，点亮精神的闪光点。

文字，若能够找到与天地、自然、社会与人心的连接，不断地发掘它们之间的关系，绝对是好文字；若以文字的功效，不断地探索世界的本质，也是足够光彩的好文字。

以我的认知，散文，或是思想的光华；或是文字的魅力；或是意志的前行；或是情趣的表达；或是禅意的隐约……好的散文，一定是生气勃勃的：它是清风明月；是葳蕤生长的植物；是田野氤氲的岚烟；是柔情摇曳的花朵；是夏夜小河边的萤火闪烁；更是头顶上璀璨无比的星辰河汉……文章，还是清妙的福音，如"奇异恩典"般的歌唱，有自上而下的恩泽和光亮。以我的观点，《圣经》也好，佛经也好，都是最美的文章。那种文字中蕴藏的般若性，那种腔调中的善意，那种虔诚的态度，那种圆融芳香的气息，那种清静恍惚的圣洁，都是叙述和表达的绝美体现。如此文字，字里行间，静谧空灵，仙乐飘飘，有内在的韵味，有永恒的诗意。相反，那种故弄玄虚、故作姿态、装腔作势、无病呻吟的东西，都不能称之为好文章。

强调一下，稳固常识——散文如花，花朵呈现的光泽中，一定要是真的，唯"真"才是生命。"真"是通灵的，是"善"与"美"的基础。没有"真"，不是"善"也不是"美"，只是如塑料花一样漂亮，也如塑料花一样虚假。

闲语不赘，言归正传。这一套安徽文艺出版社的"散文家"系列，旨在以丛书的形式，努力推出一些能够进行内外探索的好文章好作者。文章以美为表，以真为骨，以趣为气，以好读和耐读为基本要求。我们一直以这个标准看待文章，也是以这个标准来选择作者的。对于散文的定义，我们延续化繁为简的说法：诸多文体中，小说，占了一个山头，绿树成荫；诗歌与戏剧，又分别占了一个山头，枝繁叶茂；山头与山头之余，是大片郁郁葱葱的草地，它们叫作散文。散文很大，它是文字最原始最茁壮，也是人心最辽阔自由的地带。

孔子说："质胜文则野，文胜质则史，文质彬彬，然后君子。""文"，是文采，是外在的；质，是内里，是内在的。此语可以形容君子，也可以说文章——好文章，也是"文质彬彬"，其美如玉。顾随说："中国文学、艺术、道德、哲学——最高境界是玉润珠圆。"这一个标准，是通感，也是天道，是客观存在。好的散文，浑然天成，如同美玉，那一抹无比迷人的润泽，是天地之灵光，也是迷人的人情之美。

原载《天涯》杂志 2019 年 5 期